Pierre Woog

Die geheime Liste

Sehr verehrte Leserin, sehr verehrter Leser,

unsere Welt wird immer schnelllebiger, unser Alltag immer hektischer. Gerade deshalb sind die schönen, unbeschwerten Momente, in denen wir innehalten und uns zurücklehnen, so kostbar.

Ich persönlich greife in solchen Momenten gerne zu einem guten Buch. Eine spannende und unterhaltsame Geschichte hilft mir, schnell abzuschalten. Beim Lesen vergesse ich die Sorgen des Alltags.

Doch manchmal ist es gar nicht so einfach, ein gutes Buch zu finden. Dabei gibt es so viele Autorinnen und Autoren, die mit ihren Geschichten die Leser in ihren Bann ziehen. Solche Highlights der Unterhaltungsliteratur bringt jetzt die vielseitige Karl Müller Verlag-Taschenbuchreihe zusammen. Die von uns sorgfältig ausgewählten Bücher reichen von frechen Frauenromanen über spannende Krimis bis hin zu großen Liebesgeschichten und historischen Romanen.

Die kleine, aber feine Karl Müller Verlag-Auswahl möchten wir gerne auch mit Ihnen teilen. Mir bleibt nur, Ihnen viel Spaß und Entspannung beim Lesen und Träumen zu wünschen.

Herzlichst
Ihr

Siegfried Lapawa
Verleger Karl Müller Verlag

Pierre Woog

Die geheime Liste

Roman

KARL MÜLLER

Über den Autor

Der in Bern geborene Pierre Woog war neben seiner Berufsausbildung zum Anwalt als freier Journalist für verschiedene Schweizer Tageszeitungen tätig. Seit den Siebzigerjahren arbeitete er als internationaler Wirtschaftsanwalt in London, Washington DC, Brüssel und der Schweiz. Er gehörte der Expertengruppe eines der bedeutendsten Verbände ehemaliger Widerstandskämpfer des Zweiten Weltkrieges an und trug zur umfassenden Information über noch bestehende Nazigruppierungen und deren Überwachung durch die Nachrichtendienste bei. Der Autor lebt heute in der Schweiz und in Spanien.

Genehmigte Lizenzausgabe
Karl Müller Verlag – SILAG Media AG,
Liebigstr. 1–9, 40764 Langenfeld

Titelbildgestaltung: Maria Seidel, atelier-seidel.de
unter Verwendung eines Bildmotivs von © Thinkstockphoto
Umschlaggestaltung: SILAG Media AG, 2014

PEFC zertifiziert
Dieses Produkt stammt aus nachhaltig bewirtschafteten Wäldern und kontrollierten Quellen
www.pefc.de
PEFC/32-31-039

Dieses Buch wurde auf Pamo Classic von Arctic Paper gedruckt.

ISBN-Nr. 978-3-95674-195-1
Printed in EU 2014

Dies könnte eine wahre Geschichte sein,
wäre sie nicht (fast) frei erfunden …

«Du hast mich in die Tiefe
geworfen, in das Herz der
Meere, mich umschlossen die
Fluten, all deine Wellen
schlugen über mich zusammen.»

BUCH JONA, ALTES TESTAMENT

Teil I

Marbella im Sommer zuvor

«Sosehr ich ihn auch mag, Ismail ist ein äußerst gefährlicher Mann.» David Archer kennt Ismail Jalid-al Kassim seit Jahren. Sein letztes Geschäft mit dem Syrer hat er damals über eine der vielen Tarnfirmen abgewickelt, welche dieser über die ganze Welt verstreut verwendete. Er glaubt sich zu erinnern, dass es die Quantop Ltd. mit Sitz in Lefkosa, dem türkischen Teil Nicosias auf Zypern, war, an die er 15 mit Kalaschnikows vollgepackte Container via Polen in den Libanon geliefert hatte.

Danach hatte sich Archer mit seiner Frau Lynn in Marbella zur Ruhe gesetzt. In einem geräumigen Haus mit Garten, das nur knapp einen Kilometer von der überdimensionierten, schneeweißen, eindrucksvollen Villa der Jalids entfernt lag, in der Ismail mit seiner Frau Raghdaa, den drei Töchtern und dem Stammhalter Ali lebte und von über 30 Angestellten bedient, beschützt, bekocht und in vielen weiteren Belangen des täglichen Lebens unterstützt wurde.

Daneben nennt Ismail Jalid, soweit Archer weiß, eine über 300 Quadratmeter große Attikawohnung in Cannes, ein Chalet in Gstaad in der Schweiz und als Kapitalanlage eine weitere nicht bekannte Anzahl von Häusern sowie Wohnungen im Libanon, in Syrien und anderen Ländern sein Eigen. Seinen regulären Wohnsitz in Marbella nannte der unbescheidene Syrer «Palacio Jalid». Marmorne Treppen und Gänge führen über die ganze Länge des Palastes zwischen Säulen an livrierten, unter langen Gewändern diskret bewaffneten Dienern vorbei in die Salons und Esszimmer, die mit antiken arabischen Möbeln einerseits und europäischen Antiquitäten andererseits überladen eingerichtet sind. Wo man hinschaut, stehen kostbare, oft mit Edelsteinen verzierte Gegenstände aus Gold und Silber, an den Wänden hängen Ölgemälde in protzigen goldverzierten Rahmen. Rund um die Villa breiten sich üppige, farbenprächtige Gärten aus, die in dichten grünen Rasen mit hohen Palmen übergehen. Ein riesiges Schwimmbad in Form eines vierblätterigen Kleeblattes und ein sogenannter Lap-Pool mit vier Bahnen von 50 Metern Länge sind von mehreren Chill-outs auf teils gedeckten Terrassen und Pavillons mit plüschenen Sesseln und Sofas umgeben. Ismail macht sich bei seinen Gartenpartys ein Vergnügen daraus, am Barbecue und in der Außenküche höchstpersönlich für die Gäste arabisches Essen zuzubereiten und von den Dienern auftragen zu lassen. Für die örtlichen Geschäftsleute, Gewerbetreibenden, Bauunternehmer und eine Reihe von hohen Beamten und gewählten Mitgliedern von Exekutivbehörden gehören der freundliche und elegante, stets auf sein Äußeres bedachte Syrer und seine Familie ebenso zur lokalen Prominenz wie eine Vielzahl anderer arabischer Familien vor allem aus Saudi-Arabien, Libanon und Syrien.

Nach der demütigenden Niederlage der arabischen Streitkräfte im Krieg gegen Israel im Juni 1967 verließen viele junge Männer ihr Heimatland. Nicht selten gehörten sie zur Elite und hatten nur das eine Ziel, durch Handel und Bankgeschäfte jeder Art viel Geld zu verdienen. Die Jalids hatten sich, nach verschiedenen Stationen, vor über zwanzig Jahren an auserlesener Stelle auf den Anhöhen der Sierra Blanca über der Stadt Marbella mit Blick auf das Meer ihre prachtvolle Bleibe bauen lassen. Sie meldeten sich als Einwohner und zahlen seither auf das von ihnen anständig hoch deklarierte Einkommen und Vermögen pünktlich Steuern. Die Familie versteht sich als eine nie versiegende Geldquelle, was einigen Lokalgrößen mehr als anderen zugutekommt. Für die illustre Schar der vermögenden in- und ausländischen Aufenthalter mit Ferienhäusern, -wohnungen und Jachten sind die Jalids eine der ersten Adressen im Raum Marbella-Malaga. Viele von ihnen sind darauf bedacht, den «Beautiful People of Marbella» anzugehören, und ruhen nicht eher, bis sie sich zum inneren Kreise der Jalids zurechnen dürfen und von diesen mit einer gewissen Regelmäßigkeit zu unbeschwerten Partys, vergnüglichen Barbecues, üppigen Abendessen im «Palacio Jalid» oder in den exklusiven Marbella Club und zu vornehm sportlichen Tagestouren auf der Luxusjacht eingeladen werden.

Die meisten ließen sich über Jahre von Ismails charismatischem Charme und dem «Tausend und eine Nacht»-Ambiente des «Palacio Jalid» einfangen. Kaum einer machte sich Gedanken darüber, wie der Syrier wohl zu seinem Reichtum gekommen war. Wer eine Luxusuhr oder einen teuren Markenartikel erwirbt, will damit schließlich auch nur seinen Status, guten Geschmack oder Reichtum zur Schau stellen und keine diesbezüglich tiefgründigen Fragen beantworten.

So oder ähnlich verhielt es sich auch bei dem unter Medizinern weltweit bekannten Schweizer Arzt Prof. Dr. Max Jäger, und seiner Frau Suzanne, welche im Jachthafen Puerto Banus ihre 14 Meter Segeljacht mit dem eher hochtrabenden Namen «Jubilee» liegen haben und seit Jahren im Sommer zu den gern gesehenen Gästen der Jalids gehören. Wenn die beiden beinahe gleichaltrigen Paare unter sich sind, bedienen sie sich der deutschen Sprache. Ismail wechselte bereits bei ihrem ersten Treffen spontan in die Sprache Goethes und demonstrierte begeistert, dass er auch ein wenig «Schwyzerdütsch» parlieren könne, als er hörte, dass die Jägers aus Zürich stammten. Es stellte sich später heraus, dass Ismail acht oder neun Sprachen beherrscht. Auch Raghdaa spricht als Tochter des früheren syrischen Botschafters in der Bundesrepublik Deutschland ein gepflegtes Deutsch. Seit jenem heißen Augustnachmittag, als die Jalids sich zum ersten Mal überwinden konnten, auf der «Jubilee» mitzusegeln, sind sie mit den Jägers auf «Du».

Auf hoher See bei 5 bis 6 Windstärke und mittelhohem Wellengang begeistert sich Ismail, wie aufregend «meerverbunden», so meint er, «dieses kleine Boot die Elemente meistert». Max trimmt die Segel und krängt das Boot, wodurch die zum Wind stehende Seite von den vorbeizischenden Wellen beinahe überspült wird, während die gegenüberliegende Seite hoch über Wasser steht. Ismail ist begeistert. Er, Raghdaa und Suzanne Jäger sitzen auf der hohen, trockenen Seite des Bootes, während Max breitbeinig im Cockpit steht und gekonnt Kurs hält. Die Jalids sind anderes gewohnt, besonders Raghdaa, die kein Verständnis für Ismails überraschend zur Schau gestellte Freude am Sportsegeln aufbringen kann. Sie stechen sonst nur auf ihrer 34 Meter langen Motorjacht mit sicherem Abstand zum Meeresspiegel in See, samt einer Belegschaft von fünf Personen, die sie und ihre Gäste gefahrenfrei von Ort zu Ort bringt und ihnen jeden Wunsch von den Lippen abliest.

Die Rückfahrt bei ruhiger See, mit Rückenwind und der Hilfe des Motors, gestaltet sich zur «Happy Hour» mit Champagner, dem einzigen alkoholischen Getränk, das Ismail – seine Frau verzichtet – mäßig mit der Erklärung konsumiert, nur Allah hätte ein so edles Getränk kreieren können. Suzanne serviert die von ihr vorher in der Küche mit Thon aus der Büchse und Leberpastete aus der Tube zubereiteten Brötchen, die bei den Gästen wenig Beachtung finden. Nachdem Max Jäger seine «Jubilee» bei Dämmerung im gemieteten Hafenplatz angelegt hat, gehen die beiden Paare bei unvermindert sengender Hitze mit leicht schwankendem Gang, froh, wieder festen Boden unter den Füßen zu haben, über den Steg auf die Hafengeschäfte und -restaurants von Puerto Banus zu. Dort lässt es sich Ismail nicht nehmen, die Jägers in ein stark frequentiertes, modisches Lokal zum Abendessen einzuladen. Beflissene Kellner stellen Hummerschwänze, frisch gefangene Krevetten sowie Jamon Pata Negra, den die

Jalids nicht anrühren, «para picar», zum Picken, in die Mitte des Tisches. Als Hauptgericht bestellt er, auch diesmal ohne die Gäste nach ihren Wünschen zu fragen, einen in der Pfanne mit Kartoffeln, Paprika und Tomaten gebratenen Petersfisch für vier Personen. Nur beim Nachtisch lässt er dem Schweizer Ehepaar die Wahl, doch beide verzichten auf ein Dessert.

Mit den Jalids in aller Öffentlichkeit im Hafen zu viert beim Speisen gesehen zu werden, vermittelt den Jägers das Gefühl, endgültig dem Freundeskreis der Jalids anzugehören. Immer wieder grüßen Vorbeigehende respektvoll oder herzlich die Jalids oder schauen bewundernd zu ihrem in der ersten Reihe stehenden Tisch. Tatsächlich geben die beiden Paare ein attraktives Bild ab. Raghdaa ist eine schöne, moderne, arabische Frau, mit einem eher rundlichen Körper, auffallend samtener, hellbrauner Haut, vollen, roten Lippen und tiefbraunen, großen Augen unter glänzendem, pechschwarzem Haar. Ismail seinerseits hätte durchaus als Filmstar bestehen können, als arabischer Gregory Peck in älteren Jahren, allerdings mit breiterem Brustkorb. Wie der Hollywoodstar ist er von imposantem Körperbau, besitzt ein tadelloses Gebiss mit schneeweißen Zähnen und haselnussbraune Augen. Sein ehemals schwarzes Haar ist ergraut, aber noch immer voll.

Bei den Jägers sticht dagegen als Erstes ihre Sonnenbräune ins Auge, die sie weit jünger als 50 erscheinen lässt. Max' Gesichtsausdruck ist ungeachtet seiner tiefen Nasolabialfalten harmonisch, mit einem Vertrauen einflößenden Blick aus blaugrauen Augen. Seine vollen dunklen, lediglich an den Schläfen leicht ergrauten Haare hat er mithilfe von Brill Crème und einem rechten Scheitel schwungvoll nach links gekämmt. Er gibt das Bild einer gut aussehenden, Respekt erheischenden Persönlichkeit im besten Mannesalter ab und dies ungeachtet der Tatsache, dass er von deutlich kleinerer Statur als sein Gegenüber ist. Seine schlanken Arme verraten einen eher untrainierten Körper. Max Jäger trägt die meiste Zeit eine goldgerahmte Brille. Dazu passt, als äußeres Zeichen seines Wohlstandes, die achteckig breitflächige, teure Audemars-Piguet-Uhr und der goldene Cartier-Armreifen, den er aber nur im Urlaub trägt. Seine Frau Suzanne, nur wenig kleiner als ihr Mann, zeigt eine jugendhaft schlanke Figur und trägt ihr blondes Haar kurz. Besonders auffallend sind ihre hellblauen Augen und ihr stählerner Blick, der, wenn sie lacht, und das tut sie an diesem Abend nicht selten, unverändert stechend bleibt und eine wohlwollende Kälte ausstrahlt.

Beim Kaffee macht Ismail seinem Freund Max die Andeutung, er helfe gerade dabei, eine ausgezeichnete Investition in Marbella mitzufinanzieren. Nachdem Max Jäger zunächst aus reiner Freundlichkeit Interesse zeigt, fährt Ismail fort, es gehe um eine Überbauung mit 46 Einfamilienhäusern mit unverbaubarem Meerblick zwischen zwei Golfplätzen; das erste Drittel sei bereits im Bau und weitgehend fertiggestellt, die zweite Bauphase würde im September beginnen; eine todsichere Sache mit über 30% Rendite. Weil er Max so sehr in sein Herz geschlossen habe, mache er ihn auch auf diese fantastische und risikolose Gelegenheit aufmerksam. Und wenn er risikolos sage, so meine er das auch. Er persönlich würde ihm die 30 % Rendite mit seinem eigenen Gelde garantieren, dafür müsse Max ihm nicht einmal dankbar sein. Denn die 30 % seien so sicher wie das Amen in der Kirche, ein Ausdruck, den er von christlichen Geschäftspartnern übernommen habe. Sobald alle Häuser verkauft wären, und dies sei spätestens in zwei Jahren der Fall, bekäme Max seine Einlage zurück und darüber hinaus mindestens 30 %, also im Minimum 15 % Zinsen im Jahr. Max Jäger sieht sich zum ersten Mal in seinem Leben mit einer Anlagemöglichkeit dieser Größenordnung konfrontiert. Als Arzt und Forscher hat er nicht die geringste Ahnung, wie er diesem Angebot zu begegnen hat.

Bisher sind die Jägers an jeder noch so attraktiven Geldanlage mit blinden Augen vorbeigegangen. Allein schon die Idee, «gutes Geld im Ausland zu verlochen», wie sie als gute Schweizer sich ausdrücken, ist ihnen fremd. Sie logieren in Marbella in einer gemieteten Ferienwohnung. Das Segelboot war die Ausnahme von der Regel. Ist es nun das Wohlgefühl nach der vorzüglichen Mahlzeit oder die empfundene Genugtuung über den gelungenen Tag, welche die Hemmschwelle des Schweizer Ehepaares wie das Boot am Nachmittag auf Meeresspiegel krängt? Geflissentlich hören sie den Ausführungen des Syrers zu, ohne ihm inhaltlich genau zu folgen.

Die Vorstellung, gemeinsam mit Ismail Teilhaber einer Villenüberbauung zu werden, steht im Vordergrund ihres Denkens. Sie lassen sich nicht anmerken, dass die finanztechnischen und rechtlichen Ausführungen ihres Gegenparts ihnen über den Kopf wachsen. Max, als Folge der vielen technischen Details schon weitgehend aufnahmeunfähig, schaut Ismail mit bleiernem Blick in die Augen, wie wenn er einem Patienten zuhört, der ihm langatmig die sattsam bekannten Anzeichen seiner Krankheit aufzählt. Man vereinbart, sich in sechs Tagen im «Palacio Jalid» um Punkt 6 Uhr abends zu treffen. Auf die Frage des Arztes, um welche Beträge es sich hier handle, deutet Ismail an, unter einer halben Million Euro ergäbe die Investition keinen Sinn.

Ismail verspricht eilfertig, gleich morgen früh den Architekten anzurufen, damit Max mit seinen Beratern die Baustelle besichtigen und die Bau- und Finanzpläne sowie die Baubewilligungen einsehen und prüfen könne.

Das vereinbarte Gespräch sechs Tage später verläuft äußerst angenehm und freundschaftlich. Zu feinsten mit Delikatessen belegten Brötchen wird Champagner serviert. Als die

Jalids die Jägers nicht ganz unerwartet auffordern, im Familienkreise ein Nachtessen einzunehmen, zieren sich diese vorerst mit den Worten, sie wollen nicht stören, auf keinen Fall sich aufdrängen. Doch sie können ihren freudigen Gesichtsausdruck dabei nicht kaschieren, sodass Jalid die beiden Schweizer um die Schultern fasst und in das kleinere Esszimmer – im Haus befindet sich auch ein Saal für 50 Gäste – führt. Am für Normalbürger immer noch großen Familientisch angelangt, deklariert der Vater in französischer Sprache mit Blick auf seine drei Töchter und den Sohn, dass sie die Ehre hätten, mit «Monsieur le Professeur», einem weltbekannten Arzt, und seiner charmanten Frau Suzanne zu speisen. Obwohl die Kinder die Jägers von verschiedenen Anlässen her bereits kennen, schmeicheln sie dem Vater wie den Gästen mit erfreuten Blicken, was Ismail dazu ermuntert, bombastisch und ins Englische übergehend zu verkünden, sein «excellent friend Max is the best of the best» aller Forscher und Chirurgen. Er hätte es sich zur Lebensaufgabe gemacht, Menschen mit der schlimmen und komplizierten Krankheit Krebs zu heilen. Und dann wechselt er wieder ins Französische und deklariert: «Mon ami Max» habe vielen Menschen das Leben gerettet. Mit Blick auf den verlegenen Max Jäger deklamiert Ismail ein weiteres Mal an die Adresse seiner Kinder: «Mes enfants, vous avez devant vous un sauveur de vies, un vrai héros. Ihr habt einen Lebensretter, einen wahren Helden vor euch», was Max endgültig erröten lässt.

Auf dem Heimweg sind die Jägers sich darüber einig, dass sie angesichts der engen und vertrauensvollen Beziehung zu den Jalids bestimmt nicht fehlgehen können, eine Million Schweizer Franken in das Projekt zu investieren, zumal Jalid ihnen am Ende des Abends zwei weitere Vorschläge gemacht hat, die zweifelsfrei beweisen, dass er persönlich hinter ihrer Teilnahme steht: Zum einen räumte er ihnen ein im Grundbuch gesichertes Kaufrecht für ein Haus ihrer Wahl in der dritten Bauphase ein, falls die Rückzahlung des Darlehens sich verzögern würde, was, versteht sich, lediglich eine höchst unwahrscheinliche Hypothese darstelle. Zum anderen bot er ihnen an, weil die Zeichnungsfrist zur Projektteilnahme in kurzer Zeit ablaufe, den Betrag, den die Jägers zu investieren gedenken, zinslos vorzuschießen. Sie könnten ihm diesen Betrag, das eile aber nicht, «einmal im Herbst» zurückzahlen, was sie ihm mit einer schriftlichen Schuldanerkennung auf der Kundenkopie des Zahlungsauftrages an seine Bank bestätigen würden.

David Archer ist einer der wenigen, die in Marbella den geschäftlichen Hintergrund und das bewegte Leben von Jalid kennen. Er und seine Frau Lynn gehören regelmäßig zu den Gästen der Jalids. Auf die Frage, wann er zum ersten Mal Ismail Jalid-al Kassim getroffen hat, müsste er antworten, dass er sich nicht mehr genau an das Datum zu erinnern vermag. Sicher sei lediglich, dass es in den frühen Achtzigerjahren, also in der Zeit war, als er exklusive Geschäftsbeziehungen zu wichtigen Teilen der bulgarischen Waffenindustrie pflegte. Wer von diesen Waffen geliefert haben wollte, musste sich an David Archer, beziehungsweise an seine Firma mit Sitz in Rotterdam, wenden. An ihm kam keiner vorbei. Auch Ismail Jalid-al Kassim nicht, der sich eines Tages in Sofia über den Concièrge des Grand Hotel Bulgaria bei ihm gemeldet und darum gebeten hatte, sich mit ihm 7 Uhr abends in der Hotelbar zu treffen.

David Archer war stets bereit, neue potenzielle, gut ausgewiesene und finanzkräftige Kunden zu treffen. Und Ismail erfüllte in seinen Augen nach ein paar alkoholfreien Drinks für den Syrer und mehreren Whiskys für David in der Hotelbar all diese Kriterien. Damals führte Ismail nach außen ein völlig legitimes Geschäft mit Waffen mit operativen Gesellschaften in Luxemburg, Tunis und Beirut. Bis spät in die Nacht hinein besprachen die beiden ausführlich die Ausfuhr- und Einfuhrvorschriften sowie die Zollabwicklungen in den infrage kommenden Ländern sowie die gegenseitigen Garantie- und Zahlungsbedingungen. Schließlich vereinbarten sie, sich auch regelmäßig persönlich treffen zu wollen, wann immer es notwendig sein würde.

Es dauerte beinahe ein Jahr, bis David Archer von den geheimen, weit wichtigeren, parallelen Tätigkeiten des Syrers Kenntnis erhielt. Monatelang lieferte Archer dem Syrer mit allen Bewilligungen und offiziellen Dokumenten Waffen aus Bulgarien, bis er erfuhr, auf welche Weise diese von Jalid finanziert wurden. Dieser bezog in großen Mengen Drogen aus dem Libanon, die er versteckt in gefrorenem Fleisch über Kühltransporter nach Europa einführte. Mit dem Drogengeld kaufte er unter anderem die Waffen in Bulgarien ein, die er in den Libanon zurückschiffte, um sie an die PLO und das Saddam-Hussein-Regime im Irak zu verkaufen.

Als David Archer Ismail in Sofia zur Rede stellte, lachte dieser und fragte, warum er sich denn Sorgen darüber mache, woher das Geld stamme. Schon die Römer hätten gemerkt, dass Geld nicht stinke. Würde es außerdem stimmen, was Archer gehört habe, was er damit aber in keiner Weise bestätigen wolle, so sei er, David Archer, doch einzig und allein der Lieferant für den zweiten, völlig legitimen Teil der vermeintlichen Doppeltransaktion. Ob er denn von seinen anderen Kunden ebenfalls wissen wolle, wie sie sich vorfinanzierten oder zu ihrem Vermögen gekommen seien. Diese Erklärungen genügten, die Geschäftsbeziehung zu Jalid nicht abbrechen zu lassen, zumal in jener Zeit noch kaum jemand von Geldwäscherei sprach. Über die Jahre sickerten weitere alarmierende Informationen über Ismail zu Archer durch. So erfuhr er, dass Ismail Jalid-al Kassim schon damals, als er ihn kennengelernt hatte, keineswegs ein unbeschriebenes Blatt war. Seine erste Verurteilung, die einzige, für die er ein Jahr im Gefängnis gesessen war, hatte er in London erhalten, weil er in den Siebzigerjahren «wiederholt» gegen das von der UNO verhängte Embargo gegen das Apartheid-Regime von Südafrika verstoßen und dabei, wohlgemerkt, gleichzeitig Waffen an die SWAPO in Namibia für den Kampf gegen Südafrika geliefert hatte. Sowohl Großbritannien als auch die Vereinigten Staaten hatten ihm seither die Einreise verweigert, später auch Japan. In Spanien, seinem festen Wohnsitz, war er deshalb peinlichst darauf bedacht, als Geschäftsmann mit sauberer Weste zu gelten. Nichts von seinen kriminellen Tätigkeiten durfte zutage treten. Er rühmte sich, einer angesehenen syrischen Familie anzugehören, und dass einer seiner vier Brüder, Yarub, syrischer Minister ohne Portefeuille, der andere, Yusuf, Botschafter im Jemen sei.

Doch schon während der Zeit, in der er David Archer kennenlernte, operierte er über eine große Zahl von Tarnfirmen, viele davon «Eintagsfliegen», die nach Abwicklung eines einzigen Großauftrages sofort liquidiert und gelöscht wurden. Mit dem Siegeszug von Internet und E-Mail und den parallel dazu möglichen globalen Überwachungsmöglichkeiten zog sich Ismail jedoch «aus der Schusslinie» und ließ seine Parallelgeschäfte nur noch von Mittelsmännern abwickeln. Daneben war Ismail völlig legal im Warenhandel, vor allem mit Stahl, tätig und hatte dabei mit seinem rasch erworbenen Fachwissen großen Erfolg, was in Fachkreisen bewundernd zur Kenntnis genommen wurde. Es konnte daher niemanden erstaunen, dass Ismail zu Reichtum gekommen war und diesen laufend mehrte.

Anders die Geheimdienste, welche sich für die, euphemistisch als parallel bezeichneten, in Wirklichkeit aber kriminellen Geschäfte des Syrers interessierten und darüber rätselten, welch ausgeklügeltes Kommunikationssystem Ismail wohl auf die Beine gestellt haben musste, damit er seine verbrecherischen Tätigkeiten weiterhin abwickeln konnte, ohne aufgedeckt zu werden. Die von den Geheimdiensten gesammelten Informationen wiesen darauf hin, dass Ismail Waffen in die meisten Krisenherde der Erde und an verschiedenste Terroristengruppen geliefert hatte. Die Geheimdienste stimmen ebenfalls darüber ein, dass er einen Großteil der Waffen an die Abtrünnigen und muslimischen Kriegsparteien in Somalia, Sri Lanka und auf dem Balkan geliefert hat. Kurz vor der Invasion der alliierten Kräfte in den Irak im Jahre 2003 hatte er auch Saddam Hussein über den See- und Landweg unzählige Tonnen Kriegsmaterial geliefert. Seine Bezahlung holte er sich persönlich per Privatjet ab, zusammen mit dem Geld, das sein Freund Uday, der Sohn Saddam Husseins, aus dem Lande schaffen wollte. Es soll sich um eine Summe von über einer Milliarde Dollar gehandelt haben. Nach dem Tode von Saddam Hussein und seiner Söhne soll Ismail das Geld zum größten Teil für sich selbst behalten und nur einen Teil von immerhin zweihundert Millionen Dollar «geschenkhalber» der Witwe und den Töchtern übermacht haben, welche diese erkleckliche Summe nicht weiter hinterfragten.

Ismails Tätigkeit dient jedoch nicht allein der Mehrung seines Vermögens. Eine klare politische Ausrichtung und Agenda führte ihn in den inneren Kreis der Terroristen; vorerst der PLO, danach auch der Hamas, Hizbullah, der al-Qaida und der Taliban. Er spendete riesige Summen seines unermesslichen Reichtums für den «heiligen Krieg», aber auch zur Rettung seiner eigenen Seele, womit er sich als Waffenlieferant die Gunst noch weiterer Kunden in Afghanistan, Pakistan, Bangladesch, Indonesien, aber auch im schwarzen Afrika sicherte. In Kolumbien unterstützte er mit Waffen und Geld die FARC und erhielt dafür Drogen, ebenso in Afghanistan, wo er von den Taliban für seine Waffenlieferungen mit Drogen in großen Mengen abgegolten wurde.

David Archer kennt all diese durch keine handfesten Beweise belegten illegalen Geschäfte seines Nachbarn und noch einige mehr. Aus sicherer mündlicher Quelle, die gerichtlich nicht mehr verwertbar ist, wusste man, dass Ismail Jalid ein enger Freund des palästinensischen Terroristen Abu Abbas gewesen war, der 1985 mit den von Ismail gratis zur Verfügung gestellten Waffen den Überfall auf den Luxuskreuzer «Achille Lauro» verübt hatte. Einen früheren Diener Ismails, der der italienischen Polizei die Verbindung Abbas/Jalid preisgab, fand man einige Wochen später verkohlt im Wrack seines Autos am Fuße einer Klippe. Zwei von Ismail als Spitzel der CIA verdächtigte Kolumbianer, die seinerzeit einen seiner Mitarbeiter angingen, für die kolumbianische FARC Waffen einkaufen zu wollen – die FARC war jedoch bereits Kunde der Jalid-Gruppe! –, wurden unmittelbar nach ihrer Ankunft in Bogota aus einer schwarzen Limousine heraus erschossen. Ferner hieß es, Ismail sei 1982 der Lieferant der Sprengsätze für das Attentat auf ein jüdisches Restaurant in Paris gewesen. Zur Zeit des Anschlags logierte Ismail im Hotel «Plaza Athénée» in Paris und war von jordanischen Diplomaten am Abend nach dem Anschlag in einem Drei-Sterne-Restaurant im Bois de Boulogne in guter Stimmung in Gesellschaft von Abu Abbas gesehen worden.

Kurz nachdem David Archer sein letztes Geschäft mit Ismail Jalid abgewickelt hatte, wurde er in Frankreich verhaftet und nach einer längeren Auslieferungshaft in die USA ausgeliefert. Er war über 30 Jahre lang erfolgreich dem verpönten, aber lukrativen Geschäft eines Waffenhändlers nachgegangen. Als er in Hand- und Fußschellen in Washington D.C. das Flugzeug verließ, hatte er bereits den Entschluss gefasst, mit den amerikanischen Behörden zu kollaborieren: «Ein Gewissen hatte ich nie; also werde ich mir in meinen alten Tagen nicht noch eines zulegen. Lieber dem Feinde dienen als ehrenvoll im Gefängnis seine ‹verdiente Strafe› absitzen.» Und somit verpflichtete sich David Archer nach Hinterlegung einer Kaution von drei Millionen Dollar, sich zur Ruhe zu setzen und ein für alle Mal vom Waffengeschäft auf eigene Rechnung zu verabschieden sowie, als informeller Mitarbeiter des CIA-Büros in Spanien, Ismail Jalid und gegebenenfalls andere Waffenhändler zu überwachen und, falls möglich, überführen zu helfen.

Was David Archer und seine Auftraggeber damals noch nicht wussten, war, dass Ismail in seinem Gastland grundsätzlich keine illegalen Tätigkeiten ausübte, sondern vornehmlich das Leben genoss. Ihm genügten vier bis fünf Monate pro Jahr, um zu reisen, und ein geniales Kommunikationssystem mit seinen freien Mitarbeitern, um all seinen Geschäften nachzukommen. Ihm nachzureisen oder sich an seine Fersen zu heften, war David Archer nicht möglich. Man hatte erhofft, dass der «Palacio Jalid» die Zentralstelle sei, in der alle Fäden zusammenlaufen, wo Verdächtige sich gegenseitig die Klinke in die Hand gaben und attraktive Sekretärinnen in Büros vor prall gefüllten Archivschränken Briefe und Mails in alle Welt verschickten. Doch außer den bewaffneten Dienern mit Waffenscheinen und einem etwa 40-jährigen fachmännischen Angestellten, der sich um den Warenhandel mit Stahl kümmert, gab es nichts dergleichen in Marbella, was die Geheimdienste hätten finden können. David Archer und die Nachrichtendienste gingen daher davon aus, dass Jalid ein Netz von unabhängig voneinander wirkenden, freischaffenden Mitarbeitern benutzte, welche wiederum mit Terroristengruppen wie der al-Qaida, Hitzbullah oder den Taliban vernetzt sein mussten.

Der ermordete abtrünnige Angestellte hatte in Erwartung

einer sehr hohen Prämie verraten, dass alle Kunden und Mitarbeiter mit einzelnen Nummern oder Buchstaben gekennzeichnet waren, die nach einem elaborierten System alle 14 Tage wechselten. Seither nahm man an, dass Ismail sich nur im Notfall in dieses System einrastete, jedoch ein anderes System benützte, um seine Organisation zu leiten. Aber keiner der Nachrichtendienste fand einen Weg, Zugang zu diesem System zu finden. In erster Linie ist das spanische Centro Nacional de Inteligencia (CNI) für die Überwachung und Abhörung Jalids zuständig.

Die einzige Möglichkeit, mehr zu erfahren, die Archer in Erwägung gezogen hatte, war, sich als aktiver Waffenhändler zurückzumelden, um Ismail ein Scheingeschäft mit Dritten anzubieten. Doch diese Möglichkeit wurde verworfen, nachdem sich herausstellte, dass die amerikanische Administration zu knauserig und nicht bereit war, hierfür größere Geldmengen einzusetzen, und kleinere Deals konnten Ismail nicht interessieren. Und somit blieb David Archer nur die Doppelrolle des freundschaftlich verbundenen Nachbars und CIA-Informanten. In dieser Funktion gelang es ihm, ohne aufzufallen, immer wieder Informationsbrocken zu sammeln, die jedoch bestenfalls ergänzende Mosaiksteinchen zu bereits bekannten Tatbeständen darstellten oder sie untermauerten. Für die Überführung des Syrers reichten sie nicht. Als informeller CIA-Agent blieb ihm nichts anderes übrig, als sich immer wieder, sobald sich die Gelegenheit dazu bot, unter die zahlreichen Gäste im «Palacio Jalid» zu mischen. Er beobachtete den Gastgeber meistens aus der Distanz. Den einzigen Informationsvorsprung, den David Archer ihm gegenüber hatte, war der, dass die CIA, die Auslandsnachrichtendienste Großbritanniens und Israels, der MI6 und der Mossad, sowie Spaniens (CNI), Frankreichs (DGSE) und der Schweiz (NDB), den syrischen Staatsangehörigen Ismail Jalid-al Kassim, wohnhaft in Marbella, Spanien, als «Target Nr. 21» auf die Liste der gefährlichsten Terroristen gesetzt hatten. Diese Liste lag auch den anderen Nachrichtendiensten «williger Nationen», wie es damals seitens der amerikanischen Regierung hieß, und ihnen verwandten Organisationen und Kriminalpolizeidiensten vor.

Zürich im September des Vorjahres

Prof. Max Jäger, dem Chefarzt des angesehenen Zürcher ALLMEND SPITALS, wurde die Ehre zuteil, innerhalb eines Monats zwei hohe Auszeichnungen für seine hervorragenden Verdienste als Forscher und Arzt in Empfang zu nehmen.

In Basel wird ihm von der medizinischen Fakultät der Titel eines Ehrendoktors für seine weltweit anerkannten Verdienste auf dem Gebiet der Erforschung und der Behandlung von bestimmten Krebserkrankungen verliehen. Es ist sein dritter Ehrendoktor, doch der erste in der Schweiz, was ihn besonders freut.

Wenige Tage danach nimmt er vor der Kulisse der zahlreich erschienenen Zürcher Prominenz den hoch dotierten Niggli-Preis im Andenken an den großen Zürcher Chirurgen entgegen. Der Präsident der Niggli-Stiftung, ein emeritierter Kollege, liest einen Text ab, der den Zuhörern die illustre Karriere Jägers näherbringen will. Die Ehrung gilt aber auch, so unterstreicht der Referent, Prof. Jägers unschätzbar wichtiger Tätigkeit als Präsident der Ethik-Kommission der Schweizer Ärzte, der er seit zehn Jahren vorsteht. Er betont, dass Kollege Jäger sich in seiner Amtszeit einem bedrohlichen Wandel zu stellen hatte, nämlich einer ethischen Laxheit, was die Sterbehilfe angeht. Er habe dabei mit Diplomatie, Behutsamkeit und Sensibilität Maßstäbe für die Schweizer Ärzteschaft gesetzt, die heute allgemein anerkannt seien. Besonders stolz ist Jäger darauf, dass diese Ehrung auch seiner stetigen Öffentlichkeitsarbeit und seinem unermüdlichen Einsatz im Kampfe gegen die weit um sich greifenden, Euthanasie ähnlichen Praktiken bei unheilbar Kranken gilt. In seiner Dankesrede nach erfolgter Ehrung und Übergabe des Geldbetrages, den er der Liga für Krebsforschung spendet, führt Prof. Jäger aus, dass die Heilung des Patienten oberstes Ziel und unverzichtbare Verpflichtung jedes Arztes sei. Gegebenenfalls münde «eine Behandlung in eine Stabilisierung, in die Linderung von Schmerzen und in die Begleitung des unheilbar erkrankten Patienten». Darüber hinaus seien den Ärzten die Hände gebunden.

Als Prof. Max Jäger seine Auszeichnungen und Ehrungen erhält, hat er keine Ahnung davon, dass er seit dem letzten Sommer im Visier verschiedenster Nachrichtendienste steht.

Marbella im Oktober des Vorjahres

An einem dieser prachtvollen Spätherbsttage, an denen die Sonne bei milder Luft die Farben des sattgrünen Rasens und der Bäume sowie der Blumen im «Palacio Jalid» ein letztes Mal in ihrer ganzen Pracht hervorzaubert, der wolkenlose, blaue Himmel sich in den Schwimmbädern widerspiegelt und mit dem silbrig glänzenden, tiefblauen Meer im Hintergrund kontrastiert, geschieht, was niemand erwartet. Das Mittagessen «al fresco», das die Jalids 30 Gästen an diesem Sonntag offerieren, hätte vor keiner wunderbareren Kulisse stattfinden können. Alles ist perfekt: die Cocktails, der Champagner, die mit Kaviar, Gänseleber und Hummerschwänzen belegten Brötchen.

Ismail Jalid ist gerade dabei, die Köche anzuweisen, die Buffetwagen mit den Hauptgerichten auffahren zu lassen, als er wie im Zeitlupentempo zu Boden fällt. Zuerst knicken ihm die Knie ein, dann schiebt sich der Oberkörper zur Seite, und Ismail kippt in ganzer Länge vornüber um. Erst als er mit dem Kopf hart auf dem Boden aufschlägt, wird den Umstehenden bewusst, dass der Sturz Schlimmes erahnen lässt. David Archer steht mit dem Rücken zum Gastgeber keine zehn Meter von ihm entfernt, als er den dumpfen Schlag hört, den er im ersten Moment nicht einzuordnen vermag, zumal mehrere Gäste sich zwischen ihm und Ismail befinden und nach einer Schrecksekunde zu dem unbeweglich auf der Terrasse liegenden Körper eilen. In der Nähe des Geschehens herrscht eine betretene Stille, während sich die Gäste in einiger Distanz weiterhin fröhlich unterhalten. Man sieht, wie Raghdaa vom Buffet herbeigerannt kommt, sich schluchzend über ihren Mann beugt und sich mithilfe zweier Gäste bemüht, ihn auf den Rücken zu drehen. Eine klaffende Fleischwunde an der Stirn, aus der Blut fließt, lässt die Situation noch dramatischer erscheinen, als sie schon ist. Man hört das immer lauter werdende Flehen seiner Frau, begleitet von sanften Schlägen auf seine Wangen, er solle doch etwas sagen; er solle doch aufwachen. Doch Ismail liegt mit leicht herabhängenden Mundwinkeln bewusstlos da und atmet schnell.

Inzwischen sind seine dritte Tochter und sein Sohn Ali sowie weiteres Personal herbeigerannt, darunter auch eine marokkanische Köchin, die laut zu schluchzen anfängt. Raghdaa befiehlt ihr, dies zu unterlassen, und nennt, beinahe im gleichen Atemzuge, den Namen eines Arztes, den man sofort benachrichtigen und holen solle, oder besser noch die Ambulanz direkt. Während man auf Hilfe wartet, betten Raghdaa und zwei Angestellte den geschundenen Kopf Ismails auf ein Kissen. Danach entfernt Raghdaa sachte mit einer nassen Serviette das von der Stirn bis zu der bebenden Brust geflossene Blut und wickelt den Körper trotz der angenehmen Außentemperatur in Wolldecken ein. Arzt und Ambulanz treffen nach einer langen Viertelstunde fast gleichzeitig ein.

Dr. Carlos Ortega beginnt sofort, dem Patienten den Puls und den Blutdruck zu messen, seine Brust abzuhören, spricht vergeblich zu ihm und richtet nach einer Weile – inzwischen haben sich die Ambulanzleute zum Arzt gesellt – die Frage an Raghdaa, ob sie eine Spitalpräferenz für ihren Mann habe. Die ist auf diese Frage nicht vorbereitet, schaut verloren zum Arzt in der Hoffnung, eine Information über den Zustand ihres Mannes zu erhalten. Dann hört sie, die Ambulanz solle den Patienten raschestmöglich in das «USP Hospital de Marbella» fahren, wo Ismail, begleitet von seiner Frau und seiner Tochter, keine Stunde nach dem Vorfall in die Notfallstation eingeliefert wird.

Wenige Minuten nach ihnen trifft auch Dr. Carlos Ortega in der Notfallstation ein. Nachdem er sich zunächst kurz über den Zustand des Patienten informiert hat, geht er auf Raghdaa zu, nimmt vorsichtig ihre Hand und teilt ihr mit, dass es ihrem Ehemann nicht gut gehe. Er habe mit größter Wahrscheinlichkeit einen Hirnschlag erlitten, sei hier aber in besten Händen.

Raghdaa beobachtet in großer Sorge, ohne Dr. Ortega weiter Beachtung zu schenken, wie zwei Spitalärzte und das Pflegepersonal sich um ihren Mann bemühen. Der ältere Arzt verabreicht Ismail Spritzen, der jüngere misst ihm immer wieder den Blutdruck, testet seine Reaktionsfähigkeit. Das Pflegepersonal hat den Patienten inzwischen entkleidet. In einem weißen, am Rücken offenen Spitalhemd und unter einem Leintuch wird Ismail schließlich aus der Notfallstation gebracht.

Der ältere Spitalarzt nähert sich Raghdaa und ihrer Tochter und spricht mit ihnen freundlich, aber sachlich über eine anzunehmende Druckerhöhung im Gehirn, der man sofort begegnen müsse. Zum Glück sei ihr Mann schon kurze Zeit nach dem Schlaganfall als Notfall eingeliefert worden, was die beste Voraussetzung für eine vollständige Genesung sei. Der Patient werde nunmehr vielfältigen Untersuchungen unterzogen, um eine endgültige Diagnose stellen zu können. Auch würden bereits Maßnahmen zur Druckentlastung ergriffen. Sie und ihre Tochter könnten zu Hause auf den Anruf warten, den sie erhalten, sobald Herr Jalid das Bewusstsein wiedererlangt habe. Als Raghdaa und ihre Tochter erschöpft und doch hoffnungsvoll in einer ihrer Limousinen zum «Palacio» zurückgefahren werden, zeigt sich der Himmel von Marbella im Sonnenuntergang in blauvioletten bis tiefroten Farben, überzogen von orangefarbenen, gelb getönten Wolken. Ein Farbenmeer entfaltet sich vor ihren weinenden Augen, das sich in den Fensterscheiben der Häuser reflektiert.

Raghdaa erhält den ersehnten Anruf um 2.35 Uhr. Das

Warten und die ständigen, vergeblichen Anrufe ins Spital haben sie beinahe in den Wahnsinn getrieben. Irgendein Spitalarzt, dessen Namen sie nicht aufzunehmen in der Lage ist, teilt ihr nun mit, Herr Jalid sei dabei, das Bewusstsein wiederzuerlangen. Er schliefe aber zurzeit. Wann ihr Mann besucht werden könne, fragt sie, da wird sie vom Arzt unterbrochen. Sie solle sich morgen um 8.30 Uhr, also in sechs Stunden, im Spital einfinden. Man hätte bei ihrem Mann eine größere Blutung linksseitig im Gehirn festgestellt, welche mittels eines operativen Eingriffes entfernt werden müsse. Auch könne ein erneuter Hirnschlag nicht vollständig ausgeschlossen werden. Er und seine Kollegen würden dringend dazu raten, Herrn Jalid per Helikopter nach Madrid in die Clinica «Las Rosas» zu verlegen, wo er noch am selben Tage von dem anerkannten Spezialisten, Prof. Alfonso Calvet, operiert werden würde. Selbstverständlich sei vorgesorgt, dass sie und ihre Tochter mitfliegen könnten. Man habe bereits alles mit dem Rotkreuzhelikopter der Clinica «Las Rosas» und Herrn Prof. Calvet arrangiert. Eingeschüchtert erkundigt sich Raghdaa, warum die Operation in Marbella nicht möglich sei, worauf ihr geantwortet wird, dass diese Operation in Marbella zwar möglich sei, das USP Hospital aber für delikate Gehirnoperationen nicht so gut eingerichtet wäre wie die spezialisierte Clinica «Las Rosas». Man hätte auch kurz an ein Krankenhaus in Malaga gedacht, sei aber dann zum Schluss gelangt, wenn schon eine Verlegung angebracht sei, dann in das allerbeste Spital in Madrid. Dazu hatte Raghdaa nichts weiter zu sagen: «Also gut, ich werde dann morgen früh im Hospital sein, um meinen Mann nach Madrid zu begleiten. Meine Tochter wird in Marbella bleiben.»

Raghdaa findet in dieser Nacht keinen Schlaf mehr. Bereits um 7.30 Uhr findet sie sich im Spital ein. Als sie ins Spitalzimmer tritt, findet sie Jalid in einem unruhigen Schlaf.

Sie streichelt ihm die Hand und küsst ihn auf die nicht verwundete Stirnseite. Langsam öffnet er die Augen und versucht zu sprechen. Das wenige, was sie zu verstehen vermag, ist, dass er sich darüber beklagt, kein Gefühl mehr in seiner rechten Hand zu haben. Danach schließt er die Augen und dämmert vor sich hin, bis er wieder die Augen öffnet, aber er sagt nichts mehr. An seinem rechten, leicht nach unten gesenkten Mundwinkel tritt Speichel aus, den Raghdaa mit einem Taschentuch wegwischt. Immer wieder streichelt sie ihm mit den Worten «mein Liebling, mein Liebling» über Stirn und Haar. Tränen füllen seine Augen, die Erstaunen wie auch Trauer ausdrücken.

Nachdem sich die Ambulanz einen Tag vorher mit dem bewusstlosen Ismail auf dem Weg ins Spital befand und die niedergeschlagenen Gäste sich gegenseitig Mut zusprachen und auf den Weg nach Hause machten, griff David Archer zu seinem Mobiltelefon und wählte eine darin einprogrammierte Nummer. Er berichtete, dass «Target 21» während einer Gartenparty in seinem Anwesen zusammengebrochen sei. Er flüsterte in das Gerät, dass der herbeigeholte Arzt angab, es könnte eine Hirnblutung sein. David meldete: «Er ist bewusstlos, aber er lebt und ist in das USP Hospital de Marbella eingeliefert worden.» Dann beendete er das Gespräch und versenkte das Handy wieder in seiner Hosentasche.

In derselben Nacht gegen 23 Uhr melden sich zwei Männer zwischen 35 und 45 Jahre alt, beide von eher gedrungener Statur in Anzug mit Krawatte, an der Rezeption der Notfallstation des USP Hospitals und bitten darum, den für Herrn Jalid zuständigen Arzt sprechen zu können. Das Wartezimmer ist leer, und auch in den Behandlungsräumen scheint nicht viel los zu sein. Die sich munter gebende Empfangsdame begutachtet die beiden Männer, als ob sie aus einer anderen Welt kämen. Mit sanfter Stimme verkündet sie lakonisch: «Das ist zu dieser Stunde nicht möglich.»

Der eine Besucher schaut der Empfangsdame fest in die Augen: «Wären Sie so lieb, nachzusehen, welcher Arzt für Herrn Jalid zuständig ist, und ihn dann zu bitten, uns umgehend zu empfangen. Es ist wichtig.» Dabei zieht er einen Ausweis hervor, der ihn als Beamten des spanischen Außenministeriums ausweist. Der andere tut es dem ersten gleich und zeigt einen Ausweis, der ihn als Beamten eines Amtes mit dem Kürzel CNI ausweist, was der Empfangsdame nichts sagt. Die noch junge, recht hübsche Frau, die normalerweise nur Verletzte und Kranke in Empfang nimmt und sie nach Erledigung der Formalitäten mit monotoner Regelmäßigkeit dazu auffordert zu warten, bis sie an der Reihe sind und an einen der behandelnden Ärzte weitergeleitet werden, hat kein Gehör für das mit Nachdruck betonte Wort «umgehend» des in ihren Augen aufsässigen Typen. Trotzdem spürt sie, dass die Sache diesmal nicht Routine ist, und beginnt, sie spannend und amüsant zu finden. Sie nimmt die beiden Ausweise an sich, bittet die beiden ungewöhnlichen Besucher, sie für einen Moment zu entschuldigen, und verschwindet leichtfüßig durch die Hintertür.

In der ausnahmsweise sehr ruhigen Notfallstation werden lediglich zwei leichtere Notfälle in den Nischen behandelt. Sie beschließt, zuerst die Toiletten aufzusuchen und danach zum Automaten zu gehen. Dort wählt sie eine heiße Bouillon. Der Automat nimmt mehrmals die Münzen nicht an. Bis sie zum Ruheraum der Ärzte geht und dort an die Tür klopft, sind bereits gute 10 Minuten verflossen. Nach einer Weile tritt ein Arzt vor die Türe, den sie mit Vornamen anspricht und dem sie die außergewöhnliche Situation erklärt. Die beiden Beamten haben währenddessen immer unruhiger und ärgerlicher am Empfang gewartet, als ihnen auf einmal ein gertenlanger, jüngerer Arzt gegenübersteht und sich ihnen als Dr. Mario Fernandez vorstellt.

Dr. Mario Fernandez hat zuvor die Ausweise der beiden Männer studiert und wundert sich, weshalb ihm der spanische Staat in Form eines «Diplomaten» und eines «Geheimdienstlers» mitten in der Nacht eine Aufwartung macht. Er führt die geheimnisumwitterten Besucher in einen separaten Raum und entschuldigt sich dafür, dass Notfallstationen nicht für «Staatsbesuche» eingerichtet sind.

Für die Empfangsdame verläuft der Rest der Nacht ohne weitere Überraschungen. Erst auf dem Heimweg fällt ihr auf, dass sie die sonderbaren Besucher gar nicht mehr gesehen hat, obgleich das Verlassen des Spitals während der Nacht nur über die Notfallstation und damit an ihr vorbei möglich ist.

Die Clinica «Las Rosas» ist eine hochmoderne Klinik mit über 100 Betten. Der viereckige Stahlbau mit verdunkelten, blauen Fenstern besteht aus vier Kuben – jeder Kubus eine chirurgische Abteilung für sich –, welche durch gläserne Fußgängerbrücken miteinander verbunden sind. Untergeschossig befinden sich alle Laboratorien wie Röntgen- und Physiotherapieräume, und auf den vier Stockwerken jeder Abteilung gibt es je zwei Operationsräume. Ismail Jalid wird, nachdem er, seine Frau, ein Spitalarzt aus Marbella und ein Krankenpfleger mit dem Helikopter auf dem Dach der Klinik gelandet sind, in das Privatzimmer 407 im Kubus C gebracht, in das kurz darauf ein älterer, kleinwüchsiger Arzt in Begleitung seiner Assistenten tritt.

Raghdaa geht einen Schritt auf den Arzt zu, der sich ihr mit müdem Lächeln, aber freundlich auf Spanisch mit «Soy Profesor Alfonso Calvet, encantado» vorstellt. Raghdaa spricht und versteht recht ordentlich Spanisch. Sie zieht es jedoch vor, sich der französischen Sprache zu bedienen, eine Sprache, die ihr keine Mühe bereitet. Auch Prof. Calvet, ein Katalane, spricht einwandfrei Französisch. Er ist, wie sie inzwischen bestätigt erhalten hat, einer der führenden Chirurgen in Europa auf dem Gebiete der Aneurysmen. Eher der Form halber neigt er sich über den Kranken, tastet ihn am Handgelenk und an der Schläfe ab und bittet darauf die Ehefrau, ihn auf den Spitalgang zu begleiten, wo sie in einer Nische Platz nehmen.

Ohne Umschweife teilt er Raghdaa mit, er hätte die in Marbella vorgenommenen Untersuchungsergebnisse studiert, insbesondere die Schichtröntgen- und die Gefäßdarstellungen. Damit kenne er das genaue Ausmaß der Gehirnblutung, deren Ursprung ein Riss in einer Hirnarterie und eine gleich danebenliegende, geplatzte Gefäßaussackung sei. Raghdaas Gesichtszüge spannen sich merklich an. Sie betrachtet ihr Gegenüber mit ängstlichem Blick. Calvet ist sich bewusst, dass seine Diagnose erschreckend ist, weshalb er umgehend beschwichtigt. Die Behandlung sei heutzutage – auch dank seiner eigenen fortschrittlichen Methoden – durchaus Erfolg versprechend. Es gäbe verschiedene Vorgehensweisen, welche alle in diesem Spital von ihm praktiziert werden. Um die beste und vor allem die einfachste zu wählen, würden sie nochmals das Gehirn mittels einer sogenannten Magnetresonanztomografie vermessen und so eine räumliche Gehirnabbildung schaffen. Dies würde in den nächsten zwei Stunden geschehen, danach würde erst der eigentliche Eingriff vorgenommen werden. Er vermeidet den Begriff «Operation», obwohl er dem Patienten den Schädelknochen mit einem Hautschnitt freilegen wird, um ein mittelgroßes Stück des Schädelknochens herauszunehmen. Das austretende Blut werde er absaugen. Den Riss in der Hirnarterie und die Gefäßaussackung mit feinen Titan-Clips ausschalten und am Ende der Operation das entfernte Stück der Schädeldecke wieder einsetzen.

Die Operation verläuft ohne Komplikationen. Nach drei Stunden liegt Ismail Jalid wieder in der Intensivstation. Raghdaa darf zu ihrem Ehemann und verharrt beinahe regungslos an seinem Bett. Sie bleibt bis spät in die Nacht. Wegen der Rückfallgefahr belässt man Ismail noch für weitere 60 Stunden in der Intensivstation. Als er wieder ins Spitalzimmer 407 zurückgebracht wird, geht es Ismail allmählich besser. Wenn er nicht schläft, was häufig der Fall ist, erscheint er geistig präsent, telefoniert mit seinen Kindern in Marbella und mit seinen Brüdern.

Raghdaa fliegt deshalb nach Marbella zurück, um dort kurz nach dem Rechten zu sehen und nötigenfalls mit den Töchtern nach Madrid zurückzukehren. Mit Ismail telefoniert sie fast jede dritte Stunde, doch am dritten Morgen nach ihrer Abreise beklagt er sich über immer stärker werdende Kopfschmerzen. Raghdaa empfiehlt ihm, die Schwestern zu alarmieren. Mit verzweifelter Stimme ruft er ins Gerät: «Das hab ich bereits getan», worauf Raghdaa ihn bittet, sich zu beruhigen; die Kopfschmerzen würden sicher bald nachlassen. Doch Ismail hat bereits das Bewusstsein verloren und das eingeschaltete Mobiltelefon neben sich aufs Bett fallen lassen.

Raghdaa wartet nach ihren beschwichtigenden Worten noch auf eine Antwort ihres Mannes, als sie im Hörer plötzlich Schritte und weibliche und männliche Stimmen vernimmt, die auf Spanisch laut durcheinandersprechen. Eine männliche Stimme ruft: «Herr Jalid, hören Sie mich; Herr Jalid, hören Sie mich?» Eine andere fordert: «Holt den Professor!» Einen Augenblick später wird das Mobiltelefon ausgeschaltet. Raghdaa ist in Panik, sie schreit, weint und ruft dauernd in der Clinica «Las Rosas» an, um etwas über den Zustand ihres Mannes zu erfahren. Nach einer Stunde teilt man ihr mit, ein Notfall sei eingetreten und ihr Mann erneut operiert worden.

Gegen Abend stirbt Ismail Jalid-al Kassim. Prof. Alfonso Calvet teilt der eilends mit ihren beiden Töchtern angereisten, fassungslosen Raghdaa persönlich mit, dass ihr Mann trotz aller ergriffenen Maßnahmen erneut eine massive Hirnblutung erlitten habe, die nicht mehr unter Kontrolle gebracht werden konnte.

Seine vier Brüder treffen zusammen mit dem Rest der Familie im Laufe des folgenden Tages in Madrid ein, um Ismails Leichnam im Privatflugzeug gemeinsam nach Damaskus auszufliegen, wo er noch am Tage seiner Ankunft nach muslimischem Ritual seine letzte Ruhestätte finden soll. Engere Bekannte, unter ihnen auch David Archer und seine Frau Lynn, sind ebenfalls nach Madrid gereist, um – was David Archer betrifft, ein reiner Vorwand – Ismail die letzte Ehre zu erweisen. Sie werden alle im Luxushotel Ritz einquartiert und nach orientalischem Brauchtum großzügig bewirtet. In der mit klassischen Möbeln, Sesseln und Sofa ausgestatteten Lobby des Hotels versammeln sich die Trauergäste, sprechen liebevoll und mit Respekt über den Toten und versuchen, der Ehefrau und den Kindern, wenn sie vorbeischauen, Trost zu schenken. In erster Linie warten die Brüder Ismails aber auf die Ausreisedokumente der spanischen Behörden, und als diese am folgenden Tage am frühen Morgen eintreffen, wird die im Spital aufgebahrte Leiche sofort in einer schwarzen Limousine zum Flughafen Barajas gefahren und in das Privatflugzeug geladen. Noch am selben Tag findet Ismail Jalid-al Kassim in Damaskus seine letzte Ruhe. Etwa zeitgleich streichen die Computer der meist westlichen Nachrichtendienste «Target 21» von der Terroristenliste.

David Archer steht neben seinem Stationschef, der im Flughafen Barajas aus sicherer Distanz die syrische Trauergemeinde vielfach digital und analog aufgenommen hatte. David schaut den Syrern nach, als ihm völlig beiläufig die Bemerkung entschlüpft: «Komisch, dass die Brüder nie in Marbella waren.» Sein Stationschef dreht sich brüsk zu ihm um und schaut ihn erstaunt an. Dann fordert er David auf: «Sag das noch einmal!» David folgt der Bitte und begreift erst jetzt, was seine spontane Aussage bedeuten könnte.

Tatsächlich waren Davids Worte der Schlüssel dafür, dass der CIA und der israelische Mossad in enger Zusammenarbeit mit dem spanischen CNI dem toten Ismail endlich auf die Schliche kamen. War die arabische Sprache oder die Trägheit der betreffenden Dienste der Grund dafür, dass die über Festnetz und Handy geführten Gespräche zwischen den Brüdern niemals auf Codes hin untersucht worden waren? Zwar hatten die Dienste regelmäßig die an sich banalen Gespräche über Familiengeschichten alle auf Band aufgenommen. Doch auf die Idee, dass Ismail seinen beiden Brüdern Adil, einem höheren Beamten bei der FAO in Genf, sowie Abdallah, einem angesehenen Arzt in Damaskus, auf diesem Weg verschlüsselte Instruktionen übermitteln und Rückmeldungen entgegennehmen könnte, war niemand gekommen. Doch genau dies war unter Zuhilfenahme eines zündholzschachtelgroßen elektronischen Aufnahmegeräts, das an einen Computer angeschlossen war und einzelne, nach einem Code bewusst eingestreute Worte erkannte und zu Sätzen zusammenbaute, geschehen. Zwar hatten die Brüder alle Gespräche nach der Entschlüsselung sofort wieder gelöscht, nicht aber die Nachrichtendienste, die nun, zu Lebzeiten Ismails von ihm an der Nase herumgeführt, unerbittlich die Spuren eines Toten verfolgen.

Teil II

Im Tessin

Prof. Max Jäger wird kurz vor 12 Uhr vor dem Hotel «Splendid» in Lugano von zwei ungepflegt aussehenden Männern angehalten. Hätten sie sich nicht von sich aus als Beamte der Bundeskriminalpolizei ausgewiesen, wäre die Einschätzung, sie planten einen Raubüberfall, keineswegs abwegig gewesen. Der Jahreskongress der Schweizer Onkologen und Hämatologen war kurz zuvor mit dem Hauptreferat Jägers zu Ende gegangen. Er beabsichtigte gerade, sich im Armani-Anzug mit einer eleganten, ledernen Kleiderreisetasche über der rechten Schulter, einer Aktentasche aus gleichem Leder in der einen Hand und einem mittelgroßen Koffer aus Aluminium in der anderen Hand, zum nahen Bahnhof zu begeben, als sich seine Reisepläne über Mailand nach Los Angeles in Luft auflösten.

Stattdessen sitzt er nun in einem schäbigen Konferenzraum der Schweizer Bundeskriminalpolizei (BKP) in Lugano und sieht sich vier Personen gegenüber, die im Polizeijargon verkünden, er sei angehalten worden, damit man ihn über Vorgänge befragen könne, die mit seinen Aufenthalten im spanischen Marbella zu tun hätten. Auf seine ungeduldige Frage, ob dies nicht warten könne, bis er in 14 Tagen wieder aus Los Angeles zurückgekehrt sei, wo er sich verpflichtet habe, als wissenschaftlicher Berater an einer Forschungsarbeit teilzunehmen, hört er vorerst nur verlegenes Räuspern. Dann erkundigt sich eine Stimme, wann und über wen er den Flug gebucht habe, wie viele Leute dem Forschungsteam angehörten, warum gerade er und kein anderer dort teilnehme, und was dort so Wichtiges geforscht werde, dass es nicht warten könne?

Prof. Jäger hört sich die Fragen an und beantwortet sie mit Engelsgeduld. Er ist davon überzeugt, dass es sich hier um ein Missverständnis handeln muss, das sich bald klären wird, sodass er noch immer den nächsten Zug nach Mailand besteigen und mit einer späteren Maschine von dort nach Los Angeles fliegen kann. Prof. Jäger sitzt vor einem der Fenster, durch welches das helle Tageslicht eindringt. Er sieht sich im reflektierenden Glas eines 100 Jahre alten, verblichenen Stichs, der in einem billigen Rahmen an der gegenüberliegenden Wand hängt. Gelangweilt begutachtet er zunächst die matte Gravur einer Ansicht von Lugano, des Sees und der Umgebung und dann den oberen Teil seines sich im Glas widerspiegelnden, dunkelblauen Anzuges. Er betrachtet sein Haar und prüft, ob es unverändert fein säuberlich und mit rechtem Scheitel nach links gekämmt ist. Er setzt seine fein eingefasste Lesebrille ab, haucht die Gläser an und reinigt sie mit seinem weißen Taschentuch. Dann beobachtet er die Beamten in ihren Pullovern und Sporthemden, ihren Cordhosen und Bluejeans. Max Jäger versucht, die Beamten einzustufen, und findet, dass sie in eine der unteren Schubladen gehören. Er macht sich weis, dass sie in Wirklichkeit bloß Eindruck auf ihn machen und ihn von ihrer Wichtigkeit überzeugen wollen, aber nicht wirklich etwas gegen ihn in der Hand haben. Doch dann landet er wieder auf dem Boden der Wirklichkeit, und im Wechselbad der Gefühle entwickelt sich unterschwellig ein Unbehagen, dass das Ganze doch ernst gemeint sein könnte. Er nimmt sich vor, sich keinesfalls von dieser Viererbande beeindrucken zu lassen. Mit dem Ausdruck freundlicher Bestimmtheit – der klassischen Überzeugungsmethode der Ärzte – wird er diesem Spuk bald ein Ende setzen.

Die Polizisten ignorieren seine Bitte um Suspendierung der Befragung geflissentlich und befassen sich als Erstes mit Fragen, die sie wie Kautabak im Munde rumdrehen und hin und her schieben und die sie im Fachjargon als «Einvernahme zur Person» bezeichnen. Sie verlangen und protokollieren Angaben über seine Eltern, Geschwister, Jugend, Ausbildung, über seine eigene Familie und seinen Werdegang als Arzt. Die Antworten zu seinem Werdegang oder die Berufe seiner Töchter quittieren sie mit geheuchelter Bewunderung. Dann wollen sie Näheres über seine Geldquellen wissen, womit sie seine beruflichen Einkünfte sowie Geld- und Sachanlagen anpeilen. Sie erkundigen sich über Bankkonten, liquides Vermögen und Kapitalanlagen in der Schweiz und im Ausland. Das geht ohne Unterbrechung über mehr als eine Stunde, bis sich gegen Ende dieser langatmigen Einvernahme die Tür öffnet und ein Mann in den 40er-Jahren den Raum betritt. Er hat ganz offensichtlich einen weit höheren Rang und eine bedeutend wichtigere Stellung inne als die vier, was sich für Max Jäger bereits aufgrund seiner Körpersprache, aber auch darin zeigt, dass der neue Mann ein blaues Hemd mit Krawatte, eine einigermaßen modische Weste und Flanellhosen trägt. Jovial reicht er dem «Herrn Professor» die Hand und stellt sich als «Ugo Tinelli, Bundesanwalt der Zweigstelle Lugano» vor.

Max Jäger fühlt sich erleichtert, endlich gegenüber einem Gleichwertigen seine Version der Dinge darlegen zu können. Der Justizbeamte verliert indessen keine Zeit. In einem mit italienischem Akzent durchsetzten, ansonsten aber perfekten Deutsch eröffnet er dem Arzt, man ermittle aufgrund ernsthafter Verdachtsmomente gegen ihn, die auf Mitwirkung bei organisiertem Verbrechen, Drogen- und Waffenschmuggel sowie Geldwäscherei hinwiesen. Nahtlos übergehend hält er fest, Prof. Jäger habe sein Boot im Hafen von Puerto Banus in Marbella liegen und verbringe vier Wochen jeden Sommer an der Costa del Sol. Er hätte gewisse Personen, die er zurzeit namentlich nicht nennen wolle, in Marbella regelmäßig getroffen und diese Leute auch auf seiner Jacht bewirtet.

Tinelli ersucht Jäger nicht einmal, zu diesen Verdachtsmomenten Stellung zu nehmen. Er schaut lediglich mit kaltem Blick zu Jäger hinüber und beobachtet, welche Wirkung seine Frontalattacke auf ihn zeitigt. Jäger wiederum ist bemüht, sich zu beherrschen und nach außen hin seine Ruhe zu bewahren. Doch in ihm brodelt es. Was für ihn wie ein schlechter Witz begonnen hat, wandelt sich plötzlich zu Blitz- und Donnerschlag, welcher sein Leben bedroht. Er verspürt Atemnot, in seinen Ohren dröhnt es, und aus seinem trockenen Mund kommt kein Wort. Auch Tinelli spricht nicht mehr. Im Raum herrscht dumpfe Stille.

Als Jäger versucht, seine wirren Gedanken zu ordnen, bemerkt er, dass sich mittlerweile eine Frau zu ihnen gesellt hat. Sie nimmt den Faden wieder auf und stellt sich ihm als Frau Dr. Trudi Messmer vor. Sie sei die eidgenössische Untersuchungsrichterin und komme aus Bern, deshalb die Verspätung. Ohne Umschweife konfrontiert sie Jäger mit der Doppelfrage, woher das Geld für die Anschaffung der Jacht stamme und mit welchem Geld er seine weiteren Investitionen in Spanien finanziert habe.

Wut und Ärger kommen in Jäger hoch, und mit dem Anstieg seines Adrenalinspiegels kommt auch der Mut, sich zu widersetzen, wieder zurück. Mit Bestimmtheit entgegnet er, alles, was er in Spanien gekauft habe, sei mit in der Schweiz versteuertem Geld bezahlt worden. Weiter gebe es dazu nichts zu sagen, außer dass er das Segelboot Mitte der 90er-Jahre von einem Madrilenen namens Francisco Vila zum Preis von etwas über zehn Millionen Pesetas, damals also weniger als 100.000 Schweizer Franken, erstanden habe.

Frau Messmer notiert seine Bemerkungen und überlässt das Feld wieder dem Bundesanwalt, dem es gelingt, die Stimmung Jägers schnurstracks wieder in den Keller zu schicken, indem er den nächsten Schlag landet. «Die Jacht, mit dem Namen ‹Jubilee›, die Ihnen gehört, ist von der spanischen

Kriminalpolizei, der Guardia Civil in Marbella, durchsucht und danach kraft richterlicher Verfügung in Gewahrsam genommen und an ihrem Liegeplatz versiegelt worden.»

Nach einer Kunstpause, in der Tinelli die Reaktion des sichtlich erschütterten Professors beobachtet, schießt er den nächsten giftigen Pfeil ab. «Ihr Anteil an einer größeren Überbauung in Marbella wie auch Ihr Bankkonto bei der Banco Santander sind ebenfalls richterlich sequestriert worden. Die richterlichen Verfügungen sind unterwegs in die Schweiz. Sie stehen in Spanien unter dem Verdacht, Ihre Investitionen mit kriminell erworbenen Geldern finanziert zu haben.» Jäger stockt der Atem. Er bittet um ein Glas Wasser und einen Kaffee. Die von ihm verlangte Pause gibt den Polizisten die Gelegenheit, die Beine zu strecken und den Raum kurz zu verlassen.

Jäger wird sich bewusst, dass das anfängliche polizeiliche Fragespiel nur die vorgeschriebene Vorspeise im Menu der Bundesanwaltschaft gewesen ist. Nach der kurzen Pause wird Jäger aufgefordert, nunmehr detailliert Auskunft über die von ihm und seiner Ehefrau in Spanien getätigten Investitionen zu geben. Um Jägers Redefluss in Gang zu bringen, werden vorerst über längere Zeit hinweg Jägers Schweizer Finanzverhältnisse durchleuchtet. Sein dreistöckiges Haus in Zürich, seine Beteiligung am ALLMEND-Spital, dem er als Chefarzt vorsteht, und seine weiteren Vermögensverhältnisse.

Dabei beobachtet Tinelli sein Gegenüber stets aufmerksam in der Absicht, Ermüdungserscheinungen an ihm festzustellen. Die Uhr zeigt bereits 5 Uhr, als Frau Messmer den Bundesanwalt ablöst und so lange weiter bohrt, bis Jäger widerwillig auf die Million Schweizer Franken zu sprechen kommt, obwohl er ahnt, dass diese Investition in die Überbauung in Marbella, wie befürchtet, nur Ärger bedeuten kann. Kaum hat er diesen Brocken aus dem Mund fallen lassen, prasseln

Fragen über Fragen auf ihn ein: Ob er längere Zeit Ausschau für Investitionen in Spanien gehalten habe? Und warum dieses und kein anderes Bauprojekt? Ob er dafür eine Immobilienagentur beauftragt hätte? Oder einen Architekten? Wer sein Anwalt und sein Notar seien? Ob er seine Berater selber ausgewählt habe, und falls nicht, wer ihm diese dann empfohlen hätte? Und wer ihn sonst noch beraten habe?

Jäger versucht instinktiv, Ismail Jalid in seinen Antworten nicht zu erwähnen. Sind es die pausenlose Fragerei, die innere Unruhe oder seine lavierenden Antworten, die den sonst so auf Präzision bedachten Jäger schließlich ins Trudeln bringen? Seine bisher vorsichtig gewählten Antworten verwandeln sich plötzlich in ein überschwängliches Loblied auf die Millionärsfamilie Jalid-al Kassim, mit dem er sich hinsichtlich seiner monetären Angelegenheiten in Spanien zu rechtfertigen versucht. Auf diese Gelegenheit hat die Untersuchungsrichterin nur gewartet. In gespielter Ruhe notiert sie die Aussagen Jägers, dann zieht sie ein Dokument aus der vor ihr liegenden dünnen Akte heraus und legt es Jäger vor. «Sagt Ihnen das etwas?»

Der schaut eingeschüchtert und zugleich verlegen auf einen Bankbeleg. Mit verschwommenem Blick bemüht er sich, die Buchstaben und Zahlen darauf zu erfassen, bringt dann aber nur dazu vor, dass ihm dieses Stück Papier nichts sagt.

Frau Messmer erklärt ihm, dass es sich dabei um eine Fotokopie einer Banküberweisung der Arab Discount Bank mit Hauptsitz in Beirut im Auftrag eines Tompy Trusts auf der Isle of Man handelt. Dieser Trust habe am 22. August des Vorjahres im Namen Max Jägers den Betrag von 662.500 Euro – im Wechselkurs von damals mehr als einer Million Schweizer Franken – an die Banco Bilbao de Viscaya in Marbella eingezahlt. Und zwar auf das Konto des Baukonsortiums der Überbauung «Vista Mar».

Max Jäger beteuert, er kenne diesen Trust nicht. Sicherlich sei Jalid «als Darlehensgeber berechtigt gewesen, den genannten Betrag über eine seiner Geldquellen in meinem Namen an das Baukonsortium zu überweisen, was unserer Abmachung in keiner Weise zuwiderlief», präzisiert Jäger. Er könne den Nachweis erbringen, dass er den von seinem Freund vorgeschossenen Betrag mit versteuertem Geld aus der Schweiz zurückbezahlt habe. Frau Dr. Messmer lässt sich hierzu lakonisch vernehmen: «Es geht hier um sogenannte ‹Schwere Geldwäscherei›, einen Straftatbestand unseres Strafgesetzbuches. Und daher habe ich von den Banken bereits Auskunft verlangt.» Beharrlich macht dann Frau Messmer Jäger auf verschiedene Widersprüchlichkeiten in seinen bisherigen Aussagen aufmerksam. So hätte er verschwiegen, dass ihn der in Marbella wohnhafte Syrer Ismail Jalid-al Kassim dazu gebracht hätte, in die Überbauung zu investieren. Jäger hätte anhand der vorliegenden Dokumentation wissen müssen, dass Jalid das federführende Mitglied des Baukonsortiums und gleichzeitig dessen einziger Promotor gewesen sei. Auch sei es ohne Weiteres feststellbar gewesen, dass die Immobiliengesellschaft «LUXVILLA», die ihn, Jäger, hinsichtlich des Vertragsabschlusses beraten habe, von Herrn Jalid kontrolliert wurde.

Nachdenklich wirft Jäger die Frage ein, was er unter dem Begriff «einziger Promotor» zu verstehen habe. «Sie sollten sich nicht naiver geben, als Sie in Wirklichkeit sind, Herr Jäger!», bekommt er darauf von der Untersuchungsrichterin zu hören. «Ein Promotor», erklärt sie, «ist jemand, der meistens mit eigenem und/oder dem Geld von Banken in Eigenregie Häuser baut und danach verkauft, um den Gewinn einzustreichen. Nur selten tun sich Promotoren außer mit Banken noch mit Drittpersonen zusammen, weil dies oft Komplikationen mit sich bringt. Bei Herrn Jalid war dies allerdings, was dieses Projekt angeht, anders. Für ihn bot ein Baukonsortium ganz spezifische Vorteile.» Jäger bemerkt eine Zweideutigkeit im letzten Satzteil, kann sie aber nicht deuten. Er gibt zu bedenken, er verstünde wenig bis gar nichts von Anlagen in Spanien. Ebenso seine Frau. Hätten sie nicht der Seriosität Ismails vertraut und auf dessen guten Rat zählen können, hätte sie nichts in dieser Welt dazu bewegen können, eine Million Schweizer Franken in das Projekt zu stecken. Doch trotz seiner anrührenden Darstellung des Vertrauensverhältnisses zwischen Jalid und ihm wird Jäger das ungute Gefühl nicht mehr los, dass mit seiner Investition irgendetwas faul ist.

Bundesanwalt Tinelli bricht die erneut einsetzende Befragung durch Frau Messmer ab. Es ist inzwischen Abend geworden, und Tinelli meint, für heute genug gehört zu haben. Dann teilt er Jäger mit, der noch immer festen Glaubens ist, seine Reise nunmehr antreten zu können, die Ermittlungen stünden erst am Anfang. Er bittet ihn, das Protokoll seiner Aussagen zu unterschreiben, das lediglich den vorläufigen Stand der Dinge wiedergebe. Max Jäger unterschreibt und steht auf, um zu gehen. Doch Tinelli hält ihn mit den Worten zurück, die Gefahr, dass er Beweise beiseiteschaffe oder Tatsachen zu verdunkeln versuche, sei sehr groß. Er könne ihn deshalb, so leid es ihm täte, nicht auf freien Fuß setzen. Aus den gleichen Gründen dürfe er vorläufig auch niemanden kontaktieren, insbesondere seine Frau nicht, welche in Marbella auch zugegen war. Einen Anwalt könne er jedoch in Kürze beiziehen. Man sage ihm noch, wann. Er würde nun abgeführt und in einem Gefängnisbus ins Untersuchungsgefängnis von Bellinzona gefahren werden. Morgen werde man sich wieder sehen.

Abends in Bellinzona

Kein unbescholtener Schweizer Bürger, eingeschlossen Prof. Jäger, hätte sich den erbärmlichen Zustand des Gefängnisses von Bellinzona, der Hauptstadt des Kantons Tessin, vorstellen können, das sich in den Kellern eines mächtigen Amtsgebäudes befindet. Nachdem Max Jäger zu seinem Entsetzen die erniedrigende Routine, die jeder neu eingelieferte Untersuchungshäftling über sich ergehen lassen muss, hinter sich gebracht hat, führt ihn ein uniformierter Kantonspolizist eine breite Treppe hinunter, wo sie vor einer mit Doppelgittern versperrten Holztür mit einem Blickloch zu stehen kommen. Das Blickloch wird von innen geöffnet, und Jäger sieht zwei Augen und eine Nase, die sofort wieder aus seinem Blickfeld verschwinden. Die Holztür öffnet sich nach innen. Ein weiterer uniformierter Polizeibeamter steht vor Prof. Jäger und begrüßt ihn auf Italienisch, während der erste, der ihn hinabgeführt hat, wortlos wieder die Treppen hochsteigt.

Der Gang des Untersuchungsgefängnisses ist hell erleuchtet. Auf jeder Seite befinden sich etwa ein Dutzend Zellen. Der Polizeibeamte öffnet die Zelle Nummer 7 und teilt mit, dass er dem Signore Jäger sein Nachtessen in wenigen Minuten bringen werde. Dann schließt er die Tür mit einem harten Geräusch. Prof. Jäger sieht sich in einem modrigen Raum mit zwei Pritschen, darüber jeweils ein Regal aus billigem Holz. Gegenüber der Tür befinden sich eine offene Toilette und ein Lavabo. Die Wände sind aus Stein, vollgekritzelt und schmutzig. Knapp unterhalb der Decke liegt ein vergittertes Fenster mit dickem Milchglas, etwa 60 Zentimeter lang und 30 Zentimeter hoch, welches tagsüber, wie er erfahren wird, nur spärlich Licht eintreten lässt. Neben den Pritschen gibt es lediglich noch einen Holztisch und zwei Stühle aus Plastik.

Nach einer Weile bemerkt er, dass er nicht alleine ist. Ein

Mann liegt reglos auf einer der Pritschen und beobachtet ihn aus den Augenwinkeln. Keiner begrüßt den anderen oder sagt sonst ein Wort. Die Zellentür öffnet sich, und der Polizist bringt ein Tablett mit einem tiefen Teller, in dem Fleisch und Salzkartoffeln in einer nicht definierbaren Soße schwimmen. Dazu in einem Blechgefäß einen Reispudding als Nachtisch. Der Polizist erkundigt sich, ob er Wasser oder ein Süßgetränk wünsche. Jäger entscheidet sich für Wasser und isst benommen seine Mahlzeit. Er merkt erst jetzt, dass er hungrig ist.

Bellinzona, die Tage danach

Am zweiten Tag seiner Inhaftierung war Jägers Mitinsasse in Zelle 7 nach dem Frühstück von einem der Aufseher aus der Zelle geführt worden und nicht mehr zurückgekommen. Er hatte seine Ehefrau spitalreif geschlagen und damit gedroht, sich und sein Kind umzubringen, wie Jäger mittlerweile von ihm erfahren hatte. Er war ein verzweifelter Mann.

Doch ein Mann wie Max Jäger durfte neben einem Schwachen keine Schwächen oder gar seine eigene Verzweiflung zeigen. Er hätte auch gar keine Gelegenheit dazu gehabt, denn gleich nach dem Waschen und Frühstück wurde er umgehend nach Lugano gefahren, wo die Befragung zähflüssig ihren Fortgang nahm.

Auch am dritten Tag seiner Inhaftierung kreist die Befragung wie ein Habicht auf Suche nach Beute um die Person Ismail Jalid-al Kassim und seine Familie. Max Jäger erkennt sehr schnell, dass es bezüglich seiner Investitionen in Marbella und dem Syrer gewisse, ihm verborgene Sachverhalte geben muss, für die sich die Polizisten interessieren. Aber er kann wie ein Student, der glaubt, eine Examensfrage nach bestem Wissen beantwortet zu haben, aber aufgrund des Gesichtsausdruckes des Examinators merkt, dass die Antwort nicht genügt, nur immer wieder beteuern, dass er nicht mehr darüber wisse, als was er bereits zu Protokoll gegeben habe.

Tinelli bemerkt dazu bloß, für die Bundesanwaltschaft bestehe kein Grund, das Verhör zu beenden. «Lassen Sie mich das mit einer Parabel umschreiben. Sie kennen den Weihnachtsspruch der Heilsarmee, den ‹Topf am Kochen halten›. Sie müssen sich jetzt vorstellen, dass sich im kochenden Topf eine ungenießbare Brühe, bestehend aus Banalitäten, Schutzbehauptungen, Halbwahrheiten und Erinnerungslücken befindet, und diese Brühe kochen wir so lange, bis daraus eine

Suppe entsteht, die genießbar ist.»

Was er Max Jäger nicht unter die Nase reibt, ist der Beweggrund für die nicht enden wollende Einvernahme und die ständig gleichen Fragen: Es gehört zur Ermittlungsmethode der Untersuchungsbehörden, durch wiederholtes Fragen und mittels verschiedener Ansätze der Fragestellung, unbewusst oder beiläufig zu Protokoll gegebene Sätze oder Satzteile, Redewendungen und Bemerkungen zu hinterfragen, um zu neuen Perspektiven zu gelangen, neue Erkenntnisse zu gewinnen oder falsche Fährten wie auch Hypothesen aufzudecken.

Deshalb hat Jäger mittlerweile auch von Tinelli erfahren, dass Ismail vier Brüder hat, zwei in Syrien, einen im Jemen und einen vierten in Genf. Er wird immer wieder befragt, ob er den einen oder den anderen in Marbella zu Gesicht bekommen oder sonst irgendwo kennengelernt habe. Man zeigt ihm Fotoaufnahmen, offensichtlich auf einem Flughafen geknipst. Nein, er habe sie nie gesehen, nichts von ihrer Existenz gewusst. Ismail habe auch nie von ihnen gesprochen, genauso wenig – was ihm jetzt erst auffalle – wie er von seinem Beruf und Werdegang gesprochen habe. Für ihn sei er allein der gute Freund, Familienvater und Gastgeber gewesen, der mit seiner charmanten Frau dazu beigetragen habe, ihre Ferienaufenthalte attraktiv und angenehm zu gestalten. Jäger kam erneut ins Schwärmen: «Für mich und meine Frau sind Ismail und Raghdaa Teil von Marbella.»

Bundesanwalt Tinelli lässt die gefühlvolle Anwandlung vorbeigehen. Dann schaut er von seinen Akten hoch und erkundigt sich mit gespielter Kühle, ob Jäger denn nicht wisse, dass Ismail tot sei? Seine Witwe lebe heute mit den Kindern in Paris. Der Schock, den diese Mitteilung bei Max auslöst, ist offensichtlich. Verwirrt sucht er nach Worten: «Aber … wann ist das geschehen?» Tinelli, der einmal mehr die Gelegenheit beim Schopfe packt, Jägers Reaktionen zu beobachten, fügt lediglich hinzu: «Er starb letztes Jahr im November in einem Madrider Spital. Seine Brüder holten seinen Leichnam ab und setzten ihn in Syrien bei.»

Tinelli schaut zur Untersuchungsrichterin, die daraufhin übernimmt: «Um genau zu sein, erlitt Herr Jalid bei einer Gartenparty auf seinem Anwesen am Mittwoch, den 16. Oktober, um etwa 14 Uhr eine Hirnblutung. Was mich nun brennend interessiert, Herr Jäger, ist, warum Sie ausgerechnet am selben Mittwoch Ihrer Bank, der UBS AG, Zürich, den Auftrag gegeben haben, einen Betrag von 500.000 Schweizer Franken auf das Konto einer Gesellschaft mit Namen Probis SA bei der SITOR Bank in Luxemburg zu überweisen.

Ich nehme an, dass es sich dabei um die zweite Rate der Rückzahlung an Herrn Jalid handelte, nachdem Sie einen Monat zuvor schon einmal einen Betrag dieser Größenordnung an dieselbe Adresse überwiesen haben. Wie kam es dazu, dass Herr Jalid etwa um 14 Uhr einen Hirnschlag erlitten hat und Sie nur zwei Stunden später der UBS AG den zweiten Zahlungsauftrag gemailt haben?

Es scheint ganz so, als ob Sie uns gegenüber den Dummen spielen. Sie müssen von irgendjemandem kurz nach 14 Uhr über den kritischen Zustand Ihres Freundes und Geldgebers informiert worden sein. Und kaum hatten Sie Kenntnis davon, haben Sie auch den Rest des Darlehens schleunigst zurückgezahlt! Ist dem nicht so? Diese fast panische Eile der Rückzahlung vermittelt uns auch den Eindruck, dass Sie sehr wohl wussten, dass das von Ihrem Gönner vorgestreckte Geld einen kriminellen Ursprung hatte.»

Jäger schaut verständnislos ins Leere. Zeit verstreicht, ohne dass er oder einer seiner Widersacher spricht. Dann sagt er: «Ob Sie es glauben oder nicht. Ich wurde über den Tod Jalids nicht unterrichtet. Ich höre heute zum ersten Mal davon. Was die Überbauung in Marbella angeht, erhielt ich regelmäßig

Informationen von den zuständigen Stellen, die ich auch hin und wieder kontaktierte. Jalid hielt sich, soweit ich weiß, aus dem operativen Geschäft heraus. Seit dem letzten Sommer habe ich mit ihm nur einmal gesprochen. Wir besprachen die Zahlungsmodalitäten für die Rückzahlung der ersten Hälfte des Darlehens.» Jäger beobachtet die Ermittler, die ihn während seiner Aussage gelangweilt anstarren. Er wartet auf eine Reaktion, aber die bleibt aus.

«Ich möchte einen Anwalt», unterbricht er die Stille. «Ich komme mit Ihnen und offenbar Sie auch mit mir nicht weiter. Ich bitte Sie, mich jetzt und hier mit meinem Anwalt, Dr. Anton Schorni in Zürich, sprechen zu lassen.»

In einem separaten Büro, in dem zwei uniformierte Polizisten Stellung genommen haben, wählt Max Jäger die ihm geläufige Zürcher Telefonnummer seines Freundes und Anwalts Dr. Anton Schorni. Dessen Sekretärin, Frau Eva Roth, meldet sich, grüßt ihn freundlich und teilt mit, dass sich Dr. Schorni in einer Besprechung befindet. Prof. Jäger erwidert, sein Anruf sei äußerst dringend, und er sei nicht in der Lage, einen Rückruf entgegenzunehmen. Frau Roth willigt schließlich ein, ihren Chef aus der Besprechung zu holen.

Dr. Schorni, den Jäger mit Toni anspricht, hört sich den Grund für Jägers Anruf an, ohne ihn zu unterbrechen oder Fragen zu stellen. Seine Reaktion grenzt an Teilnahmslosigkeit. «Wer weiß davon, dass du dich in Untersuchungshaft befindest?», hört Jäger Schorni schroff fragen. Jäger erklärt, dass es ihm bisher nicht erlaubt war, Kontakte zur Außenwelt aufzunehmen. Dies sei sein erster Anruf. Er benötige dringend Schornis Hilfe. Schorni überlegt eine Weile: «Denkst du nicht, es wäre besser, wenn niemand davon erfährt, dass du in Untersuchungshaft bist? Stell dir vor, wenn das in die Presse käme. Berühmter Krebsspezialist und Chefarzt, oder so ähnlich, in Untersuchungshaft. Oder noch schlimmer: Gegen

Prof. Jäger, den berühmten Krebsspezialisten und Chefarzt des ALLMEND SPITALS, wird wegen Geldwäscherei und Angehörigkeit zum organisierten Verbrechen ermittelt. Er befindet sich in Untersuchungshaft in Bellinzona. Bis zu einem Freispruch in einigen Jahren wärst du weg vom Fenster.»

Die am ersten Tag von Tinelli hingeworfenen Straftatbestände von seinem Freund und Anwalt in anwaltlicher Kälte aufgezählt zu bekommen, als habe er sie tatsächlich begangen, entmutigt Jäger vollends. «Und wann kommst du nach Bellinzona?», fragt er kleinlaut.

«Ich glaube nicht, dass ich die richtige Person bin, dich im Tessin zu verteidigen. Du brauchst einen lokalen Verteidiger. Ich kenne eine sehr gute Strafrechtlerin. Sie hat mit mir in Zürich studiert. Ihr Name ist Anna Tettamanti. Sie wird sich um dich kümmern, ich rufe sie sofort an.» Jägers Stimme war die Verzweiflung anzuhören: «Was soll ich meiner Frau erzählen? Wie verhalte ich mich gegenüber dem Spital? Was geschieht mit Los Angeles, wo ich am Montag erwartet wurde und bereits arbeiten sollte?»

Toni Schorni skizziert, ohne zu zögern, eine geeignete Geschichte für Jägers Frau: «Du bist eben auf deinem Amerika-Trip, basta. Dein Forschungsauftrag steht unter staatlicher Aufsicht, ist streng geheim und findet in Klausur an einem geheimen Forschungsinstitut statt. So werde ich es deiner Frau mitteilen, wenn sie mich kontaktiert. Und wie heißt noch dein Stellvertreter im ALLMEND SPITAL?»

«Du meinst Dr. Hugo Wiederkehr», erwidert Jäger kleinlaut. «Ja, genau den», fährt Anton Schorni fort. «Das Spital muss schließlich weiter funktionieren, während du nicht erreichbar bist. Das muss ich dir ja nicht erklären. Ich werde mit Dr. Wiederkehr Kontakt aufnehmen, damit er im Spital richtig kommuniziert. Deine Absenz darf auf keinen Fall irgendwelche Spekulationen auslösen. Wenn wir unser Gespräch beendet haben, werde ich außerdem Antrag bei der Bundesanwaltschaft stellen, dass ich regelmäßig mit dir sprechen darf. Ich glaube nicht, dass man mir dies verweigern wird.» Innerlich aufgewühlt, hört Jäger seinem Freund und Anwalt zu. Dessen Worte scheinen Sinn zu machen. Nachdenklich bestätigt er Schorni, mit seinem Vorgehen einverstanden zu sein, bevor er eine Pause einlegt und Schorni mit der Frage konfrontiert: «Und was ist mit den Kollegen in den USA? Welche Entschuldigung liefern wir ihnen für mein Nichterscheinen?»

«Lass mich überlegen», denkt Schorni laut. «Ich werde mir etwas einfallen lassen. Mach dir keine Sorgen.» Aber Jäger setzt nach: «Toni, du musst noch heute dort anrufen. Die Telefonnummer hat meine Sekretärin, Frau Sommer.»

«Ich höre, was du sagst, und erledige das», lässt der Anwalt wieder mit forscher Stimme vernehmen. «Zuvor muss ich aber noch verifizieren, ob die Amerikaner bereits Kontakt mit Zürich gehabt haben und was ihnen in diesem Fall schon gesagt worden ist. Du wirst von mir hören.»

Jäger bleibt nichts anderes übrig, als ihm zu danken und sich zu verabschieden.

Wenig später fährt ihn der Polizeibus wieder ins Gefängnis zurück. In seiner Zelle riecht es nach Desinfektionsmittel. Auf der Nebenpritsche liegt ein gefaltetes Leintuch, daneben die zusammengelegte Wolldecke. Jägers geistiges Auge wandert nach Marbella in den «Palacio Jalid». Die Erinnerungen an die Zeit mit dem syrischen Ehepaar und deren Freunde und Gäste melden sich zurück. Ihm und seiner Suzanne war es vergönnt, Ismail von seiner guten Seite als Dr. Jekyll kennenzulernen, sinniert er. Mr. Hyde und dessen übles Spiel blieb ihm verborgen. Seine Fragen während der Einvernahmen, was genau dem Syrer denn überhaupt vorgeworfen werde, stießen auf bleiernes Schweigen oder wurden mit Bemerkungen abgeschmettert wie: «Hier fragen wir, nicht Sie.» Doch gerade das geheimnisumwitterte und ruppige Vorgehen der Beamten erhärtet Jägers Befürchtung, er müsse den Kopf für den toten Ismail hinhalten.

Wahrlich ein richtiger Freund, der mir so etwas beschert, denkt Max und ist über seinen eigenen Sarkasmus überrascht. Er beginnt zu analysieren, wie es zu seiner jetzigen Situation gekommen ist, und muss sich eingestehen, dass der Glanz der gemeinsam mit den Jalids verbrachten sommerlichen Tage und Nächte in Marbella ihm während der Verhöre die Sicht verwehrt hat, etwaige dubiose wirtschaftliche Machenschaften des Syrers für möglich zu halten. Überzeugt davon, ihm könne nichts vorgeworfen werden, zog er den wohl eher fatalen Schluss, auch Ismail sei deshalb ein Ehrenmann mit weißer Weste.

Seine Gewissheit, bald entlassen zu werden, wich einer großen Unsicherheit und Zweifel darüber, wie die Sache enden soll. Max fühlt sich unendlich alleine und von Ismail hintergangen und benutzt. Er ist ihm in die Falle gegangen, wobei ihm immer noch nicht ganz klar ist, in welche. Irgendeine strafrechtlich belangbare Tat wird sicherlich an mir hängen bleiben, folgert er und versucht sich vergeblich vorzustellen, welche Strafe ihn erwarten könnte. Das Gefängnis? Kalter Schweiß steht ihm auf der Stirn.

Der Aufseher macht sich an der Zellentür zu schaffen, um das Nachtessen in die Zelle zu bringen. Kaum ist er über die Schwelle getreten, als ihm Max, der mit dem Rücken zur Tür auf der Pritsche liegt, auch schon zuruft, er wolle nichts essen. «Lassen Sie mir bitte nur das Getränk da.» Der Wärter erkundigt sich, ob Max etwas fehle, ob es ihm nicht gut gehe? Worauf der unwillig erwidert, er habe einfach die Schnauze voll und wolle in Ruhe gelassen werden. Der Aufseher, an Gefängniskoller der Häftlinge gewöhnt, tut wie ihm geheißen und lässt Max mit seinen trüben Gedanken allein.

Am nächsten Tag wird er nach dem Morgenessen nicht nach Lugano gefahren, sondern in einen Innenhof geführt, wo bereits andere Insassen ihre Runden drehen, um sich die Beine zu vertreten, stehend oder sitzend miteinander schwatzen oder sich sonst wie im Freien die Zeit vertreiben. Sofort verkrümelt Max sich in eine der Ecken des quadratischen, asphaltierten Platzes, weil er von niemandem angesprochen werden will. Doch schon nähern sich ihm zwei Gestalten, ein größerer Mann mit tätowierten Armen und muskulösem Körper und ein wesentlich kleinerer. Muss ein Ausländer sein, denkt Max. Er will sich auf keinen Fall anquatschen lassen und schaut in eine andere Richtung, um den zwei Männern zu verstehen zu geben, dass er nichts mit ihnen zu tun haben will. Vergeblich. Er hört den einen fragen: «Bist du neu?» Und als Max die Frage widerwillig bejaht, wird er nach seinem Namen gefragt. Als er sie mit «Jäger» beantwortet, fangen die beiden lauthals zu lachen an. Max ist sich sofort bewusst, dass sein Nachname hier niemanden interessiert. Er kann sich jedoch nicht überwinden, seinen Vornamen zu nennen, er will nicht bei allen der «Max» sein, den jedermann duzen darf. Er beschließt, nichts mehr zu sagen, und bekommt dafür einen Moment später einen äußerst schmerzhaften Fußtritt gegen sein Schienbein und hört den Tätowierten «du Arschloch» sagen. Der Schmerz betäubt ihn. Er lehnt sich an das Gitter und wartet, bis der Schmerz abklingt, während sich die beiden Männer wieder zu den anderen Mitinsassen gesellen. Keiner scheint den Vorfall gesehen zu haben, auch die Aufseher nicht. Ein kurzer Signalton zeigt das Ende der Auszeit im Freien an. Max Jäger humpelt unter kaum nachlassenden Schmerzen in seine Zelle zurück. Ein Aufseher erkundigt sich: «Was ist mit Ihnen geschehen?» Worauf Max bemerkt: «Nichts Nennenswertes. Habe mir bloß das Schienbein angeschlagen. Geht schon vorbei.» Darauf meldet der Aufseher, die staatsanwaltschaftliche Einvernahme finde heute im Besuchszimmer des Amtshauses statt. Er solle sich bereithalten. Er werde kurz vor 14 Uhr abgeholt werden.

Das Besuchszimmer, ohne vergitterte Fenster, aber mit zwei uniformierten Wachpersonen besetzt, befindet sich im Erdgeschoss. Der Aufseher führt den mürben, noch immer hinkenden Max Jäger in den Raum. Noch bevor er sich umgeschaut hat, treten der Bundesanwalt und zwei seiner Mitarbeiter ein, gefolgt von einem Max bisher unbekannten Mann und einer kleinen, rundlichen Frau mit großen, braunen Augen, hinter einer Brille, die mit freundlichem Blick auf ihn gerichtet sind. Bundesanwalt Tinelli stellt Max die Frau als Frau Anna Tettamanti, seine Anwältin, vor. Sie reicht ihm die Hand zum Gruß. Dann ist der unbekannte Mann an der Reihe. «Dies ist Herr Kriminalinspektor Eddy Borner von der Bundeskriminalpolizei, kurz BKP genannt. Er wird weitere Befragungen während meiner Abwesenheit vornehmen.» Er lässt unerwähnt, dass Borner nicht nur für das BKA, sondern auch für den Nachrichtendienst des Bundes für das Ausland, dem NDB, arbeitet und für sogenannte Staatsschutzdelikte wie Terrorismus zuständig ist. Eddy Borner, ein mittelgroßer Mann mit schütterem, mattbraunem Haar und funkelnden kleinen, grauen Augen stammt aus Biel, einer zweisprachigen Stadt im Schweizer Seeland. Er spricht ebenso gut Deutsch wie Französisch. Seine Englischkenntnisse hat er während seiner Zeit als NDB-Mann in der Schweizer Botschaft in London perfektionieren können, und Italienisch und Spanisch versteht und spricht er gut genug, um seinen Dienst auch in diesen Sprachen verrichten zu können. Borner streckt Jäger die Hand entgegen. Jäger verspürt dessen unangenehm feucht-matten Händedruck und zieht sofort seine Hand zurück.

Bei der Befragung geht es vorerst darum, welche Gäste Jäger auf sein Segelboot eingeladen hat. Tinelli geht dabei fünf Jahre zurück. Als Jäger beteuert, sich nicht mehr an alle während dieses Zeitraums eingeladenen Personen erinnern zu können, holt Tinelli das blaue Logbuch der «Jubilee» aus seiner Mappe, schlägt es auf und blättert darin. Es fällt ein Name nach dem anderen. Bei wem es sich bei den Genannten handle, wo sie wohnen, wie er oder seine Frau sie kennengelernt hätten? Wer von seinen Gästen Drogen konsumiert habe und woher die Jägers wussten, dass sie Drogen konsumierten? Hätten die Jalids auf seinem Schiff Drogen konsumiert? Sei in Marbella bekannt gewesen, dass sie Drogen konsumieren?

Frau Tettamanti versucht, dem unerschöpflichen Fragenkatalog des Bundesanwalts Einhalt zu gebieten: «Ist Ihnen nicht aufgefallen, Herr Kollege, dass Herr Jäger all Ihre Fragen hinsichtlich Drogenkonsums auf seinem Boot mit ‹Nein› beantwortet hat. Ich denke, dass die Fragen in diese Richtung zu nichts führen. Sie sollten das Thema wechseln.»

Tinelli lässt sich nicht beirren. Er bleibt beim Thema Drogen. «Haben Sie jemals Drogen auf Ihrem Schiff transportiert?» Jäger ist konsterniert. «Warum fragen Sie so etwas Absurdes? Natürlich habe ich weder Drogen auf meinem Schiff transportiert noch toleriert, nie und nimmer!» Borner äußert sich zum ersten Mal: «Wenn Sie sagen, Sie hätten sie nicht toleriert, bedeutet das, dass Sie tatsächlich Gäste hatten, die Ihr Boot mit Drogen betreten wollten?» Die Anwältin kontert sofort mit der Bemerkung, man solle hier bitte keine Haare spalten. Mit dem Wort «tolerieren» hätte ihr Klient doch nur unterstreichen wollen, dass es auf seinem Boot nie und nimmer Drogen gegeben hätte.

Doch Tinelli ignoriert ihren Einwand, holt ein Dokument aus seinem Dossier und setzt sich in Position: «Ich hatte Ihnen, Herr Jäger, mitgeteilt, dass Ihr Boot von der spanischen Guardia Civil durchsucht worden ist, worauf dieses vom Richter von Marbella sequestriert wurde. Die Durchsuchung ergab, dass auf Ihrem Boot Spuren von Drogen gefunden und forensisch sichergestellt worden sind.» Trotz der Schmerzen in seinem Bein jagt es Jäger in die Höhe. Er schlägt mit der Faust auf den Tisch und schreit Tinelli an: «Das kann nicht sein. Was soll dieser Scheiß? Sind Sie von allen guten Geistern verlassen? Sie wollen mich fertigmachen.» Den letzten Satz wiederholt er mehrmals. Tinelli bleibt ruhig. Er bittet Jäger, sich wieder zu setzen, und verkündet: «Gut, dann wollen wir uns als Nächstes gemeinsam das Logbuch anschauen und die Seemeilen und Motorstunden prüfen, die Sie eingetragen haben.» Jäger, ganz außer Atem und mit hochrotem Kopf, weigert sich, Platz zu nehmen. Seine Anwältin steht nun gleichfalls auf, geht zu ihm und nimmt ihn am Arm. Sie redet ihm zu: «Herr Professor, ich verstehe Ihre Emotionen. Aber Sie müssen jetzt vernünftig sein und kooperieren. Ich werde die Dokumente aus Marbella auf Herz und Nieren prüfen. Die Wahrheit wird schon zutage treten.» Mit offensichtlichem Widerwillen setzt sich Jäger an den Tisch. Das Verhör wird fortgesetzt, bis ein Polizist den erschöpften Jäger gegen 18 Uhr schließlich zurück in seine Zelle führt.

«Sich die Nacht um die Ohren schlagen», wahrhaftig ein sonderbares Diktum für Schlaflosigkeit, sinniert Max Jäger, der auf seiner Pritsche einfach keinen Schlaf findet. Die Vorkommnisse des Tages verfolgen ihn immer hartnäckiger, je länger die Nacht dauert. Seine Einzelzelle wird zur Falle, zur schwarzen Kiste, in der nichts zu sehen und außer seinem eigenen Atem auch kein anderes Geräusch zu hören ist, außer dem viertelstündigen Läuten der nahen Kirchenglocke. Die Leere des Wartens ruft Angstgefühle in ihm hervor. Gegen Morgen fällt er endlich in einen unruhigen Dämmerschlaf.

Die lange Nacht ist ihm in die Glieder gefahren. Während des Hofgangs zählt er etwa zwei Dutzend Häftlinge in Zivilkleidern, dazu drei uniformierte Aufseher. Er wird nur kurze Zeit allein gelassen. Zwei Männer Mitte 30 schlendern unter den Augen der beiden Missetäter von gestern und weiteren Häftlingen wie zufällig auf ihn zu. In Reichweite von Jäger und so laut, dass jeder es hören kann, grüßt der Zahnlose mit breitem Lachen: «Hey, Papi, hast du gut geschlafen? Geht es dir gut?» Jäger muss lächeln, nicht wegen der anbiedernden Begrüßung, sondern wegen dessen breiten Basler Dialekts, der Jäger belustigt. «Sag mir, Dicker», fährt er fort, «wie heißt du eigentlich? Ich heiße Sepp, einfach Sepp.» Jäger weiß, dass solche Typen Fremde mit irgendeinem passenden oder unpassenden Rufnamen ansprechen. Er kann dem Schalk nicht widerstehen und gibt seine Zurückhaltung auf: «Ich bin der Max.» Beide Mithäftlinge gehen darauf mit strahlendem Ausdruck auf ihn zu und schütteln ihm die Hand, als wollten sie ihm zum Olympiasieg gratulieren. «Na endlich, nun wissen wir, wie du heißt, mein Lieber. Willkommen in Bellinzona, Max.» Sie drehen sich zu den anderen Häftlingen um, und der Zweite ruft diesen nun mit lauter Stimme zu: «Unser Herr Baron heißt Max, Max wie Max und Moritz!» Ein lautes Lachen erschallt im Hof. Die beiden stehen nahe vor Max. Der eine erkundigt sich, ohne die Stimme zu erheben: «Was gibt uns die Ehre, Herr Direktor, dass du unser trockenes Brot mit uns teilst?» Bei Jäger schrillen die Alarmglocken. Er darf auf keinen Fall die für Ersttäter übliche Unschuldsbeteuerung abgeben. Aber wahrheitsgemäß mitzuteilen, ihm werde Mitwirkung an organisiertem Verbrechen und «schwere Geldwäscherei» vorgeworfen, würde unter diesen kommunen Delinquenten als pompöses Gehabe und vollmundige Wichtigtuerei gelten. Er entscheidet sich für eine halbe Lüge und sagt mit gespielter Abgeklärtheit: «Die wollen mich wegen Geldsachen drankriegen.» Sofort wird er gefragt: «Schuldig oder unschuldig?» Jäger zögert. Einer seiner neu gewonnenen Kumpel wartet die Antwort nicht ab: «Falls etwas daran wahr ist, Max, mach es wie wir und gib es subito zu. Dann kommst du sofort aus diesem Loch heraus und ins Zuchthaus ‹Stampa›, ein staatliches Fünf-Sterne-‹Gästehaus› oberhalb von Lugano mit allem Gefängniskomfort.»

Sepp holt ein Päckchen Zigaretten hervor, reicht eine seinem Freund Willy und bietet auch Max eine an, der sich als Nichtraucher outet. Nachdem Sepp die ersten Züge tief eingezogen hat, fährt er fort: «Mein Freund Willy und ich haben ein Päckchen Koks über die Grenze gebracht. Nicht der Rede wert. Wir haben sofort alles zugegeben. Wir sagten dem Staatsanwalt: ‹Was wollen Sie, das wir zugeben? 300 Gramm, ein Pfund? Sie können die Zahl selber einsetzen, aber keinesfalls weniger als das, was Sie uns abgenommen haben.› Er nahm uns unsere Sprüche nicht krumm und setzte das wirkliche Gewicht ein, exakt 296,6 Gramm, was uns ehrlich auf die Palme gebracht hat. Denn stell dir vor, Max, in Italien haben wir für exakt 300 Gramm bezahlt. Also hat man uns dort entweder betrogen, oder ein Uniformierter hat am Zoll in Chiasso eine Linie gesnifft. Aber morgen geht es jedenfalls nach Lugano ins Stampa, ein wahres Hotel im Vergleich zu Bellinzona! Und das nur, weil wir gestanden haben. Ich rate dir also noch mal, unterschreib alles und komm zu uns nach Lugano, du wirst es nicht bereuen.» Danach ziehen sie wieder ab und mischen sich unter die anderen Häftlinge. In sein Verlies zurückgekehrt, erhält Max die Nachricht, seine Anwältin, Frau Tettamanti, werde ihn morgen früh besuchen.

Mit Calvin-Klein-Aftershave erfrischt, mit sauberem Hemd und geglätteter Hose begegnet er am nächsten Morgen Frau Tettamanti im Erdgeschoss auf dem Wege ins Besuchszimmer. Sie grüßt unnatürlich freundlich. Im kargen Raum legt sie die mitgeschleppten Dossiers, die sie bündelweise aus ihrer Aktentasche hervorholt, gefächert vor sich auf den Tisch. Jäger nimmt gegenüber der Anwältin Platz und wartet geduldig. Nach einer Weile hört er sie lakonisch sagen: «Kommen wir direkt zur Sache. Ich habe die Sie betreffenden Akten studiert und auch einige der Bundesanwaltschaft zur Person Ismail Jalid-al Kassims einsehen können. Sie waren mit ihm befreundet, nicht wahr?» Jäger bestätigt mit einem Kopfnicken.

«Der Grund, warum Sie in Haft sind, ist Ihre Verbindung zu diesem Mann. Für die Ermittlungsbehörden gehören Sie neben seinen Brüdern zu den Hauptverdächtigen, zum inneren Kreis der Jalids, der die Delikte begangen hat, die der Herr Bundesstaatsanwalt Ihnen genannt hat und noch einige mehr.» Max Jäger ist den Ausführungen seiner Anwältin gefolgt. «Und Sie, Frau Tettamanti, halten Sie mich auch für einen Hauptverdächtigen?», fragt er. Ihre Antwort fällt erneut sehr anwaltlich aus: «Wissen Sie, Herr Jäger, zurzeit versuche ich nur, die Teile eines Puzzles zusammenzusetzen. Wenn ich das getan habe, können Sie mir diese Frage gern wieder stellen. Eines müssen Sie aber wissen. Die Polizei und die Staatsstellen haben derzeit einen enormen Informationsvorsprung auf uns, den wir aufholen müssen, und das wird nicht leicht sein.» «Warum denn?», erkundigt sich Jäger. «Das liegt an der Strafprozessordnung und am System», gibt sie zur Antwort, «und mit System meine ich, dass sich mehrere inländische und ausländische Behörden für den Fall interessieren.»

Jäger denkt kurz nach, atmet tief durch und versucht, zu den anwaltlichen Ausführungen Stellung zu nehmen, indem er damit anfängt zu betonen, er brauche ihr nicht zu wiederholen, dass er hier unschuldig einsitze. Sie unterbricht ihn: «Schauen Sie, Herr Jäger, zurzeit geht es nicht um Schuld oder Unschuld. Dies endgültig festzustellen, obliegt den Gerichten. Im Moment haben wir es mit konkreten, ernsthaften Verdachtsmomenten zu tun, wie sie nach derzeitiger Aktenlage leider vorliegen. Und solange wir diese nicht ausräumen können und die Gefahr besteht, dass Sie ins Ausland flüchten oder Beweise vernichten, bleiben Sie in Haft.»

«Und was sind das für ernsthafte Verdachtsmomente gegen mich? Was hat man konkret gegen mich in der Hand?», will Jäger wissen.

Frau Tettamanti holt aus: «Wichtig ist, dass Sie erst einmal mehr über Ismail Jalid-al Kassim wissen. Die Bundesanwaltschaft und die ihnen verwandten ausländischen Behörden haben ganze Berge von Akten über ihn gesammelt. Um es auf einen Nenner zu bringen, er kaufte und verkaufte Drogen und Waffen in rauen Mengen und war eine der wichtigsten Finanzquellen und einer der größten Waffenlieferanten des Weltterrorismus und der Schurkenstaaten. Er war einer der Könige des organisierten Verbrechens.»

Jäger hört seiner Anwältin entsetzt zu und unterbricht sie: «Wenn man das alles wusste, warum wurde er dann nicht schon lange hinter Gitter gesetzt?» «Gemäß den mir übergebenen Akten muss ich annehmen», führt Frau Tettamanti aus, «dass die Ermittlungsbehörden in aller Herren Länder zwar wussten, womit Jalid sein Geld verdiente, ihnen aber die konkreten Beweise fehlten, um ihn überführen zu können. Und da kommen Sie nun ins Spiel. Ihre Nähe zu den Jalids macht Sie für die Ermittler zu einem Hauptverdächtigen, zu einem der Mittelsmänner, derer er sich bediente, um seine Missetaten zu begehen. Jalid ist in Spanien täglich rund um die Uhr von den zuständigen Stellen überwacht worden. Man wusste, dass er bezüglich seiner diversen Geschäfte weltweit kommunizierte, konnte aber bis zu seinem Tode nicht feststellen, wie. Es gibt keine schriftlichen Unterlagen und keine Spuren im Netz, nur Aufzeichnungen von inhaltlich völlig harmlosen Telefongesprächen. Die spanische Polizei ermittelt deshalb zurzeit, ob Sie einer der Boten oder Nachrichtenzuträger Jalids waren und damit ein Mittäter. So weit zum Verdacht zu Ihrer Zugehörigkeit zum organisierten Verbrechen.»

«Das verstehe ich nicht. Wie sehen denn nun die konkreten Verdachtsmomente aus?», kommentiert Jäger. «Dazu wollte ich gerade kommen», antwortet die Anwältin und öffnet eines der Dossiers auf dem Tisch. «Die Guardia Civil hat jeden einzelnen in Spanien wohnenden Teilnehmer an einer von Jalids Partys befragt, ob sie von den kriminellen Tätigkeiten Jalids Kenntnis gehabt haben könnten.» «Und was fand man bisher heraus?» «Mir liegen von offizieller Seite keine Informationen vor. Ich habe nur gehört», beantwortet Frau Tettamanti seine Frage, «dass einige Leute über Teile seines früheren Lebens außerhalb Spaniens informiert waren, allerdings handelt es sich meistens um arabische Bekannte des Toten und um einen Engländer, der ebenfalls befragt worden war. Dieser meinte, Sie müssten aufgrund Ihrer engen Beziehung zu den Jalids davon auch einiges gewusst haben.» Jäger ist peinlich berührt und murmelt: «Dummes Zeug!», dann schweigt er.

«Kommen wir zum Vorwurf des Drogenschmuggels», überbrückt die Anwältin die von Jäger eingeschaltete Redepause. «Auch beim Verdacht auf Drogenschmuggel – Tinelli vermeidet den Begriff Drogenhandel – liegt ein Protokoll der Guardia Civil von Marbella vor, das mich besonders stört. Denn deren Spürhunde haben im Stauraum Ihres Schiffes Kokain gefunden. Zudem sind weit mehr Motorstunden auf den Anzeigeinstrumenten abgelesen worden, als im Logbuch notiert worden sind. Alles sieht ganz danach aus, dass Ihr Schiff für Drogentransporte benutzt wurde. Die Kommandantur und die private Überwachungsgesellschaft des Hafens haben zu Protokoll gegeben, dass sich in Ihrer Abwesenheit im September und Oktober letzten Jahres zwei junge Paare auf dem Schiff aufgehalten haben und zweimal zu einem längeren Törn ausgelaufen sind. Die Leute hätten sich ausgewiesen und einen Brief mit Ihrer Unterschrift vorgezeigt, in dem Sie diese als ihre Freunde bezeichnen und sie dazu einladen, das Boot während Ihrer Abwesenheit zu nutzen.» «Und woher hatten sie die Bootsschlüssel?», will Max wissen. Die Anwältin blättert und sucht in der Akte. «Darüber steht zumindest hier drin nichts», antwortet sie. «Sie haben recht, Herr Jäger, hier gibt es viele Fragezeichen und Ungereimtheiten. Zum Beispiel waren die Namen der Leute, die Ihr Boot benutzten, falsch. Die Annahme, dass auch Ihre Unterschrift und der ganze Brief eine Fälschung sind, liegt deshalb nahe. Dann aber stellt sich die Frage, warum ausgerechnet Ihr Boot? Ein Zufall? Oder hat es etwas mit Jalid zu tun? Erst wenn man einen oder mehrere der vier aufgegriffen hat, wird man mehr wissen.»

«Also auch hier keine konkreten Verdachtsmomente», lässt sich Jäger vernehmen. «Das würde ich so nicht sagen. Immerhin handelt es sich um Ihr Boot, aber kommen wir noch auf den Tatbestand der Geldwäscherei zu sprechen, wo sich Hinweise, dass Sie darin verwickelt sind, häufen. Es steht außer Frage, dass die Bevorschussung Ihrer Beteiligung an der Überbauung mit illegal erworbenen Geldern erfolgt ist.» Jäger stellt dies sofort infrage: «Und woher weiß man, dass dieser Trust mir illegal erworbene Gelder überwiesen hat?» Frau Tettamanti entgegnet ohne Zögern: «Das weiß man nicht. Aber man weiß sicher, dass Jalid mit Drogen- und Waffenschmuggel ein großes, illegal erworbenes Vermögen auf die Seite legen konnte. Falls darin auch legal erworbenes Geld mit enthalten wäre, würde dies rechtlich keine Rolle spielen. Es verhält sich wie bei einem Behälter mit sauberem Wasser, in das eine Menge Dieselöl einfließt. Das ganze Wasser ist damit verschmutzt.»

«Ja und, was hat das mit mir zu tun?», bemerkt Jäger.

«Herr Tinelli und Frau Messmer werden zuerst prüfen, ob der Tatbestand der Geldwäscherei objektiv, ich meine tatsächlich, erfüllt ist. Und das ist er. Egal ob Sie davon wussten oder nicht, es wird auch kaum zu widerlegen sein, dass Sie dabei faktisch mitgewirkt haben, das schmutzige Geld zu waschen. Also ist der objektive Tatbestand erfüllt. Den Strafbehörden wird daher voraussichtlich nichts anderes übrig bleiben, als Anklage gegen Sie zu erheben. Wer aber nicht wusste oder hätte wissen können, dass er kriminell handelt, kann nicht schuldig gesprochen werden, und ich gehe davon aus, dass dies bei Ihnen der Fall sein wird.» «Also bin ich Ihrer Ansicht nach unschuldig», wirft Prof. Jäger sichtbar erleichtert ein. «Es kommt nicht auf meine Meinung an», entgegnet Frau Tettamanti. «Die Anklage kann durch Zeugenaussagen oder Vorkommnisse, von denen ich heute nichts weiß, glaubhaft machen, dass Ihnen die kriminellen Machenschaften Ihres Freundes nicht verborgen bleiben konnten. Auch die für die Geldwäscherei typischen, von Ihnen erfüllten Zahlungsbedingungen könnten gegen Sie verwendet werden. Zudem könnte Sie die fotografisch dokumentierte Tatsache belasten, mit den Jalids befreundet gewesen zu sein.» Die Anwältin holt einige Bildaufnahmen hervor und fährt fort: «Diese Aufnahmen zeigen, dass Sie und Ihre Frau bei den Jalids ein und aus gingen, gemeinsam mit ihnen segelten und bei ihnen zu Hause oder in einem Restaurant aßen.»

Jäger schaut sich verdutzt die von der Polizei geschossenen Bilder an und prüft eines nach dem anderen. Als er die Bilder wieder über den Tisch schiebt, bemerkt er: «Und was beweist das, außer dass wir uns gut kannten?» Seine Anwältin lacht zum ersten Mal: «Sie müssen eines wissen, Herr Jäger. Je nach Stand einer Strafuntersuchung steht ein sogenannter konkreter Verdachtsmoment meistens im Verhältnis zu den bisher gewonnenen Erkenntnissen. Je mehr und je stimmiger die Erkenntnisse sind, desto konkreter werden auch die Verdachtsmomente und die Anforderungen für die Beweise.

Und ich weiß nicht, auf welchem Wissensstand sich die Staatsanwaltschaft derzeit befindet. Verstehen Sie, was ich meine?» «Ich glaube schon», erwidert Jäger, «und wie lange kann dieses Ratespiel für mich noch dauern?» Frau Tettamanti zögert einen Moment, dann sagt sie abwägend: «Ich schätze, etwa einen Monat, plusminus!»

Jäger schießt das Blut in den Kopf. «Das geht in keinem Fall. Sonntag in einer Woche werde ich in Zürich zurückerwartet. Mein Terminkalender für die folgenden Wochen ist voll. Tun Sie etwas, Frau Tettamanti. Stellen Sie ein Haftentlassungsgesuch. Oder hinterlegen Sie eine Kaution für mich! Nur ist ein ganzer Monat völlig inakzeptabel.» Er holt tief Luft. «Ich bin noch keineswegs zu Ende, Frau Tettamanti. Es kümmert mich auch keinen Deut, ob Sie sich schon ein Bild von mir gemacht haben oder nicht. Sie haben mir einfach zu glauben und dementsprechend zu handeln, und zwar sofort!» Seine Anwältin ist perplex. So ist noch kein Klient mit ihr umgegangen. «Ich werde sehen, was ich für Sie tun kann», entgegnet sie verärgert. «Frau Tettamanti, verstehen Sie denn nicht?», doppelt Jäger aufgeregt nach. «Bis Sie die Wahrheit herausfinden, bin ich beruflich und gesellschaftlich tot. Bin ich erst einmal diskreditiert, bin ich für alle Zeit erledigt. Deshalb besteht Ihr Auftrag einzig und allein darin, mich hier rauszuholen und zwar in der nächsten Woche. Entweder Sie schreiben noch heute ein Haftentlassungsgesuch, oder ich suche mir einen neuen Anwalt. Habe ich mich deutlich genug ausgedrückt?» Jäger steht auf, klopft an die geschlossene Tür, und als sie geöffnet wird, verlässt er, ohne sich umzudrehen, mit den Worten den Raum: «Ich grüße Sie. Lassen Sie mich heute noch wissen, dass Sie das Gesuch abgesandt haben.» Von seiner Anwältin hört er an diesem Tag nichts mehr. Am nächsten verlangt er, seinen Zürcher Anwalt zu sprechen. Doch seine Bitte wird ihm abgeschlagen.

Am Dienstag im Gefängnis von Bellinzona

Max Jäger hatte in der letzten Nacht einmal mehr kaum geschlafen. Als er endlich gegen Morgen einschlief, wird er von einem Albtraum heimgesucht, in dem ihn die Verhöre von höllentierähnlichen Beamten beinahe in den Wahnsinn treiben und er keinen anderen Ausweg erkennt, als den Tod zu wählen. Seine teilnahmslosen Anwälte sind unerreichbar, und Jäger sieht sich im Traum in der erdrückenden Dunkelheit seiner Zelle eine Verzweiflungstat begehen. Schweißgebadet wacht er auf. Wie betäubt liegt er auf der Pritsche und versucht, den Traum abzuschütteln. Doch die Wirklichkeit dieses Morgens erweist sich für ihn nicht viel anders als sein Traum. Sein Wille und sein Ehrgeiz, die ihn während seines gesamten Werdegangs angetrieben haben, sind nicht mehr vorhanden. Stattdessen fühlt er sich machtlos und fragt sich ernsthaft, ob es nicht besser wäre, den Albtraum zur Wirklichkeit zu machen. Wie gerädert bleibt er auf der Pritsche liegen, unrasiert, das dichte Haar ungekämmt. Das zerknitterte Hemd über dem angstverschwitzten Körper weit offen. Nach einer guten Stunde des Selbstmitleids hört er, wie der eiserne Zellenschlüssel in das Schloss eingeführt wird. Er dreht sich zur Tür. Ein Aufseher tritt in die Zelle, bringt ihm das Frühstück und meldet: «Ein Kriminalinspektor namens Borner, Eddy Borner, hat sich angemeldet. Er will Sie in einer Stunde im Besuchsraum sprechen.»

Max Jäger hat sich inzwischen einigermaßen präsentabel gemacht. Als er dem Kriminalinspektor gegenübertritt, erkennt er in ihm sofort den Mann, der während des Verhörs hinsichtlich der angeblichen Drogenfunde auf seiner Jacht als «Haarspalter» aufgetreten ist. Erneut stört ihn die unangenehme Freundlichkeit des BKP-Inspektors, dessen Händedruck sich anfühlt, als strecke er ihm eine Hand mit nassen Algen entgegen. Jäger wischt sich unter dem Tisch seine Hände an den Hosen ab, legt sie zusammengefaltet auf den leeren Tisch und wartet. Nach einigen belanglosen Floskeln erzählt ihm Borner, dass Frau Tettamanti vergangenen Samstag mit dem Bundesstaatsanwalt Tinelli wegen Jägers Wunsch einer baldigen Haftentlassung telefoniert habe. Er sei nun hier, um auszuloten, ob eine eventuelle Aufhebung der Untersuchungshaft in Erwägung gezogen werden könne, obwohl Jäger mit einer Strafanklage rechnen müsse. Auf Jägers Frage, was ihm denn vorgeworfen werden würde, erwidert Borner, dass dies beim derzeitigen Stand der Ermittlungen noch nicht eindeutig feststehe, aus heutiger Sicht die Anklagepunkte aber auf Beihilfe bei Drogendelikten und organisiertem Verbrechen sowie auf schwere Geldwäscherei lauteten. Jäger pocht erneut darauf, dass er unschuldig sei. «Mag sein», entgegnet Borner, «und vielleicht werden Sie am Ende ja freigesprochen, aber um einen Strafprozess vor dem Bundesstrafgericht in Bellinzona kommen Sie meines Erachtens nicht herum, und der wird sicherlich im nächsten oder übernächsten Jahr stattfinden.»

«Also wird diese Strafsache noch zwei oder drei Jahre lang mein Leben überschatten? Ist es das, was Sie mir mitteilen wollen, Herr Borner?», forscht Jäger.

»So könnte man es auch ausdrücken», entgegnet der Polizeibeamte, «was aber nicht ausschließt, dass wir uns über die Möglichkeit einer vorzeitigen Haftentlassung unterhalten könnten», schlägt der Beamte für Jäger unerwartet vor. «Wie Sie wissen, sind die Ermittlungen in der Schweiz wie auch in Spanien noch immer in vollem Gange. Somit besteht auch weiterhin die Gefahr, dass Sie, sobald Sie wieder auf freiem Fuß sind, und Ihre Frau Beweise beiseiteschaffen und Zeugen zu beeinflussen suchen. Ihre Frau wollten wir letzte Woche als Auskunftsperson einvernehmen, konnten sie aber weder zu Hause noch sonst irgendwo erreichen.»

«Haben Sie bei unseren Töchtern nachgefragt?», will Jäger herauskriegen. «Wir haben uns tatsächlich bei Ihrer Tochter Samantha erkundigt, die uns mitgeteilt hat, dass ihre Mutter während Ihres USA-Aufenthaltes und mit Ihrem Wissen an die Mittelmeerküste nach Italien gereist sei. Mehr wisse sie nicht.» Spontan bricht aus Jäger heraus, dass er sich jetzt daran zu erinnern vermöge und ihm dieser Umstand wohl infolge seiner derzeitigen Situation völlig aus dem Gedächtnis entfallen sei. Borner weiß, dass Jäger lügt, lässt es jedoch dabei bewenden und nimmt den Faden wieder auf: «Unmittelbare Fluchtgefahr Ihrerseits besteht jedoch nicht. Wir wissen, dass Ihr Terminkalender für die nächsten Wochen vollgefüllt ist und Sie, nachdem sie Ihren Aufgaben und Verpflichtungen bisher stets gewissenhaft nachgekommen sind, das Spital und Ihre Patienten nicht verlassen werden.»

Jäger vernimmt diese Einschätzung seiner Person mit Unbehagen. Die bislang nie aufgetretene Frage, was für ihn wichtiger ist, das Spital oder seine Freiheit, wäre durchaus der Überlegung wert, denkt er und folgt dann wieder Borners Ausführungen. Der deutet – wie schon seine Anwältin zuvor – an, dass er damit rechnen müsse, mindestens zwei bis vier weitere Wochen in Untersuchungshaft zu bleiben, wobei man sich durchaus überlegen könne, ihn in das «größere Gefängnis Stampa» zu verlegen. Jäger meint dazu mit matter Stimme: «Das ist völlig inakzeptabel. Falls ich in zwei Jahren freigesprochen werden würde, käme das den Staat teuer, sehr teuer zu stehen. Sie hätten damit meine Karriere, meinen Status, mit anderen Worten mein Leben vernichtet.» Ihm fällt auf, wie ruhig er gesprochen hat. Borner spricht ihn zum ersten Mal mit seinem Titel an: «Herr Professor, Sie schießen zu schnell. Wir könnten Sie dennoch vorzeitig entlassen, allerdings unter bestimmten Bedingungen. Da Sie – wissentlich oder unge-

wollt – der Terrorismusszene in Marbella nahestanden, ist unsere Bedingung für Ihre vorzeitige Freilassung die, dass Sie als informeller Mitarbeiter für unsere Abteilung tätig werden.»
Jäger fällt aus allen Wolken. Er zweifelt an Borners Verstand. In ungläubigem und doch strengem Ton will er wissen, ob er wisse, was er da daherrede. Das Ganze sei doch barer Unsinn.

Doch Borner lässt sich nicht beirren: «Sie haben alles korrekt verstanden, Herr Professor. Sie können zwischen zwei Alternativen wählen: Entweder bleiben Sie die nächste Zeit hier oder in Stampa in Haft und sehen danach einem skandalumwitterten Strafprozess entgegen. Oder aber Sie verpflichten sich, uns als Mediziner – dies vergaß ich zu erwähnen – auftragsgemäß zur Verfügung zu stehen. Sobald Sie Letzteres unterschrieben haben, können Sie nach Hause gehen.»

«Was geschieht danach mit mir?», will Jäger wissen.

Der Beamte räuspert sich und holt aus: «Schauen Sie, Herr Professor, wir sind nicht James Bond, sondern der Schweizer Nachrichtendienst und unterstehen dem Ministerium für Verteidigung, Bevölkerungsschutz und Sport. Sie haben als Mediziner bis vor einigen Jahren in der Sanitätstruppe als Offizier obligatorischen Militärdienst geleistet. Als inoffizieller Mitarbeiter würden Sie freiwillig dem NDB angehören, und wir würden Ihnen hin und wieder mal Aufträge und Anweisungen erteilen. Wenn Sie diese auftragsgemäß erfüllen und Ihre absolute Schweigepflicht nicht verletzen, werden Sie in Freiheit bleiben, ohne einen Strafprozess befürchten zu müssen. Handeln Sie dagegen den Anweisungen zuwider, verweigern Sie den Auftrag, erfüllen Sie ihn schlecht oder verletzen Sie Ihre Schweigepflicht, kehren Sie umgehend wieder hierher zurück, und die Strafverfolgung nimmt ihren Fortgang. So einfach ist es.»

«Was sind das für Aufträge?», verlangt Jäger Auskunft.

«Unsere Maxime lautet: No questions asked! Solange Sie

bereit sind, unsere Aufträge als Mediziner zu erfüllen, setzen wir Ihre Strafsache auf unbestimmte Zeit aus, bis wir Ihnen irgendwann mitteilen, dass wir mit Dank für die geleisteten Dienste auf Ihre weitere Mitarbeit verzichten, womit Ihre Akten auf Nimmerwiedersehen verschwinden werden. Das ist der Deal.»

«Mit anderen Worten, Sie erpressen mich!», wirft Jäger ein.

»Dies ist ein unfreundlicher Ausdruck für das Geschäft, das ich Ihnen anbiete. Aber bezeichnen Sie es, wie Sie wollen. Sie müssen sich nur hier und jetzt entscheiden, und zwar ohne Ihre Anwälte wegen der Schweigepflicht, die Sie uns gegenüber eingehen.»

Jäger erbittet sich Bedenkzeit, die ihm Borner gewährt. Um 12 Uhr soll er von seiner Zelle wieder in den Besuchsraum gebracht werden, um seine Entscheidung zu verkünden.

Max Jäger legt sich auf seine Pritsche und starrt die steinerne Decke an. Borners Angebot ist derart ungewöhnlich, dass er dieses – befände er sich nicht in dieser misslichen Lage – unter allen Umständen ablehnen müsste und sich nie und nimmer verdingen lassen würde. Die strikte Gehorsamspflicht würde selbst dann gelten, wenn ihn die Aufträge oder Anweisungen in Konflikt mit den ärztlichen Berufsregeln brächten, deren Einhaltung er sich zur Lebensaufgabe gemacht hatte. Dem hält er entgegen, dass seine Auftraggeber staatliche Einrichtungen sind, die ihre Befugnisse nicht überschreiten dürfen, womit die Rechtmäßigkeit der zu erfüllenden Aufträge gewährleistet wäre. Sein Bauchgefühl sagt ihm dennoch, eine Freilassung unter den geforderten Bedingungen abzulehnen, dass er dies seinem Namen schuldig ist. Aber will er wirklich aus reiner Lauterkeit und Ehrenhaftigkeit auf seine Freiheit verzichten, nur weil sie sich ihm mit teuflischer Fratze offenbart, und zum idealistischen «Freiheitskämpfer» werden, der mit stumpfen Waffen einen Kampf führt, aus dem er kaum als Sieger hervorgehen kann? Jäger ist nur allzu klar, dass die von ihm gestellten Fragen bereits die Antworten in sich tragen.

Hinzu kommt noch, dass er geradezu die Pflicht hat, den ihm, seiner Familie und dem Spital bevorstehenden Skandal unter allen Umständen abzuwenden. Er weiß außerdem, dass seine Kräfte, die er so dringend benötigt, um sich denjenigen entgegenzustellen, die ihn zu vernichten drohen, mit jedem weiteren Gefängnistag schwinden werden. Nur in Freiheit, in seiner gewohnten Umgebung, wird er die Kraft haben, sich aller vorhersehbaren und verborgenen Gefahren zu erwehren. Er hat keine andere Wahl und beschließt daher, Borners Angebot und mithin den Kampf, der mit diesem einhergeht, anzunehmen.

Nachdem ihn Borner im Besuchszimmer punktgenau 12 Uhr mit den Worten: «Haben Sie sich entschieden?», begrüßt und Jägers Antwort ohne jeden Kommentar und sichtbare Regung zur Kenntnis genommen hat, zieht er ein vorformuliertes Schreiben aus der Innentasche seines Jacketts, mit dem sich Herr Prof. Dr. Dr. h. c. Max Jäger, Chefarzt des ALLMEND SPITALS in Zürich, gegenüber dem Nachrichtendienst des Bundes (NDB) in Bern in seiner Eigenschaft als Arzt dazu verpflichtet, die ihm vom NDB erteilten Aufträge auf erste Aufforderung hin anstandslos, fehlerfrei und pünktlich zu erfüllen. Jäger stellt fest, dass die Art dieser Aufträge nicht einmal andeutungsweise definiert werden, außer dass ihre Erfüllung etwas mit seinem Beruf zu tun hat. Jäger liest weiter, dass er als inoffizieller Mitarbeiter der NDB-Zweigstelle Zürich unterstellt ist und BKA-Inspektor Eddy Borner und gegebenenfalls übergeordnete Stellen für ihn zuständig sind. Der zweiseitige Brief endet mit der Zusicherung seiner Geheimhaltungs- und Schweigepflicht hinsichtlich seiner Mitarbeit und Tätigkeit beim NDB, bezüglich dessen Mitarbeiter wie auch im Rahmen seiner Tätigkeit direkt oder indirekt gewonnener Kenntnisse. Max Jäger schaut vom Dokument hoch und will wissen, wo sich seine Absicherung, von der Inhaftierung und der Strafverfolgung verschont zu bleiben, befindet? Borner erwidert gereizt: «Sie werden diesbezüglich ohne eine Kopie dieses Briefes und ohne schriftliche Zusicherungen unsererseits leben müssen! Aus diesem Schreiben resultiert ein Geschäft, das für Sie gut und für uns nützlich ist. Wenn wir Sie nicht mehr benötigen, werden wir es Ihnen mündlich mitteilen. Also unterschreiben Sie.»

Der letzte Satz ist ein Befehl, worauf Jäger das Schreiben zwar widerwillig, aber ohne ein weiteres Wort unterschreibt und dem Mann, der von nun an sein NDB-Vorgesetzter ist, überreicht.

Borner steckt das Papier wieder in seine Jacketttasche zurück und verkündet: «Ich muss noch einige interne Dinge erledigen, insbesondere die Veranlassung Ihrer Freilassung. Sie werden in meiner Anwesenheit morgen um 10 Uhr entlassen werden. Beinahe hätte ich es vergessen: Zwischen uns werden keine Telefonate geführt und keine SMS, E-Mails und so weiter ausgetauscht. Ich werde zukünftig als Ihr Patient einen Termin im Spital vereinbaren und dort stets unter vier Augen in Ihrem Konsultationszimmer mit Ihnen kommunizieren.»

In Zürich

Um 1 Uhr mittags fährt der Zug in den Hauptbahnhof Zürich ein, in dem Max Jäger, wie bei seiner Festnahme in eleganter Kleidung und mit Taschen und Koffer beladen, darauf wartet, dass der Zug zum Stillstand kommt und sich die Türen öffnen. Jäger ist endlich wieder in «seinem Zürich», und das tut ihm gut. Frohgemut geht er in Richtung Bahnhofstraße, wo er das Tram, das ihn in die Nähe seines Hauses bringt, wegfahren sieht. Er entscheidet sich, die Bahnhofstraße hinunter bis zum See zu Fuß zu gehen. Ihm ist derart leicht zumute, dass er das Gewicht seines Gepäcks kaum wahrnimmt. Am «Bellevue»-Platz angelangt, beschließt er, im ersten Stock des «Restaurant zum Vorderen Sternen» einzukehren, quasi zur Feier des Tages.

Das Vergnügen, die gegrillte weiße, dicke Sankt Galler Bratwurst mit Senf und gelbgoldenen Rösti, begleitet von einem Schluck Bordeaux, zu genießen, wird ihm allerdings schnell beim Gedanken an seine Frau Suzanne und ihre Ehe vergällt. Suzanne ist vermutlich die letzte Person, von der er Hilfe, Solidarität und Unterstützung erwarten kann. Selbstsüchtig, wie sie ist, lässt sich ihr Bestreben, dem Zürcher Establishment um jeden Preis anzugehören, kaum in Einklang mit einem Ehemann bringen, der schon einmal «eingesessen» hat. Schuldig oder unschuldig ist dabei kein Kriterium für Suzanne und ihren Umkreis. Wer einmal ins Tintenfass gefallen ist, kommt schwarz wieder aus ihm heraus, das ist das Einzige, was für sie zählt. Jäger beschließt daher, die vier Tage, die er vor seiner angekündigten Rückkehr aus den USA zurück in Zürich ist, geheim zu halten. Nachdem seine im Bahnhof Bellinzona und von unterwegs aus gemachten Anrufe nicht von seiner Frau beantwortet worden sind, ist sein Haus im doppelten Sinne des Wortes «sturmfrei».

Jägers Ehe mit Suzanne, geborene Marthaler, besteht seit geraumer Zeit nur noch zum Schein. Gleichgültigkeit wechselt mit Perioden von Eiseskälte, wenn man sich nicht aus dem Weg zu gehen vermag. Wichtig ist allein nur noch, dass sie in der Gesellschaft, in der sie verkehren, und in den Geschäften, den Restaurants und bei Anlässen als «Herr und Frau Professor» angesprochen und anerkannt werden. Das Paar war sich bisher darin einig, für sich in Anspruch zu nehmen, der Prominenz von Zürich anzugehören und deshalb auch auf eine Scheidung zu verzichten. Für einen gewissen Status arbeitet man, dafür lebt man, dafür kämpft man, und darauf verzichtet man nicht.

Der Vater von Suzanne, Franz Marthaler, war ein bekannter Anwalt in Winterthur, der sich als Gemeinderat seiner Heimatstadt einen Namen machte und als solchermaßen angesehener Mann von vielen mittelständischen Unternehmen in den Verwaltungsrat gewählt wurde. Kurz nach seinem 70. Geburtstag, der mit Fanfaren in Anwesenheit aller bürgerlichen Honoratioren gefeiert worden war, brach Franz Marthaler jedoch in der Direktionslobby eines Unternehmens zusammen und verstarb auf dem Wege ins nahe gelegene Spital. Die vielen Nachrufe feierten ihn als einen vorbildlichen Bürger, Familienvater, Freund und Kollegen, politisch aber als steinharten Vertreter des radikalen Liberalismus. Jede Staatsintervention – selbst für die Armen und Kranken – war von ihm abgelehnt worden. Dafür waren die Kirche und Private zuständig.

Zu Hause waren die Musik und die Poesie gepflegt worden. Vater und die Mutter hatten sich gegenseitig Gedichte von Hölderlin und Eichendorff, aber auch von Goethe und Schiller vorgelesen. Die beiden Töchter, Suzanne und Noemi, waren angehalten worden, diesen aufmerksam zuzuhören, bis sie ab einem gewissen Alter zur Erbauung der Eltern ebenfalls Verse vortragen durften. Es war eine Selbstverständlichkeit, dass beide Töchter die Reifeprüfung passabel zu bestehen hatten. Als Suzanne sich nicht für ein Studium entscheiden konnte, was den Vater erzürnte, riet ihr die Mutter, vorerst aushilfsweise im Bezirksspital Winterthur zu arbeiten und sich danach für ein Studium zu entscheiden. Suzanne befolgte den Rat der Mutter und traf im Spital auf Max Jäger, der dort nach einem Jahr als Assistenzarzt in New York nunmehr als Arzt tätig war. Schon bald fiel Max auf dem Flur die scheue, hübsche, aber ein bisschen streng aussehende Suzanne auf, die mit aufrechter Haltung, immer ein Lächeln zur Schau tragend, das niemandem galt, ihrer Arbeit nachging und den Essenswagen vor sich herschob. Bald ertappte er sich dabei, seine Krankenbesuche, wann immer es möglich war, just zur Essenszeit in die Abteilung zu legen, in der sie arbeitete. Und schließlich begann er, die adrette Aushilfe mit Namen Suzanne Marthaler, wie er mittlerweile herausgefunden hatte, jedes Mal, wenn er ihr begegnete, freundlich zu grüßen. Worauf diese, wie es sich für eine junge Aushilfe gehört, ebenfalls freundlich zurückgrüßte.

Als der Zufall es dann wollte, dass Max Jäger eines Tages am Bahnhofsschalter hinter Suzanne Marthaler zu stehen kam, wo er ein Zugbillet von Winterthur nach Zürich und zurück kaufen wollte, überwand er seine Hemmungen und sprach Suzanne, nach einem Lächeln, das sie ihm geschenkt hatte, an. Die ersten Sätze, die er über seine Lippen brachte, waren ebenso banal wie ihre freundlichen Antworten darauf. Doch letztendlich führte ihr Gespräch dazu, dass sie im selben Wagen, einander gegenübersitzend, nach Zürich fuhren. Es war der Beginn einer nicht allzu lange dauernden Liebesgeschichte, die bereits mit Geburt der zweiten Tochter zur ehelichen Routine verkümmerte, in die sie sich beide schickten. Seit dieser Zeit spielte sich ihr eheliches Leben an einem halb ausgetrockneten Flussbett ab, ohne jeglichen Wunsch, das Meer zu erleben.

Die ersten Tage zu Hause macht es sich Jäger bequem. Er liest nur, unternimmt einige Spaziergänge in der näheren Umgebung und telefoniert kein einziges Mal. Er macht kurzum einige Tage Urlaub inkognito in seinem eigenen Haus. Doch am Freitagmorgen ist es mit der Ruhe zu Ende, als er die Haustür aufgehen hört und nur wenig später seine ältere Tochter Samantha vor ihm steht, die zunächst heillos erschrickt, dann aber verlegen wirkt. Vater Max Jäger lächelt seiner Tochter zu, er glaubt zu wissen, dass sie befürchtet, ihm Auskunft darüber geben zu müssen, wo sich ihre Mutter derzeit aufhält. Schon stottert sie eine Entschuldigung dafür hervor, dass sie ohne Vorwarnung vorbeigekommen ist. Sie wolle nur die Blumen und Pflanzen gießen, «bevor Mama heimkommt». Sie errötet. Jäger, der seine Tochter, die keine Schuld trifft, nicht noch mehr in Verlegenheit bringen will, schaut sie nur freundlich an und sagt dann: «Schon gut, meine Liebe.» Worauf Samantha sich schweigend daranmacht, den Pflanzen Wasser zu geben. Nur wenige Minuten später hört Max Jäger nach einem gerufenen Abschiedsgruß die Haustüre zugehen.

Wie er es nach Samanthas unerwartetem Besuch erwartet hat, trifft seine Frau noch am gleichen Abend gegen 22 Uhr im ehelichen Domizil ein. Keiner von ihnen spricht auch nur ein Wort, keiner scheint sich um den anderen zu kümmern. Nachdem Suzanne ausgepackt und ihre Wäsche in der Waschmaschine verstaut hat, verschwindet sie im Schlafzimmer. Max überlegt kurz, welcher der Ehegatten nach einem Ehebruch Anspruch auf das Ehebett erheben kann? Muss er sich ins Gästezimmer verkriechen? Er entscheidet sich aber dagegen, nachdem Suzanne keine Anstalten trifft, das Schlafzimmer zu verlassen. Er wartet ab, bis das Licht ausgeht, um dann ins eheliche Bett zu schlüpfen. Suzanne ist noch wach, lässt es geschehen und rückt zur Seite. Max rutscht ebenfalls an seinen Rand des Bettes.

Er erinnert sich an «seine Suzanne», wie sie nach der Hochzeit war, wie sie ihre Scheu allmählich ablegte und fröhlicher wurde, wenn auch nie ausgelassen. Wie ihre erste Tochter Samantha und bald darauf auch die zweite Tochter mit Namen Noemi zur Welt kam. Und wie sich Suzanne bald nach der zweiten Geburt zusehends verwandelte. Was der genaue Auslöser dafür war, weiß er bis heute nicht. Nur dass sie das damals gerade begonnene Philologiestudium wieder aufgegeben und sich überraschenderweise und in zunehmendem Maße mit «Frauenfragen», wie sie sich ausdrückte, zu befassen begonnen hatte. Sie las einschlägige Bücher und Broschüren und dozierte an vielen Abenden bis in die Nacht hinein darüber, was sie anhand deren Lektüre an Kenntnissen gewonnen hat, die, wie sie unterstrich, auch ihn angingen. Die selbstverhinderte Philologin glaubte, den «Macho-Charakter» der deutschen Sprache entdeckt zu haben.

Max bemühte sich, ihr trotz seiner Müdigkeit nach einem langen Arbeitstag ein guter Zuhörer und geduldiger, nachsichtiger Gesprächspartner zu sein, obwohl «ihre interessanten Thesen» seinen Widerspruch geradezu herausforderten. Suzanne besuchte immer mehr Seminare über Frauenrechte und testete ihre neuen Theorien über die «Macht der Vagina» danach an ihm, dem einzigen männlichen Protagonisten in ihrer Nähe, aus. Je mehr sich Suzanne mit der gesellschaftlichen Stellung der Frau gegenüber dem Mann auseinandersetzte, desto stärker nahm ihr sexuelles Verlangen ab. Bei den spärlichen Gelegenheiten des Beischlafs, den sie meistens nur noch in Marbella zuließ, pflegte sie Max von sich herunterzuschieben, um dann auf dessen Schenkeln sitzend den Geschlechtsverkehr zu vollziehen. Immer stärker versank sie in der Materie der Geschlechterfrage, in der sie die endgültige Wahrheit über das menschliche Sein und Werden zu erkennen hoffte. Zu diesem Zweck gründete sie auch einen Verein namens «Nosierve» (Diene nicht), dem sie vorstand. Doch schon bald fanden sich in diesem Verein immer mehr linke Frauen ein, die mitreden wollten und schließlich selbst das Zepter in die Hand nahmen. Frustriert zog sich Suzanne zurück und kam auf die Idee, ihre Überzeugung in das politische rechte Lager zu tragen, um dort Gleichgesinnte und Gleichsituierte zu finden, die ihre Auslegung der Geschlechter(unter) ordnung teilten, und einen neuen Verein ins Leben zu rufen. Womit sie direkt im Schoß der politischen Partei landete, der auch ihr Vater angehört hatte. Dort stieß sie zwar auf keine gleich gesinnten, wohl aber auf gleich situierte Menschen, die sich keine Fragen betreffend Mann und Frau stellten, sondern darüber beratschlagten, wie die Schweiz einerseits vor dem zersetzenden Einfluss ausländischer Einwanderer und andererseits vor dem internationaler Organisationen geschützt werden könnte. Suzanne mutierte zu einer Scharfmacherin in Fragen der Einwanderung und der Abwehr muslimischen Einflusses auf das «Schweizertum». Auf den Widerspruch zwischen ihrem Feminismus und der Rechtspolitik, die sie betrieb, angesprochen, gab sie zum Besten, das habe nichts miteinander zu tun. Das eine betreffe jede einzelne weibliche Person, das andere die Schweiz als Nation.

Max Jäger, der seinen Gedanken an früher noch immer auf dem Rücken im Bett liegend nachhängt, hört auf einmal die Worte seiner Frau: «Max, ich habe keine gute Nachricht für dich. Ich will mich von dir scheiden lassen.» Die Mitteilung verschlägt ihm den Atem. Noch bevor er sich wieder einigermaßen beruhigt hat, erkundigt er sich mit erstickter Stimme, wann sie das Haus zu verlassen gedenke. Suzanne schaltet das Licht ein und schaut auf ihren mit Atemnot kämpfenden Ehemann, welche ihm Tränen in die Augen treibt. Mit versteinerter Miene und kaltem Blick erklärt sie: «Glaub ja nicht, dass du mich mit deinem weinerlichen Macho-Gehabe manipulieren kannst. Ich lass mich auch von deinem Gejammer nicht erweichen. Mein Entschluss ist gefasst. Schon morgen werde ich weg sein.» Danach schaltet sie das Licht wieder aus. Max überfällt in der Dunkelheit ein unbeschreibliches Gefühl der Freude und Erleichterung, was Suzanne verborgen bleibt. Kaum dass Suzanne ihm ihre Entscheidung mitgeteilt hat, hat er mit aller Kraft an sich halten müssen, um keinen Freudenschrei auszustoßen. Die körperliche Anstrengung, die er dazu aufbringen musste, war von Suzanne allerdings als weinerliche Reaktion völlig missverstanden worden. Am liebsten hätte er ihr noch heute Nacht beim Packen geholfen und sie, ohne zu zögern, zu ihrer neuen Bleibe oder an den Airport gefahren.

Ein unbeschreibliches Gefühl von Freiheit erfüllte ihn, in Zukunft all das unternehmen zu können, was ihm Freude bereitete. Erst diesen Mittwochmorgen hatte er in Bellinzona seine Freiheit zurückgewonnen und hier und jetzt noch ein zweites Mal in Zürich. Damit bleibt ihm auch erspart, seiner Frau etwas über die Vorfälle der letzten Tage zu erzählen. Wann und was sie nun darüber erfährt, braucht ihn nicht mehr zu interessieren. Das sich ihm eröffnende Paradies macht ihn kribbelig und unruhig. Und so verlässt er fluchtartig das eheliche Schlafzimmer und eilt ins Gästezimmer, wo er die feindliche Nähe seiner Frau nicht mehr ertragen muss.

Am Montag darauf landete um 6.45 Uhr das Flugzeug aus L. A., in dem er sich befunden hätte, wäre alles programmgemäß verlaufen, in Zürich. Und genauso, wie er es nach Überseeflügen immer gehalten hat, betritt er deshalb auch heute um 9 Uhr das ALLMEND SPITAL. In seinem Büro verharrt er eine Weile reglos und atmet den Spitalgeruch ein. Frau Sommer, seine Sekretärin, kommt aus dem Vorzimmer in sein Büro herein und begrüßt ihn mit einem freundlichen Lächeln und der rhetorischen Frage, ob alles gut gelaufen sei? Jäger bewegt den Kopf in einer Weise, die sowohl als bejahend als auch als verneinend aufgefasst werden kann. Die pflichtbewusste Frau Sommer nimmt daraufhin unaufgefordert auf dem Stuhl vor seinem Schreibtisch Platz. Übergangslos beginnt Jäger, mit seiner Sekretärin die eingegangene Post, Berichte und Akten durchzugehen, indem er Frau Sommer fortlaufend Antworten diktiert und Anweisungen erteilt, die von ihr notiert werden.

Unter den Telefonnotizen findet er auch eine mit Datum vom 17. April, die besagt, dass RA Dr. Anton Schorni ausrichte, Prof. Jäger sei bis zum Ende seines US-Aufenthaltes weder telefonisch noch sonst wie erreichbar. Jäger will wissen, ob diese Mitteilung im Spital weiterkommuniziert worden ist, was Frau Sommer bejaht. Er vertieft sich in die weiteren Telefonnotizen, bis er auf eine vom 16. April stößt, in welcher steht, dass sich Prof. Martin Stern von der University of California in Los Angeles, nach dem Verbleib von Prof. Jäger erkundigte. «Und was haben Sie ihm geantwortet?», fragt Jäger seine Sekretärin. «Ich habe Prof. Stern mit Ihrem Stellvertreter, Dr. Wiederkehr, verbunden, da ich nicht informiert war.» Jäger hält für einen kurzen Moment inne für den Fall, dass seine Sekretärin neugierige Fragen stellen möchte. Was sie aber nicht tut, wenngleich er sieht, dass sie auf eine Erklärung von ihm wartet, die er ihr zwar schuldig wäre, ihr aber nicht gibt. Bei Durchsicht seines Kalenders stößt er ferner auf einen Termin am nächsten Freitagnachmittag für einen Herrn Eddy Borner aus Biel. Auf seine Frage, warum diese Konsultation bei seinem vollen Terminkalender noch eingeschoben worden sei, erinnert sich Frau Sommer, dass der Herr darauf insistiert habe und wegen des dringenden Verdachts auf Knochenkrebs von einem Dr. Zuber aus Bern zugewiesen worden sei. Dessen Brief finde er in der neu eröffneten Akte zusammen mit den Laborresultaten aus Bern und dem

Knochenmarkpräparat. Obwohl ihn diese Nachricht schockt, lässt er sich nichts anmerken und beendet die Sitzung mit seiner Sekretärin kurz vor Mittag, um danach gleich die Patientenvisiten zu absolvieren.

Die weitere Woche verlief ohne merkliche Vorkommnisse. Sein Stellvertreter, Dr. Wiederkehr, kam wie immer Dienstagmorgen zur Berichterstattung und Wochenbesprechung und teilte ordnungsgemäß mit, er habe Prof. Stern von der Stanford University, da niemand gewusst habe, wo er, Jäger, sich befinde, mit der Notlüge abgespeist, dass Jäger an einer schweren Grippe erkrankt sei und unmöglich reisen könne. Danach wandte sich Dr. Wiederkehr, der sich für den wahren Grund der Abwesenheit seines Chefs nicht zu interessieren schien, dem nächsten Punkt auf der Tagesordnung zu, die er Prof. Jäger am frühen Morgen auf dessen Schreibtisch hatte legen lassen.

Freitag

Neben seinem Büro in dem geräumigen Konsultationszimmer erwartet Prof. Jäger den Besuch seines unwillkommenen Vorgesetzten. Er nimmt eine dünne Akte auf der Ablage hinter seinem Sessel an sich, als die Konsultationshilfe ihm Herrn Borners Eintreffen meldet. Und tatsächlich tritt dieser mit dem gleichen schmuddeligen Jackett, das er bereits in Bellinzona getragen hat, durch den Türrahmen und lässt mit einer für einen Onkologie-Patienten viel zu aufgeräumten Stimme vernehmen: «Ich grüße Sie, Herr Professor. Sie haben sicherlich nichts dagegen, dass ich mich als Patient angemeldet habe?»

«Ihre Frage ist überflüssig, Herr Borner», brüskiert Jäger seinen Besucher, dem er den Händedruck zur Begrüßung verweigert und der sofort spürt, dass hier ein anderer Wind weht als in Bellinzona. Sofort will Borner deshalb unmissverständlich seine amtliche Autorität wiederherstellen, indem er seinem Untergebenen Anordnungen erteilt: «Sie werden mich ab sofort als einen an Knochenkrebs erkrankten Patienten in Ihren Klinikakten führen und als solchen in Ihr internes EDV-System eingeben. Nur Sie werden mein behandelnder Arzt sein, zusammen mit einem Kollegen, dessen Namen ich Ihnen noch nennen werde. Hab ich mich klar ausgedrückt?»

Jäger erwidert kein Wort darauf, und so fährt Eddy Borner in gewohnt unangenehmem, freundlichem Ton fort: «Dies bedeutet, dass ich Sie regelmäßig besuchen werde und Sie für all Ihre Mitarbeiter mein Arzt sind. Rufen Sie nun also gleich einmal Ihre Sprechstundenhilfe, die meinen nächsten Besuchstermin fixieren soll. Sagen wir, in fünf Tagen. Dann lassen Sie mir Blut abnehmen und ordnen weiterhin all das an, was nach einer Erstkonsultation so üblich ist.»

Jäger überlegt einen kurzen Moment, ruft dann aber mit

versteinertem, auf Borner gerichteten Blick seine Konsultationshilfe. Als die Krankenschwester den Konsultationsraum betritt, verhält sich Prof. Jäger wie eh und je, während Herr Borner eine erstaunliche Wandlung vornimmt. Er blickt der Krankenschwester verängstigt entgegen und sieht dabei richtig mitgenommen und krank aus. Jäger erteilt seiner Sprechstundenhilfe einige Anweisungen, die diese fein säuberlich notiert und Herrn Borner danach bittet, ihr zu folgen. Dieser verabschiedet sich von Jäger mit verhaltener Stimme: «Danke, Herr Professor, ich danke Ihnen», und fügt nach einem hörbaren Seufzer hinzu: «Hoffentlich ist es nichts Schlimmes.»

Als Jäger wieder allein ist, nimmt er die neu angelegte Akte zur Hand. Auf dem Deckblatt steht in großen Buchstaben: Edouard Philippe Borner, geb. 25. November 1961 in Biel, Kanton Bern. Die Rubriken «Wohnadresse» und «Krankenkasse» sind nicht ausgefüllt. Er setzt kleine Kreuze, wo das Sekretariat die Eintragungen ordnungsgemäß ergänzen soll. Dann lächelt er leise vor sich hin. «Zahlt wohl die Krankenkasse auch für diesen Patienten, der gar nicht krank und dessen einzige Aufgabe es ist, mich zu kompromittieren?»

Danach überschreibt er den Konsultationsrapport des heutigen Tages mit «Myelom», was nichts anderes heißt als Krebsbefall des Knochens. Er bedient die Sprechanlage und bittet Frau Sommer, den nächsten Patienten zu ihm zu schicken.

Nach zwei weiteren Patienten gönnt sich Jäger eine Pause, in der er seinen Anwalt und Freund, Dr. Anton Schorni, anruft. Ob man sich heute Abend zu einem leichten Nachtessen im Restaurant «Degenried» treffen könne? Er hätte große Sorgen und würde gern einiges besprechen. «Geht das? Ja? Dann also bis heute Abend!»

Das Restaurant «Degenried» im Dolderwald erinnert an das Hexenhäuschen in «Hänsel und Gretel», nur dass die Lebkuchen an den Hauswänden fehlen. Das holzgetäfelte

Speiselokal entspricht dem gutbürgerlichen Geschmack seiner meist älteren Gäste. Jäger sucht sich einen Vierertisch am Fenster aus, der etwas abseits von den übrigen Tischen steht, und setzt sich mit Blick zur Tür. Nach einer kurzen Wartezeit – inzwischen sind einige Gäste eingetroffen – erscheint sein Freund. Der arrivierte, ungefähr 50-jährige Anwalt strahlt mit seiner Jovialität ein Gefühl des Wohlbefindens aus, das, gekoppelt mit seiner Seriosität und Überzeugungskraft, genau die Art von Vertrauen schafft, der sich kaum ein Klient entziehen kann. Er ist direkt von seinem Büro aus zum Restaurant gefahren und hat während der zehnminütigen Fahrt dorthin nochmals den überraschenden Anruf seines Freundes aus dem Gefängnis Bellinzona Revue passieren lassen. Die Begründung, die er ihm damals auftischte, als er ihn an seine Kollegin Anna Tettamanti verwies, hatte nur zur Hälfte der Wahrheit entsprochen. Max' verzweifelter Anruf war für ihn in doppelter Hinsicht zur Unzeit gekommen. Zum einen hatte er sich gerade in einer schwierigen Besprechung befunden, und zum anderen hatte ihn Max' Bericht in einen Interessenkonflikt gebracht. Allein diesen anzudeuten, hätte bereits einen Geheimnisbruch dargestellt. Nichtsdestotrotz ist es ihm ein aufrichtiges Anliegen, Max zu treffen, ihm zuzuhören und nach Möglichkeit zu helfen. Vor allem will er seinem Freund das Gefühl geben, in diesen schwierigen Zeiten nicht alleinegelassen zu werden. Ein wahrer Balanceakt steht ihm bevor. Warmherzig grüßt er nun den Freund, und sie sprechen kurz über Belangloses, quasi um sich aufzuwärmen. Für Schorni völlig unerwartet, berichtet ihm Max, dass Suzanne und er sich entschlossen hätten, «zukünftig getrennte Wege zu gehen». Suzanne hätte letzten Sonntag das eheliche Haus verlassen; wohin sie gegangen sei, wisse er nicht. So überraschend für Schorni diese Nachricht kommt, so erleichtert fühlt er sich doch, den eigentlichen Gesprächsgegenstand dadurch kurzfristig vertagen zu können. Er quittiert Max' Bericht lediglich mit «join the club», eine schnippische Bemerkung, die er sich in seiner Kanzlei nicht erlaubt hätte. «Du weißt, dass auch ich mit meiner Lebensgefährtin, Simone Hächler, Schluss gemacht habe. Jetzt versucht sie, mich über ihren Anwalt wie eine Zitrone auszupressen. Glaubst du, deine Suzanne wird sich ebenso verhalten?», erkundigt sich Schorni. Max schaut seinen Freund nachdenklich an. «Ich glaube schon. Sie ist eiskalt und selbstsüchtig.»

«Diesen Eindruck hat sie mir nie vermittelt. Ihr zwei wart für mich immer ein mustergültiges Vorzeige-Ehepaar. Wie kommt es, dass ihr euch auseinandergelebt habt?» Max erwidert darauf nur, der Eindruck, den seine Ehe nach außen gemacht habe, sei seit Langem nur noch Fassade gewesen, für die Gesellschaft wie auch für ihre Töchter, obwohl diese sicherlich mitbekommen hätten, dass zwischen Suzanne und ihm Eiszeit herrsche. Toni Schorni ist leicht verwundert, weil er so lange nichts gemerkt hat, taucht dann aber schlagartig in seine anwaltliche Rolle ein und will für Jäger zwei Scheidungsanwälte kontaktieren, die seine Interessen wahren werden. «Ich werde sie am Montag kontaktieren, danach hast du dann die Wahl, welchen von den beiden du beauftragen willst.»

Die bestellten Wienerschnitzel mit Gemüse und gebratenen Kartoffeln werden serviert, dazu ein Schweizer Rotwein aus dem Wallis. Als ob er beim Essen lediglich ein bisschen Konversation machen will, beginnt Max, erst von Lugano und dann von Bellinzona zu sprechen, und erzählt Schorni, um welche Anklagepunkte es in den stundenlangen Befragungen ging. Dieser hört Max aufmerksam zu, will dann aber die Namen der für die Ermittlungen und Einvernahmen zuständigen Personen erfahren. Als Max ihm den Namen Eddy Borner nennt, bemerkt er, dass Schorni nachdenklich wirkt.

Zur Überbrückung der entstandenen Gesprächspause verkündet Max, dass all die gegen ihn gerichteten Beschuldigungen völlig haltlos, ja fabriziert seien.

»Man will mich in eine konspirative Nacht-und-Nebel-Aktion hineinziehen, davon bin ich überzeugt. Du musst mir helfen.»

Schorni erschrickt zunächst, meint dann aber vorwurfsvoll: «Max, was redest du denn da, von was für einer Konspiration sprichst du?» Jäger fährt fort: Ob er, Toni, sich denn nicht gewundert habe, warum er schon letzte Woche wieder entlassen worden sei. Schorni wird hellhörig und folgert: «Willst du mir etwa erzählen, deine Freilassung beruhe auf einem Deal? Ist es das, was du mir sagen willst?»

Jäger bejaht mit einem Kopfnicken: «Aber über den Deal kann ich dir nichts sagen. Ich habe mich zu absolutem Schweigen verpflichtet!»

Toni ist erstaunt. «Der brave Faust hat sich seine Freiheit vom Mephisto erkauft, unglaublich! Dadurch könntest du, anstatt die Freiheit erlangt zu haben, in der Hexenküche landen. Du musst etwas dagegen tun, Max. Du kannst diese Sache auf Dauer nicht auf sich beruhen lassen.»

Max Jäger sitzt benommen vor dem letzten Viertel seines Wienerschnitzels. «Mein Ruf und meine Ehre stehen auf dem Spiel», begründet er kleinmütig sein Verhalten. Du musst verstehen, dass ich mir meinen guten Namen weder von den Behörden noch von der Presse besudeln lassen werde.»

Schorni denkt eine Weile nach, bevor er sich äußert: «Max, es ist besser, wenn ich gar nicht weiß, was hinter dem Deal steckt. Falls du dich jedoch zu etwas verpflichtet hast, das du gar nicht tun willst, solltest du dir schnellstens darüber klar werden, wie du die von dir erwarteten Dienste verweigern kannst. Einfach dumm stellen geht nicht. Dies würde dir niemand abnehmen. Die einzig wirkungsvolle Methode, die mir einfällt, ist, dich so zu verhalten, als hätten dich die Vorfälle in Bellinzona derart traumatisiert, dass du zeitweise völlig verwirrt bist. Dann kann dir niemand mehr eine Aufgabe anvertrauen, die geheim bleiben muss. Kurzum, du verwandelst dich in einen schrulligen, autistischen Professor, der zwar seine beruflichen Dinge so gut wie immer erledigt, darüber hinaus aber für nichts mehr zu gebrauchen ist.» Toni macht gerade eine Kunstpause, als sein Handy läutet. Er greift in seine Jacketttasche und erkundigt sich rhetorisch bei Jäger, ob es ihm etwas ausmache, wenn er den Anruf annehme. Max verneint, und schon hört er, wie Anton jemanden jovial grüßt und fragt, was ihm zur späten Stunde die Ehre verschaffe.

Max Jäger hört eine Männerstimme am anderen Ende der Leitung sprechen. Nach einer kurzen Weile steht Anton Schorni auf und verlässt das Restaurant. Nach etwa fünf Minuten tritt er wieder in den Gastraum. Er sieht verändert aus. Seine Gesichtszüge sind angespannt, sein Blick flackert, und seine Wangen sind bis zum Hals hin rot verfärbt. Er nimmt Platz, obwohl ihm Max anmerkt, dass er nicht die Absicht hat, sitzen zu bleiben.

«Max, es tut mir leid, aber wir müssen abbrechen. Bei dem Anruf von eben ging es um eine unaufschiebbare Sache, die wichtig und dringend ist. Lass uns morgen weiterreden. Dann werde ich den ganzen Tag für dich Zeit haben. Außerdem bringt die Nacht Rat.» Jäger ist enttäuscht. Er hat sich mehr von diesem Abend erhofft. Besonders ärgern ihn die banalen Sprüche seines Freundes. Gekränkt erwidert er: «Morgen muss ich ab 11 Uhr im Spital sein.» «Ja gut», schlägt Schorni vor, «dann komm doch davor um 9 Uhr zu mir in die Sonnenbergstraße und hol mich zum Brunchen ins Hotel Zürichberg ab. Selbstverständlich bist du mein Gast, und dort können wir das Ganze in Ruhe weiter besprechen. Einverstanden?» Jäger nickt zustimmend und verabschiedet seinen Freund, der auf heißen Kohlen zu sitzen scheint, mit den Worten: «Geh nur. Ich übernehme die Rechnung.» Schon verlässt Schorni raschen Schrittes das Restaurant, und kurz darauf tritt auch Max Jäger nach draußen und begibt sich zu seinem Auto. Den beigen Ford Fiesta auf dem Parkplatz des Restaurants bemerkt er dabei nicht.

Samstagmorgen

Als Max Jäger am nächsten Morgen kurz vor 9 Uhr in den oberen Teil der Sonnenbergstraße einbiegt, sieht er dort mehrere am Straßenrand geparkte Polizeiautos, einige mit blinkendem Blaulicht. Vor einer Haustür, durch die mehrere Uniformierte und Zivilpersonen ein und aus gehen, steht eine Ambulanz mit offener Hecktüre. Schlagartig wird Jäger bewusst, dass die offene Haustür zur Villa seines Freundes gehört. Voller Panik will er gegenüber der Villa anhalten, aber eine Polizistin gibt ihm zu verstehen, dass er weiterfahren muss. Er stellt sein Auto einige 100 Meter weiter ab und läuft, so schnell er kann, den Weg zur Villa zurück, obwohl ihm die Beine mehrfach zu versagen drohen. Inzwischen haben sich bereits Schaulustige auf dem Bürgersteig gegenüber der Villa eingefunden, zu denen sich nun auch Jäger mit bebendem Herzen gesellt. Er überquert die Straße und bleibt kurz vor der geöffneten Haustür stehen. Wie ein Hypnotisierter tritt er ein und folgt dicht einem Beamten, wie er in Zivil, der soeben an ihm vorbeigegangen ist, ihn aber nicht weiter beachtet hat, die Treppe hoch. Auf dem Flur angelangt, steigt Jäger hinter dem Beamten die nächste Treppe hoch. Kein Mensch ist ihnen entgegengekommen. Oben angelangt, steuert der Unbekannte durch Tonis Schlafzimmer, dessen Tür weit offen steht, dem geräumigen Badezimmer zu, in dem er verschwindet. Aus dem Badezimmer hört Max Stimmen. Im Türrahmen stehen zwei weiß eingekleidete Forensiker, die ihm den Rücken zudrehen. Als eine dieser Personen nach vorne tritt und niederkniet, öffnet sich für Max der Blick. Er erkennt seinen Freund Anton, der reglos und nackt am Boden vor der Badewanne liegt, seitlich über ihn beugt sich die Person, welche ihm zuvor den Blick verwehrt hat. Nun bewegt sich auch der andere Forensiker nach vorne und bleibt neben dem leblosen Körper stehen. Max fühlt sich noch immer unbeobachtet und wagt sich weiter in Richtung Badezimmer vor, bis er den Oberkörper seines Freundes zu sehen bekommt. Der letzte Funken Hoffnung erlischt in ihm. Er sieht Tonis geschlossene, bereits dunkel umränderte Augen. Sein Gesicht ist leicht gelblich, seine Lippen blau. An seinem Handgelenk ist eine große Wunde erkennbar, aus der jedoch kein Blut mehr austritt, was darauf schließen lässt, dass der Tod bereits vor einigen Stunden eingetreten sein muss. Max hat genug gesehen. Er dreht sich um und verlässt das Haus genauso unbehelligt, wie er gekommen ist. Vor der Haustür bleibt er stehen und versucht, sich zu sammeln. Als jedoch der Leichenwagen des forensischen Instituts direkt vor seiner Nase anhält und dessen Insassen die Fahrzeugtüren öffnen, setzt sich Max in Bewegung und verschwindet hinter dem Spalier der Zuschauer.

In seinem Auto sitzt er wie gelähmt. Trauer und Verzweiflung steigen in ihm auf und vermengen sich mit einer lähmenden Angst. Was ist hier vorgegangen? Hatte Schorni seinetwegen sterben müssen? War das eine Warnung, und wird er der Nächste sein? All diese Fragen schießen ihm durch den Kopf, während er, ohne sich dessen bewusst zu sein, den Motor anlässt und ins ALLMEND SPITAL fährt, um dort seinen Dienst anzutreten.

Zur gleichen Zeit

Für Doris de Quervin, die leitende Kriminalkommissarin der Kantonspolizei Zürich, Abteilung «Gewaltverbrechen», kommt der Anruf, den sie um 8.32 Uhr morgens bei sich zu Hause entgegennimmt, höchst ungelegen. Einer ihrer Kriminalinspektoren, Walter Trösch, der an diesem Samstagmorgen Dienst hat, hat kurz nach 8 Uhr die Meldung einer völlig aufgelösten Hausangestellten entgegengenommen, ihr Chef, Herr Dr. Anton Schorni, liege tot in seiner Badewanne. Er hätte sich die Pulsadern aufgeschnitten. Trösch, der weiß, dass seine Chefin an diesem Tag ihren einwöchigen Urlaubsaufenthalt in Spanien antritt, entschuldigt sich bei ihr für den «sicherlich ungelegenen Anruf» und meint, dieser erfolge nur zu ihrer Information. Er könne die Sache mit dem Kriminalbeamten Vetter, der mit ihm Dienst habe, bestens erledigen und ihr nach ihrem Urlaub dann Bericht erstatten. Außerdem sei sie über Handy ja jederzeit erreichbar. Zudem weise die Beschreibung des Toten sowieso auf einen Suizid hin. Doris de Quervin hört sich die Ausführungen ihres Mitarbeiters an, während sie lediglich mit einem roten Büstenhalter und gleichfarbigem Slip vor dem großen Spiegel ihres Schlafzimmers steht. Sie ist 1,70 m groß und schlank. Das polizeiliche, regelmäßige Fitness- und Kräfteprogramm und drei Mal pro Woche schwimmen gehen sorgen dafür, dass sich an ihrem Körper kein einziges Gramm überflüssiges Fett befindet.

Rasch bürstet sie ihr Haar, während sie gleichzeitig aufmerksam Trösch über die Freisprechanlage zuhört. Zufrieden nickt sie ihrem Spiegelbild zu, als sie ihre blonde Mähne streng nach hinten gekämmt und in einen Pferdeschwanz zusammengefasst hat. Doris ist Single und lebt in einer geräumigen, modern eingerichteten Eigentumswohnung im obersten Stock eines Vierfamilienhauses, die sie ihrer Schwester abkaufte, als diese, eine Ärztin, einen Berufskollegen heiratete und in dessen Haus zog. Doris hatte ihre große Liebe in jungen Jahren durch einen tödlichen Unfall beim Wasserskifahren im Mittelmeer verloren und war danach lange Zeit orientierungslos gewesen, bis sie dank ihres Studiums und der späteren Arbeit wieder neuen Lebensmut und -sinn gefasst hatte. Im Laufe ihrer steilen Karriere bei der Kriminalpolizei Zürich bemerkte sie außerdem, dass es für sie undenkbar war, mit einem ihr überlegenen Mann, sollte es einen solchen geben, das Leben zu teilen, von ihr unterlegenen Männern ganz zu schweigen. Nachdem einst ein Teil von ihr jäh aus dem Leben gerissen worden war, gehört ihr heutiges Leben ausschließlich, unteilbar und definitiv nur ihr allein. Weshalb sie auch keinem Mann mehr den Schlüssel zu ihrer Wohnung gegeben hat.

Als Trösch seinen Bericht beendet und sie sich bereits eng anliegende Jeans und einen türkisfarbenen Pullover angezogen hat, der zur Farbe ihrer Augen passt, fragt sie ihn knapp: «Wo befindest du dich?» «In der Sonnenbergstraße», hört sie. «Gut, das liegt direkt auf meinem Weg zum Flughafen. Ich muss dort erst um 11 Uhr einchecken und werde deshalb gleich zu euch stoßen. Schau zu, dass sie den Leichnam noch so lange vor Ort lassen.»

Kurz nachdem Jäger den Tatort verlassen hat, trifft Doris de Quervin mit ihrem Privatwagen in der breiten Sonnenbergstraße ein, steigt aus und betritt mit energischem Schritt die Villa. Sie schaut sich kurz im Erdgeschoss um, realisiert, dass sich der Tote im Obergeschoss befinden muss, und begibt sich zwei Treppen hoch ins obere Stockwerk. Dort stößt sie in einem überdimensionierten Schlafzimmer auf Walter Trösch und seinen Mitarbeiter Kurt Vetter, die sie schon erwarten. Ohne Gruß geht sie in das en-suite-Badezimmer, in dem der Leichnam liegt. Inzwischen hat sie sich Plastikhandschuhe übergezogen und beugt sich über den Toten. Mit einer raschen Bewegung hebt sie zuerst die linke Hand, dann den linken Arm nach oben und prüft die Schnittwunde, die tief und längs unterhalb des Handgelenks, wo normalerweise die Armbanduhr getragen wird, verläuft. Sie dreht sich zu Trösch um und fragt lapidar: «Wo ist seine Uhr?» Trösch gibt die Frage an Vetter weiter, der nach draußen eilt und die Frage an die Spurensicherung weitergibt.

Die Inspektorin examiniert nun in der Hocke Achselhöhle und Schulterpartie, danach die rechte Hand, den rechten Arm mit der zweiten Schnittwunde. Dann richtet sie ihr Augenmerk auf Knie, Oberschenkel und das Geschlechtsteil, das sie kurz verschiebt, um auch einen Blick auf die Leisten zu werfen. Sie schaut an Hals und Kopf nach Verfärbungen, Abschürfungen, winzigen Blutergüssen. Doris de Quervin will aufgrund dieses Augenscheins vor ihrer Abreise selber feststellen, ob gegebenenfalls eine kriminelle Tat vorliegen könnte oder ob es sich allenfalls um Selbstmord handelt.

Während der ganzen Zeit stehen Trösch und Vetter wie Soldaten hinter ihr. Vetter notiert dabei auf einem A4-Notizblock jede Beobachtung und Anweisung seiner Chefin. Die wendet sich an Trösch und fragt ihn nach dem Gerichtsmediziner. Ihr ist völlig entgangen, dass dieser das Schlafzimmer bereits betreten hat und sie bei der Examination der Leiche beobachtet hat. Jetzt tritt er auf sie zu. Die beiden kennen sich seit geraumer Zeit. Er gehört zu den Forensikern, mit denen sie schon seit Jahren gut und gerne zusammenarbeitet und den sie allein schon wegen seines Namens Dr. Claudius Sorglos mag, der im Institut immer wieder Anlass zu Spott und Witzeleien gibt. Nun fragt sie ihn, ob er bereits eine DNA-Analyse des Toten veranlasst und Abstriche in der Mundhöhle und den Nasenlöchern vorgenommen habe.

«Prüf bitte, ob irgendwelche Drogen mit im Spiel sind.» Ohne Übergang erkundigt sie sich, ob er sonst etwas Außergewöhnliches festgestellt habe? «Irgendwelche Anzeichen einer Fremdeinwirkung?»

«Nein, außer den Schnittwunden nichts», lautet seine Antwort. Doris de Quervin will wissen, wann der Tod eingetreten ist. «Das muss zwischen Mitternacht und 1 Uhr morgens gewesen sein. Die beiden Schnittwunden sind etwa gleich tief. Das Messer lag neben der Badewanne. Ob sich das Opfer die Schnitte selbst zugefügt hat, kann ich derzeit nicht feststellen. Auf jeden Fall sind sie rasch hintereinander vorgenommen worden.» De Quervin nimmt diese Bemerkung kommentarlos zur Kenntnis und weist Vetter an, eine Notiz dazu zu erstellen. Ihre Frage, ob die Leiche bereits auf den Bauch gedreht worden sei, um Rücken und Anus zu inspizieren, beantwortet Dr. Sorglos indirekt, indem er seinerseits wissen will, ob der Tote nunmehr in die Gerichtsmedizin gebracht werden könne. Ohne ihre Antwort abzuwarten, fügt er hinzu: «Ob die Autopsie noch während des Wochenendes erfolgen wird, kann ich nicht sagen. Aber Dr. Werner wird die Autopsie in jedem Fall sofort am Montagmorgen vornehmen und dir seinen Bericht dann noch am selben Tag auf den Schreibtisch legen.»

Doris de Quervin dankt ihm, bittet aber darum, den Bericht direkt an Inspektor Trösch senden zu lassen. Nachdem Dr. Sorglos gegangen ist, nimmt sie ihre beiden Mitarbeiter zur Seite: «Wo ist die Uhr?» Vetter räuspert sich: «Die befand sich auf dem Nachttisch und ist bereits eingepackt auf dem Weg ins Inspektorat.»

«Dann wäre das also abgehakt. Wie weit sind wir mit der Spurensicherung?»

Diesmal ist Trösch derjenige, der ihr antwortet: «Noch nicht sehr weit.»

«Ich meinerseits fand keine äußerlichen Spuren, die auf Dritteinwirkungen hinweisen. Doch warten wir mal den Bericht der Forensik ab, und bis dahin müssen wir, wie gewohnt, die Ermittlungen speditiv fortsetzen. Ihr geht bitte Montag früh gleich in die Kanzlei von Dr. Schorni und befragt dort alle seine Partner und Mitarbeiter, wenn er solche hat, und vor allem seine Sekretärin. Lasst euch die Agenden herausgeben, an die Timesheets kommen wir ohne Gerichtsbefehl ja noch nicht heran. Übrigens, wo ist sein Handy?»

«Wir haben eines im Haus gefunden und eingepackt. Aber es scheint sein privates zu sein», meint Vetter.

«Dann schaut zu, dass ihr auch sein Geschäftshandy ausgehändigt bekommt. Falls sich seine Sekretärin weigert, holt euch einen Gerichtsbefehl. Ich will bei meiner Rückkehr genau wissen, was Dr. Schorni in der Zeit vor seinem Tode alles gemacht und mit wem er sich getroffen hat. Ihr müsst das gesamte letzte Jahr durchkämmen.»

Sie geht die Treppe hinunter und, gefolgt von Trösch und Vetter, zu ihrem Auto. «Solange die Autopsie nichts anderes zutage fördert, gehen wir von einem Tötungsdelikt aus. Falls ihr etwas Neues erfahrt, das in diese Richtung zeigt, ruft mich an. Sonst gönnt mir bitte die kurze Auszeit.»

Doris de Quervin verabschiedet sich von Trösch und Vetter mit einem Handschlag und einem freundlichen Lächeln und verlässt den Tatort in Richtung Flughafen.

Am folgenden Montag

Der helle, freundliche Frühlingstag passt so ganz und gar nicht zu Jägers trüber Stimmung. Kaum ist er im ALLMEND SPITAL an seinem Schreibtisch angelangt, erscheint auch Frau Sommer in seinem Büro und gestikuliert mehr, als dass sie zu sprechen in der Lage ist. Er ahnt, was sie ihm mitteilen will. «Sie wissen sicherlich schon, dass Dr. Schorni tot ist.» Jäger nickt. «Es handelt sich anscheinend um Selbstmord», hört er sie weiter flüstern, «stellen Sie sich vor, Herr Professor, sie haben ihn mit aufgeschnittenen Pulsadern in der Badewanne vorgefunden. Sie wissen ja, dass er sich von seiner Lebenspartnerin getrennt hat, obwohl es heißt, sie habe ihn verlassen. Sicherlich hat er das nicht ertragen. Man sagt, sie habe schon längere Zeit einen anderen gehabt.» Jäger hat das ganze Wochenende über kaum geschlafen. Immer wieder hat er vor Augen, wie sein Freund das Restaurant, sichtlich nervös, verlässt und wie er selbst ihn nur wenige Stunden später tot auf dem Boden liegen sieht. Seither kreisen seine Gedanken um die Begebenheiten unmittelbar vor Tonis Tod. Außer Schornis Mörder – und dass es sich um einen Mord handelt, steht für Jäger fest – ist er damit wohl der letzte Mensch, der Toni lebend gesehen hat, ein Umstand, der die Polizei sicherlich noch interessieren dürfte. Und dennoch ist er nicht bereit, selbst die Polizei zu informieren. Ein dumpfes Gefühl lässt ihn ahnen, dass er Tonis Mörder kennen könnte oder, was noch schlimmer wäre, dieser ihn!

Nun schaut er seine Sekretärin an und meint: «Ja, ich habe die Nachricht von seinem Tod gestern erhalten. Fürchterlich! Wann haben Sie denn davon erfahren, Frau Sommer?» «Vor einer halben Stunde, von Dr. Schornis Sekretärin. Sie wollte es eigentlich Ihnen mitteilen, konnte aber sowieso nicht lange mit mir sprechen, weil sie die Polizei im Hause hat. Die Leute von der Polizei wollen Unterlagen und Agenden aus der Anwaltskanzlei entfernen. Sie hätten ihr gesagt, dies sei bloß eine reine Formsache, damit die Voruntersuchung abgeschlossen werden könne. Aller Voraussicht nach handle es sich ohnehin bloß um einen Selbstmord.»

Der folgende Donnerstag

Hinter dem offenen Grab haben sich die dunkel gekleideten Trauergäste geschart. Jäger steht als enger Freund Schornis gleich hinter den Familienmitgliedern. Seine Frau und seine beiden Töchter haben sich in einiger Distanz zu ihm unter die entfernteren Verwandten und Freunde, Nachbarn und in diesem speziellen Fall auch Polizisten gemischt. Vor dem Grab spricht der Pfarrer über die Tiefgründigkeit der Seele, die Unergründbarkeit des Schicksals und vom Leben, das seine Finalität im Tode findet, früher oder später, gelenkt von einem gütigen Gott, mit dem man nicht hadern darf, weil er allmächtig ist. Während der Pfarrer spricht, bewegt sich eine junge, groß gewachsene Frau so unauffällig wie möglich durch die dicht gedrängten Reihen. Die Familie Schornis, voran eine alte Frau, gestützt von einem jüngeren Mann – wohl Mutter und Bruder –, treten weinend an das Grab, werfen Blumen in die Grube und bleiben in Andacht stehen. Die junge Frau hat sich inzwischen dicht hinter Jäger gestellt, beugt ihren Kopf vor und bringt ihre Wange und ihren Mund nahe an sein rechtes Ohr. Sie flüstert ihm ins Ohr: «Herr Professor, ich muss Sie dringend sprechen!» Jäger wendet den Kopf nach der Frau und erkennt in ihr die Sekretärin seines verstorbenen Freundes, Frau Eva Roth. Ein mildes Lächeln huscht über sein Gesicht. «Sie meinen, es ist dringend?» «Sehr sogar», antwortet sie. Jäger schaut wieder nach vorne, wo sich die Trauergäste einer nach dem anderen am Grab von Toni Schorni verabschieden. Nach einer Denkpause flüstert er: «Also gut, heute Abend um 6 Uhr im ‹Mühlebach›. Sie wissen, wo das ist?» Die Frau nickt: «Ja, im Seefeldquartier», und macht einen Schritt zurück, wobei sie beinahe mit Frau Jäger zusammenstößt, welche die Szene samt ihren Töchtern beobachtet hat. Frau Roth entschuldigt sich bei ihr und verlässt eilends den Friedhof. Sie steigt in einen SMART und achtet dabei nicht auf den an der Straße parkierten beigen Ford Fiesta, in dem ein dunkelhaariger Mann mit einer Kamera in der Hand sitzt und sie beim Wegfahren beobachtet. –

Etwas später

Jäger bewegt sich in Richtung Friedhofsausgang. Dort will Suzanne an ihrem Mann vorbeigehen, er aber geht auf sie zu, um sie und seine Töchter zu begrüßen. Seine Frau schaut ihn mit strafendem Blick an, und indem sie diesen Auftritt sichtlich auskostet, zischt sie ihm zu: «Max, du gibst sogar am Grab deines Freundes noch den Macho. Schäkerst schamlos vor den Augen deiner Töchter und der Trauergäste, von mir ganz zu schweigen, mit einer Frau herum. Hast du denn keine Scham?» Strafend schaut sie ihren Mann, dann Zustimmung erheischend ihre beiden Töchter an und meint schließlich, keine Widerrede duldend: «Kommt, wir gehen.» Mit diesen Worten dreht sie ab, die Töchter folgen ihr schweigend. Noch ganz benommen von diesem Verbalangriff, vernimmt er auf einmal eine ihm nur allzu bekannte Stimme. Es ist die von Eddy Borner, der ihn dunkel gekleidet mit einer aufgesetzten Trauermiene um die Schulter fasst. Jäger lässt es geschehen, um in der Öffentlichkeit kein Aufsehen zu erregen. Mit Druck schiebt ihn der Polizist mit sich und meint mit verhaltener Stimme: «Prof. Jäger, was für ein Verlust, auch für uns, den NDB. Ich weiß, ich dürfte es Ihnen gar nicht sagen, aber als inoffizieller Mitarbeiter hätten Sie es ohnehin irgendwann einmal erfahren. Tony Schorni war unser externer Anwalt!» Immer noch in Borners Griff, nimmt Jäger diese Nachricht verblüfft zur Kenntnis.

«Ja, Dr. Schorni war ein ausgezeichneter Jurist und ein guter Zuhörer. Auch wenn wir ihn nicht auf so persönlicher Ebene kannten wie Sie ihn, können wir daher bestens nachvollziehen, was Sie nun empfinden. Sie haben einen sehr guten Freund verloren, das tut mir ausgesprochen leid, und ich möchte Ihnen daher in meinem Namen wie dem meiner Kollegen herzliches Beileid aussprechen.»

Jäger ist nicht zum Antworten zumute. Er versucht lediglich zu orten, was Borner ihm mit seinen Worten in Wahrheit kundtun will. Der fährt auch schon fort: «Mein Vorgesetzter hatte ebenfalls viel mit Toni zu tun gehabt, sogar noch mehr als ich. Er war auch auf der Beerdigung, muss den Friedhof aber bereits verlassen haben. Ich hätte Sie ihm gerne vorgestellt. Er möchte Sie nämlich kennenlernen. Aber vielleicht lässt sich das bald einmal anderweitig arrangieren. Ich lasse Sie selbstverständlich wissen, wann es so weit ist.» Jäger zeigt noch immer keine Reaktion, und so lässt Borner das Gespräch für eine kurze Weile ruhen.

Nun spricht er langsamer und deutlicher als zuvor und nimmt eine beinahe militärische Haltung vor seinem Gesprächspartner ein. «Ich hätte Sie eigentlich heute als Patient im Spital aufgesucht, nachdem ich Ihnen mitzuteilen habe, dass Ihr erster Auftrag seinen Anfang nimmt. Ich möchte, dass Sie einen hochinteressanten Mann aus den USA treffen, der eine Organisation ins Leben gerufen hat, der die wichtigsten Mediziner aus allen Bereichen angehören. Sie heißt Melius Foundation, sicherlich haben Sie schon von ihr gehört?» Tatsächlich ist sie Jäger bekannt, er gehört ihr aber nicht als Mitglied an, da sie in der Schweiz noch nicht etabliert ist. Was er Borner auch mitteilt. «Ebendarum und auch wegen ein paar anderen Gründen, die Sie später noch erfahren werden, möchten wir, dass Sie in einer noch zu gründenden Schweizer Sektion Mitglied werden, und haben deswegen auch schon ein Abendessen im Hotel Savoy am Paradeplatz für den nächsten Freitag um 20.00 Uhr organisiert. Wir erwarten Sie dann also in einer Woche im Savoy!» Borner verabschiedet sich mit einem Handschlag, und Jäger sieht ihm nach, wie er sich entfernt.

Am späten Nachmittag

Jäger tritt in das Lokal, das den Namen der Straße und des Baches trägt, an dem es liegt. Wie bei seinem letzten Treffen mit Schorni wählt er einen Tisch, der am weitesten von dem anderer Gäste entfernt ist. Wenig später erscheint die hochgewachsene Frau Roth in der Eingangstüre des Cafés. Ihre dunklen Haare sind aus dem Gesicht gekämmt. Sie trägt einen eleganten Mantel und geht mit einem starren Lächeln auf den Tisch zu, an dem Jäger Platz genommen hat. Der geht ihr einige Schritte entgegen, um sie mit einem Handschlag zu begrüßen. «Wollen Sie den Mantel ablegen, Frau Roth?», fragt er. Sie dreht sich seitlich zu ihm, um es ihm leichter zu machen, ihr aus dem Mantel zu helfen. Er bewundert dabei ihren wohlproportionierten Körper. Ihre üppigen, festen Brüste, die langen schlanken Beine und die nicht schmal, sondern äußerst weiblich geformten Hüften. Jäger beendet seine körperliche Erkundigungstour und schaut Frau Roth nun in die Augen. Er bemerkt an ihrem milde lächelnden Blick, dass ihr seine Begutachtung nicht entgangen ist. Leicht verlegen sagt er: «Setzen wir uns doch.» Er ruft die Bedienung. Frau Roth bestellt einen Tee mit Zitrone und wendet sich dann an Jäger: «Herr Professor», beginnt sie flehentlich, doch er unterbricht sie mit den Worten: «Lassen wir doch den ‹Professor›, ich heiße Jäger.»

»Wenn Sie es so wollen, Herr Professor, ich meine, Herr Jäger. Wie ich weiß, sind oder besser waren Sie ein enger Freund von Herrn Schorni. Meine erste Frage an Sie ist nun, ob ich mich Ihnen anvertrauen kann?» Eine rein rhetorische Frage, denn ohne auf eine Antwort zu warten, fährt sie fort: «Es ist, ich weiß nicht, wie ich sagen soll, aber wenn Sie mich fragen, Herr Jäger, geht es bei Herrn Schornis Tod nicht mit rechten Dingen zu.» Jäger fällt ihr ins Wort: «Sie meinen, es ging nicht mit rechten Dingen zu?» «Nein, nein, Sie verstehen mich schon richtig, es ging nicht nur schon bei seinem Tod, sondern auch jetzt nicht mit rechten Dingen zu.» Jäger unterbricht sie erneut. «Also, jetzt einmal schön der Reihe nach. Was wollen Sie mir damit sagen?»

«Also, Herr Schorni wurde letzten Samstagmorgen tot in seiner Badewanne liegend gefunden. Dann war seine Leiche drei Tage im gerichtsmedizinischen Institut, bis man sie Dienstagmorgen zur Beerdigung freigegeben hat. Am gleichen Tag erhielt seine Familie, das heißt die alte Mutter, Besuch von der Kantonspolizei Zürich, die ihr den forensischen Bericht übergab, mit Datum vom 8. Mai und Eingangsstempel 14.54 Uhr. Mit anderen Worten: Der forensische Bericht wurde am Montagnachmittag abgestempelt. Darin steht, Herr Schorni hätte mit an Sicherheit grenzender Wahrscheinlichkeit Suizid begangen. Es seien keine Dritteinwirkungen feststellbar. Er hätte zuerst einiges über den Durst getrunken, danach eine Unmenge Valium geschluckt und sich dann die Pulsschlagadern aufgeschnitten. Schon das ist äußerst suspekt. Herr Schorni war immer gern für ein paar Gläser Wein gut, das stimmt, aber eine Überdosis Valium? Und sich dann nach dem Valiumkonsum noch die Adern aufschneiden? Doch wer bin ich, den Befund des gerichtsmedizinischen Instituts infrage zu stellen?» Jäger schweigt. Auch Frau Roth hält inne und nippt nachdenklich an der Teetasse, bevor sie fortfährt: «Ich versuche nun, der Reihe nach zu erzählen, was auf meiner Seite geschehen ist. Also, Montagmorgen um 8 Uhr steht die Kantonspolizei schon vor dem Büro, als ich eintreffe. Die Namen der beiden Polizisten habe ich mir gemerkt. Es waren ein Inspektor Trösch und ein Herr Vetter. Beide ganz nette Männer, die mich darüber informiert haben, dass beim Tode meines Chefs bisher nichts auf eine Straftat hinweise. Man müsse aber den Autopsiebericht noch abwarten. Sie wollten deshalb sichergehen, nichts übersehen zu haben, was auf eine Tötung hinweisen könne. Alles schön und recht so weit, und deshalb erteile ich Auskunft, so gut ich konnte und durfte, bis sie mich dazu auffordern, Dr. Schornis Agenda und sein BlackBerry-Handy herauszugeben. Auch meine Agenda wollten sie. Aber ich habe alle Agenden und Handys vor ihren Augen in meinem Schreibtisch eingeschlossen, den Schlüssel abgezogen und sie verdutzt stehen lassen. Danach bin ich in Dr. Schornis Büro und habe den erstbesten Anwaltskollegen meines Chefs, der mir in den Sinn gekommen ist, angerufen. Das war zufällig Dr. Conradi, der – wie er mir mitteilte – dem Vorstand des Zürcher Anwaltsverbandes angehört. Er hat mir empfohlen, den Polizisten mitzuteilen, dass sie ohne gerichtlichen Befehl die gewünschten Unterlagen nicht erhalten werden. Er hat mir außerdem gesagt, dass der gerichtliche Befehl, läge er denn vor, begründet sein müsse, damit man gegebenenfalls Beschwerde gegen ihn einlegen könne. Trösch und Vetter zogen daraufhin unverrichteter Dinge wieder von dannen und kündigten an, am Dienstag mit dem gerichtlichen Befehl wiederzukommen. Ich musste ihnen versprechen, währenddessen keine Dokumente zu beseitigen oder fortzuschaffen. Das ist Akt eins.» Eva Roth scheint ihre Contenance wiedergefunden zu haben und nippt nachdenklich an ihrem Tee, der inzwischen kalt geworden ist. Dann berichtet sie weiter. «Kommen wir zum zweiten Akt. Ich spreche vom letzten Dienstagmorgen, als Dr. Schornis Mutter mitgeteilt wurde, der Leichnam ihres Sohnes werde nunmehr freigegeben und könne jederzeit für die Abdankung und Beerdigung abgeholt werden. Entgegen ihrer Ankündigung habe ich an diesem Dienstag von der Zürcher Kriminalpolizei nichts mehr gehört. Damit kommen wir zum dritten Akt. An demselben Dienstagmorgen, an dem ich auf die Herren Trösch und Vetter warte, stehen plötzlich drei mir völlig unbekannte

Herren vor der Tür der Anwaltskanzlei. Sie seien von der Bundeskriminalpolizei und hätten den Auftrag, die Kanzlei zu versiegeln. Ich solle meine Siebensachen packen und die Kanzlei verlassen.»

«Und haben Sie die Kanzlei danach noch einmal betreten?», will Jäger wissen.

«Ja, gestern. Darauf komme ich gleich noch zu sprechen.» Mit einer Handbewegung streicht sie ihr langes, schwarzes Haar hinter die Ohren, wodurch ihre hohen Wangenknochen und ihre großen, dunklen Augen noch deutlicher zur Geltung kommen. «Können Sie sich noch an die Namen der drei Herren erinnern, Frau Roth?», erkundigt sich Jäger.

«Ja, der eine heißt Habegger, das weiß ich genau, weil so mein Pultnachbar in der Sekundarschule in Bern hieß. Der andere hat sich mit Wicky vorgestellt, und der Name des Dritten fiel nie. Der war zwar ein gut aussehender, dunkelhaariger Mann, ein Latin-Lover-Typ, wirkte aber eher wie ein Lakai. Ich musste ihm die Schlüssel der Kanzlei übergeben, und er schnüffelte dann auf dem Schreibtisch von Herrn Schorni herum, bis der Habegger ihn recht deutlich in den Senkel stellte. Er solle das lassen, wurde ihm befohlen. Gemeint war ganz offensichtlich, er soll es lassen, bis ich aus der Kanzlei draußen wäre.»

«Haben die Männer Ihnen denn einen gerichtlichen Befehl vorgelegt?» Frau Roth errötet, hebt die Schultern und sagt: «Ich nehme an, ich hätte Dr. Conradi noch einmal anrufen müssen. Ein gerichtliches Dokument haben sie mir schon gezeigt. Ich war aber zu aufgeregt, um mich zu vergewissern, ob es von einem Richter, Staatsanwalt oder von einer anderen Instanz stammt. Auf jeden Fall haben sie mir keine Kopie des Dokuments überlassen, nur eine Quittung für die beschlagnahmten Schlüssel, wobei ich auch eingestehen muss, dass ich nicht daran gedacht habe, eine Abschrift zu verlangen.

Dummm von mir, nicht wahr?» Sie hält inne und gibt sich die Zeit, ihren Tee zu trinken. Jäger wartet kommentarlos, bis sie zum letzten Schlag ausholt.

«Sie wollten wissen, ob ich das Büro danach wieder betreten habe. Ja, und zwar gestern, nachdem ich einen Anruf erhalten und mir mitgeteilt worden war, dass die Siegel aufgebrochen worden seien. Also bin ich mittags in die Kanzlei gegangen. Sie werden es nicht glauben: Alle Akten, alle Unterlagen, alle Computer waren weg. Mein Schreibtisch aufgebrochen. Außer Kleenex, o. b., Kaugummi und sonstigem Kram haben sie nichts zurückgelassen. Auf meinem Pult lag ein offizielles Schreiben von der Bundesanwaltschaft, die die Sequestrierung angeordnet und die BKP mit ihr beauftragt hat. Ich rief darauf den Bundesanwalt an, der die Verfügung unterschrieben hat, und erkundigte mich nach dem Verbleib der beschlagnahmten Objekte und Dokumente. Er antwortete mir, die Örtlichkeit und die Liste der sequestrierten Gegenstände würde Ende der Woche mitgeteilt werden. Doch was mir seither nicht aus dem Kopf geht, ist, dass das alles nicht zusammenpasst. Die offizielle These seit letzten Montag lautet, mein Chef habe sich freiwillig das Leben genommen, es läge keine Straftat vor. Am Dienstag taucht dann die Bundeskriminalpolizei in der Kanzlei auf, die einen Tag später völlig leer geräumt ist, sieht man von den Büromöbeln und der Kaffeemaschine einmal ab. Da stimmt doch irgendetwas nicht. Entweder ist es Suizid ohne Dritteinwirkung oder eine Strafsache. Beides zusammen geht nicht. Außerdem gibt es noch so etwas wie eine berufliche Schweigepflicht. Die können doch nicht so mir nichts, dir nichts die Akten aller unserer Klienten einsehen?» Jäger hat bereits, während er ihr zugehört hat, den Beschluss gefasst, sich jedes Kommentars zu enthalten. Jedes Wort könnte angesichts seiner eigenen, äußerst prekären Position ein Wort zu viel sein.

«Was gedenken Sie denn nun zu tun?» Frau Roth neigt ihren Körper vorwärts, um so geheimnisvoll wie möglich zu wirken: «Mein Vater ist Kriminalbeamter in Bern.» «Und Sie wollen ihn kontaktieren?», erkundigt sich Prof. Jäger. «Was sollte ich sonst tun? Ich kann ja schlecht in der Gegend herumtelefonieren und offen mit jedermann über die ganze Sache reden. Auch fühle ich, als Vertrauensperson meines toten Chefs, irgendwie der anwaltlichen Schweigepflicht unterworfen zu sein. Vielleicht können Sie mir helfen, Herr Jäger!» Jäger schaut sie mit leerem Blick an. «Es tut mir leid, Frau Roth, dass Sie derartige Unannehmlichkeiten haben. Sicher helfe ich Ihnen, soweit ich dazu in der Lage bin. Das schulde ich allein schon meinem Freund Toni. An Ihrer Stelle würde ich ebenfalls das Gespräch mit Ihrem Vater suchen. Er kann Ihnen bestimmt einen guten Rat geben. Lassen Sie mir Ihre private Telefonnummer, unter der ich Sie erreichen kann, einverstanden?» Sie nickt, nimmt einen Papieruntersatz vom Teller der Teetasse, schreibt ihre Handynummer darauf und gibt Jäger den Zettel. «Danke, Herr Jäger. Bitte rufen Sie mich so schnell wie möglich an. Ich kann vor Aufregung kaum mehr schlafen.» «Das werde ich tun», versichert er und steht gleichzeitig auf. Zusammen verlassen sie das Lokal und verabschieden sich auf der Straße voneinander. Jäger geht in entgegengesetzter Richtung zu Frau Roths SMART, der auf einem der Parkplätze der Mühlebachstraße steht. Nicht weit davon entfernt steht ein beiger Ford Fiesta.

Montagmorgen im Gebäude der Zürcher Kantonspolizei

Jeden Montagmorgen hält die leitende Kriminalkommissarin, Doris de Quervin, mit ihren Leuten operative Sitzungen ab. In ihrer Abteilung, zuständig für «Gewaltverbrechen», rapportieren ihr fünf, mit römischen Ziffern von I bis V nummerierte, Inspektorate. Jedes Inspektorat hat einen Chefinspektor, zwei bis fünf Kriminalinspektoren, und jedem dieser Inspektoren ist ein stellvertretender Inspektor zugeordnet. Dazu kommt noch eine größere Anzahl Kriminalbeamte. Am frühen Nachmittag berichtet dann sie selbst dem Chef der Kriminalpolizei und stellvertretenden Kommandanten der Kantonspolizei Zürichs, dem 59-jährigen Hubertus Minger. Er hat nie studiert, sondern als jüngerer Spross einer reichen Berner Bauernfamilie den Hof, der an seinen ältesten Bruder «gegangen» ist, wie es im Bernerland heißt, aus Trotz mit 21 Jahren verlassen. Nach der vorweggenommenen Erbregelung, welche ihn über die Jahre verteilt zu einem vermögenden Mann werden ließ, bewarb er sich bei der Stadtpolizei Bern und wurde zunächst Verkehrspolizist. Aus lauter Langeweile meldete er sich nach einigen Jahren bei der Kantonspolizei zur Umschulung an und trat nach zwei Jahren mit sehr guten Abschlussexamensergebnissen in die Kriminalpolizei ein, in der er rasch aufstieg. Nach über zehn Jahren in der in Bern sogenannten Abteilung «Körperverletzung und Tötung» befasst er sich als verantwortlicher Kriminalkommissär mit Drogendelikten. Bern hat zur damaligen Zeit eine große Drogenszene, die durch Mingers Einsatz so gut wie zerschlagen wurde. Dieser Erfolg wird seine «Visitenkarte», als die Kantonspolizei Zürich einige Jahre später die Stellung eines Chefs der Kriminalpolizei ausschreibt, für die er sich, von seiner Frau Sybille angetrieben, ohne jede Begeisterung bewirbt. Er ahnt nicht, dass sein Curriculum mit dem Schwerpunkt «Drogendelikte» ausschlaggebend sein wird, da die Stadt Zürich zur Zeit der Stellenausschreibung ebenfalls im Sumpf der Drogenszene zu ersticken drohte. So wurde Minger mitunter der Chef von Doris de Quervin und nimmt nun, an diesem Morgen, ausnahmsweise an den Sitzungen teil, weil Doris die letzte Woche auf Urlaub war. «Hoffentlich hast du nichts anbrennen lassen, während du weg warst», begründet er sein Kommen.

Doris de Quervin weiß, dass das nicht halb so ernst gemeint ist, wie es sich anhört, und im Übrigen wird ihr Chef Ende dieses Jahres seinen Hut nehmen und sich nach der bevorstehenden letzten Auszahlung seines Anteils am Hof, der ein Vermögen wert ist, frühzeitig pensionieren lassen. Seine Autorität steht zwar trotzdem nicht zur Debatte, aber man muss auch nicht mehr jedes Wort von ihm auf die Waagschale legen.

Kurz nach 9 Uhr ist das Inspektorat II an der Reihe. Trösch betritt den Sitzungsraum, gefolgt von Vetter und drei weiteren Kriminalbeamten. Doris de Quervin sitzt gegenüber der Tür in der Mitte des lang gezogenen Tisches neben ihrem Chef Minger. Vor sich hat sie nur die Pendenenzliste und einen Notizblock liegen, der bereits die protokollarisch festgehaltenen Notizen der vorangegangenen Sitzung mit dem Inspektorat I enthält. Als die Männer eintreten, steht sie auf und drückt jedem über den Tisch hinweg die Hand. Auf ihrer Pendenzenliste steht ganz am Ende: Dr. Anton Schorni. Daneben steht: Autopsiebericht? Suizid? Fortgang der Ermittlungen?

Doris de Quervin schaut zu Trösch hinüber und sagt: «Bevor wir zu den neuen Fällen kommen, möchte ich noch etwas über die Pendenz ‹Dr. Anton Schorni› hören.» Trösch berichtet darauf vom Besuch in der Anwaltskanzlei, der Befragung der energischen Sekretärin, welche keine Dokumente herauszugeben gewillt war. Wie Vetter und er ihr in Aussicht gestellt hätten, am folgenden Tag mit einem Gerichtsbefehl zurückzukehren. Doch der wäre dann nicht mehr nötig gewesen, nachdem noch am gleichen Nachmittag der Bericht des forensischen Instituts eingetroffen war, der ohne Wenn und Aber Suizid feststellte. Schorni hatte, als er sich die Handschlagadern durchschnitt, gut 1,8 Promille Alkohol im Blut gehabt. Zudem hatte er etwa eine halbe Stunde vor der Tat mindestens zehn Tabletten Valium geschluckt. «Das Fläschchen mit dem Rest der Valiumtabletten fanden wir in seinem Pult im Arbeitszimmer. Auf ihm befanden sich nur seine Fingerabdrücke. Nachdem Frau Eva Roth, so heißt die Sekretärin, mit einer Beschwerde gegen einen Gerichtsbefehl gedroht hat, habe ich dann mit Herrn Minger gesprochen. Dieser war der Meinung, wie er hier selber bestätigen kann, es wäre besser, die Sache auf sich beruhen zu lassen.» Doris sieht, wie ihr Chef bestätigend nickt.

Doris de Quervin macht sich Notizen und bemerkt dann, ohne aufzuschauen: «Gut, wenn dem so ist, werden wir die Sache entsprechend klassieren und zum Abschluss bringen.» Sie schreibt noch eine kleine Weile, erhebt den Kopf und verkündet: «Damit kommen wir zu den neuen Fällen aus der letzten Woche.»

Am Freitagabend

Jäger tritt in den Grillroom des Hotels Savoy, das einer Schweizer Bank gehört. Die mit glänzend weißen Tischtüchern, kunstvoll gefalteten Servietten und teurem Besteck und Gläsern eingedeckten Tische stehen weit voneinander entfernt, man ist hier strikt auf Diskretion bedacht. Das Lokal mit seinen hohen Decken ist im klassischen spätgotischen Stil eingerichtet. An diesem Abend speisen dort lediglich zwei Japaner zusammen mit einem Europäer. Jäger bleibt stehen und beobachtet kurz die beiden Asiaten, die dem langsam und deutlich englisch sprechenden Gastgeber zuhören. Dann erblickt er Eddy Borner samt seinem Begleiter am Ecktisch in einer Nische. Jäger durchquert den Saal. Der Mann neben Borner ist etwa im gleichen Alter wie er selbst und wird ihm als Dr. Homer Kramer von der Melius-Stiftung in London vorgestellt. Nach dem Begrüßungszeremoniell wird Kramer sofort gesprächig und gibt ungefragt bekannt, er sei Amerikaner und Wissenschaftler. Beruflich hätte es ihn aber nach London «verschlagen», eine wunderbare, wenn auch sehr teure Stadt. Die beiden unterhalten sich – während Borner kein Wort sagt – ungezwungen über London, den unerträglichen Stoßverkehr, die beinahe unerschwinglichen Preise für Häuser und Eigentumswohnungen sowie die teuren Hotels und Restaurants. Dann kommen sie auf die Schönheit der Natur des ländlichen Englands mit seinen Schlössern, Parks, den kleinen, schmucken Dörfern und historischen Städten zu sprechen. Nachdem die drei Herren ihre Aperitifs konsumiert haben, leitet Dr. Kramer das Gespräch auf Geschäftliches über. Er sei Geschäftsführer der Melius-Stiftung in London, die seinerzeit in den Vereinigten Staaten von maßgeblichen Pharma-, aber auch von anderen Unternehmen ins Leben gerufen und finanziert worden sei. Heute gebe es in vielen Ländern Tochterstiftungen, so zum Beispiel in Frankreich, England, Deutschland, aber auch in Spanien und Italien, um nur einige zu nennen. Zweck der Stiftung sei es, im Bereich der Onkologie, Hämatologie und Herzerkrankung Ergebnisse angewandter, also praxisnaher Forschung untereinander auszutauschen. Die Melius-Stiftung organisiere deshalb mithilfe von Chefärzten den Austausch von Medizinern auf der Stufe leitender Ärzte und Oberärzte. Dr. Kramer führt aus, dass diese Art von Austausch zwischen den Medizinern wie auch deren Weiterbildung außerhalb der Stiftung meistens leider nicht gegeben wäre, da die Spitäler die Tendenz hätten, sich voneinander abzukapseln und ihr Wissen und Know-how für sich zu behalten. Was mitunter zu kostspieliger Mehrspurigkeit bezüglich von Forschungsergebnissen und insbesondere deren verzögerter Anwendung führen würde. Prof. Jäger sagt, er kenne diese Situation, er hätte sie auch in seinem Spital erlebt. Worauf Dr. Kramer in seinem Vortrag fortfährt und meint, dass das, was die Stiftung versuche, bereits im Max-Planck-Institut von den Physikern Heisenberg und Dürr gelehrt und mit gutem Erfolg umgesetzt wurde. Hinsichtlich der Implementierung von Forschungsergebnissen und deren Anwendung auf Krankheiten müssten die Wege in der Praxis einfach verkürzt werden, woran die Stiftung auch unermüdlich arbeite. Sie könne sich außerdem schon heute rühmen, recht gute Erfolge dabei zu verzeichnen, und stelle auch die dafür notwendigen Mittel bereit, damit keine öffentlichen oder Aktionärsmittel gebunden oder beansprucht werden. Der wissenschaftliche Austausch wie auch der praktische auf Stufe des Ärztepersonals werde von der Stiftung koordiniert. Für die Schweiz solle nun auch eine solche Stiftung ins Leben gerufen werden, und er, Prof. Jäger, sei als Stiftungspräsident vorgesehen.

Eddy Borner hält sich auch weiterhin aus dem Gespräch

heraus. Inzwischen hat er den Wein zum Essen ausgewählt, einen Ducru Beaucaillou 1993, den er bereits gekostet hat und einschenken lässt. Der Chef de Service nimmt ihre Esswünsche entgegen. Sie bestellen als Hauptgang einen Fisch für drei Personen. Keinem ist nach einer Vorspeise. Danach fragt Jäger leicht argwöhnisch, wie Dr. Kramer den Erfolg des von der Stiftung finanzierten Austausches denn feststellen könne. Dr. Kramer erklärt, die Resultate der Austauschprogramme würden wissenschaftlich evaluiert. Die Zentrale, welche ihren Sitz in London habe und der er als Geschäftsführer vorstehe, koordiniere die Programme in Absprache mit den nationalen Stiftungen. Jäger fragt nun, was seine Rolle in der Schweiz als Stiftungspräsident sein würde, und beobachtet dabei Eddy Borner, der immer noch teilnahmslos dasitzt, als ob ihn die ganze Sache nichts weiter anginge. Dr. Kramer meint darauf, Aufgabe des nationalen Stiftungspräsidenten sei es in erster Linie, diejenigen Spitäler seines Landes zu nennen, die ihrem Renommee nach an diese Austauschprogramme angeschlossen werden. Weiterhin hätte er in den von ihm selektierten Spitälern die Kollegen zu benennen, die infrage kämen und bereit wären, bei den Programmen mitzuwirken, sei es als Kandidaten für den Austausch, sei es als Projektleiter. Als Stiftungspräsident sei er zudem verantwortlich, eine interne Administration aufzubauen und zu überwachen. Auch hätte er mit den staatlichen Aufsichtsbehörden Kontakt zu halten. Dies alles sei in einem Pflichtenheft festgehalten, das ihm übergeben werde, sobald man sich «gefunden» habe.

Das Essen wird serviert, und die drei Herren sprechen jetzt über «Gott und die Welt». Dr. Kramer konkretisiert, was er bei der Begrüßung bereits fallen gelassen hatte, dass er Biochemiker sei und in Stanford, USA, geforscht habe. Sein Vater, ebenfalls ein Forscher, sei im Jahre 1946 mit der Familie aus Deutschland ausgewandert, nachdem ihn die amerikanischen Besatzungskräfte gebeten hätten, in den USA tätig zu werden. Er befragt Jäger über seine Forschungsgebiete, und Jäger gibt bereitwillig Auskunft, obwohl ihm klar ist, dass Dr. Kramer das, was er vorträgt, schon längst alles weiß. Dr. Kramer schmeichelt Jäger. Er würde sich sehr auf eine Zusammenarbeit mit ihm freuen, und er hätte ein gutes Gefühl, obgleich man sich erst seit Kurzem kenne. Nachdem der Hauptgang gegessen und abserviert worden ist, ergreift Jäger das Wort: «Schauen Sie, ich habe ein übervolles Arbeitsprogramm, meine Tätigkeit an der Universität nicht zu vergessen! Ich finde, was Sie tun, äußerst interessant. Doch ich sehe mich nicht als Stiftungspräsidenten. Falls Sie unser Spital mit einbinden wollen, würde ich das natürlich unterstützen, sofern die Finanzen stimmen, ein Thema, über das wir bislang noch gar nicht gesprochen haben. Gegebenenfalls könnte ich auch ad hoc beratend für Sie tätig werden; zu mehr reicht meine Zeit aber leider nicht. Ich müsste sonst verschiedene meiner Aufgaben im Spital weiterdelegieren, wodurch wiederum die Qualität leiden könnte, was just dem Ziel zuwiderläuft, das der Stiftung so sehr am Herzen liegt, nämlich die Verbesserung der medizinischen Dienstleistung. Gerade weil das ALLMEND SPITAL eine private Trägerschaft hat, muss ich regelmäßig sowohl über meine Tätigkeit als auch über die meiner Kollegen Rechenschaft ablegen und dies auch unter dem Gesichtspunkt der Wirtschaftlichkeit. Falls unser Spital mit der Melius-Stiftung zusammenarbeitet, und wie gesagt, ich wäre grundsätzlich nicht dagegen, so würden die Fragen der Effizienz und Wirtschaftlichkeit gründlich diskutiert werden müssen. Was jedoch meine Person als Stiftungsratspräsident angeht, muss meine Antwort definitiv Nein lauten.» Borner erstarrt, fängt sich aber nach einer Schrecksekunde wieder. Dr. Kramers Gesichtszüge sind angespannt und manifestieren Ernsthaftigkeit: «Prof. Jäger, es wäre für uns eine große Ehre und personelle Bereicherung, Sie als Präsidenten der Schweizer Melius-Stiftung begrüßen zu dürfen. Überlegen Sie es sich noch einmal. Ihre höchst relevanten, finanziellen Fragen würden selbstverständlich Gegenstand unseres nächsten Gesprächs sein. Darf ich Sie Mitte nächster Woche erneut ansprechen? Falls Sie in der Zwischenzeit mehr Auskunft über die Stiftung erhalten wollen, stehe ich Ihnen gerne jederzeit zur Verfügung. Ich werde Ihnen außerdem bei unserem nächsten Treffen die vollständigen Bilanzen sowie die Gewinn- und Verlustrechnungen vorlegen und Ihnen auch Auskunft über unsere Finanzquellen geben. Allein die Tatsache, dass wir staatlichen Aufsichtsbehörden unterstellt sind, verlangt Transparenz.»

Die drei Herren verlassen den Grillroom. Jäger und Dr. Kramer gehen gemeinsam die große Treppe hinunter in die Hotellobby, Eddy Borner folgt ihnen mit einigen Schritten Abstand. Erst zur Verabschiedung geht Borner auf Jäger zu, schüttelt ihm mit einem für die Öffentlichkeit aufgesetzten Lächeln die Hand und presst zwischen den Zähnen hervor: «Das war keine gute Show, Herr Professor, ganz und gar keine gute Show; völlig gegen unsere Abmachungen. Wir sehen uns Montagmorgen im Spital.» Dann dreht er sich abrupt um und geht.

Montag im Allmend Spital

An diesem Morgen nimmt das Possenspiel zwischen dem «Herrn Professor» und dem «krebskranken» Patienten Borner seinen Fortgang. In den vier Wänden seines Imperiums gibt sich Jäger abweisend wortkarg. Er ist der sinnlosen Gespräche über Borners Befund und der Behandlung von Bluterkrankungen überdrüssig. Borner unterbricht die schleppende Scheinkonsultation mit den Worten: «Ich bin überzeugt, dass Sie mittlerweile die richtige Entscheidung getroffen haben.» Jäger erwidert gelassen, dass sich an seiner Entscheidung nichts geändert habe und auch nichts ändern werde, er habe das Angebot abgelehnt, und dabei bleibe es.

Eddy Borner schüttelt nur den Kopf. «Ich glaube, Sie haben nichts verstanden und nichts dazugelernt. Dr. Kramer kann auf eine Kapazität, wie Sie es sind, und auf Ihre Mitwirkung nicht verzichten. Und dabei bleibt es, um mit Ihren Worten zu sprechen. Ich kann Sie auch beruhigen, was Ihre Bedenken bezüglich mangelnder Zeit und der Spitalleitung angeht. Da wollen wir Ihnen helfen. Herr Dr. Wiederkehr, Ihr Stellvertreter, wird Sie vertreten, wenn Sie unabkömmlich sind. Ich meine, via Delegation, Sie bleiben der Chef!» Prof. Jäger erhebt sich erzürnt hinter seinem Schreibtisch und beherrscht sich nur mit Mühe: «Herr Borner, wer glauben Sie, wer Sie sind, um mir sagen zu können, was ich hier zu tun und zu lassen habe? Ich bin der Chef dieses Spitals. Sie haben hier nichts, aber auch gar nichts zu sagen.»

Borner lässt Jägers Worte an sich abprallen und repliziert in aller Schärfe: «Ich rate Ihnen, tun Sie, was ich Ihnen sage. Es ist in Ihrem Interesse.» Jäger versucht, seine Beherrschung zurückzugewinnen. «Herr Borner, hier im Spital werde ich Ihr impertinentes Verhalten nicht länger tolerieren.» Worauf Borner nur meint: «Die Gründe für Ihre bisherige Ablehnung sind nicht stichhaltig, und Ihre Ablehnung ist eine Dienstverweigerung, die Sie sich in Ihrer Situation nicht leisten können.» Jäger ist nur umso erboster und wirft Borner vor, dass er mit seiner Dreistigkeit, seinem mangelnden Feingefühl, seiner Inkompetenz und Unfähigkeit nie und nimmer fähig sei, irgendetwas für den NDB in die Wege zu leiten. Er breche den Kontakt mit ihm als Patienten ab, und falls er, Borner, dafür eine Begründung benötige, könne er seinen Vorgesetzten mitteilen, dass er sich dies selbst zuzurechnen habe. «Auch ein Polizist», meint Jäger mit einer gewissen Ironie in der Stimme, «müsse seine Grenzen kennen. Abschließend muss ich Ihnen außerdem in Erfüllung meiner Pflicht als Arzt noch sagen, dass Sie einen deutlich erhöhten Langzeit-Blutzuckerspiegel haben. Diesem extremen Wert muss nachgegangen werden, allerdings nicht von mir. Wenden Sie sich an Ihren Hausarzt oder an einen meiner Kollegen. Sollte ich dennoch in beschränktem Rahmen mit Herrn Dr. Kramer zusammenarbeiten, so ist dies meine Sache und nicht die Ihre. Ich würde eine diesbezügliche Zusage sofort rückgängig machen, falls Sie sich weiter in die Abläufe meines Spitals einmischen. Und falls Ihnen das nicht passt, verhaften Sie mich doch, so wie Sie es mir angedroht haben.» Er beendet wütend das Gespräch, indem er sich erhebt und Borner den Rücken zudreht. Borner verlässt den Raum mit gemischten Gefühlen. Die Nachricht über seinen Gesundheitszustand überschattet den Ärger, den er wegen des Rückschlags im Fall Jäger normalerweise verspürt hätte.

Dienstagmorgen

Eva Roth hat sich spontan auf den Weg nach Bern gemacht, um dort ihren Vater zu besuchen und ihn um Rat zu fragen. Die Kriminalpolizei, eine Abteilung der Kantonspolizei Bern, befindet sich im dritten Stock der Hauptwache. Schon vom Berner Bahnhof aus hat sie ihren Vater telefonisch vorgewarnt, dass sie ihn, wenn möglich, noch heute Morgen dringend in der Sache konsultieren muss, über die sie neulich schon einmal mit ihm gesprochen hat. Nun öffnet er ihr die Tür zu einem Großraumbüro, in dem mehrere Männer und Frauen an Schreibtischen mit Computern und wahren Aktenbergen darauf arbeiten. Eva und ihr Vater durchqueren den Raum und treten an seiner Rückseite in ein geschlossenes Büro ein, an dessen Tür ein Schild mit der Aufschrift «Heinz Roth, Kriminalinspektor II» angebracht ist.

Nachdem der Vater für sie beide kalte Getränke vom Automaten geholt und auf den Schreibtisch gestellt hat, an dem sich Tochter und Vater gegenübersitzen, stellt Heinz Roth die bange Frage: «Hast du das Gefühl, dass dir jemand auf dem Weg hierher gefolgt ist?» Sie schaut ihren Vater an: «Wie kommst du denn darauf? Ich habe doch nichts verbrochen.» Heinz Roth beläßt es dabei, bleibt aber ernst: «Jetzt erzähl mir doch alles der Reihe nach.» Eva berichtet darauf noch einmal, was sie Prof. Jäger schon erzählt hat, führt dann zusätzlich aber noch aus, dass die Kriminalpolizei von Zürich in ihrem Bericht aufgrund verschiedener Aussagen spekuliert, die Trennung von seiner Lebensgefährtin habe Schorni depressiv und unkontrolliert reagieren lassen und zu seinem Suizid geführt.

Davon, dass Schorni depressiv gewesen sei, habe sie selbst aber nie etwas merken können. Die Simone, seine ehemalige Lebensgefährtin, habe ihn zwar nach Strich und Faden betrogen, aber das habe Schorni wohl gewusst. Zumindest sei er überhaupt nicht überrascht gewesen, als sie sich schließlich diesen Garagisten geangelt habe, und die Simone hätte ihm auch so gut wie nie etwas verheimlicht. Als sie ihn verlassen habe, hätte sie, Eva, den Toni kein einziges Mal in einer depressiven Stimmung erlebt. Er wäre eher erleichtert, wenn auch etwas verärgert gewesen. Aber nicht, weil sich Simone einen Neuen genommen habe, sondern wegen der Unannehmlichkeiten und den finanziellen Problemen, die sich durch die Auflösung des gemeinsamen Haushalts ergeben hätten. Der Toni sei beim letzten Gespräch mit ihr auch überhaupt nicht traurig gewesen, soll sich dann aber sechs Stunden später besoffen und vollgestopft mit Valium beide Pulsadern aufgeschnitten haben. Mit den Worten: «Da stimmt etwas nicht. Deine Zürcher Kollegen versuchen, einen Mord zu vertuschen», enden abrupt ihre Ausführungen.

«Langsam, langsam, meine Liebe», wirft Heinz Roth ein und meint dann, dass er sie in seiner Funktion als Kriminalbeamter nun erst einmal fragen müsse, wie gut sie Herrn Schorni gekannt habe. Denn dies könne, falls sie später einmal aussagen müsste, ein nicht ganz unwichtiger Punkt sein. Eva Roth ist eine junge, moderne Frau, die keine Mühe hat und auch keine Scheu kennt, offen zu dem zu stehen, was Teil ihres Lebens ist, wozu auch der Sex gehört. «Du weißt ja, ich war fast drei Jahre bei ihm. Da lernt man sich schon ein bisschen besser kennen. Als Simone weg war, hat er mich mehrmals zum Essen eingeladen, und nach einem dieser Essen geschah es dann in seiner Wohnung. Aber nur ein einziges Mal, weil er der Meinung war, wenn eine Sekretärin die Geliebte ihres Chefs wird, verlöre dieser dadurch automatisch seine Sekretärin, oder sie mutiere zur Chefin des Chefs. Er wolle seine Sekretärin aber behalten. Meine Arbeit sei einfach zu wertvoll für ihn. Er ließ mir allerdings die Wahl zu gehen. Ich mochte ihn sehr, der Job gefiel mir auch. So beschloss ich zu bleiben.

Das war vor vier Monaten. Seitdem spielte sich zwischen uns alles nur noch auf rein beruflicher Ebene ab, wenn auch auf einem Niveau, das ich als durchaus freundschaftlich bezeichnen würde. Deshalb kannst du mir aber auch glauben, wenn ich sage, dass ich ihn ganz gut gekannt habe. Er war nie ein Selbstmordkandidat.»

Evas Vater nickt verstehend und stellt ihr dann die nächste Frage. «Du hast mir von der Versiegelung der Anwaltskanzlei erzählt. Hast du eine Ahnung, weshalb sie angeordnet wurde?» Eva bemerkt, dass diese am Mittwoch, einen Tag vor der Beerdigung «mir nichts, dir nichts» wieder aufgehoben worden sei. Doch der Vater hakt nach: «Wer hat die Versiegelung denn veranlasst?» «Die Bundesanwaltschaft. Vorgenommen wurde sie von der Bundeskriminalpolizei, von einem Herrn Habegger und Herrn Wicky sowie einem Dritten, dessen Namen ich nicht kenne. Inzwischen habe ich aber die Liste aller sequestrierten Gegenstände und Dokumente erhalten. Unter ihnen befindet sich auch der Schlüssel zum Tresor, den Toni immer, und ich betone, immer, bei sich trug. Der war auch todsicher in seinem Haus, als man Toni gefunden hat, und nicht im Büro. Und nun erklär mir mal, Vater, was die Bundeskriminalpolizei im Privathaus meines Chefs zu suchen hatte?»

Laut denkend relativiert der Kriminalinspektor die Frage seiner Tochter: «Was den Schlüssel angeht, muss die BKP nicht unbedingt im Haus gewesen sein. Vielleicht hat sie die Schlüssel zum Tresor ja auch von der Kantonspolizei erhalten? Betrachten wir das Ganze einmal von der anderen Seite. Die Zürcher Polizei hat deinen Chef tot im Badezimmer aufgefunden und das ganze Haus durchsucht. Möglicherweise stieß sie dabei auch auf die Schlüssel zum Tresor. Das wäre durchaus denkbar. Was mich dagegen viel mehr irritiert, ist die Frage, warum die BKP am Dienstag überhaupt noch aktiv ist, wo die gerichtsmedizinische Untersuchung der Leiche doch schon einen Suizid festgestellt hat. Die BKP wusste also, dass keine Dritteinwirkung beim Tode deines Chefs vorliegt. Warum also ermittelt sie in Kenntnis dieser Tatsache dann noch immer? Mangelnde Koordination zwischen der BKP und der Kantonspolizei wird wohl kaum der Grund dafür sein. Eva, ich muss mir das Ganze nochmals gründlich durch den Kopf gehen lassen und einige Erkundigungen einziehen. Ich wäre deshalb froh, wenn du nicht sofort nach Zürich zurückfahren, sondern über Nacht bei uns bleiben würdest. Deine Mutter und ich würden uns sehr freuen. Einverstanden?» Eva Roth nickt lächelnd. «Einverstanden.»

Am nächsten Morgen

Heinz Roth hatte sich noch am Nachmittag von Evas Besuch schlaugemacht, beim Verlassen des Büros dann aber wie immer seinen «eisernen Vorhang» heruntergelassen, damit auch an diesem Abend, den er zusammen mit seiner Frau und Tochter genießen wollte, nichts aus seinem Arbeitsalltag in sein Privatleben hinüberschwappen konnte. Eva, die diese Angewohnheit ihres Vaters nur zu gut kannte, vermied deshalb auch jede Anspielung auf das am Morgen mit ihm geführte Gespräch. Natürlich konnte sie nicht vermeiden, dass ihre Mutter mehr über den Tod ihres Chefs wissen wollte und sich besorgt über die nun notwendig gewordene Jobsuche zeigte. Aber dabei blieb es auch, nachdem Eva als gute Tochter Rede und Antwort gestanden hatte.

Am nächsten Morgen ruft Roth seine Tochter, die kurz nach ihm die Wohnung verlassen hat, auf ihrem Handy an. Nachdem sich Eva nochmals für den schönen Abend bedankt hat, spricht er: «Hör zu, ich habe mich ein wenig umgehört. Allerdings sind meine Informationen lückenhaft, da ich meinen Zürcher Kollegen nicht einfach nachspionieren oder in ihre Angelegenheiten reinreden kann.»

«Ja, ja, aber was hat es denn nun mit der Versiegelung von Tonis Büro durch die Bundeskriminalpolizei auf sich?», unterbricht ihn Eva ungeduldig.

«Das scheint eine ziemlich komplizierte Sache zu sein. Ich bin mir nicht sicher und werde deshalb diskret noch weitere Informationen einholen. Nach dem, was ich bisher jedoch in Erfahrung bringen konnte, sind dieser Habegger und Wicky beide bei der BKP, wenn auch für polizeiliche Aufgaben, dem Auslandsnachrichtendienst, dem NDB, zugeteilt. In der Sache Schorni arbeiten sie Hand in Hand mit der Bundesanwaltschaft und geben sich als Bundeskriminalbeamte aus, was mir zu denken gibt. Kanntest du denn wirklich alle Klienten deines Chefs, Eva?»

«Ich glaube schon, ja», antwortet Eva. «Warum fragst du?»

«Weil mir mein Gesprächspartner in Zürich zu verstehen gegeben hat, dass zwischen der Bundesanwaltschaft und Dr. Anton Schorni, sagen wir mal, geschäftliche Beziehungen bestanden haben, weshalb die Anwaltskammer auf diesen Hinweis hin auch nichts gegen die Versiegelung und Durchsuchung der Anwaltskanzlei unternommen hat.»

Eva versucht, die Ausführungen ihres Vaters gedanklich zu ordnen: «Schorni hat tatsächlich oft alleine in seinem Büro gearbeitet, und die Türe zur Kanzlei war ‹soundproof›, du verstehst, was ich meine. Das ein oder andere Mal habe ich auch eine Mail oder einen Brief auf seinem Pult liegen sehen, die auf Mandate der Bundesverwaltung hinwiesen. Aber meine Devise war: Was ich nicht weiß, macht mich nicht heiß. Du willst mit deiner Information doch nicht etwa andeuten, dass die Bundesverwaltung die wahre Todesursache oder Spuren vertuschen will?» Heinz Roth: «Nein, meine Liebe, ich will genau das Gegenteil damit sagen. Und zwar, dass etwas gegen deinen Boss vorliegen könnte, weswegen die Bundesbehörden – unabhängig von seinem Tode – ermitteln. Wenn die Bundesanwaltschaft tätig wird, wie es hier offensichtlich der Fall ist, muss es dafür gewichtige Verdachtsgründe geben.»

Eva gibt sich damit nicht zufrieden. «Papa, ich werde, seitdem ich die drei BKP-Leute in der Anwaltskanzlei zu Gesicht bekommen habe, das ungute Gefühl nicht los, dass die Bundespolizei nicht nur ermittelt, sondern auch anderswie in Schornis Tod involviert ist. Ich kann diese Angelegenheit nicht einfach auf sich beruhen lassen. Mein Chef ist auf mysteriöse Weise ums Leben gekommen. Ich bin es ihm schuldig, alles zu unternehmen, was Licht in die Sache bringen könnte.» Roth mahnt energisch: «Ich wäre damit an deiner

Stelle sehr vorsichtig. Halt dich aus der Sache raus, sonst bestehen gute Chancen, dass du mit dem Kopf gegen die Wand rennst.»

«Wie meinst du das, Papa?»

»Falls es stimmt, was du unterstellst, dass dein Chef Opfer eines Mordes war, den man mit allen Mitteln zu vertuschen sucht, könnten der oder die Täter auch auf die Idee kommen, Menschen, die ihnen dabei auf die Schliche kommen, aus dem Weg zu räumen. Und du wirst verstehen, dass ich nicht will, dass ausgerechnet meine Tochter unter diesen Menschen sein muss.»

Die Stimme von Eva wird lauter: «Wie sollte das denn gehen? Zuerst den Chef, dann die Sekretärin aus dem Weg räumen, ohne dass jemand Verdacht schöpft? Nein, so dumm kann kein Mörder sein. Papa, entschuldige, aber ich werde der Sache nachgehen. Danke dir für deine Hilfe, und ich verspreche dir, vorsichtig zu sein.»

«Was wirst du nun tun?», erkundigt sich Heinz Roth besorgt.

«Vorerst den Zug nach Zürich nehmen und noch mal über alles nachdenken, was du gesagt und mir geraten hast. Auf bald. Küsschen.»

Freitag

Als Doris de Quervin auf dem Weg zu ihrem Schreibtisch an den Verhörräumen vorbeikommt, sieht sie dort eine jüngere, attraktive Frau im Gespräch mit Erich Mettler und dessen engsten Mitarbeiter Konrad Oertle. Erich Mettler ist Inspektor des Inspektorats I, Oertle als leitender Kriminalbeamter sein Stellvertreter. Als Mettler seine Chefin sieht, tritt er eilig auf den Korridor hinaus: «Kannst du einen kurzen Moment reinkommen? Es geht um den Fall Dr. Schorni, den eigentlich Trösch behandelt. Der hat heute aber keinen Dienst, deshalb habe ich die junge Dame empfangen, die dringend mit einem Inspektor sprechen wollte.» «Wer ist sie?», erkundigt sich de Quervin. «Sie ist die ehemalige Sekretärin des Toten», antwortet er. «Und, ist das, was sie zu sagen hat, für uns von Bedeutung?» «Ist es, sonst würde ich dich nicht bitten, reinzukommen. Sie glaubt in keiner Weise an den Selbstmord ihres Chefs. Und tatsächlich weisen ihre Aussagen auf einige Ungereimtheiten diesbezüglich hin.» Doris de Quervin zögert keinen Moment. Sie betritt den Verhörraum und stellt sich der jungen Frau vor, deren Namen, Eva Roth, sie heute zum ersten Mal hört. Nachdem Eva Roth den Verhörraum verlassen hat, verharrt de Quervin noch eine Weile nachdenklich und still auf ihrem Stuhl. «Weiss einer von euch, ob die Voruntersuchung schon eingestellt ist?» «Noch nicht formell», meint Oertle, «wir haben uns dazu bereits beim zuständigen Staatsanwalt, Dr. Stefan Meierhans, schlaugemacht.»

Zwei Stunden später

Dr. Stefan Meierhans, standesgemäß gekleidet und in den 30er-Jahren, hat im gleichen Raum Platz genommen, in dem kurz zuvor Eva Roth ihre Version über den mysteriösen Tod ihres ehemaligen Chefs zu Protokoll gegeben hat. Doris de Quervin sowie Mettler und Oertle sitzen ihm gegenüber und warten, bis Meierhans das ihm vorgelegte Protokoll der Einvernahme von Frau Roth zu Ende gelesen hat. Danach dankt ihm de Quervin für sein promptes Erscheinen und kommt direkt zur Sache: «Das Protokoll lässt keinen Zweifel daran, dass die Sache Schorni – ich drücke mich bewusst vorsichtig aus – nicht nur noch nicht geklärt ist, sondern wir nunmehr auch darüber informiert sind, dass wir uninformiert sind. Ich kann die Aussage von Frau Roth nicht ungeschehen machen, auch wenn sie etwas lang gebraucht hat, um uns ihre Sichtweise der Dinge kundzutun. Wenn einer von euch Einwände dagegen hat, dass die Ermittlungen wieder aufgenommen werden, sollte er sie jetzt vortragen.» Stefan Meierhans meldet sich zu Wort: «Wie stellst du dir das vor, Doris?»

«Ganz einfach, Stefan, wir senden dir das Protokoll mit der Aussage von Frau Roth zu und verlangen offiziell, dass aufgrund neuer Erkenntnisse die Voruntersuchung nicht eingestellt wird. Oder siehst du eine andere Möglichkeit?» Meierhans schweigt. De Quervin setzt nach: «Ich formuliere es noch einmal deutlicher. War einer von euch», sie wendet sich an ihre beiden Untergebenen, «in irgendeiner Weise in die bisherigen Ermittlungen im Falle Schorni involviert?» Oertle zögert, sagt dann aber: «Die Kollegen Trösch und Vetter haben mich gebeten, ihnen am Sonntagnachmittag bei der zweiten Inspektion im Hause des Opfers bei der Spurensuche zu helfen, weil einer ihrer Männer ausgefallen war. Da ich gerade verfügbar war, ging ich mit – leider ohne mich abzumelden.» «Und, hast du etwas gefunden, gesehen, gehört?», doppelt Doris de Quervin nach. «Was meinst du damit?», fragt Oertle. Doris de Quervin erwidert schneidend: «Ich rede von Spuren, Konrad, von Spuren, von einem oder mehreren Besuchern oder sonstigen Indizien, die auf eine Gewaltanwendung schließen lassen.» Oertle meint nun mit klarer Stimme: «Ich habe nur zwei Sachen feststellen können, die erwähnenswert sind: Zum einen war ein weiterer mir unbekannter Kollege zugegen, der mir von Walter Trösch als Philipp Wicky von der BKP vorgestellt wurde. Zum anderen schien es, als ob einige Räume im Vergleich zu anderen, insbesondere das Wohn- und Arbeitszimmer des Toten, wie aufgeräumt aussahen, was mir sonderbar vorkam, umso mehr, nachdem am Vortage ja ‹Heerscharen› im Haus ein und aus gingen.» Eine atemlose Pause tritt ein, wie bei einer kniffligen Frage, die einer Antwort harrt. Meierhans räuspert sich: «Ich habe es mir überlegt. Du lässt das Protokoll von Frau Roth in Kopie ausfertigen und übergibst es mir danach. Ich werde dann den Einstellungsantrag abweisen und die Wiederaufnahme der Ermittlungen aufgrund neuer Erkenntnisse anordnen. In Ordnung?» Doris schaut in die Runde: «Sind alle damit einverstanden?» Die beiden Kriminalbeamten nicken. «Ich werde mir überlegen, wie Konrad Oertles Feststellungen vor Ort zu handhaben sein werden. Mittlerweile heißt es: an die Arbeit, meine Herren.»

Am folgenden Montag in Zürich

Erich Mettler und Konrad Oertle wollen bereits ihre Siebensachen packen und aufstehen, als sie Doris de Quervin am Ende der wöchentlichen operativen Sitzung des Inspektorats I zurückhält: «Meine Herren, wir haben noch den Fall ‹Schorni› zu behandeln, den ich mir für den Schluss aufbewahrt habe und für den das Inspektorat I ab sofort zuständig ist. Die Akten sind immer noch bei Meierhans, aber nach dem Gespräch mit ihm am letzten Mittwoch habe ich einige der Aussagen von Frau Roth überprüft. Fangen wir mit Wicky an, den du, Konrad, beim zweiten Augenschein in der Wohnung von Schorni angetroffen hast. Er heißt mit vollem Namen Philipp Eduard Wicky, ist Inspektor der BKP und arbeitet für den NDB in der Zweigstelle Zürich. Sein Chef ist damit Alois Habegger, der, wie uns Frau Roth erzählt hat, gemeinsam mit Wicky bei der Versiegelung der Anwaltskanzlei Schorni mit dabei war. Trösch und Vetter hätten mir außerdem sofort melden müssen, dass die BKP beziehungsweise der NDB in diesem Suizidfall mitmischt. Warum die beiden das unterlassen haben, ist mir schleierhaft. Auf der anschließenden Sitzung mit dem Inspektorat II werde ich das gleich noch zur Sprache bringen und mitteilen, dass der Fall Schorni von jetzt an bei euch, dem Inspektorat I, liegt.» Ohne Übergang fährt sie nachdenklich fort: «Wie kommt es, dass die BKP bereits am Sonntag, das heißt beim zweiten Augenschein vor Ort war?» Und gibt sich darauf gleich selbst die Antwort: «Sie nehmen am Sonntag an der zweiten Spurensicherung teil. Danach – der Rapport des forensischen Instituts über die Todesursache liegt bereits vor – gehen sie am Dienstag in Schornis Büro, versiegeln es und beschlagnahmen, wie ich inzwischen herausgefunden habe, alle zugänglichen Informationen, die Computer, BlackBerrys, Timesheets, Honorarrechnungsbelege und weiß der Teufel sonst noch was. Und darüber hinaus können wir nicht ausschließen, wie Konrad vermutet, dass sie vom Samstag auf den Sonntag dem Hause Schorni einen Besuch abgestattet haben, um Spuren zu vernichten.»

Erich Mettler verfolgt die Worte seiner Chefin mit wachsender Nervosität.

«Willst du in dieser Sache wirklich weiterermitteln, Doris? Sollten wir es nicht besser sein lassen?», lässt er sich verlauten und konkretisiert danach seine Bedenken etwas genauer. «Zum einen liegt der gerichtsmedizinische Bericht mit dem eindeutigen Ergebnis Suizid vor. Und zum anderen können wir uns in einem Kompetenzstreit und in Konfrontation mit der Bundesanwaltschaft und dem NDB recht viel Ärger aufhalsen. Wir selbst haben dagegen nur die Aussage der Sekretärin, die jedoch keine konkreten Beweise hinsichtlich einer Straftat geliefert hat. Wir stehen also mit leeren Händen da.»

Doris de Quervin denkt eine Weile nach, meint dann aber: «Doch, wir machen weiter. Wir haben zwar keine Beweise, aber genug Ungereimtheiten. Außerdem geht Frau Roth, wenn wir jetzt aufhören, ganz sicher zur Mutter und zum Bruder des Verstorbenen, erzählt ihnen die gleiche Geschichte wie uns, und die werden ihr glauben, genauso wie wir es getan haben und noch immer tun. Danach gehen sie zum Anwalt, und der erhebt wegen Mordes Strafanzeige gegen Unbekannt, womit die Sache dann so sicher wie das Amen in der Kirche sowieso wieder bei uns landet. Erich und ich werden daher als Nächstes gleich einmal diesen Habegger besuchen.»

Zürich am folgenden Morgen

Der Anruf von Walter Trösch erreicht Doris de Quervin in ihrem Auto mitten im Stoßverkehr. Er und Vetter seien schon um 7 Uhr ausgerückt und befänden sich jetzt im Kreis 4 in einer sogenannten «Absteige». Eine Prostituierte sei in einem der Zimmer in Stadtbekleidung tot aufgefunden worden. Sie liege bäuchlings auf dem Bett, exekutiert mit einem Schuss in den Hinterkopf. «Rufst du mich an, weil ich vorbeikommen soll?», erkundigt sich Doris. «Ja, ich möchte, dass du dir den Tatort hier genau ansiehst, und deine Meinung dazu wissen», bestätigt Trösch. Doris lässt sich die genaue Adresse geben und biegt wenig später in die bereits abgesperrte Straße ein. Ein uniformierter Polizist lässt sie passieren, und sie fährt bis zu einem dreistöckigen alten Haus mit roten Fenstergardinen vor, vor dem bereits mehrere Streifenwagen stehen. Sie parkt ihren Wagen gleich hinter dem gerichtsmedizinischen Leichenwagen und begibt sich dann auf dem schnellsten Weg ins Haus. Eilig steigt sie die enge Treppe hoch und steht wenige Sekunden später in einem mit billigem Parfum geschwängerten, schlecht durchlüfteten, kleinen Zimmer mit einem großen Bett, auf dem die Tote in ihrem Blute liegt. Die Kommissarin schaut sich die leblose Frau an, ohne dabei etwas zu berühren. Deren Hinterkopf, voller Blut und Hirnpartikeln, weist ein großes Einschussloch auf. Nach einer Weile sagt sie: «Sieht ganz nach einem Milieumord aus. Wisst ihr bereits irgendetwas über sie?» Vetter zieht seinen Notizblock hervor und berichtet, dass das Opfer Kolumbianerin sei und seit etwa drei Monaten illegal in diesem «Etablissement» gearbeitet habe. Angesichts dieser Wortwahl kann sich Doris ein Lächeln nicht verkneifen. Dann vernimmt sie, dass die Frau verheiratet ist und zwei kleine Kinder hat, die bei der Mutter in Medellin leben. Ihr Mann sei ebenfalls in Zürich. Scheinbar ein kleiner Ganove, der unter der Hand Kokain verkaufe. Doris geht zur Tür: «Das Ganze schaut für mich nicht nach etwas Außergewöhnlichem aus. Ihr wisst also, was ihr zu tun habt. Sucht ihren Mann, und befragt ihn und später auch noch die anderen ‹Damen› danach, sobald diese ihren Dienst antreten, danach, ob sie etwas beobachtet haben. Ich möchte außerdem wissen, wem diese Absteige gehört. Meldet die Besitzer und Betreiber dieses Bordells der Gewerbe- und Fremdenpolizei und gebt mir Bescheid, wenn ihr mehr in Erfahrung gebracht habt.»

Morde im Milieu pflegt Doris normalerweise als weniger brisant in die dritte Kategorie einzustufen. Eine Rangordnung, die sie aus rein organisatorischen und zeitlichen Gründen vornimmt. Kriminalistisch und mental bleibt dagegen eine Tötung immer eine Tötung für sie. Bei der Einteilung ihrer «Klienten», wie sie die des Mordes verdächtigten Personen zu nennen pflegt, gibt es für sie bloß zwei Gruppen: Schuldige und Unschuldige. Die Schuldigen zu finden ist im Großraum Zürich ihre Aufgabe und obliegt ihrer Verantwortung. Dass dabei mitunter auch Unschuldige in Gewahrsam oder gar Untersuchungshaft genommen werden, lässt sich nicht immer vermeiden, so bedauerlich dies auch sein mag. Landet jedoch ein Unschuldiger infolge einer unsachgemäß geführten Untersuchung im Zuchthaus, bedeutet das für sie, beruflich versagt zu haben – ein Desaster, das zu vermeiden ebenso primäres Ziel ist, wie den Täter ausfindig zu machen und dem Richter zuzuführen. Bei Tötungen kennt sie keine Gnade. Der Affekt, der Moment, die Gründe, welche die Tat herbeiführen, können die Tat, mit der ein Leben ausgelöscht wird, niemals in den Hintergrund treten lassen. Als Kriminalistin sieht sie ihre Aufgabe darin – und ihr eigenes Schicksal spielt dabei eine nicht unwichtige Rolle –, dem Leid der hinterbliebenen Ehepartner, Lebensgefährten, der verzweifelten

Eltern und verlassenen Halbwaisen die Repression des Staates entgegenzuhalten. Mit anderen Worten, die Bestrafung des Täters zu ermöglichen, nicht aber die Schwere seiner Tat zu beurteilen. Das ist die Sache der Staatsanwaltschaft und der Gerichte, aber nicht ihr Job. Ihre Rolle ist klar: Sie sucht und findet den mutmaßlichen Täter, die anderen entscheiden und urteilen über sein Schicksal. Das sind die Spielregeln, an die sie sich hält, und darüber hinaus kennt sie ihr Handwerk. Sie ist eine ausgezeichnete Ermittlerin, die außerdem bei Verhören im «Knacken» harter Kaliber fast immer erfolgreich ist.

In den ersten zehn Jahren nach dem Tod ihres Verlobten bekämpfte sie ihren Schmerz und ihre unkontrollierbaren Gefühlsausbrüche mit körperlicher Bewegung. Mit Ausnahme ihrer Schwester mied sie ihre Freundinnen und generell alle Frauen, die sich allein über ihre Männer definierten und auch sonst kaum ein anderes Gesprächsthema kannten. Noch weniger ertrug sie Singlefrauen, die ihr erklärten, warum sie Single waren, bleiben oder es nicht mehr sein wollten. Ihr fehlte ihr Verlobter, ihr Liebhaber, ihr Vertrauter, ihr Gesprächspartner, und das sehr und jeden Tag. Sie nahm weder Drogen noch sonstige Medikamente. Eine Zeit lang suchte und fand sie neben dem Sport Ablenkung bei Männern, mit denen sie Katz und Maus spielen konnte, und sie war stets die Katze. Auch beim Sex war es allemal nicht viel mehr als Sport, dem Song folgend: «When we were young and made love for fun.» Dabei musste sie nur sehr wenig tun, um das vermeintlich starke Geschlecht anzulocken und zu reizen. Ihre unglaublich grünen Augen, ihr welliges blondes Haar, ihre Ausstrahlung und ihr wohlproportionierter, sportlicher Körper machten sie für das männliche Geschlecht zu einem Objekt der Begierde, an dem sie sich nur allzu schnell die Finger verbrannten. Noch heute wundert sich Doris de Quervin darüber, wie schwatzhaft, prahlerisch, schleimig, aufdringlich, aggressiv, kitschig, lügnerisch und wichtigtuerisch die meisten Männer doch sein konnten, nur um sie ins Bett zu bekommen. Am meisten hatten sie immer jene Blindgänger amüsiert, die zu diesem Zweck sogar einen Seelen-Striptease veranstalteten, sich über vergangene Lieben und Freundinnen ausweinten und ihr, wann immer möglich, von ihrer Mutter und ihrer eigenen edlen Seele und Großzügigkeit erzählten, was stets zu einem sofortigen Abbruch der Beziehung führte. Sie gewann auf diese Weise eine ungemein genaue und sichere Kenntnis über die Psyche der Männer und deren Qualitäten und Schwächen, die ihr nun bei der Verbrechensaufklärung zugutekommt. Ihre Analyse über den Charakter von Gewaltverbrechern hat sich über Jahre hinweg fast ausnahmslos bestätigt. Für sie sind Gewalttäter, abgesehen von einigen Ausnahmen, Schwächlinge, Weichlinge und krankhafte Geister, ungeachtet der Gestalt, in der sie dabei auftreten. Ob Biedermann, Schöngeist, Prolet, Intellektueller, Weichei oder Macho. Wer aus welchen Gründen auch immer Gewalt ausübt, dem mangelt es an innerer Stärke und Reife, oder ihm fehlt die Kontrolle über sein eigenes Tun und Lassen.

Das «Warum» ist für sie wesentlich und bedeutsam, um dem Täter auf die Spur zu kommen, ihn zu brechen und der Tat zu überführen. Einen Dr. Hannibal Lecter wie im «Schweigen der Lämmer» hatte sie allerdings noch nie zu Gesicht bekommen. Diese Art von Serienmörder mag es geben, bislang aber nicht in ihrem Revier. Und sollte sie eines Tages einem solchen gegenüberstehen, wird es noch früh genug sein, sich mit ihm auseinanderzusetzen.

Doris de Quervin hat mittlerweile ihr Auto in der Garage des Amtshauses parkiert und begibt sich zum Lift, der sich nur mit einem Badge öffnen und bedienen lässt. Während sie nach oben fährt, ist sie mit ihren Gedanken schon wieder beim Fall Dr. Schorni. Sie hält es inzwischen durchaus für möglich, dass seine Ermordung professionell geplant und ausgeführt worden ist und sie sich in diesem Fall darauf einstellen muss, geschulte Beamte einzuvernehmen, die einen Mord auf Befehl ihrer Behörde ausgeführt haben. Dabei wird ihr ihre Kenntnis der männlichen Psyche nur wenig nutzen. Hier wird sie nur weiterkommen, indem sie akribisch ermittelt, Fakten zusammenträgt und diese objektiv nüchtern auswertet.

Ein Tag später

Die Büroräume der BKP in Zürich befinden sich im obersten Stockwerk eines Hochhauses, das nur nach einer polizeilichen Sicherheitskontrolle über einen separaten Lift, der von Polizisten automatisch bedient und über Bildschirm kontrolliert wird, erreichbar ist. Doris de Quervin und Erich Mettler werden von Alois Habegger, der vorab telefonisch über das Eintreffen der zwei Kriminalbeamten informiert worden ist, im 6. Stockwerk am Lift in Empfang genommen. Im komfortablen Büro Habeggers nehmen de Quervin und Mettler in Sesseln Platz, während Habegger es sich auf der gegenüberstehenden Couch gemütlich macht. Doris de Quervin entgeht dabei nicht, dass die Körpersprache Habeggers trotz seines gelassenen Auftretens eine fast elektrifizierende Anspannung verrät, und kommt gleich zur Sache: «Wie Sie wissen, ist die Einstellung des Verfahrens Schorni aufgrund der Aussagen von Frau Roth, der Sekretärin des Toten, von der Staatsanwaltschaft abgelehnt worden. Der Entscheid wurde mir heute Morgen zugestellt. Ich und mein Team sind damit für die nun einsetzenden Ermittlungen zuständig.» Habegger nickt nur bestätigend und lässt seine Kollegin weiterreden.

«Da Sie Ihren Mitarbeiter Herrn Wicky damit beauftragt haben, der Kantonspolizei einen Tag nach dem Auffinden der Leiche bei der Spurensuche zu helfen, und Ihr Dienst auch noch am Dienstag emsig tätig war, stellt sich für mich natürlich die Frage, was Ihre Behörde mit diesem Fall zu tun hat?»

Habegger antwortet auffallend freundlich, dass sich die BKP für Herrn Schornis Person interessiere, und öffnet dabei eine kleine Akte, die auf dem Salontisch zwischen den beiden Gesprächsparteien liegt.

«Wir kannten Dr. Schorni schon lange und sehr gut. Ich werde Ihnen erzählen, wie es dazu kam, und damit gleichzeitig Ihre Frage beantworten. Der Verstorbene war als junger Rechtsanwalt vier Jahre lang als juristischer Mitarbeiter der Bundesanwaltschaft tätig und fiel dort wegen seiner schnellen Auffassungsgabe und fachlichen Kenntnisse auf, die er sowohl in schriftlicher als auch mündlicher Form prägnant vorzubringen verstand. Kurzum: Er war ein hervorragender Jurist, der aber als freier Rechtsanwalt arbeiten wollte. Nachdem er sich in einer größeren Zürcher Anwaltskanzlei die ersten Sporen verdient hatte, eröffnete er mit zwei Kollegen seine eigene Anwaltskanzlei, und die Bundesanwaltschaft, die BKP wie auch die Nachrichtendienste konsultierten ihn sporadisch, wenn sie eines dienstunabhängigen juristischen Rats bedurften. Dann aber kamen die Sparmaßnahmen des Bundes, die auch unseren Dienst betrafen, und wir mussten Stellen streichen. Davon betroffen waren auch unsere Hausjuristen, während die Budgetposition ‹Honorare externe Berater› sonderbarerweise unberührt blieb. Folglich wandten wir uns an Dr. Schorni und erkundigten uns, ob er nicht Interesse hätte, auf Pauschalbasis, das heißt im Dauerauftrag, unser externer juristischer Berater zu werden. Da sein Büro inzwischen auf zwei Mann geschrumpft war und sich ein externer Berater, der für uns arbeitet, hauptsächlich mit streng vertraulichen nachrichtendienstlichen Vorgängen zu befassen hat, fragten wir ihn, ob es ihm nichts ausmache, ein Einzelbüro zu führen. Nach einer Bedenkzeit sagte er zu. Sein Büro wurde damit zur juristischen Aussenstelle unseres Dienstes, und er selbst arbeitete völlig allein und in direktem Kontakt mit und über uns auch für die bereits genannten Dienststellen des Bundes. Mit seiner Sekretärin bediente er noch einige weitere Klienten. Und da er ein äußerst effizienter und gut organisierter Mann war, klappte dieses Arrangement bis zu seinem Tod hervorragend.

Ihnen mag unser Vorgehen nach seinem Tod nun recht

ungewöhnlich erscheinen, aber wir und die anderen Dienststellen, und dafür bitte ich Sie um Verständnis, mussten einfach sichergehen, dass Aktenstücke oder sonstige Unterlagen weder in Schornis Büro noch in seiner Wohnung gefunden werden, die seine Arbeit für uns bezeugen, oder gar in falsche Hände geraten. Und das konnte nur unabhängig zu den von Ihnen geleiteten Ermittlungen geschehen. Doch es war nie unsere Absicht, Ihre Zuständigkeit hinsichtlich des Todes von Herrn Schorni infrage zu stellen oder diese gar für uns zu beanspruchen.

Kommen wir aber auf die dringlichen Aufgaben meiner Dienststelle zurück, die wir sofort, geheim und sozusagen ohne Rücksicht auf Verluste durchzuführen hatten. In Abwesenheit von Frau Roth säuberten wir alle Computer und Handys. Auch mussten wir die Klientenlisten auf irgendwelche Querverbindungen hin untersuchen, die sich als problematisch für unsere Dienste erweisen könnten.»

«Und gibt es solche?», wirft Doris de Quervin ein.

«Es gibt einige wenige, denen wir nachgehen müssen und die wir auch bereits der Bundesanwaltschaft gemeldet haben. Mehr können wir Ihnen derzeit dazu nicht sagen.» Während Doris de Quervin Habeggers Ausführungen lauscht, verdichtet sich ihr Verdacht, dass die BKP tatsächlich die Villa des Toten in einer Nacht-und-Nebel-Aktion durchsucht haben muss. Doch anstatt dieses Thema anzuschneiden, fragt sie harmlos: «Und wie sehen Sie nun den weiteren Verlauf der Ermittlungen, Herr Habegger? Wann erhalten wir das von Ihnen beschlagnahmte Material? Allen voran die Unterlagen, die Ihre Dienste nicht betreffen?»

«Leider sind wir noch immer bei der Auswertung, weshalb wir Ihnen noch keine Akten überstellen können. Das wird noch eine Weile dauern. Intern ist mein Mitarbeiter Philipp Wicky mit der Sache befasst. Ich werde ihm Anweisung geben, sich bei Ihnen zu melden, wenn es so weit ist. Was die Zusammenarbeit zwischen Ihrem Dienst und uns angeht, schlage ich vor, dass wir völlig informell vorgehen, sollte einer die Hilfe des anderen benötigen. Ein Anruf an mich genügt. Ich werde es umgekehrt genauso halten, Frau Kollegin, und Sie anrufen, sollte irgendetwas sein.» Habegger steht auf und zeigt damit, dass das Gespräch für ihn beendet ist. Auch Doris de Quervin und Erich Mettler erheben sich darauf aus ihren Sesseln und wünschen Herrn Habegger noch einen schönen Tag.

Am Morgen des selben Tages

Es ist etwa 6.30 Uhr morgens, und Jäger ist gerade dabei, im Pyjama die Kaffeemaschine zu bedienen, als es an der Haustür läutet. Mit zögerndem Schritt geht er zur Tür und öffnet sie einen Spalt. Draußen steht Eddy Borner mit zwei weiteren Männern. Eddy Borner fordert, sich entschuldigend, aber dennoch polizeilich bestimmt, Einlass und stößt dann, ohne eine Reaktion Jägers abzuwarten, die Tür auf. Er tritt mit einem «Guten Morgen, Herr Professor» in den Hausflur, die beiden anderen Männer folgen ihm. Jäger schließt die Türe und bewegt sich keinen Zentimeter von ihr fort. «Was soll das, Herr Borner? Warum tauchen Sie in aller Frühe bei mir auf? Was wollen Sie von mir?» Borner überhört seine Fragen und wirft stattdessen einem seiner Begleiter einen Blick zu, der unmissverständlich so etwas wie «Na, hab ich es nicht gesagt!» zum Ausdruck bringt. «Herr Professor, dies ist ein reiner Höflichkeitsbesuch, nichts weiter. Ich hatte Ihnen ja schon bei Dr. Schornis Beerdigung in Aussicht gestellt, Ihnen eines Tages auch meinen Chef vorzustellen. Und da Sie ja jeden Tag ein so großes Arbeitspensum zu absolvieren haben, sind wir schon zu so früher Stunde gekommen. Also darf ich vorstellen: Alois Habegger, mein Chef.»

Ein kerniger, mittelgroßer Mann streckt Jäger darauf seine Hand entgegen. Sein faltiges Gesicht weist auf ein gewisses Alter hin, das nicht zu seinem kernigen Körper passt. «Entschuldigen Sie die frühe Störung, aber vielleicht können wir uns dennoch ein paar Minuten unterhalten. Zuvor werfen Sie doch aber bitte einen Blick auf meinen Ausweis wie auf den unseres Mitarbeiters Giorgio Mazetta.» Er überreicht Jäger zwei Ausweise, die dieser ärgerlich überfliegt und wieder zurückgibt. «Nun gut, Herr Habegger, lassen wir das übliche Geplänkel. Ich habe auf meine Frage noch keine Antwort erhalten; warum sind Sie hier, und was wollen Sie von mir?» Habegger schaut ihn mit einem eisigen Blick an und antwortet vorerst nicht. Als Borner etwas sagen will, verhindert es Habegger mit einer brüsken Handbewegung und meint dann schließlich: «Sie machen uns große Sorgen, Herr Prof. Jäger. Herr Borner tut seit Wochen nichts anderes, als Ihnen einen Weg aufzuzeigen, wie Sie aus Ihrer selbst verschuldeten, miserablen Lage wieder herauskommen können. Denn für den Fall, dass Sie es vergessen haben: Sie stehen in Spanien und somit auch hier unter dem Verdacht, dem organisierten Verbrechen anzugehören und Drogenschmuggel und Geldwäscherei begangen zu haben.»

Jäger schaut die drei Männer sichtlich verärgert an. «Was soll dieses Theater? Sie wissen so gut wie ich, dass ich mit den genannten Straftaten rein gar nichts zu tun habe. Dennoch werde ich von Ihnen massiv belästigt.»

Habegger unterbricht ihn mit lauter Stimme: «Herr Professor, für uns sind Sie erst dann unschuldig, wenn das Bundesstrafgericht dies in einem entsprechenden Urteil festgestellt hat, und keine Sekunde vorher. Sie haben nur noch wenig Zeit, um uns zu beweisen, dass wir Ihnen vertrauen können. Zeigen Sie sich weiterhin renitent, platzt unser Deal, und Sie wandern zurück in Untersuchungshaft, diesmal aber nicht im Tessin, sondern hier im Kanton Zürich.»

Max Jäger ist konsterniert, bleibt aber stumm. Habegger wartet noch einen Moment, um seine Worte wirken zu lassen, bevor er fortfährt: «Bisher haben Sie sich Dr. Homer Kramer und der Melius-Stiftung gegenüber geweigert, das Schweizer Stiftungspräsidium zu übernehmen. Er rechnet dennoch mit Ihnen, und wir nehmen Sie nunmehr beim Wort, dass Sie von nun an uneingeschränkt gemäß unseren Anweisungen handeln werden. Der NDB will, dass Sie diese Stiftung leiten. Daher ersuchen wir Sie, heute zunächst wie immer zur

Arbeit ins Spital zu gehen. Dort sagen Sie dann aber Ihrer Frau Sommer, dass Sie zum morgen beginnenden Ärzte-Kongress der Melius-Stiftung nach London fliegen werden. Für Dr. Kramer und den Vorstand der Melius Foundation wird Ihr Erscheinen nichts anderes bedeuten, als dass Sie nun doch Stiftungspräsident werden wollen. In London werden Sie außerdem Ihren Stellvertreter, Dr. Wiederkehr, treffen, der schon diesen Morgen nach London geflogen ist.

Packen Sie jetzt bitte die entsprechende Garderobe für einen Kongress mit offiziellem Dinner und einem Aufenthalt von heute Abend bis Samstagmittag. Ihren Pass wie den gepackten Koffer übergeben Sie Herrn Mazetta. Er wird Ihnen von nun an als Begleitschutz dienen, diskret, versteht sich. Ihren Koffer, das Flugbillett und den Pass wird er Ihnen im Flughafen wieder aushändigen. Und sollten Sie nicht voll kooperieren, wird er Ihnen Handschellen anlegen, Sie direkt ins Gefängnis verfrachten und Ihren Pass einziehen. Nun zu Herrn Mazetta: Er wird zu Ihrem Selbstschutz, und das meine ich im weitesten Sinne, mit Ihnen reisen und auch nach Ihrer Rückkehr an Ihrer Seite bleiben, bei Ihnen wohnen und, wo auch immer Sie hingehen und was immer Sie tun, auf Sie aufpassen. Offiziell haben Sie ihn, nachdem Ihre Frau Sie verlassen hat, als Ihren Chauffeur und Butler angestellt.»

«Falls Sie etwas wünschen oder betreffend Herrn Mazetta etwas zu beanstanden haben, können Sie mir das jeweils bei unseren Zusammenkünften mitteilen», meldet sich Borner zu Wort. «Ich werde mich kommende Woche für eine weitere Konsultation anmelden.»

Jäger realisiert, dass ihm momentan nichts anderes übrig bleibt, als die ihm als fait accompli präsentierte Situation zu akzeptieren, und willigt ein, nach London zu reisen. Habegger betrachtet Jäger voller Skepsis, nachdem er sich mehr Widerstand erwartet hat, aber Jäger zeigt keine Regung, steht weiter bewegungslos vor ihm und wartet. Habegger und Borner verabschieden sich daraufhin von ihm und verlassen das Haus. Jäger glaubt dabei gesehen zu haben, wie Borner Habegger siegreich zugelächelt hat, während Habeggers Miene weiterhin eisig blieb. Nun setzt sich Mazetta in den nächst bei der Haustüre stehenden Sessel und sieht Jäger nach, der die Treppe zum ersten Stock hinaufgeht, um sich für den Tag vorzubereiten, den die Polizei für ihn weitgehend vorbereitet hat.

Am Nachmittag in London

Etwa um die gleiche Zeit, zu der Jäger und Giorgio Mazetta wortlos nebeneinander im Flugzeug sitzen und Zeitung lesen, sitzen acht Männer im Sitzungsraum «Brighton» des Londoner Hotels «Grosvenor House» in der Park Lane. Die Vorbereitungen für die am folgenden Tage beginnende Jahrestagung der Melius Foundation, kurz MF genannt, sind bereits weitgehend abgeschlossen und nicht Gegenstand ihrer Zusammenkunft.

Das Treffen zwischen den Vertretern der amerikanischen, englischen, israelischen und schweizerischen Nachrichtendienste war zunächst für den Samstagnachmittag nach der Tagung eingeplant gewesen. Dr. Kramer hat es jedoch vorgezogen, diese wichtige Sitzung vorzuverlegen, an der auch vier prominente Mitglieder der MF teilnehmen. Den allermeisten Mitgliedern der MF ist nicht bekannt, dass die Foundation zugleich auch als Frontorganisation des Geheimbundes «Medicine Against Terrorism», kurz MAT genannt, dient. Von der MAT anwesend sind, neben Kramer, die vier Mitglieder des MF, Prof. Hubert de Montfort, Vorstandsmitglied der MF und Chefarzt des «Hôpital Sainte Marie-Therèse» in Paris. Er verkörpert den vornehmen, stets makellos gekleideten Pariser aus gutem Hause. Neben ihm sitzt Prof. Jonathan Smith, ein weiteres Vorstandsmitglied der MF und Chefarzt des «Memorial Hospital» in London, ein Mann in den 60er-Jahren, der aussieht wie ein Bilderbuch-Großvater zum Umarmen. Des Weiteren begrüßt Dr. Kramer Prof. Alfonso Clavet, Chefarzt der angesehenen «Clínica Las Rosas» in Madrid. Im Gegensatz zu seinen anwesenden Kollegen, welche Onkologen sind, hat sich Prof. Clavet als Herzchirurg mit der thorakoskopischen Bypassoperationmethode weltweit einen Namen gemacht.

Der israelische Arzt Dr. Zvi Orad nimmt unter seinen

Kollegen dagegen eine Zwitterstellung ein. Als früherer stellvertretender Chefarzt der israelischen Streitkräfte war er von Haus aus Traumatologe und Orthopäde, der über Kriegsverletzungen und Unfälle, deren Behandlungen, Heilung sowie Nachbehandlungen beinahe alles wusste, was es zu wissen gibt. Seit wann er dem israelischen Auslandsnachrichtendienst, dem Mossad, angehört, war nicht bekannt. Orad hatte Kramer lediglich erzählt, dass er vor sieben oder acht Jahren sich für die Onkologie zu interessieren begann, seine Stellung beim Militär aufgegeben und sich danach in die Krebsforschung vertieft hatte. In diesem neuen Bereich setzte er als praktizierender Arzt im «Haschomer Spital» in Tel Aviv seine Karriere fort und wurde mittlerweile dort zum stellvertretenden Chefarzt nominiert.

Außer Dr. Orad sind noch drei weitere Vertreter von Nachrichtendiensten zugegen. Als endlich alle acht Männer anwesend sind, werden sie von Dr. Kramer offiziell der Reihe nach begrüßt.

Als Erstes gratuliert er Prof. Alfonso Clavet dazu, den auf der geheimen Liste als «Target 23» aufgeführten syrischen Terroristen, Financier und Waffenlieferanten Ismail Jalid-al Kassim, sozusagen außerhalb der Reihe «erfolgreich behandelt» zu haben. Dann beginnt er, den MAT-Ärzten die anwesenden Vertreter der Nachrichtendienste vorzustellen, zuerst Bob Ponte, Vizedirektor der CIA, danach Sir Peter Simpson, den Vertreter des MI6, und schließlich Dr. Hans Bühlmann, den Direktor des Schweizer Nachrichtendienstes NDB.

Ziel der heutigen Unterredung sei es, das bisher von den Nachrichtendiensten Israels, der USA und der Schweiz konzipierte und eingeleitete Projekt mit der Bezeichnung «Operation Sunrise» mit dem MAT-Netzwerk zu verschmelzen, um es als gemeinsames Projekt weiterführen und zum Abschluss bringen zu können.

Die MAT sei Anfang Mai von der CIA und dem Mossad kontaktiert und gebeten worden, eine aktive Rolle bei der Projektabwicklung zu übernehmen. Er hätte, stellvertretend für das MAT-Netzwerk, dem Ersuchen unter der Bedingung zugestimmt, dass der Melius-Vorstand, der zugleich die MAT-Organisation leitet, von den zuständigen Vertretern der Nachrichtendienste in das Projekt eingeweiht wird, was noch heute geschehen würde. Nach diesem Wort nickt er Bob Ponte auffordernd zu.

Bob Ponte, ein kleinwüchsiger Mann in den Vierzigern, mit eingefetteten schwarzen, nach hinten gekämmten Haaren, trägt eine hellgraue Tweedjacke, ein dazu passendes hellblaues Hemd mit knallroter Krawatte und ebenso leuchtend roten Hosenträgern. Säße er nicht, würde der Blick auf die braunen Hosen fallen, die er bis zur Brust hochgezogen und in die er die Krawatte hineingestülpt hat. Man könnte ihn für den ein bisschen größeren und vulgäreren Bruder des Hollywood-Filmdarstellers Danny de Vito halten. Und dann ertönt, als er mit seinen Ausführungen beginnt, seine wohlklingende Baritonstimme, die innerhalb Sekunden sein Erscheinungsbild vergessen lässt:

«Uns kommt im Namen unserer Regierungen die ehrenhafte Aufgabe zu, einen Beitrag im Kampf gegen den Terrorismus zu leisten. Dieser hat nur dann Chancen auf Erfolg, wenn wir das strategische Gesamtbild im Auge behalten. Der Terrorismus muss in seiner gesamten Vernetzung erkannt und bekämpft werden, was bedeutet, dass wir einen Kampf ohne Bandagen führen, der von uns allen Opfer verlangt.

Juni letzten Jahres fand eine erbittert geführte Debatte zwischen der israelischen und amerikanischen Regierung statt, die ihren Niederschlag auch in der Presse fand. Der Ministerpräsident Israels und sein Stabschef hatten die amerikanische Regierung über ihren Plan informiert, den Präsidenten der Befreiungsbewegung entweder durch den Mossad oder die israelische Armee eliminieren zu lassen. Die US-Regierung opponierte vehement dagegen und drohte mit massiven Kürzungen der Zahlungen an Israel. Der Präsident, unser ‹Target 13› auf der Liste der zu eliminierenden Terroristen, Kriegsverbrecher und mit Blut besudelten Diktatoren ist, ungeachtet seiner weltweit anerkannten diplomatischen Stellung, einer der für Israel gefährlichsten Terroristen. . Weshalb die israelische Regierung nach dem Veto der amerikanischen Regierung auch angeregt hat, den Präsidenten außerhalb des Landes zu eliminieren. Der Einsatz eines Todeskommandos im Ausland kam jedoch aus politischen Gründen nicht infrage. Eine Verhaftung und Aburteilung – mit Vollstreckung des Todesurteils – kam ebenfalls nicht in Betracht, da die meisten der westlichen Länder und vor allem auch Israel selbst die Todesstrafe nicht kennen. Die israelische Regierung hat deshalb nun in Absprache mit meiner Regierung beschlossen – und die britischen, französischen und spanischen Behörden sind darüber bereits informiert –, ‹Target 13› über die MAT-Organisation seinem längst fälligen Schicksal zuzuführen.

Das heißt, wir werden ‹Target 13› laut unseres Plans ‹Operation Sunrise› in ein ausländisches Spital überführen lassen, wo er seinen letzten Frieden finden wird. Wie Sie ja alle wissen, ist ‹Target 13› ein sehr kranker Mann, der mit an Sicherheit grenzender Wahrscheinlichkeit über kurz oder lang eine Therapie im Ausland in Anspruch nehmen wird. Wir müssten deshalb dafür sorgen, dass er, wenn es so weit ist, in einem unserer MF-Spitäler zu liegen kommt, und hier haben wir ein Problem.»

Nach einer kurzen Pause fährt Bob Ponte fort: «Die Regierung Israels und die meines Landes haben die Ausgangslage weiter analysiert ebenso wie die Frage, welche Nation die Möglichkeit hat, ‹Target 13› medizinisch einwandfrei zu behandeln, damit die Überführung des Patienten in dieses Land in den Augen der Weltöffentlichkeit nachvollziehbar erscheint. Dieses Land muss aus Sicht der Landsleute von ‹Target 13› und der arabischen Welt außerdem ein gegenüber dem arabischen Anliegen freundlich gesinnter Staat sein. Es darf nicht zu den Nationen gehören, die die aus arabischer Sicht völkerrechts- und menschenrechtswidrigen Kriegshandlungen Israels für berechtigt halten und es als notwendig ansehen, ganze palästinensische Stadtteile zu bombardieren und ‹Target 13› in den Ruinen seines Amtsgebäudes gefangen zu halten. Nachdem die USA dafür nicht infrage kamen, und die EU-Länder sehr verhalten reagierten, war die Schweiz, die als eines der wenigen westlichen Länder Protest gegen die Isolierung des kranken Präsidenten der Befreiungsbewegung eingelegt hat, das einziges Land, das für die Aufnahme von ‹Target 13› infrage kommt. Die Schweiz erfüllt nicht nur die zwei zuvor erwähnten Bedingungen. Seine Regierung hat sich darüber hinaus immer wieder für die diplomatische Anerkennung der Befreiungsbewegung ausgesprochen. Eine Überführung von ‹Target 13› in die Schweiz ist jedoch nur dann überzeugend, wenn die ärztliche Behandlung durch Prof. Jäger erfolgt, der in seinem ALLMEND SPITAL die international bestmögliche und anerkannteste Diagnostik und Therapie gewährleistet. Auch die Familie von ‹Target 13› muss überzeugt sein, dass die Überführung ihres Familienoberhaupts ins ALLMEND SPITAL in jeder Hinsicht Sinn macht und die beste aller Lösungen ist. Gleiches gilt auch für die Weggenossen von ‹Target 13›.»

Bob Ponte legt das Blatt Papier zur Seite und schaltet eine kurze Pause ein. Nach wenigen Minuten bittet Dr. Kramer die Teilnehmer mit Handzeichen, wieder Platz zu nehmen. Dr. Kramer, der nunmehr das Wort ergreift, erklärt, dass ihre Zusammenkunft deshalb so kurzfristig auf heute vorgezogen worden sei, weil Prof. Jäger, nachdem er zunächst eine Teilnahme am Kongress abgelehnt habe, nunmehr doch noch an diesem Abend anreisen werde. «Damit wird automatisch die letzte Phase von ‹Operation Sunrise› ausgelöst, bei der die Mitwirkung von Prof. Jäger ausschlaggebend ist. Das Projekt steht oder fällt mit ihm.» Kramer berichtet weiter, dass Jäger mit der tatkräftigen Hilfe von Dr. Bühlmanns Leuten letztendlich noch davon überzeugt werden konnte, dass es zu seinem Vorteil wäre, nach London zu reisen.

«Erstes Ziel ist es also nun, dass Dr. Jäger das Präsidium der Melius-Stiftung Schweiz formell annimmt, wobei er keine Ahnung von der Existenz der MAT hat. Unsere Tätigkeit widerspricht seiner Berufsethik als Präsident der Ethik-Kommission des Schweizerischen Ärzteverbandes diametral. Jede Form aktiv betriebener Euthanasie wird von ihm strikt abgelehnt. Mit anderen Worten: Wir werden ihn genauso wenig umpolen wie als Mitglied der MAT anwerben können. Bleibt als Einziges, ihn dahin zu bewegen, dass er trotzdem tut, was wir von ihm erwarten. Und dafür braucht es einen intelligenten Plan, viel Feingefühl und das richtige Timing. In Vorbereitung dazu hat Dr. Zvi Orad, der Dr. Jäger während dessen Zeit als Assistenzarzt in New York kennengelernt hat, ein psychologisches Diagramm über ihn erstellt und dieses von den Spezialisten der israelischen, amerikanischen und schweizerischen Geheimdienste analysieren und überprüfen lassen. Auf dieses gestützt, haben die drei federführenden Nachrichtendienste ein Szenario entwickelt und mittlerweile auch in Bewegung gesetzt. Wie Dr. Bühlmann kurz berichten wird, hat dieses Szenario zunächst mal zum Ziel, Dr. Jäger in eine Ecke zu treiben, aus der er nicht mehr herauskommt.»

Nachdem der Schweizer Nachrichtenmann kurz und präzise die Vorgänge in Marbella und Bellinzona vorgetragen hat, meldet sich Prof. Hubert de Montfort zu Wort und will wissen, was in den geheimdienstlichen Berichten über das erstellte Psychogramm Prof. Jägers steht, worauf Dr. Kramer seinen Kollegen Dr. Orad bittet, die wichtigsten Schlussfolgerungen zusammenzufassen.

«Die Rapporte», kommt Dr. Orad der Aufforderung nach, «sind auf kriminalistischen, soziologischen wie auch psychosoziologischen Erkenntnissen aufgebaut. So wurden in einem ersten, kriminalistischen Bericht vorab mehrere namhafte Schweizer Strafverteidiger gefragt, wie sich namhafte sogenannte White-collar-Delinquenten verhalten, wenn sie aus der Untersuchungshaft entlassen und das weitere Verfahren abwarten müssen. Die Anwälte berichteten, dass neun von zehn Schweizer Klienten, die eines Wirtschaftsverbrechens angeklagt sind, die Öffentlichkeit scheuen wie der Teufel das Weihwasser und sich am liebsten in Luft auflösen würden. Die gleiche Frage stellten die Experten für den hypothetischen Fall: Wie verhält sich ein letztlich Unschuldiger in der Schweiz, solange er sich im Fadenkreuz der Strafjustiz befindet? Die Regel ist: Je lauter eine Person protestiert und schreit, je wilder sie sich gebärdet, desto mehr erweckt sie den Eindruck, etwas verbergen zu müssen. Man erwartet von einem ‹Mann von Welt›, dass er Ungemach dieser Art als Privatsache betrachtet, sich ruhig verhält und niemandem mit Klagen und Erklärungen zur Last fällt. Und falls er sich etwas hat zuschulden kommen lassen, dann sollte er ohnehin den Mund halten.

Der zweite Rapport, der weitgehend aus der Feder eines Schweizer Soziologieprofessors stammt, befasst sich mit dem sozialen Verhalten einer Person wie Dr. Jäger, wobei auch einige interessante schweizerische Gepflogenheiten zum Vorschein kommen, die ich hier verkürzt wiedergebe: Das Standesbewusstsein ist in der Schweiz nicht anders als in anderen Ländern. Spezifisch ist jedoch die Art, wie man dort seines gesellschaftlichen Status verlustig gehen kann. Während in jüngeren Staaten wie Australien, den USA, Kanada und Israel massive Gründe vorliegen müssen, um den erreichten Status zu verlieren, geschieht dies in der Schweiz oftmals auch ohne triftigen Grund. Weshalb Wirtschaftskapitäne, die vorzeitig ersetzt werden oder selbst den Hut nehmen, schnell in die zweite und dritte Reihe und in Vergessenheit geraten. Öffentliche Positionskämpfe um Karriere, Macht und jede Siegerpose – sogar im Sport – werden von der großen Mehrheit der Schweizer als unangebracht und stillos eingestuft. Der Rapport beschreibt dies wie folgt, ich zitiere: ‹Wer sich in der Schweiz zu stark exponiert, dem wird der Kopf abgeschlagen. Die Stabilität der Schweiz ist ein Produkt ihres Mittelmaßes.› Doch nun konkret zu den Ergebnissen, was unseren Probanden angeht. Bei Prof. Jäger handelt es sich um einen selbstsüchtigen Karrieristen und Opportunisten, der beruflich die Bergspitze erreicht hat. Andererseits ist er bestrebt, die Bodenhaftung zu behalten und vor allem mit der bürgerlichen Gesellschaft konform zu gehen. Dieser Spagat lässt ihm in dieser schwierigen Situation keine andere Wahl, als zunächst seine Probleme und Sorgen für sich zu behalten und gleichzeitig zu versuchen, die Fassade des soliden Bürgers und angesehenen Mediziners unter allen Umständen zu wahren. Er wird also nicht auf Konfrontation gehen oder eine eindeutige Lösung erzwingen, sondern den für ihn vorteilhaftesten Kompromiss anstreben und sich zu arrangieren versuchen. Nur wenn er feststellt, dass nichts zu seinen Gunsten spricht und nirgendwo ein Vorteil zu erzielen ist, wird er vor dem Problem weglaufen. Erst in einem solchen Fall müsste man ihn mit Brachialgewalt zur Tat zwingen.»

Prof. Smith wirft Orad einen ungläubigen Blick zu und bemerkt dann lapidar: «Was verstehen Sie unter Brachialgewalt? Falls ich Sie richtig verstanden habe, ist Dr. Jäger stark in seinem sozialen und beruflichen Umfeld verhaftet und wird das, was wir von ihm verlangen, eher nicht tun. Ihre Rapporte scheinen eine mögliche Auseinandersetzung mit Jäger ignorieren zu wollen.»

Orad denkt eine Weile nach und meint dann: «Erlauben Sie mir, dass ich Ihre Frage nicht direkt beantworte und, wie wir das in Israel öfter tun, wenn sich uns Probleme stellen, eine Geschichte aus der Thora in Parallele zu Dr. Jäger heranziehe.»

Calvet und de Montfort schauen sich erstaunt an, während Kramer, Bühlmann und Smith gespannt wirken, Ponte sich dagegen nichts anmerken lässt. Orad fährt deshalb, an de Montfort und Clavet gewandt, fort: «Haben Sie keine Angst, ich will Sie nicht bekehren. Juden bekehren nicht, sie belehren. Wie unsere Überlieferung immer wieder zeigt, löst der urplötzliche Wechsel von normalen zu unerklärlichen oder unvorhersehbaren Ereignissen, die das Leben neu bestimmen, so gut wie immer einen Fluchtreflex aus. Schon Moses wollte sich verweigern, als Gott ihm die Order gab, das israelische Volk aus Ägypten zu führen, und beim Propheten Jeremias war es nicht viel anders, um ein weiteres Beispiel zu nennen. Was nun Prof. Jäger betrifft, möchte ich aber eher auf Jona zu sprechen kommen, denn Prof. Jäger verkörpert für mich als Mensch geradezu den ‹Jona-Typ›.

Jona erhielt von Gott den Auftrag, der Stadt Ninive den Untergang zu verkünden. Er beschließt jedoch davonzulaufen, um seinem Los zu entgehen, und besteigt deshalb ein Schiff nach Tharsis. Allerdings hat er nicht mit Gottes Zorn gerechnet, der das Schiff in einen großen Sturm führt. Jona weiß, der Sturm gilt ihm. Er verlangt, dass man ihn über Bord wirft, um die Besatzung vor dem sicheren Tode zu retten. Kaum befindet er sich im Wasser, legt sich der Sturm. Jona selbst wird von einem Wal verschluckt, der ihn zum Land zurückträgt und dort unversehrt aus seinem Bauch ausspuckt.

Jona hat, durch dieses Erlebnis geläutert, jeden Widerstand aufgegeben. Nun kann Gott seinen Plan umsetzen, denn Jona ist bereit, nach Ninive zu gehen, um seinen Auftrag auszuführen.

Die Geschichte von Jona macht uns begreiflich, weshalb sich unser Kollege nicht in unseren Plan hineinziehen lassen will und warum er alle Anstalten treffen wird, sich der gestellten Aufgabe zunächst – und ich unterstreiche, zunächst – zu entziehen, am Ende aber dennoch machen wird, was wir von ihm erwarten.»

Orad, der merkt, dass seine Kollegen leicht irritiert sind und er ihre Geduld mit seiner Parabel wohl etwas überstrapaziert hat, schickt sofort eine etwas konkretere Erklärung hinterdrein.

«Was ich Ihnen damit sagen will, ist nichts anderes, als dass Prof. Jäger kein Held ist, sondern dass er lieber die Flucht ergreift, als den ihm zugewiesenen Auftrag auszuführen. Er wird ausweichen, sich ducken, Ausflüchte suchen. Er wird nichts unversucht lassen. Aber genauso wie in unserer Parabel, in der sich das Geschehen erst wendet, als Jona im Walfischinneren ‹das Wasser bis zur Seele steht›, wird Prof. Jäger auf die gegen ihn ergriffenen Druckmaßnahmen reagieren. Den Sturmwind haben wir bereits gesät; das jägersche Schiff befindet sich im Orkan. Als Zweites wird der Wal in Gestalt der Melius-Stiftung ihn aufnehmen und vor Ort ausspucken. Nachdem er unser Ufer erreicht hat, wird er ‹unser Mann› sein.»

Orad hofft, mit dieser Parabel das Votum des englischen Mediziners «umschifft» zu haben, und spricht weiter:

«An dieser Stelle sei mir noch eine persönliche Bemerkung gestattet, nachdem ich Prof. Jäger von früher kenne. Der Mossad hat sich ein Bild von der beeindruckenden medizinischen Karriere unseres Kollegen gemacht, der, wie wir alle wissen, ein ausgezeichneter Arzt und Forscher ist und unserer Meinung nach zu den Besten der Besten gehört. Genau deshalb dürfen wir aber die Einschätzungen unserer Analysten auch nicht außer Acht lassen. Ganz im Gegenteil. Erhält Jäger erst einmal Kenntnis von der Existenz der MAT und deren Zielsetzung, in die er eingebunden werden soll, wird er analytisch, taktisch und sogar strategisch unseren Nachrichtendiensten meilenweit voraus sein. Er ist blitzgescheit, ein Schnelldenker. Deshalb darf die Einbindung Jägers erst im allerletzten Moment erfolgen, damit er so wenig Zeit wie möglich hat, Widerstand zu leisten. Ich hoffe, Herr Professor Smith, dass ich Ihre Fragen, die weitgehend keine präzise Antwort zulassen, beantwortet habe.»

Hubert de Montfort will nun von Dr. Hans Bühlmann wissen, wie gut die bisherigen Druckmaßnahmen auf den Schweizer Arzt gewirkt haben. Als Abteilungschef des NDB, zuständig für Terrorbekämpfung und Spezialeinsätze, markierte er ein Gehabe, das eine Aura von Kompetenz, unterstrichen durch Wortkargheit, ausstrahlen soll. Jäger habe sich nach seiner Entlassung genau entsprechend der Ausführungen des Kollegen Orad verhalten. Man könne deshalb auf der morgigen Tagung wohl auch damit rechnen, dass er das Präsidium der Melius-Stiftung Schweiz übernehmen würde, womit ein weiterer Schritt getan wäre.

Beim MAT-Mitglied Prof. Jonathan Smith scheinen Orads vorangegangenen Erklärungen erst jetzt eingesunken zu sein. Erneut meldet er Zweifel an, dass der Zürcher Kollege gebrochen werden könne, der ja vornehmlich wegen seiner beruflichen Qualitäten für das Projekt «Operation Sunrise» eingesetzt werde und nicht wegen irgendwelcher voraussehbarer persönlicher Eigenschaften.

Für Dr. Homer Kramer ist es nun an der Zeit einzugreifen. «Ich bitte um Verständnis dafür, dass wir von der MAT umfassend prüfen müssen, ob die Person, welche mit der Ausführung der Tat betraut werden soll, auch die richtige ist. Die Ausführungen unseres Kollegen Orad und die Analysen der Geheimdienste sind dabei überaus wertvoll und hilfreich. Ich kann aber auch die Bedenken unseres Kollegen Smith verstehen, zumal die MAT erstmals damit konfrontiert ist, einen Externen, so prominent er auch sein mag, mit der Tatausführung zu beauftragen.» Er hält inne, vergewissert sich, ob ihm alle folgen, und fährt dann fort: «Damit setzen wir die Existenz und die Tätigkeit unseres Netzwerkes nicht nur einer erhöhten Gefahr aus. Wir müssen uns deshalb auch vorbehalten, jederzeit vom Projekt zurücktreten zu können, falls es die Umstände erfordern. Aus diesem Grund hat die MAT umfassende Sicherheitsvorkehrungen getroffen. So ist unser Schweizer Mitglied, Dr. Hugo Wiederkehr, der im ALLMEND SPITAL in Zürich als Oberarzt unter Prof. Jäger tätig ist, mit der Projektvorbereitung betreut. Zvi Orad wird gleichfalls in Zürich eine aktive Rolle übernehmen; in welcher Form, werden wir noch entscheiden. Meine hier anwesenden zwei Vorstandskollegen und Prof. Clavet werden dagegen direkt vor Ort in beratender Funktion eingesetzt und punktuell auch operativ tätig werden.»

Bob Ponte antwortet, dass er mit Dr. Kramers Ausführungen völlig d'accord gehe, er aber in die Projektleitung mit eingeschlossen werden müsse; dies sei Voraussetzung für die Zustimmung der CIA. Dr. Kramer wieder ist damit einverstanden und schlägt dann vor, einen gemeinsamen Aktionsplan zu erstellen, der spätestens im Juli auf der nächsten Sitzung in London besprochen und in die Wege geleitet werden müsse. Er erkundigt sich, ob dem jemand etwas beizufügen habe, und löst, nachdem dies nicht der Fall ist, die Runde auf.

Am gleichen Abend in London

Ein komfortables Auto fährt vor dem Eingangsportal des Grosvenor House vor. Jäger steigt aus ihm aus, und der Portier führt ihn und seinen Begleiter in die Empfangshalle, wo Jäger sofort zum «Reception Desk» geht. Dabei verhält er sich die gesamte Zeit so, als ob Mazetta für ihn ein völlig Unbekannter wäre. Jäger nennt einer freien Empfangsdame seinen Namen, worauf sie ihm mit ausgesuchter Höflichkeit bedeutet, dass die Suite Nr. 801 auf dem 8. Stockwerk für ihn reserviert worden sei und sich das Material für die anstehende Sitzung bereits in seiner Suite befinde. Der Tagungsplan der Melius-Stiftung sei am Board angeschlagen.

Jäger dankt ihr freundlich, nimmt dann den Schlüssel entgegen und begibt sich zum Lift. Oben angelangt, sucht er das Appartement 801 und tritt wenig später in eine beeindruckend geräumige, elegant eingerichtete Suite. Auf einem antiken englischen Esstisch befindet sich eine Schale mit Früchten und ein ausgesuchtes Blumenarrangement mit einem Couvert, auf dem die Lettern «MF» zu lesen sind. Er weiß, auch ohne das Couvert zu öffnen, dass diese Initialen «Melius Foundation» bedeuten. Im Nebenzimmer, das als Arbeitsraum dient, findet er auch die von der Empfangsdame angekündigten Arbeitsmappen liegen, ebenfalls mit den eingeprägten Initialen «MF», daneben sieht er eine Schachtel belgischer Pralinés. Er geht am Faxgerät und am Laptop vorbei und sieht dabei die Kopie eines Faxes von Frau Irma Sommer, das an ihn adressiert ist. Es enthält die dringende Bitte, sich telefonisch bei Frau Eva Roth zu melden, samt deren Kontaktdaten für den Fall, dass er sie in London nicht bei sich hat. Jäger überfliegt nochmals nachdenklich das Schreiben und legt es dann auf den Schreibtisch.

Direkt neben der Suite von Prof. Jäger packt Giorgio Mazetta in Zimmer 802 seinen Koffer aus und verstaut seine Sachen sorgfältig im Schrank und in den Schubladen. Er wählt eine Nummer auf seinem Handy und wartet auf die Verbindung. Dann sagt er: «Wir sind jetzt im Hotel. Jäger ist ruhig, glaube ich wenigstens», und nach einer Pause, «okay. Dann gute Nacht, Eddy.»

Am nächsten Morgen

Jäger tritt aus dem Lift und steht in der Lobby des Grosvenor House. Nicht ganz zufällig steht Dr. Kramer bereits in der Nähe des Lifts, entschuldigt sich bei seinen Gesprächspartnern und geht ohne Eile und dennoch entschlossen auf Jäger zu.

«Ich danke Ihnen, dass Sie gekommen sind. Da ich geglaubt habe, Ihre Absage sei definitiv, habe ich zwischenzeitlich allerdings auch Ihren Stellvertreter, Dr. Hugo Wiederkehr, eingeladen. Ich hoffe, Sie haben nichts dagegen. Sie werden ihn im Konferenzsaal treffen, wenn Sie ihn nicht schon beim Frühstück gesehen haben.» Jäger antwortet einsilbig, dass er das Frühstück in seinem Zimmer eingenommen habe, worauf Kramer unbeirrt fortfährt: «Ich hoffe, Sie sind mit Ihrer Suite zufrieden. Falls wir aber noch irgendetwas für Sie tun können, wenden Sie sich diesbezüglich ganz ungeniert an den MF-Staff.»

Jäger ist es durchaus gewohnt, derart freundlich begrüßt zu werden, hat an diesem Morgen jedoch wenig Lust, Freundlichkeiten auszutauschen. Als Kramer dies merkt, fasst er ihn in vertraulicher Weise beim Arm und führt ihn – formvollendeter Gastgeber, der er ist – zum Gebäudeflügel mit den Bankettträumen.

«Ich bin überzeugt, Sie werden die Tagung als interessant empfinden und viele alte, aber auch neue Kollegen treffen. Am Samstagmorgen – ich glaube um 11 Uhr – werden wir eine spezifische Ländersitzung über die Schweiz abhalten, an der ich Sie zusammen mit Ihrem Oberarzt Dr. Wiederkehr und anderen Vorstandsmitgliedern der Melius-Stiftung teilzunehmen bitte. Danach habe ich eine Überraschung für Sie.

Erinnern Sie sich noch an Ihren Kollegen, Marc Kaminski, im Lincoln Hospital in New York, in dem Sie sich vor Jahren die ersten Sporen erworben haben? Er ist auch hier. Haben Sie gewusst, dass er danach nach Israel ausgewandert ist? Er arbeitet dort als stellvertretender Chefarzt für Onkologie im Haschomer Hospital in Tel Aviv und ist äußerst erfolgreich.»

Jäger lässt sich nicht anmerken, dass er tatsächlich erfreut darüber ist, einen Freund aus alten Tagen wiederzutreffen, und meint: «Dass Kaminski nach Israel ausgewandert ist, wusste ich. Das war immer sein Ziel. Seither habe ich aber nichts mehr von ihm gehört. Dass er dagegen ein angesehener Onkologe ist, erstaunt mich, da ich so gut wie alle wissenschaftlichen Publikationen lese und ihn auch noch nie auf einem Kongress getroffen habe.»

«Das lässt sich leicht erklären», erwidert Kramer. «Er hat sich sehr früh einen israelischen Namen zugelegt und heißt jetzt Dr. Zvi Orad. Wissenschaftlich ist er außerhalb Israels kaum in Erscheinung getreten. Seine Publikationen sind allesamt in Hebräisch und wurden nicht übersetzt. Er forscht kaum, aber das soll er Ihnen alles selber erzählen.

Nun, dann gehe ich jetzt einmal nach vorne ans Pult. Irgendjemand muss diesen Kongress ja schließlich leiten», bemerkt er lachend zu Jäger, der in diesem Moment seinen Kollegen Dr. Hugo Wiederkehr etwas weiter weg von sich stehen sieht, der ihm freudig zuwinkt. Er erwidert den Gruß mit einem Kopfnicken und schaut sich dann im Saal um.

Auf den Konferenztischen, hinter den Mikrofonen und den davor liegenden Kopfhörern, sind Schilder aufgestellt, welche die sitzenden Teilnehmer namentlich erkenntlich machen. Er überfliegt die Schilder und schätzt, dass an die 100 Teilnehmer eingeladen worden sind. Aus Großbritannien wie auch aus den USA sind es mindestens ein Dutzend Kollegen, aus Frankreich etwa die Hälfte davon, ebenso viele aus Deutschland, Italien und Spanien. Plötzlich erkennt er seinen alten Freund Marc Kaminski unter den Teilnehmern, der sichtbar älter geworden ist. Seine wenigen weißen Haare ziehen sich wie ein Rosenkranz um seinen übergroßen Schädel.

Jäger setzt sich auf den ihm zugewiesenen Platz und grüßt Dr. Wiederkehr nochmals, ohne ihm die Hand zu reichen. Der lacht darauf leicht verlegen und nimmt ebenfalls Platz. Jäger legt die farbigen Arbeitsmappen auf den Tisch, öffnet das rote Dossier mit dem Titel «Session Thursday Morning» und stellt mit einem gewissen Erstaunen, begleitet von Unbehagen, fest, dass er sich für die MF zu interessieren beginnt. Die Glocke des Kongress- und Stiftungsleiters ertönt, und fast gleichzeitig ergeht auch die Aufforderung: «Ladies and Gentlemen, I ask you kindly to take your seats. Let's start.»

Dr. Homer Kramer beginnt seine Begrüßung in englischer Sprache. Einige wenige Teilnehmer nesteln noch immer mit den Kopfhörern, einige haben sie bereits aufgesetzt. Die meisten sind des Englischen jedoch mächtig. Nach den üblichen einleitenden Floskeln und Anleitungen zum Gebrauch des Mikrofons und die vorhandenen Dolmetscherdienste erhebt der Sitzungsleiter seine Stimme: «Meine Damen und Herren, es erfüllt mich mit großer Freude, Ihnen heute zwei neue Kollegen aus der Schweiz vorstellen zu dürfen, die Sie vielleicht anläßlich anderer Gelegenheiten schon kennen- und schätzen gelernt haben. Ich darf hiermit Prof. Max Jäger und Dr. Hugo Wiederkehr als neue Mitglieder unserer Stiftung auf das Herzlichste begrüßen. Beide sind ausgewiesene Koryphäen auf dem Gebiet der Onkologie und praktizieren im ALLMEND SPITAL in Zürich, wo sie – der eine als Professor, der andere als Dozent – an der Universität Zürich lehren. Ich bitte die beiden neuen Kollegen, sich zu erheben.» Beide stehen auf, und im Saal ist kurz zurückhaltender, akademischer Applaus durch vornehmes Klopfen auf die Tischplatte zu hören.

Dr. Kramer fährt fort: «Der kommende Samstagmorgen wird den einzelnen Stiftungsländern gewidmet sein. Wir werden individuelle Sitzungen mit den nationalen Stiftungsverantwortlichen abhalten. Für alle bereits bestehenden Stiftungen werden sogenannte ‹Follow-up-Gespräche› anhand der letzten Sitzungsprotokolle und den angefügten Follow-up-Listen durchgeführt werden. Für die Schweiz werden wir die Gründung der nationalen Stiftung, deren anfängliche Aufgaben sowie deren Finanzierung zu besprechen haben. Es ist mir eine Ehre, diese Sitzung selbst zu leiten. Vonseiten der MF werden weiterhin die Vorstandsmitglieder Prof. Hubert de Montfort, Prof. Jonathan Smith sowie Dr. Zvi Orad daran teilnehmen. Damit kommen wir zur heutigen Tagesordnung.»

Jäger schaut sich im Saal suchend nach seinem Begleiter Giorgio Mazetta um und stellt erleichtert fest, dass dieser nicht anwesend ist. Gleichzeitig fühlt er sich von der im Saal herrschenden Stimmung beeindruckt und gefesselt und ertappt sich bei dem Gedanken, sich am Ende der ersten Session bei Kramer für die ehrenvolle Einführung zu bedanken. Dann verwirft er diese Idee aber sogleich wieder, beschließt aber, die Tagung in positiver Stimmung über sich ergehen zu lassen. Ihm ist auf einmal gleichgültig, wo Mazetta sich befindet. Der sitzt hinter verdunkelten Fenstergläsern in einem unmittelbar an den Sitzungssaal angrenzenden Raum neben dem italienisch-englischen Dolmetscher und starrt konzentriert zum Tisch der Schweizer Delegation, an dem Jäger offensichtlich interessiert den Debatten folgt.

Während der ersten Kaffeepause stürzt Zvi Orad mit Verve und strahlendem Lächeln auf Jäger zu. «Max, my dear friend! Was für eine Freude.» Sie schütteln einander heftig die Hände und umarmen sich dann ohne Scheu. «Lass dich anschauen», scherzt Orad, «älter bist du nicht geworden, nur gescheiter, habe ich mir sagen lassen.» Beide lachen schallend und sind sichtlich gerührt ob ihres Wiedersehens. Die Vertrautheit einer alten Freundschaft stellt sich auch diesmal unmittelbar ein. Die lange Zeit, während der man sich nicht gesehen hat und in der unendlich viel passiert ist, scheint wie weggewischt.

«Wir müssen unbedingt gemeinsam zu Abend essen. Bist du heute frei? Wir haben uns viel zu erzählen», schlägt Zvi Orad vor. «Ich kenne ein gutes Restaurant an der Fulham Road, ausgezeichnete Küche. Ich lasse reservieren. Dann können wir ungestört reden.»

«Gut, so gegen halb acht?», sagt Jäger freudig zu und schaut seinem Freund nach, der darauf noch auf andere Kongressteilnehmer zugeht und eine Kollegin und einen Kollegen aus Holland begrüßt.

Das Abendessen mit Orad erlaubte ihm, endlich wieder ein wenig zu relaxen und seinen Gedanken freien Lauf zu lassen. Sie lachten viel, besonders über ihre gemeinsame Zeit in New York City, wo sie im Lincoln Hospital als Neulinge Hand in Hand auf der Notfallstation und streng überwacht von erfahrenen Ärzten gearbeitet hatten. Sie gehörten dem gleichen Jahrgang – 1950 – an, und Zvi, damals noch Marc, betonte immer wieder, dass für Juden ein Leben in Israel die Krönung ihres Daseins bedeuten würde, was Max tief beeindruckt hatte. Denn er war begeistert von diesem jungen Kleinstaat am östlichen Mittelmeer, der nach der biblischen Vision ein Land aufzubauen versuchte, in dem Milch und Honig flossen.

An manchen Freitagabenden lud Marc den Schweizer Protestanten zum Sabbat zu sich nach Hause ein, woran sich Max bis heute lebhaft erinnern kann. Marcs Vater Sam sprach ein amerikanisch-jiddisches Englisch, das kaum zu verstehen war. Und weil er dies zu wissen schien, sprach er umso mehr, in der falschen Annahme, dass mit der Menge der Worte auch deren Verständlichkeit zunehmen würde. Marcs Mutter hatte ihrem Mann zuliebe dagegen nur wenig geredet. Doch am Sabbat zündete sie die Kerzen an und sprach mit über die Flammen gehaltenen Händen die Segenssprüche. Danach trug sie das koschere Essen auf: eine Knödelsuppe, Suppenhuhn mit in der Brühe gekochtem Gemüse, dazu Kartoffeln und geriebenen Rettich und, was zum Ritual gehörte, geflochtenes Brot mit Mohnsamen auf der braunen Kruste. Zur Nachspeise wurden Früchte serviert. Bei den Kaminskis war Sabbat stets ein Fest der Freude, an dem man viele, meist traditionelle, hebräische Lieder sang, und wenn Familie, Freunde oder Gäste da waren, auch gern im Kreise tanzte.

Max' amerikanischer Freund war das jüngste Kind von Sam und Vegele Kaminski, geboren 1917 und 1919 im polnischen Lodz. Seine acht Jahre ältere Schwester Carol lebte mittlerweile wie Marc selbst in Israel, und sein vier Jahre älterer Bruder Paul war Geschichtsprofessor in Princeton, New Jersey.

Max und Zvi erzählten sich abwechselnd, was sie in der Zeit nach ihrem gemeinsamen Jahr im Lincoln Hospital erlebt hatten. Zvi war 1978 nach Israel übergesiedelt, nachdem er sich als Traumatologe und Orthopäde spezialisiert hatte. Er hatte wie Max zwei Kinder, allerdings hatte er später geheiratet als dieser. Sein Werdegang als Arzt bei der israelischen Armee bis hin zum stellvertretenden Chefarzt der Onkologie im Haschomer Hospital war für Max faszinierend, sodass er hoffte, während des Kongresses noch einmal detaillierter mit Zvi darüber sprechen zu können.

Am Samstagmorgen

Prof. Jäger und Dr. Wiederkehr sitzen mit Dr. Kramer, vier Herren und einer Sekretärin mit Notizblock an einem runden Tisch. Dr. Homer Kramer ergreift das Wort: «Meine Herren, ich brauche Sie einander nicht mehr vorzustellen. Für das Protokoll notieren Sie jedoch bitte, Jennifer, dass als Teilnehmer an dieser Eröffnungs- und Gründungssitzung der MF Schweiz Prof. Max Jäger und Dr. Hugo Wiederkehr aus der Schweiz, Prof. Hubert de Montfort aus Frankreich, Prof. Jonathan Smith aus England, Dr. Zvi Orad aus Israel und meine Wenigkeit anwesend sind.»

Max Jäger spürt, dass der bisher auf ihm lastende Druck von ihm gewichen ist. Denn hier zählen allein sein Titel und seine wissenschaftlichen Leistungen, seine Person wird hoch geschätzt, und alles findet in einer angenehmen Atmosphäre unter hoch angesehenen Kollegen statt, die ihn zum Präsidenten der Melius-Stiftung in der Schweiz machen wollen. Auch wenn er den Plan, der darin besteht, ihn mit dem Präsidium dieser personell hoch dotierten Stiftung zu ködern, durchschaut hat, denkt er bei sich, dass man ihm damit dennoch die höchste Ehre erweist. Und was wäre schon falsch daran, wenn es ihm gelänge, diese Ehrung, die als Mittel zum Zweck dient, so zu nutzen, dass sie diesen Zweck überdauern würde?

Diese Ernennung ist die unbeabsichtigte Aufforderung, den Kampf gegen meine Widersacher zu führen und zu gewinnen, denkt er bei sich, das angebotene Präsidium damit eine gute Sache. Und das neue Amt wird mir und dem Spital einen noch höheren Bekanntheitsgrad und noch mehr Einfluss im öffentlichen Leben verschaffen, was nur von Vorteil sein kann, ganz abgesehen von der beruflichen Genugtuung, die ein solches Amt mit sich bringt.

Mit diesen Überlegungen unterlegt er seinen Entschluss,

das Präsidium anzunehmen, und wendet sich wieder der Rede seines geschätzten Kollegen Dr. Kramer zu, dem er eine Weile nicht mehr zugehört hat. Doch nun ist er ganz Ohr.

Am gleichen Abend am City Airport London

Giorgio Mazetta hat Eddy Borner bereits per Handy die gute Nachricht überbracht, dass Jäger das Präsidium des Stiftungsrates der Melius-Stiftung Schweiz so gut wie sicher annehmen wird. Auf dem Weg zum Flughafen hat sich Mazetta in der von Dr. Kramer organisierten Limousine mit Chauffeur neben Jäger gesetzt, der, seinen Begleiter ostentativ ignorierend, die in der Hotellobby ergatterte «Financial Times» liest. Mazetta stört sich nicht weiter daran. Er ist etwa an die 35 Jahre alt und besitzt das typische Aussehen vieler männlicher Einwohner des Bergkantons Tessin. Sein eher kleiner Schädel mit schwarzbraunem Haarwuchs weist unauffällige Gesichtszüge auf, und genauso unauffällig kleidet er sich auch. Sein gesamtes Aussehen weist auf einen Durchschnittsmenschen hin, nicht unattraktiv, aber wenig eindrücklich und eher spröde. Auffallend ist allein seine sportliche Gangart, der energisch elegante, aufrechte Schritt mit den stets leicht angewinkelten Armen.

Mazetta hätte auch Berufsfußballer werden können, hat sich stattdessen aber für das Beamtentum und eine Karriere bei der Polizei entschieden. Bis heute ist er sich nicht sicher, ob er richtig gehandelt hat und nicht doch besser zuerst Fußballer geworden wäre und danach zur Polizei hätte wechseln sollen.

Mazetta ist das erste Mal in London. Auch das Fliegen ist ihm fremd. Nur einmal ist er mit der Jugendmannschaft des FC Locarno zu einem Freundschaftsspiel nach Lecce in den tiefsten Süden Italiens geflogen. Niemand weist ihn darauf hin, dass er soeben am Buckingham Palace vorbeifährt, obwohl er dies ahnt, aber nicht zu fragen wagt. Danach fährt die Limousine an der Victoria Station vorbei, weiter in Richtung Osten die Themse entlang, an deren Ufer er die historischen Schiffe, die gegenüberliegende Royal Festival Hall, das Neue Tate Museum, den Tower und die Tower Bridge, die Wolkenkratzer mit Büros und teuren Aussichtsrestaurants bestaunt. Für ihn allesamt nur namenlose, wenn auch imponierende Gebäude in einer unendlich großen Stadt. Nach gut drei Viertelstunden durchqueren sie das East End und nähern sich dem kleinen City Airport. Dort angekommen, zahlt Jäger und spricht Mazetta zum ersten Mal an: «Wir haben nicht mehr viel Zeit. Hoffentlich sind nicht allzu viele Leute vor uns am Schalter.»

Das ungleiche Paar begibt sich eiligen Schrittes zum Swiss-Schalter, wo sie als Letzte einchecken und ihre Bordkarten erhalten. Mazetta rollt seinen Handkoffer in geziemendem Abstand zum Professor zur Sicherheitskontrolle, wo Jäger sein Kabinengepäck bereits zur Kontrolle auf das Rollband legt. Mazetta tut es ihm gleich. Nur wenig später bittet ein Sicherheitsbeamter Mazetta, seinen Koffer zu öffnen. Jäger schaut interessiert zu. Er sieht, wie der Beamte eine große Spraydose mit Rasierschaum aus dem Gepäckstück herauszieht und Mazetta unter die Nase hält: «Wussten Sie nicht, dass Sie diese Dose nicht im Handgepäck transportieren dürfen?» Mazetta, sichtlich verlegen, verneint. Der Beamte teilt ihm darauf mürrisch mit: «Die muss ich Ihnen abnehmen, die bleibt hier», und wirft die Dose in eine große Plastiktonne hinter der Sicherheitsanlage. Nun mischt sich Jäger lauthals ein, sodass es alle Umstehenden hören können: «Wie können Sie diese Dose, die Sie als gefährlich einstufen, so einfach in die Tonne werfen? Es könnte schließlich Nitroglyzerin drin sein. Oder gehen Sie am Ende davon aus, dass gar nichts Schlimmes drin ist, nachdem Sie so sorglos mit der Spraydose umgehen? Können Sie mir garantieren, dass sich nun keine Dose mit Explosionsstoff in dieser Plastiktonne befindet, dass nicht jederzeit etwas in die Luft gehen könnte?» Und immer lauter werdend, weist er auf den völlig verdutzten Mazetta: «Und dieser Mann? Wie können Sie ihm trauen? Sie prüfen ja nicht einmal, wer er ist? Sie nehmen seine Dose in Beschlag, weil sie einen gefährlichen Inhalt haben könnte, wollen ihn selbst aber gehen lassen, ohne sich zuvor des wahren Doseninhalts vergewissert zu haben! Sie erfüllen Ihre Kontrollpflicht nicht. Sie gefährden uns alle!»

Mehrere Passagiere, die bislang geduldig das Schauspiel verfolgt haben, geben nun ebenfalls ihre Kommentare ab. Eine Mutter mit ihrer halbwüchsigen Tochter meint: «Dieser Gentleman hat völlig recht. Ich fühle mich durchaus gefährdet.» Ein Engländer rügt die verdutzten Sicherheitsleute: «Ich schäme mich für England. Sie arbeiten verantwortungslos. Kein Wunder, dass bei uns so viele schreckliche Dinge geschehen.» Ein anderer spricht von «einem Schlendrian ohnegleichen», ein weiterer sagt nur: «Unglaublich!», wobei nicht ganz klar ist, ob er damit Jägers Auftritt oder das Verhalten des Sicherheitsbeamten meint. Inzwischen ist der Aufruhr so groß, dass der Chef der Sicherheitskontrolle aus seinem nahen Büro tritt und sich zu den überforderten Beamten gesellt. Er will wissen, wem die Dose gehört. Mazetta reagiert zunächst nicht, weil Jäger das Eintreffen des Vorgesetzten genutzt hat, um sich unbemerkt von Mazetta davonzuschleichen. Auf halbem Weg zur Passkontrolle bleibt er hinter einer Säule stehen und beobachtet, wie Mazetta sich nun als Besitzer der Dose outet, worauf ihm der Chefbeamte freundlich eröffnet, dass er ihn zum Polizeikommissariat begleiten müsse. Mazetta sucht Jäger noch immer mit den Augen, weiß sich aber nicht zu helfen, denn Borner hat ihm verboten, in England seine Aufgabe als Polizist und Überwacher Jägers irgendjemandem kundzutun.

Ein Sicherheitsbeamter hilft, den Koffer wieder zu schließen, dann folgt Mazetta dem Chefbeamten und verschwindet, den Koffer in der Hand, in der Abflughalle.

Inzwischen wird der Swiss-Flug nach Zürich bereits zum zweiten Mal ausgerufen. Jäger geht schmunzelnd zum Gate und besteigt dann das Flugzeug. Der Sitz neben ihm bleibt leer.

Drei Tage später

Seitdem er Mazetta auf dem Londoner Flughafen abgehängt hat, ist zu Jägers Erstaunen vonseiten des NDB nichts geschehen. Auch Mazetta ist nicht mehr aufgetaucht, um seinem Dienst bei Jäger weiter nachzugehen. Als Jäger nun an diesem Morgen Borner in seinem Konsultationszimmer empfängt, gibt sich dieser gelassen und nimmt wie gewohnt seinen Patientensessel ein, ohne den Vorfall in London zu erwähnen. Stattdessen erkundigt er sich, wie es nun um ihn als Patienten bestellt sei. Jäger erwidert darauf ebenso sachlich wie freundlich: «Mein Kollege Dr. Wiederkehr hat die von Ihnen gelieferte Disc verwendet, als wir Ihre Tests auswerteten. Alle Ergebnisse befinden sich nun in Ihrer Computerakte. Somit ist Ihre Krankheit offiziell und im Spital für alle Berechtigten einsehbar. Wir haben Sie auch für eine vor-chemotherapeutische Behandlung mit Interferon vorgemerkt, die sofort beginnen kann, wenn Sie wollen.»

Eddy Borner erkundigt sich sichtbar verunsichert: «Wie oft muss ich dafür kommen?»

«Einmal wöchentlich. Die Behandlung findet aber in erster Linie auf Tablettenbasis statt, und die können Sie auch zu Hause einnehmen. Sollten irgendwelche Nebenwirkungen auftreten, sind sie in jedem Fall gering. Doch meistens treten überhaupt keine auf. Aber wenn Sie hier in der Klinik nicht auffliegen wollen, würde ich diesen Teil Ihrer sogenannten Behandlung mitmachen.»

«Gut, Herr Professor, ich befolge Ihren Rat, so wie ich denjenigen betreffend meiner Zuckerkrankheit ebenfalls befolgt habe», meint Borner in einer für Jäger allzu unterwürfigen Weise. «Ich wollte Ihnen außerdem sagen, dass ich Ihnen für diesen Hinweis sehr dankbar bin. Übrigens», fügt er stolz an, «verabreiche ich die mir von meinem Hausarzt verschriebenen Insulinspritzen selbst.»

Jäger lächelt und erkundigt sich nun schmunzelnd, ob Herr Mazetta letzten Samstag gut von seiner Reise aus London zurückgekommen sei? Nun beobachtet er, wie Borner den Ärger ob dieser Frage zu kontrollieren versucht, bevor er ihm ruhig und sachlich antwortet.

«Gut, dass Sie danach fragen. Wir prüfen derzeit die Folgen Ihres unüberlegten Handelns. Mazetta wird vorläufig nicht in Ihr Haus zurückkehren, Sie aber weiterhin von der Straße aus überwachen. Ansonsten kann ich Ihnen nur raten, Ihre schriftlichen Verpflichtungen uns gegenüber ernst zu nehmen. Doch dass Sie das Präsidium der Schweizer Melius-Stiftung übernommen haben, ist für uns das Entscheidende. Über den Rest sprechen wir später.»

Montagmittag, in den Büros der Kantonspolizei Zürich

Hubertus Minger, Chef der Kriminalpolizei im Kanton Zürich, hat soeben sein Telefongespräch beendet und lehnt sich in dem komfortablen Sessel zurück und mustert die Aktenberge, die sich auf seinem breiten Schreibtisch vor ihm türmen. Von diesen getrennt befinden sich auf einem Extrastapel die Pendenzenlisten der Abteilung «Gewaltverbrechen» und die von Doris de Quervin erstellten Protokolle der letzten Sitzungen. Minger überlegt, wie er der Kommissarin die Sorge seines ehemaligen Berner Kollegen, Heinz Roth, wirksam «unter die Haut reiben» kann, ohne die laufende Ermittlung ungebührlich zu beeinflussen, falls sie von Amtes wegen weitergeführt werden muss. Er hat Heinz Roth immer gemocht, den er für einen anständigen Kerl hält. «Wenn ich daher etwas für ihn tun kann, werde ich das tun», denkt er bei sich. Und der Wunsch Roths, seine Tochter Eva Roth aus der Schusslinie zu nehmen, kann wohl kaum als eine ungebührliche Einflussnahme angesehen werden. Weit schwieriger dürfte es wohl sein, die richtigen Worte und den adäquaten Ton zu finden, um seiner beruflich äußerst hartnäckigen Kommissarin diesen Entscheid so zu präsentieren, dass sie ihn nicht nur akzeptiert, sondern geradezu von sich aus trifft. Er hat in der Kantine vier belegte Brötchen bestellt. Die mit Thon und Hühnchen an Currysoße sind für Doris. Er, der Bauernsohn, zieht dagegen mit Schinken belegte vor. Auf dem Nebentisch stehen eine Kanne Kaffee und Mineralwasser.

Minger denkt noch immer über die beste Strategie nach, als es an der Tür klopft und Doris de Quervin, ohne auf Antwort zu warten, schwungvoll das Büro ihres Chefs betritt. «Doris, nimm Platz», hört sie Hubertus sagen, als sie schon im Stuhl vor seinem Tisch Platz genommen hat. Sie mag ihren Chef, der ihr gegenüber seit jeher eine Art Vaterrolle eingenommen und sie beruflich gefördert, beschützt und stets motiviert hat. Sie weiß, dass er so wechselhaft wie das Wetter sein kann, und registriert sogleich die unguten Schwingungen, die von ihm ausgehen. Deshalb wartet sie, bis er zu reden beginnt.

«Doris, wie weit sind wir in der Sache Schorni?»

Doris de Quervin referiert ihm darauf in Kurzform die Gründe für die Wiederaufnahme der Ermittlungen und kommt dann detailliert auf die Vorgänge der letzten Woche zu sprechen. Minger lässt Doris reden, ohne sie zu unterbrechen, nimmt sich währenddessen aber schweigend ein Schinkenbrot vom Tablett und beginnt, es zu essen. Mit halb vollem Mund ermuntert er Doris, sie solle doch auch zuschlagen.

Am Ende von Doris' Bericht meint er: «Erzähl mir noch mal ganz genau von deinem Treffen mit der BKP bezüglich der beschlagnahmten Computer, Handys und Akten.» Sie kommt seinem Wunsch nach und schließt damit, dass Habegger nicht nur die bundesanwaltschaftliche Ermächtigung dazu hat, die besagten Geräte und Dokumente zu beschlagnahmen, sondern auch, sie zurückzubehalten, bis sie ausgewertet sind. «Und was gedenkst du nun zu tun?», hört sie ihren Chef fragen.

«Ich habe Habegger bereits dazu aufgefordert, mir eine Kopie der Verfügung zu übermitteln, was er auch getan hat. Nun prüfen wir, ob wir dagegen Beschwerde beim Bundesstrafgericht einlegen können, sodass wir zumindest Kopien der beschlagnahmten Dokumente erhalten, um unsere Ermittlungen zu beschleunigen.»

Minger räuspert sich. «Hast du denn eine stichhaltige Begründung für eine solche Beschwerde?»

Doris, die spürt, dass sie in eine Ecke gedrängt wird, beantwortet die an sie gestellte Frage mit einer Gegenfrage: «Hinter deiner Frage steckt doch etwas anderes, Hubertus! Was also willst mir eigentlich sagen?»

Minger lässt sich Zeit und holt dann mit seiner rauen Stimme aus: «Ich habe dir genau zugehört, Doris. Und wenn ich dich richtig verstanden habe, bestand eine höchst geheime und enge Berufsbeziehung zwischen Schorni, der Bundesanwaltschaft und dem Verteidigungsministerium. Schorni war deren Vertrauensmann, ein Geheimnisträger par excellence. Findest du nicht, dass Habeggers Beweggründe aus Sicherheitsgründen deshalb durchaus vernünftig und überzeugend klingen? Ich hätte mich an seiner Stelle jedenfalls nicht anders verhalten.»

Doris macht eine abwehrende Handbewegung. «Du hast mich anscheinend falsch verstanden. Ich habe überhaupt nichts gegen die laufenden Aktivitäten der Bundesanwaltschaft und der BKP einzuwenden, will bei meiner Arbeit aber ebenfalls nicht behindert werden. Hast du mir nicht immer eingetrichtert, jeden Fall sofort zu behandeln, damit er nicht vor sich ‹hinfault›?»

«Das ist richtig, allerdings mit dem einen Vorbehalt, dass nur Fleisch verfault. Ich sehe im Fall Schorni aber kein Fleisch, sondern nur Knochen. Diese junge Sekretärin hat uns einen Knochen ins Revier geworfen und bittet uns nun, das daran nicht mehr vorhandene Fleisch zu suchen. Das ist zu wenig. Oder hast du etwa etwas gefunden, das du mir bislang vorenthalten hast?»

Doris verneint. Sie bleibt steif auf ihrem Stuhl sitzen, denkt eine Weile nach und sagt schließlich: «Wäre ich in deiner Position, würde ich dir wahrscheinlich recht geben. Den gerichtsmedizinischen Bericht derzeit umzustoßen, erscheint aussichtslos. Allerdings gibt es neben Suizid und Mord noch andere Möglichkeiten, einen Menschen zu töten. Ich meine damit Drohung, Zwang oder gar Gehilfenschaft. Jedenfalls habe ich bei diesem Fall ein äußerst ungutes Gefühl, von der

Analyse her wie aus dem Bauch heraus. Konkret liegt tatsächlich nichts außer der Aussage von Eva Roth vor, dennoch möchte ich nicht, dass der Fall begraben wird. Lass mir noch zwei Monate Zeit, Hubertus, und wenn ich bis dahin nichts in den Händen halte, hören wir definitiv auf.»

Minger nimmt sich für seine Erwiderung Zeit. «Dein Vorschlag enthält einen Denkfehler. Solange du die Kopien der Dokumente und die Geräte von der Bundesanwaltschaft noch nicht ausgehändigt bekommen hast, wirst du wahrscheinlich noch längere Zeit als die zwei abgemachten Monate warten müssen, um überhaupt mit deinen Ermittlungen fortfahren zu können. Deshalb habe ich eine andere Idee. Wir stellen auf unserer Ebene die Ermittlungen zwar nicht ein, legen sie vorläufig aber ‹auf Eis› und zwar so lange, bis du die Unterlagen kriegst. Das heißt nicht, dass du nicht vorab schon ermitteln kannst, sollte etwas bekannt werden, was die jetzige Sachlage ändert. Das möchte ich dann aber umgehend wissen. Einverstanden?» Doris, die erkennt, dass es an Hubertus' Beschluss nichts mehr zu rütteln gibt, atmet einmal tief ein und stößt dann ein mattes «Einverstanden» aus.

«Danke, dass du einwilligst», meint Hubertus darauf mit väterlichem Blick und greift zum zweiten Schinkenbrot. Und auch Doris beginnt nun mit dem Verzehr der für sie bestimmten Brötchen.

Zwei Wochen später

Die Gründungssitzung der Melius-Stiftung Schweiz findet im Berner Kursaal statt. Jäger, der sich mit seiner neuen Aufgabe geehrt und geadelt fühlt, hat am Präsidiumstisch Platz genommen. Über 40 namhafte Kollegen und Kolleginnen aus der ganzen Schweiz sind angereist. Dr. Hugo Wiederkehr hat damit einmal mehr sein Talent, ein hervorragender Organisator zu sein, unter Beweis gestellt. Bereits in London war die Begeisterung von Jägers Stellvertreter für die Melius-Stiftung spürbar gewesen. Und nun hatte er es fertiggebracht, ohne seine ärztlichen Aufgaben dabei zu vernachlässigen, eine erfreuliche Anzahl von Spitzenmedizinern aus ihren Spitälern zu holen und für die Melius-Stiftung zu interessieren, für deren Ziele sie sich in Zukunft einsetzen sollen.

Nach den vier stattgefundenen Arbeitssitzungen mit Dr. Homer Kramer in London, Paris und in Zürich ist Jäger nun nachhaltig von der Stiftung überzeugt. Auch hat es ihn in Paris beeindruckt, Prof. Hubert de Montfort besser kennenzulernen. Kollege de Montfort hatte ihn an einem Abend mit Zvi Orad, der zufällig in Paris war, in ein Michelin-Drei-Sterne-Restaurant eingeladen, in dem sie beschlossen hatten, sich zukünftig zu duzen.

Als Sitzungsleiter neben Dr. Homer Kramer stellt Jäger in seiner Begrüßungsansprache zunächst die eingeladenen Gäste einander vor, indem er ihre illustren Karrieren auf derart lebhafte Weise schildert, dass einige von ihnen davon sichtlich gerührt sind. Danach befasst er sich besonders ausführlich mit «seinem alten Freund, Zvi Orad», dem ersten ausländischen Kollegen der Melius-Stiftung, der sich freundlicherweise dazu bereit erklärt hat, mit dem Kollegen Dr. Panchaud aus dem ALLMEND SPITAL den Platz zu tauschen. Letzterer wird nun entsprechend des von der Melius-Stiftung geförderten Rotationsprinzips ins Haschomer Spital nach Tel Aviv wechseln, während Dr. Zvi Orad in der gleichen Periode als Gastarzt in Zürich in der Onkologie tätig sein wird.

Prof. Jäger erklärt hierauf den interessierten Kollegen das Rotationssystem der Melius-Stiftung, erörtert Fragen zum Berufsgeheimnis und der Eigentumsrechte an den zu erwartenden Forschungsergebnissen infolge der Stiftungstätigkeit. Es folgt eine Debatte über die Planung der zukünftigen Stiftungsaktivitäten, das sogenannte «Start-up-Budget», die geschätzte Erfolgsrechnung sowie die Planung der Liquiditätsrechnung der in Gründung begriffenen Stiftung. Dann kündigt Jäger an, dass nun erst über die Stiftungsstatuten und das Reglement Debatte zu führen ist, bevor diese anschließend genehmigt werden, und es danach zur Wahl der Mitglieder des ersten Stiftungsrates und dessen Präsidenten kommt.

Zvi Orad ist mit sich und der Welt zufrieden. Er hat ein wichtiges Etappenziel erreicht und sich ins ALLMEND SPITAL einschleusen lassen. Seinem alten Freund aus der New Yorker Zeit hat er bei ihrem Wiedersehen Ende Mai in London längst nicht alles aus seinem Leben erzählt und das, was er ihm erzählt hat, nicht einmal wahrheitsgetreu. Jäger ahnt nicht, dass Zvi ein hoher Offizier des Mossad ist. Obwohl er nunmehr ein im Haschomer Hospital durchaus angesehener Onkologe ist, hätte er es ohne den Mossad nie geschafft, dort in einer derart kurzen Zeit zum stellvertretenden Chefarzt aufzurücken. Der Mossad steht am Anfang und am Ende seiner Karriere.

Seine fünf Jahre vor der Gründung Israels im Jahre 1943 geborene Schwester Carol war eine begeisterte Zionistin und verließ die USA mit noch nicht einmal 19 Jahren, um nach Israel auszuwandern. Dort machte sie ihr Diplom als Sportlehrerin und spezialisierte sich als Leichtathletin für den Siebenkampf. Im Training lernte sie einen fast zwei Meter großen,

120 Kilo schweren Mann kennen, an dem nur Muskelmasse und kein Gramm Fett zu finden war. Er war der Landesmeister im Kugelstoßen. 1968 heirateten Carol und ihr Riese, und in rascher Folge kamen zwei Kinder, ein Mädchen und ein Junge, zur Welt. Der Kugelstoßer, dessen Familie während des Weltkrieges fast völlig ausgelöscht worden war, gehörte der Delegation der israelischen Athleten an, die 1972 zu den Olympischen Spielen nach München reiste. Er war noch nie zuvor in Deutschland gewesen und kam nie mehr aus München zurück, sondern starb dort nach der Geiselnahme der israelischen Athleten durch palästinensische Terroristen als ein Opfer des sogenannten «Blutbades von Fürstenfeldbruck».

Seine Schwester war am Boden zerstört. Für Marc, damals 22 Jahre alt, wurde das Attentat, dem sein Schwager und dessen Sportskollegen zum Opfer gefallen waren, zur Triebfeder seiner akademischen und beruflichen Weiterbildung in New York, und als er im Jahre 1978 in Israel ankam, sprach er bereits fließend die hebräische Neusprache Ivrith, die er während der vielen Aufenthalte bei seiner Schwester und auch über Sprachkurse in New York erlernt hatte.

Nachdem er schon in New York gute Kontakte zu israelischen Diplomaten unterhalten und diesen seinen Wunsch unterbreitet hatte, später einmal in Israel für den Mossad arbeiten zu wollen, wurde er gleich nach seiner Ankunft in Tel Aviv von den Beamten des Mossad auf Herz und Nieren geprüft und nach einem Gespräch mit seinem zukünftigen Chef David Kimche für bestimmte Spezialaufgaben eingesetzt. So nahm er nach einer Kurzausbildung und getarnt als amerikanischer Assistenzarzt im Januar 1979 in Beirut an der Eliminierung von Ali Hassan Salameh, dem Fatah-Funktionär und Oberhaupt der Terrorgruppe «Schwarzer September», teil. Wenig später wurde er Mitglied des Kommandos «Caesarea» und beteiligte sich an der Mission «Operation Zorn Gottes», welche zum Ziel hatte, gezielte Schläge gegen die Strukturen des palästinensischen Terrorismus durchzuführen sowie die verbliebenen Rädelsführer und Attentäter des Massakers in München zur Strecke zu bringen.

Lange Zeit war er hinter den Drahtziehern und Vollstreckern des Attentats her. Unter der Regierung von Ariel Sharon erhielt er schließlich den Auftrag, die Mission «Operation Zorn Gottes» erfolgreich zu Ende zu führen.

Orad war nunmehr dem ahnungslosen Onkologen Jäger als Kuckucksei ins Nest gelegt worden, um seiner Jahrzehnte dauernden Mission die Krone aufzusetzen.

Einige Tage später

Jäger hatte am Freitag vor der Gründungssitzung den Anruf einer Anwaltskanzlei mit Namen «Wenger Honegger & Partner» erhalten. Ob es ihm denn möglich sei, wurde er gefragt, mit Herrn Rechtsanwalt Niederhäuser und seiner Frau am Nachmittag des 2. Juli über die noch möglichen Gemeinsamkeiten in der Zukunft zu sprechen. Zunächst befürchtete Jäger, dass die Anwaltsgehilfin damit auf die Wiederaufnahme und Weiterführung der Ehe und des gemeinsamen Haushalts anspielte. Als diese dann aber anfügte, Herr Niederhäuser benötige auch das Familienbüchlein, um das Scheidungsverfahren geordnet einzuleiten, ist er wieder beruhigt und sogar leicht amüsiert über die kurz gefühlte, panische Angst, seine Frau könnte wieder ins gemeinsame Haus zurückkehren. Am liebsten hätte er sie für immer aus seinem Leben gestrichen. Doch er wusste nur allzu gut, wie illusorisch dieser Wunsch war. Zwar hatte sich Suzanne dieses Jahr nur ein einziges Mal bei ihm gemeldet, weil sie für eine Attikawohnung an der sogenannten Goldküste am Zürichsee 100.000 Schweizer Franken benötigte. Aber Max war klar, dass es nicht bei diesem Betrag bleiben würde. Suzanne würde weiteres Geld für eine ultramoderne Küche, teure Möbel und vieles andere mehr, das ihr von Dekorationsfachleuten aufgeschwatzt wurde, brauchen.

Suzanne gehört zum Typ der Frauen, die ihre Männer bei der Scheidung wie eine Zitrone auspressen wollen und mit Verbissenheit kämpfen. Doch Geld ist für Max die einfachste Weise, sie von sich fernzuhalten und letztendlich loszuwerden. Deshalb sagte er auf ihre Bittstellung hin nur «okay» und überwies ihr gleich am nächsten Tag die geforderte Summe.

Als Jäger am Nachmittag des 2. Juli in den lang gestreckten Sitzungsraum der Anwaltskanzlei geführt wird, sitzen seine

Frau und ein Mann mit ernster Miene bereits am Konferenztisch. Der Mann steht sofort beflissentlich auf, lächelt automatisch, stellt sich mit «Niederhäuser» vor und bittet Max, am Tisch Platz zu nehmen. Suzanne begrüßt ihn dagegen nur mit einer Handbewegung und strenger Miene.

Im Laufe der folgenden Unterredung spricht Suzanne ihren Anwalt unbeabsichtigterweise mit «Stephan» an, errötet daraufhin verschreckt und hält, um ihre Verlegenheit zu vertuschen, sofort eine emotionstriefende Anklagerede gegen ihren Ehemann. Sie beschuldigt ihn, ein Workaholic zu sein, seine Familie vernachlässigt zu haben und sich für nichts anderes zu interessieren als seinen Beruf und seine Mitgliedschaft in diversen Verbänden, Kommissionen und Ausschüssen. Mit weinerlicher Stimme und aufgesetzt leidvollem Blick beklagt sie sich außerdem, dass er ihre aussichtsreiche Berufskarriere verhindert hätte. Sie sei von ihm zur Haushälterin und zum Kindermädchen degradiert worden, hätte dafür aber nie Lob und Anerkennung erhalten. Neben ihm sei kein Platz zum Atmen gewesen, und er allein trage die Schuld am Scheitern der Ehe.

Max hört sich ihre Litanei ohne jede Gefühlsregung an und schüttelt, als der Rechtsanwalt fragt, ob er darauf etwas erwidern wolle, nur den Kopf, was Suzanne zu der Bemerkung veranlasst, dass er nur deshalb nichts erwidern könne, weil es auch nichts zu erwidern gebe, wolle er nicht anfangen zu lügen.

Herr Niederhäuser erkundigt sich daraufhin, ob er, Max Jäger, an einer Konventionalscheidung interessiert sei. Er versucht zu erläutern, was dies für beide Parteien bedeutet, und schließt mit den Worten: «Nur wenn beide Parteien sich die Hand zu einer gütlichen Einigung reichen, wird es zu keinem Rechtsstreit kommen.» Worauf Max nur trocken meint: «Dann bedeutet dies wohl – wollen wir uns nicht vor Gericht streiten –, dass ich zu akzeptieren habe, was mir von Ihnen als dem Anwalt meiner Frau diktiert wird? Ich denke, da dürfte es wohl doch besser sein, mir selbst einen Anwalt zu nehmen und unser Gespräch bis dahin zu vertagen.»

Er steht auf, verlässt die Kanzlei und marschiert danach eine Weile ohne bestimmtes Ziel durch die Stadt. Urplötzlich werden Empfindungen in ihm wach, die er schon seit langer Zeit nicht mehr gehabt hat, ein Sehnen und Flattern in der Bauchgegend, ein Lustgefühl und Verlangen nach einem Frauenkörper, nach dessen Wärme und Intimität, nach Eva Roth.

Er kehrt ins Spital zurück. Bereits unterwegs hat er mit Eva Roth telefoniert, die sich erleichtert zeigte, ihn treffen zu können. Sie hätte etwas Wichtiges mitzuteilen, sagte sie. Sie werde in einer Stunde in ihrem SMART auf der Quartierstraße unterhalb des Feldes hinter der Klinik auf ihn warten.

Max Jäger benutzt die Zwischenzeit, Patientenbesuche zu machen. Bei seiner Rückkehr öffnet er die Tür zum Sekretariatsbüro, steckt seinen Kopf hinein und meldet Frau Sommer: «Teilen Sie der Verwaltung mit, um 2 Uhr findet die monatliche Inspektion aller Dienste und Installationen statt. Sie sollen sich bereithalten. Bis dann bin ich nicht zu erreichen.»

Beflügelt von verheißungsvollen Gefühlen, eilt Max Jäger den Feldweg hinunter, sieht den Kleinwagen, öffnet die Wagentür und nimmt neben Eva Roth Platz. Sie begrüßen sich mit einem Handschlag, dann fährt die junge Frau los.

Eva Roth und Jäger schreiten durch den dicht belaubten Dolderwald oberhalb Zürichs. Je energischer Frau Roth spricht und je intensiver ihr Jäger seine Aufmerksamkeit schenkt, desto langsamer werden ihre Schritte. Öfters bleibt das Paar stehen. Eva Roth gestikuliert, während Prof. Jäger kaum ein Wort sagt. Die Kürze seiner Äußerungen zeigt, dass die lebhaft vorgetragenen Aussagen seiner Gesprächspartnerin ihn nachdenklich stimmen. Nach einer Weile gehen sie, ohne das Gespräch fortzusetzen, raschen Schrittes den Weg zurück.

Sie gelangen zum Restaurant «Degenried» und gehen hinein. Jäger beobachtet seine Begleiterin. Irgendeine Reaktion würde sie gewiss zeigen, falls sie etwas über seine Begegnung mit Dr. Schorni kurz vor dessen Tod wüsste, mutmaßt er. Doch nichts weist darauf hin, dass sie mehr weiß, als sie zugibt.

Das bestellte Tagesmenu befördert Max Jäger in den Mund, ohne wahrzunehmen, was er isst. Seine ganze Aufmerksamkeit gilt der jungen Frau mit den großen, dunklen Augen, den langen Wimpern und den fein geschwungenen Augenbrauen, während ihn ihre überlegte, präzise Ausdrucksweise und ihre klaren Gedanken immer wieder aufs Neue überraschen. Er schaut auf ihre vollen Lippen, und die Zeit mit ihr im Gasthaus auf der waldigen Anhöhe geht für ihn viel zu schnell vorbei.

Als er eine Stunde zu spät ins Spital kommt, berichtet ihm Frau Sommer aufgeregt, dass Dr. Orad und Dr. Wiederkehr sich mit Nachdruck danach erkundigt hätten, wo er, Jäger, denn wäre und wann er kommen würde.

Jäger meint darauf lachend: «Werde ich nun kontrolliert?», und fügt an: «Dann wollen wir mal.» Er geht den Gang hinunter, um mit der Inspektion zu beginnen. Dabei wird ihm bewusst, dass sich sein Leben nun auf drei Ebenen abspielt: einerseits als Spitalarzt und Forscher, dann als ein unter Strafandrohung stehender Nachrichtendienstagent oder so etwas Ähnliches und schließlich als Privatmann, dem eine spannende Zukunft mit der faszinierenden Eva Roth bevorsteht. Nicht schlecht, beglückwünscht er sich in Gedanken und nähert sich dabei seinem Stellvertreter Wiederkehr und Zvi Orad, die ihn beinahe unterwürfig und freundlich begrüßen, so, als ob nichts geschehen wäre, obgleich sie über eine Stunde auf ihn gewartet haben.

Für Jäger ist die Inspektion eine reine Routine, die er jeden Monat auf seiner Agenda stehen hat und absolviert. Orads Anwesenheit im Spital hat bisher weder negative noch positive Auswirkungen gezeitigt. Allerdings hat Jäger schnell erkannt, dass Orad kein Ersatz für Dr. Panchaud ist, der sich auf dem besten Wege befindet, eines Tages sein Nachfolger zu werden. Dr. Wiederkehr ist wie Dr. Panchaud ebenfalls ein hervorragender Chirurg und Diagnostiker, aber menschlich ein Buch mit sieben Siegeln, ein Mann, der keine Wärme ausstrahlt und der nur aufgrund seiner fachlichen Kompetenz von der Spitaldirektion – Jäger hatte sich der Stimme enthalten – zum stellvertretenden Chefarzt ernannt worden war.

Doch auch die Wesensart seines in London wiedergefundenen Freundes Orad ist für Jäger nicht greifbar. Jäger hat ihn während einiger Operationen als seinen ersten Assistenten beobachtet und muss ihm hohe Professionalität zugestehen. Aber er scheint seiner Arbeit teilnahmslos gegenüberzustehen. Seine Bewegungen sind roboterhaft, und medizinische Neugier wird nur ganz selten bei ihm manifest. Nur allzu häufig ist er unauffindbar oder mit seinem Handy am Ohr zu sehen. Umso mehr nimmt Jäger nun mit Erstaunen zur Kenntnis, dass ausgerechnet Zvi Orad an der heutigen Routineinspektion teilnehmen wollte und ungeduldig wurde, als er, Jäger, nicht pünktlich eintraf. Dass Dr. Wiederkehr sich Orad anschloss, oder umgekehrt, lässt ihn dagegen nichts Gutes ahnen. Denn Borner hat ihm Wiederkehr als denjenigen Arzt genannt, an den er seine Aufgaben delegieren soll, sollte er diese wegen seiner Tätigkeit als Melius-Stiftungspräsident nicht mehr bewältigen können.

Für Jäger liegt deshalb die Vermutung nahe, dass die beiden nur darum eine Stunde auf ihn gewartet haben, um ihn kontrollieren zu können oder Teile des Spitals zu besichtigen, zu denen Orad bislang noch keinen Zugang hatte. Jäger geht die Inspektion deshalb behutsam an und verkündet, dass er infolge seiner Verspätung die Inspektion diesmal abkürzen müsse, weil er um 4 Uhr wieder im Büro sein wolle.

Das folgende Wochenende an der Côte d'Azur

Für Max Jäger war die freudige Zustimmung, mit der Eva Roth seine spontane Einladung im «Degenried» angenommen hatte, das Wochenende mit ihm zu verbringen, völlig überraschend. Der Wunsch, sie zu erobern, zu verführen und zu lieben, hatte während der Unterredung zunehmend seine Aufmerksamkeit geschmälert, bis er sich schließlich selber hatte sagen hören, wie gerne er mit ihr doch noch dieses Wochenende ein Flugzeug nach Nizza besteigen würde, um dort ein paar schöne Tage im Hôtel du Cap auf der Halbinsel Cap d'Antibes zu verbringen. Eva war der Name des Hotels kein Begriff, aber sie war sich sicher, dass der welterfahrene Professor schon wissen würde, wo es schön ist.

Als die nur knapp einstündige Spitalinspektion zu Ende ist, bittet Jäger Dr. Wiederkehr, an seiner Stelle die Patientenvisiten zu absolvieren und Dr. Orad als begleitenden Arzt gleich mitzunehmen, nachdem sie nun schon einmal beisammen wären.

Zurück in seinem Büro, sagt er seiner Sekretärin, dass er erst kommenden Montag wieder zu sprechen sei. Frau Sommer blickt erschrocken hoch: «Aber, Sie haben heute doch noch Sprechstunde!» Jäger winkt jedoch ab, meint, er müsse wegen einer dringlichen Sache sofort außer Haus, und lässt alle Termine auf nächste Woche verschieben.

Gleich danach verlässt er seine Arbeitsstätte, eilt zum Auto und fährt nach Hause. Dort packt er ein paar sommerliche Sachen in seinen Kleidersack und wählt eine elegante, helle Hose und einen Blazer für die Reise. Schon von Weitem sieht er Eva Roth in einem körperbetonten blaugrünen Sommerkleid in der Abflughalle stehen. Als er auf sie zugeht, bemerkt er, wie sie von den Männern in der Halle begutachtet wird. Zum Gruß will er sie auf beide Wangen küssen, doch sie zielt mit ihrem Mund direkt auf den seinen und küsst ihn innig. Dann lacht sie, greift nach seiner Hand, und beide gehen zum Schalter, wo ihre Tickets auf sie warten. Sie fliegen Business-Klasse. Im Flugzeug halten sie sich an den Händen und reden kaum. Als sie ankommen, geht in Nizza gerade der Tag zu Ende. Sie besteigen ein Taxi, das sie über die Autobahn nach Antibes und von dort aus zum Hotel auf dem Cap d'Antibes bringt, das auf dem höchsten Punkt der Halbinsel in einem großen Park liegt.

Der Empfangschef lässt sie sofort zum Lift und in ihre Junior Suite im vierten Stock mit einem wunderbaren Blick auf das Meer und die Lichter von Cannes begleiten. Doch kaum sind sie in der Suite alleine, passiert nichts, außer dass beide ihre Habseligkeiten auspacken und getrennt voneinander in Schubladen und Kleiderschränken verstauen. Beide fühlen sich auf einmal angesichts des riesigen großen Bettes gehemmt und warten ab, gerade weil sie auf dem besten Weg sind, sich zu vereinigen, um sich nie mehr fremd zu sein.

Max Jäger schlägt vor, das Abendessen im luxuriösen Hotelrestaurant einzunehmen. Das pompöse Essen, serviert von eilfertigen Kellnern und drei Sommeliers, angetrieben von den Chefs de Service, stellt für Eva und Max eine Art zeremonielles Vorspiel dar, angenehm, aber unnötig. Sie schauen sich in die Augen, reden ein wenig und halten sich über den Tisch hinweg immer wieder an den Händen. Am Ende dieser hormonellen Tortur erkundigt sich Max, ob Eva jetzt schon nach oben wolle, und ist erleichtert, als diese daraufhin nickt und mit einem Lachen fast flehend hinterherschickt: «Ja, jetzt, auf der Stelle, bitte.»

In ihrer Suite geht sie ins Badezimmer und zieht sich ein durchsichtiges, seidiges blaues Nachthemd an. Sie liebt es, wenn ein Mann sie auszieht. Eine sofortige Offenbarung ihrer Nacktheit wäre ihr zu billig, zu wenig. Max zieht sich derweil im Badezimmer eine kurze graue, baumwollenene Pyjamahose an, darüber ein seidenes T-Shirt. Dann kommt er zurück ins Schlafzimmer. Als er auf Eva zugeht, registriert diese seinen schlanken, sportlichen Körper, und dass Max bereits erregt ist. Und dann ist es um beide geschehen. Die ganze Nacht über bis weit in den Morgen hinein gibt es kein Halten mehr. Ihre aufgestaute Leidenschaft bricht sich Bahn, und sie bestehen nur noch aus Händen, Mündern, Lippen, Zungen, Körperöffnungen und -flüssigkeiten und nasser, glitschiger, elektrifizierender Haut. Ihre Körper verschaffen ihnen ein nie gekanntes Glücksgefühl, das, nachdem sich der Sturm gelegt hat, in einen wunderbaren Zustand des Friedens übergeht, der vollständige Ruhe und traumlosen Schlaf mit sich bringt. Doch unter der durch Liebkosungen gereizten Haut wartet die Lust darauf, bei erster Berührung erneut einen Brand auszulösen. Max hat es nie für möglich gehalten, dass er so viel Manneskraft besitzt, um Eva immer wieder auf den Höhepunkt zu treiben, so wie er es diese Nacht getan hat.

Den Rest des Tages verbringt das Liebespaar am Pool, wo jüngere Männer Eva mit ihren Blicken verzehren, was diese stoisch über sich ergehen lässt. Für sie gibt es seit gestern nur noch Max Jäger, der trotz des zwischen ihnen bestehenden Altersunterschiedes ihren Idealvorstellungen entspricht, den sie liebt und dem sie vertrauen will. Auch die folgende Nacht besteht nur aus Umarmungen, Berührungen, Küssen, Penetrationen und Liebkosungen. Keiner kann vom anderen lassen, keiner kann genug bekommen. Jeder Orgasmus verlangt nach dem nächsten. Sie klammern sich aneinander wie zwei Menschen im Sturm und bewegen sich im Rhythmus der Wellen, die sie zu verschlingen drohen.

Am späten Sonntagnachmittag besteigen die beiden, völlig übernächtigt, in Nizza das Flugzeug. In Zürich trennen sie sich, um zunächst in ihre jeweiligen vier Wände und danach in ihren Alltag zurückzukehren. Die Verabschiedung ist kurz. Doch noch nie zuvor war Max Jäger so glücklich, und er hofft innigst, dass es Eva ebenso geht wie ihm.

Bereits die Nachricht auf seinem Anrufbeantworter lässt Jäger wissen, dass es um den Burgfrieden zwischen ihm und dem NDB schlecht bestellt ist. Entgegen seinem eigenen Verbot, jemals telefonisch miteinander zu kommunizieren, hat ihm Eddy Borner am Freitag, um 18.23 Uhr, ärgerlich auf Band gesprochen, dass sie um 17 Uhr einen Termin gehabt hätten. Er sei aber unentschuldigt und ohne eine Nachricht zu hinterlassen, nicht da gewesen. Sein Verhalten sei schlichtweg inakzeptabel, unerhört und ungehörig, und könne nicht weiter geduldet werden. Er hätte mit Frau Sommer einen neuen Termin für den nächsten Mittwoch, um 10 Uhr, vereinbart.

Kriminalpolizei Zürich

Als Doris de Quervin bereits kurz nach 8 Uhr von der Telefonzentrale gebeten wird, einen Anruf anzunehmen, denkt sie überhaupt nicht, dass der Anruf in Zusammenhang mit dem Fall Schorni stehen könnte. Kollege Oertle hatte sich in der Zwischenzeit zwar einige Male bei der BKP erkundigt, wann sie die beschlagnahmten Akten abholen oder wenigstens Kopien von ihnen erhalten könnten, war aber jedes Mal vertröstet worden.

Nun hört sie die Stimme von Philipp Wicky am anderen Ende der Leitung, der bei der BKP für die Angelegenheit Schorni zuständig ist. Wicky teilt ihr ohne Umschweife mit, dass die Beschlagnahmung der Dokumente, Computer und anderen Geräte seit gestern aufgehoben sei. «Falls Sie immer noch Interesse an der Sache Schorni haben, können Sie das ganze Material bei uns abholen lassen.»

«Und wann können wir es abholen?» «Jederzeit», hört Doris den Bundesbeamten erwidern. «Gut, wie wäre es in einer Stunde? Ich käme dann selbst mit einem meiner Mitarbeiter vorbei, wenn Ihnen das recht ist?»

«Sie scheinen es ja eilig zu haben», hört sie Wicky sagen, worauf ihm Doris nur noch mitteilt, dass sie zusammen mit Konrad Oertle vorbeikommen wird. «Den kennen Sie ja schon, das ist der Kollege, mit dem Sie am Sonntag nach Schornis Tod die Spurensicherung im Haus des Opfers vorgenommen haben.»

Wicky lässt sich nicht provozieren und meint nur trocken: «Wenn ich ihn sehe, werde ich mich sicherlich an ihn erinnern. Dann also bis in einer Stunde. Wir erwarten Sie.»

Doris de Quervin und Konrad Oertle lassen sich im BKP-Gebäude durch die Sicherheitskontrollen schleusen und werden im 6. Stock in ein kleineres Konferenzzimmer mit einem

Tisch und sechs Stühlen geführt.

Auf dem Tisch befinden sich an die zwanzig Ordner, deren Rücken alle mit Nummern, Kennzeichen und Namen etikettiert sind. De Quervin überfliegt sie, glaubt die Namen einiger in- und ausländischer Journalisten zu lesen, lässt den Gedanken aber wieder fallen. Auf einem kleinen Karren, der wie ein Ministapler aussieht, stehen außerdem sechs Computer, vier Laptops und eine Box mit Discs und Handys. Weiter zwei Faxgeräte in einer Ecke, die beide zu groß sind, um sie ebenfalls noch mitzunehmen.

Wicky, der die beiden Kriminalbeamten am Lift begrüßt und ins Konferenzzimmer geführt hat, ergreift das Wort. «Sagen Sie mir, was Sie heute alles mitnehmen wollen. Wir benötigen natürlich Empfangsbestätigungen von Ihnen. Ich denke, ich lasse Sie einen Moment allein und gehe uns einen Kaffee holen.»

Gute zehn Minuten später erscheint Wicky wieder, an seiner Seite Habegger und hinter ihnen ein junger Beamter mit einem Tablett, auf dem Tassen, eine Kanne Kaffee, Milch und Zucker und Croissants stehen. Nachdem der junge Mann alles abgeladen, aufgetischt und den Raum wieder verlassen hat, bittet Habegger Wicky und die Kriminalkommissarin, die er zuvor begrüßt hat, Platz zu nehmen.

De Quervin ahnt, was nun auf sie zukommt, lässt die salbungsvolle Begrüßung, gewürzt mit ein, zwei flachen Witzen, über sich ergehen. Als Habegger sich zurückgezogen hat, teilt sie Wicky mit, dass sie noch heute Morgen einen Kastenwagen der Kantonspolizei mit drei Beamten vorbeischicken wird, die das gesamte Material abholen würden. Die Namen der drei Beamten würden ihm zuvor zugemailt werden, ebenso wie deren Autorisierung zur Quittierung der Empfangsbestätigungen. Dann herrscht Stille im Raum. Wicky und Oertle trinken ihren Kaffee und essen Croissants, während de Quervin darauf wartet, dass Wicky das Wort ergreift. Sie ist sich sicher, dass ihr Gespräch abgehört wird. Und tatsächlich fragt Wicky sie auch schon, ob es im Fall Schorni denn irgendwelche Neuigkeiten gebe.

De Quervin benutzt die Frage zum Gegenangriff: «Die Sache ist bei uns pendent, aber nicht mit hoher Priorität, da wir unsere Ermittlungen Ihretwegen bislang hintanstellen mussten. Aber nachdem wir nun im Besitze aller Akten sind, werden wir wohl zügig damit voranschreiten.»

Wicky reagiert darauf wie von ihr erwartet: «Das bedeutet, dass Sie noch nichts Konkretes in der Hand haben. Richtig?»

«Nein, nicht richtig», überrascht sie den Kollegen Oertle mit ihrer Antwort. «Uns liegen Aussagen und andere Hinweise vor, denen wir nachgegangen sind und die wir nun anhand der uns übergebenen Akten verifizieren und mit weiteren Aussagen und Ermittlungen ergänzen werden. Warum fragen Sie? Besteht auf Ihrer Seite ein Rechtsinteresse, über die von uns geführten Ermittlungen mehr zu erfahren?»

Wicky bleibt die Antwort darauf schuldig, worauf de Quervin nunmehr selbst die Initiative ergreift. «Darf ich Sie denn umgekehrt danach fragen, was Sie bisher gefunden haben?»

Sie ist einigermaßen erstaunt, dass Wicky darauf berichtet: «Sie wissen, dass Schorni der externe Berater der Bundesanwaltschaft und somit auch der BKP war. Er kannte – wie keiner von uns – alle wichtigen Vorgänge nachrichtendienstlicher Natur sowohl in ihrer Gesamtheit als auch im Detail. Im Unterschied zu Ihnen kümmert uns die Art und Weise, wie er zu Tode kam, nur am Rande. Wichtig ist für uns allein, welche sicherheitspolitischen Folgen sein Tod für unsere Dienste und somit für die Schweiz hat oder noch haben könnte.»

«Ja, das hat uns Herr Habegger schon vor zwei Monaten erklärt, aber haben Sie bei Ihren Untersuchungen auch etwas gefunden, das uns weiterhelfen würde?»

Wiederum umschifft Wicky die Frage geschickt: «Um Ihnen eine sachdienliche Antwort geben zu können, müssten Sie mir schon eine Idee davon geben, welche Fährte Sie verfolgen.» Jetzt ist es an de Quervin, eine Pause einzulegen.

«Frau de Quervin», fährt Wicky überraschend fort, «ich habe alle vor Ihnen liegenden Akten durchsucht und gelesen und gebe Ihnen nun meinen persönlichen Eindruck, nicht den des Amtes wieder. Und der ist, dass die Akten keinen einzigen Hinweis auf einen möglichen gewaltsamen Tod von Schorni ergeben haben. Diesbezüglich sind die vor Ihnen liegenden Akten so rein und sauber wie Quellwasser.»

«Gilt das Gleiche auch für Ihre Ermittlungen?», lautet de Quervins blitzschnelle Gegenfrage.

«Das ist eine andere Geschichte, und ich kann Ihnen darauf auch nur beschränkt Antwort geben. Und die lautet, dass für uns die Sache noch nicht ausgestanden und zu Ende ist.»

De Quervin lässt nicht locker: «Herr Wicky, ich bitte Sie! Wir sind beide Polizeibeamte, keine Diplomaten, weshalb zwischen uns auch Klartext angesagt sein sollte. Lassen Sie mich deshalb auch gleich damit beginnen. Bislang haben Sie mir nichts anderes gesagt, als dass Schorni sozusagen in Ihren Stall gehört. Er war, sagen wir mal, einer Ihrer Zuchtstiere. Nach dessen Tod ist es deshalb auch des Stallmeisters Pflicht, den Stall zu säubern und zu desinfizieren. So weit d'accord. Dies geschieht aber stets mit aller Diskretion, was bei Schorni definitiv nicht der Fall war. Da waren Sie hinter dem Rücken der Kantonspolizei omnipräsent und die Spuren Ihrer Arbeit überall deutlich sichtbar, so im Hause Schorni, in dessen Kanzlei wie auch im gerichtsmedizinischen Institut. Sie müssen also gute Gründe gehabt haben, um derart auffällig aufzutreten.»

«Beispielsweise?», unterbricht sie Wicky.

«Da wäre einmal die Möglichkeit, dass Ihr Amt nicht an den Suizid seines Rechtsberaters glaubt oder sogar weiß, dass er keinen Selbstmord begangen hat, und einen konkreten Verdacht hat, wer sein Mörder sein könnte.» Sie legt eine Kunstpause ein, als sie bemerkt, dass es Wicky sichtlich unbehaglich wird.

«Wie kommen Sie denn darauf, Frau de Quervin? Das hört sich doch alles ziemlich abenteuerlich an, finden Sie nicht?»

De Quervins Antwort folgt auf dem Fuß: «Nein, das finde ich nicht, Herr Wicky, weshalb ich Sie nun auch direkt danach frage, ob Sie etwa posthum gegen Schorni ermitteln?»

«Warum sollten wir das denn tun?», stellt sich Wicky naiv.

«Ich bitte Sie, Herr Wicky, das liegt doch auf der Hand. Weil er im Verdacht steht, Verbrechen gegen den Staat, beispielsweise Landesverrat, begangen zu haben. Das müsste ich dann allerdings unbedingt und sofort wissen, denn sein Tod könnte damit unmittelbar in Zusammenhang stehen.»

Wicky hat ihr mit mittlerweile hochrotem Kopf zugehört. Seine Antwort kommt langsam: «Sicher stellt der von Ihnen angesprochene Kontext einen nicht unwesentlichen Teil unserer Ermittlungen dar. Damit will ich aber weder bestätigen noch abstreiten, dass wir in dieser Richtung ermitteln und etwas Konkretes gefunden haben, noch weiter ermitteln werden.»

De Quervin lässt die Antwort nicht gelten. Sie nimmt das Wortgefecht, eingedenk der versteckten Zuhörer, erneut auf: «Sie haben bislang auf meine Bitte, uns zu helfen, nicht geantwortet. Deshalb wiederhole ich sie hiermit noch einmal. Auf welche Weise können Sie uns helfen?»

Wicky denkt länger nach. Dann sagt er: «Vielleicht kann ich Ihnen ja tatsächlich einen Hinweis geben. Als die Zürcher Staatsanwaltschaft den Antrag auf Einstellung der Ermittlungen abgelehnt hat, berief sie sich dabei auf eine längere Einvernahme der Sekretärin des Toten, einer Frau Eva Roth. Diese Frau Roth ist mittlerweile mit Dr. Max Jäger liiert, dem

Chefarzt des ALLMEND SPITALS. Er war der beste Freund des Toten. An Ihrer Stelle würde ich der Aussage dieser Frau nicht allzu viel Gewicht verleihen.»

De Quervin erinnert sich. Ihr Blick fällt auf einen der Ordner, der vor ihr auf dem Tisch steht und mit «Prof. Dr. Max Jäger» beschriftet ist. Als sie wieder zu Wicky schaut, sieht er sie gönnerhaft an. Tatsächlich verspürt er tiefe Genugtuung darüber, de Quervin im Nebel ihrer Ermittlungen eine weitere Fußangel gelegt zu haben.

Einige Tage Später in Zürich

Max Jäger ist zwar auf einiges gefasst, nachdem ihm Borner für Mittwoch seinen Besuch angekündigt hat, doch mit der ihm amtlich zugestellten Verfügung der Bundesanwaltschaft, sein Guthaben auf den Konten zweier Schweizer Großbanken mit sofortiger Wirkung zu sperren, hat er nie und nimmer gerechnet. Lediglich sein Lohnkonto, über das er all seine Ausgaben bestreitet, bleibt «bis auf Weiteres» davon unberührt. Der Schreck schießt ihm in die Glieder. «Die Kerle von der BKP haben mein Vermögen sperren lassen.» Er ist wütend, vor allem gegen «diesen bärtigen, schleimigen Borner», aber auch auf sich selbst. Ich hätte die Auflagen für meine Freilassung nicht derart krass ignorieren sollen, denkt er sich, rechtfertigt sein Verhalten aber gleichzeitig damit, dass sein Widerstand gegen das ihm um den Hals gelegte Gängelband doch nichts anderes als harmlose Streiche waren. Ihm kommt das surrealistische Bild des Mannes mit dem unsichtbaren Hund in den Sinn, das bei ihm genau ins Gegenteil verkehrt war: Er, der sichtbare Hund an der Leine eines unsichtbaren Meisters.

Wenig später trifft Eddy Borner in dem Konsultationsraum des Spitals ein. Die Stimmung zwischen ihnen ist feindlich und angespannt. Prof. Jäger geht auf Distanz, vermeidet den unangenehmen Händedruck und liest, hinter seinem Schreibtisch verschanzt, in der Akte Borner.

«Haben Sie die Therapie in den letzten vier Wochen gut vertragen?», erkundigt er sich. Borner, der mit einem solchen Gesprächsauftakt nicht gerechnet hat, bemerkt darauf schnippisch: «Ich war wöchentlich hier im Spital bei Dr. Wiederkehr. Alles verläuft programmgemäß, außer was Ihre Person betrifft.»

«Die Hauptsache ist, dass Sie mit Herrn Dr. Wiederkehr

zufrieden waren. Warum Sie allerdings glauben, krebskrank zu sein, kann ich fachlich in keiner Weise nachvollziehen, weshalb wir dieses Possenspiel auch beenden sollten. Sie vergeuden meine Zeit und die meiner Mitarbeiter.»

Auch darauf war Borner nicht vorbereitet. Er hat nach der Einfrierung von Jägers Konten erwartet, einen geknickten oder zumindest einsichtigen Jäger vorzufinden, der seine Lektion gelernt hat. Dessen unglaublich überhebliche Reaktion macht ihn für eine Weile sprach- und hilflos. Er versucht, sich zu fassen und zu überlegen, was er entsprechend seiner amtlichen Macht nun am besten erwidern oder anordnen soll.

Doch Jäger lässt ihm dazu keine Zeit: «Für mich, Herr Borner, bedeutet die Beschlagnahmung meines Vermögens, dass die Strafuntersuchung gegen mich weiterläuft und nicht suspendiert ist. Damit haben Sie unsere Vereinbarung gebrochen. Ich sehe mich daher in keiner Weise mehr Ihrem Dienst gegenüber verpflichtet. Ich werde von nun an jede Mitarbeit verweigern und Sie nicht mehr weiter empfangen. Ich muss Sie nun bitten, den Konsultationsraum zu verlassen.» Jäger steht auf, geht in sein Büro und lässt Borner verdutzt und sprachlos sitzen.

Teil III

In London am Sitze der Melius Foundation

Die mit antiken Möbeln eingerichteten Büroräumlichkeiten der Melius Foundation verbergen sich in einem dreigeschossigen, vornehmen Haus auf einem kleinen Square, das sich auf der abgekehrten Seite eines kleinen Parks befindet, zu dem nur dessen Anwohner Zutritt haben. Im Inneren des Gebäudes, in einem großen Sitzungssaal, an einem ovalen Tisch aus dem 18. Jahrhundert, unterhalten sich dieselben acht Herren, die sich auch schon am Tage vor der MF-Tagung in London zusammengefunden haben. Vor ihnen liegen Schreibblöcke und Akten. Kalte Getränke und Snacks zur Selbstbedienung sind fein säuberlich auf die konisch zulaufenden Tischenden gestellt worden.

«Ich begrüße Sie zu unserem zweiten Treffen», eröffnet Dr. Kramer die Zusammenkunft und führt dann aus, dass «Operation Sunrise» das schwierigste und komplexeste Unterfangen sei, das die MAT bislang auszuführen beschlossen hat. Der Gesundheitszustand des Zielobjekts habe sich zusehends verschlechtert, und der Zeitpunkt, dass «Target 13» eine medizinische Betreuung beanspruchen müsse, die ihm in seinem von den israelischen Truppen abgeriegelten Quartier nicht zur Verfügung stehe, sei gekommen. Seine Hospitalisierung wäre damit nur noch eine Frage der Zeit. Der Schwerpunkt der bisherigen Maßnahmen hätte zum Ziele gehabt, das Terrain vorzubereiten, um die Überführung des Kranken in die Schweiz sicherzustellen.

«Target 13» sei jedoch ein extrem misstrauischer Mann, der sich, registriere er auch nur eine für ihn ungewohnte Schwingung, sofort in sein Hauptquartier zurückziehe wie in ein Schneckenhaus.

Doch Dr. Zvi Orad trage dieser Situation voll Rechnung, indem er den Shin Beth, den Inlandsnachrichtendienst Israels, dafür einsetze, dass «Target 13», seine Familie und seine Entourage im Sinne von «Operation Sunrise» die richtigen Entscheidungen träfen. Nach dieser Einführung erteilt Dr. Kramer dem israelischen Arzt und Agenten das Wort. Dieser erklärt vorab, dass der Shin Beth auch für die in Israel gefangenen Anführer der Befreiungsbewegung verantwortlich sei. Der Shin Beth erlaube dieser Führungsgarde nicht nur die zensierte Kommunikation untereinander, sondern auch die mit dem Hauptquartier in Ramallah. Auf diese Weise könnte der Shin Beth über die Gefangenen Informationen nach Ramallah absetzen, die teils im Sinne eines indirekten Dialogs wären, teils zur Desinformation dienten. Zwei inhaftierte Führer der palästinensischen Befreiungsbewegung hätten außerdem «umgepolt» werden können und würden nun für die israelischen Geheimdienste arbeiten.

Als Folge davon, dass «Target 13» bislang keine der Spitzenmedizin entsprechende Behandlung erhalten habe, könne man so gut wie sicher folgern, dass sich die Metastasen bei ihm inzwischen weiter verbreitet hätten.

Dr. Orad hält kurz inne und meint dann: «Ich habe deshalb den Shin Beth ersucht, den beiden inhaftierten Führungsleuten, denen ‹Target 13› noch immer uneingeschränkt vertraut, einen vertraulichen Bericht eines ihn vor Ort behandelnden Arztes über den äußerst bedenklichen medizinischen Zustand des von ihnen hoch geschätzten Führers zuzustellen. Darin wird ausgeführt, warum der schwer erkrankte Präsident im Ausland behandelt werden muss, soll sich sein Gesundheitszustand nicht weiter verschlechtern, was unweigerlich zu seinem Tod führen würde. Die über diesen Bericht sichtbar erschütterten Männer haben sofort ihre Führung kontaktiert und vorgetragen, sie hätten aus Ramallah sachkundige Informationen erhalten, dass es für ‹Target 13› lebenswichtig sei, ins Ausland zu reisen, um sich dort behandeln zu lassen. Die

Führung und ‹Target 13› selbst haben diesen Vorschlag zuerst mit Argwohn aufgenommen. Gleichzeitig war die Nachricht jedoch so alarmierend, dass insbesondere die Familie von ‹Target 13› mit Einverständnis der israelischen Regierung einen angesehenen ägyptischen Arzt hinzugezogen hat, der nach gründlichen Untersuchungen das Ergebnis des vorliegenden Berichts bestätigte.

Auf diesen zweiten Befund hin haben nun die Familie und die Führung der Befreiungsbewegung über inoffizielle Kanäle, die sie mit den israelischen Behörden unterhalten, den Antrag auf Ausreise ihres Anführers gestellt. Die israelische Regierung hat daraufhin unverzüglich mitgeteilt, dass sie der Ausreise nur dann zustimmen könne, wenn die Behandlung in der neutralen Schweiz erfolgen würde. Wie das Amen in der Kirche kam darauf der bereits antizipierte Gegenvorschlag, ‹Target 13› in Kairo oder allenfalls in Riad behandeln zu lassen. Wir haben ihn kehrtwendend abgelehnt. Worauf die Befreiungsbewegung ihren Vertreter in Berlin damit beauftragt hat, diskret Sondierungsgespräche durchzuführen, welcher Arzt und welches Spital in der Schweiz dafür am besten infrage kämen. Um vor Ort keinen Staub aufzuwirbeln, wurden die Informationen über einen bei der UNO in Genf akkreditierten arabischen Diplomaten eingezogen. Die in Genf und Lausanne angesprochenen Chefärzte sind Mitglieder der in Bern neu gegründeten Melius-Stiftung Schweiz und nannten beide den Präsidenten der Stiftung, Prof. Dr. Max Jäger, der als die in ihrem Lande unbestritten höchste medizinische Kapazität gilt, die solch eine Behandlung durchführen kann.

Damit schließt sich der Kreis. Die erste Phase von ‹Operation Sunrise› ist abgeschlossen, unser Ziel erreicht. Die Familie von ‹Target 13›, er selbst und seine Entourage haben zugestimmt, eine medizinische Betreuung durch Prof. Jäger im ALLMEND SPITAL vornehmen zu lassen. Nun gilt es, mit der zweiten Phase von ‹Operation Sunrise› zu beginnen und das Projekt zu Ende zu führen.»

Prof. Huber de Montfort meldet sich zu Wort und erkundigt sich nach dem genauen Inhalt des pathologischen Befunds von «Target 13». Dr. Zvi Orad erhebt sich daraufhin erneut und fasst das Krankheitsbild des Präsidenten der Befreiungsbewegung in aller Kürze zusammen: «Wie allgemein bekannt ist, leidet ‹Target 13› an der parkinsonschen Krankheit. Zudem wurde bei ihm ein Aortenaneurysma festgestellt, also eine Gefäßwandausbuchtung, die jederzeit einreißen und über Verblutung zum Tod führen kann. Seit September letzten Jahres sind bei ihm überdies starke Rückenschmerzen aufgetreten, die auf eine Degeneration der Wirbelsäulengelenke zurückgeführt wird. Zuletzt wurde bei ‹Target 13› auch noch Prostatakrebs diagnostiziert. Er wird rund um die Uhr ambulant und in seinem Quartier zeitweise auch stationär behandelt. Sein Zustand verschlechtert sich dennoch zusehends und weit schneller, als aufgrund der genannten Krankheiten zu erwarten wäre.»

Nachdem sich Dr. Orad wieder gesetzt hat, lässt Dr. Kramer keine weiteren Fragen mehr zu, sondern stellt mit klarer Stimme fest: «Meine Herren, die Berichte zeigen, dass die operative Phase des Projektes ohne Verzug einzuleiten ist. Was die terminale Behandlung von ‹Target 13› im ALLMEND SPITAL betrifft, sieht unser Plan vor, ähnlich zu verfahren wie mit dem afrikanischen Diktator und Massenmörder ‹Target 17›, als dieser nach Paris überführt wurde, wo ihn unter Prof. Hubert de Montfort das Schicksal ereilte. Dabei werden die Professoren de Montfort und Clavet Prof. Jäger bei der Abwicklung von ‹Operation Sunrise› beraterisch begleiten. Dr. Zvi Orad wurde bereits in das ALLMEND SPITAL eingeschleust, Dr. Hugo Wiederkehr ist dort schon seit Längerem für die MAT tätig. Beide werden ‹Operation Sunrise› vor

Ort vorbereiten und überwachen.»

Nach einer zweistündigen Pause wird die Sitzung fortgesetzt. Es ist nun an Dr. Hans Bühlmann, über den vorläufigen Aktionsplan seines Dienstes zu berichten.

«Bevor ich auf den operativen Teil der Aktion zu sprechen komme, habe ich seitens des Verteidigungsministeriums meines Landes die Frage der Kompensation zu erörtern. Wenn ich mich nicht irre, wird der Schweizer Regierung für die erfolgreiche Abwicklung von ‹Operation Sunrise› ein Betrag von 100 Millionen USD und der MF ein Betrag von 50 Millionen USD gezahlt werden.

Wie ich Ihnen bereits mitgeteilt habe, ist meine Regierung mit dieser Zahlung grundsätzlich einverstanden, solange sie nicht direkt an die Schweiz überwiesen wird. Die genannte Summe soll stattdessen von der israelischen und/oder der amerikanischen Regierung über eine Stiftung der Entwicklungshilfe in Afrika zufließen. Außerdem muss die Zahlung eindeutig als eine Kompensationszahlung deklariert werden.

Das ist das eine. Zweitens wünscht der Justizminister – vorläufig noch ohne Rücksprache mit seinen RegierungskollegInnen –, dass die bestehenden zollrechtlichen Schranken, insbesondere die in der verarbeitenden Chemie und im Agrarsektor, spätestens sechs Monate nach dem erfolgreichem Abschluss von ‹Operation Sunrise› von der amerikanischen Regierung aufgehoben werden.»

Im Sitzungsraum herrscht eine beklemmende Stille, bis diese von Dr. Homer Kramer durchbrochen wird: «Herr Dr. Bühlmann, ich werde die Wünsche Ihrer Regierung – oder sind es Forderungen? – unmittelbar nach unserer Sitzung nach Washington weiterleiten. Ich möchte aber zur Tagesordnung zurückkehren, nachdem wir im Dining Room einen weiteren Imbiss zu uns genommen haben. Mit etwas Glück und mit Ihrer Unterstützung werden wir um 18 Uhr die Zusammenkunft beenden, sodass Sie morgen früh wie gewohnt Ihrer Arbeit nachgehen können.»

Dr. Bühlmann nickt und begibt sich dann wie alle anderen in den nahe gelegenen Dining Room. Er ist mit dem bisherigen Verlauf der Sitzung mehr als zufrieden und lässt sich zur Feier des Tages ein Glas ausgezeichneten Bordeaux-Weins servieren.

Zürich in der darauffolgenden Woche

Eva Roth hat schon mehrfach bei Max Jäger angerufen und ihm die Nachricht hinterlassen, sich so schnell wie möglich bei ihr zu melden und sich mit ihr zu treffen. Doch Jäger, der bis in den frühen Morgen hinein im OP war und danach einige Stunden im Spital geschlafen hat, kann sie deshalb erst vor Beginn seines neuen Arbeitstages zurückrufen. Sein heutiger Arbeitsplan erlaubt ihm außerdem nur, sie zu einem späten Abendessen einzuladen.

In dem sich allmählich leerenden Restaurant beginnt Eva sofort zu erzählen, was sie schon am Vorabend wie auch heute den ganzen Tag über geärgert und bedrückt hat. Ein Inspektor Erich Mettler von der Kantonspolizei Zürich sei gestern bei ihr zu Hause «aufgekreuzt» und habe Einlass verlangt. Er meinte, er wolle nur mit ihr reden und sich kurz in ihrer Wohnung umsehen. Sie hätte sich erkundigt, ob er einen Hausdurchsuchungsbefehl vorweisen könne, was er verneint, aber mit der üblichen Floskel begleitet habe, sich einen solchen sofort beschaffen zu können.

«Das klingt ja beunruhigend. Was wollte dieser Inspektor denn von dir?», wirft Jäger ein.

Eva überlegt sich, wie sie am besten beginnen soll, und berichtet ihm dann, dass ihr Mettler zunächst mitgeteilt habe, dass die Kriminalpolizei hinsichtlich ihrer «Theorie» über Dritteinwirkungen die beim Tod ihres Chefs mit im Spiel gewesen wären, noch immer keinen Schritt weitergekommen wäre.

«Und auf einmal fing er an, mich zu fragen, ob ich es nicht für möglich halte, dass Dr. Schorni nicht Opfer, sondern Täter war. Wer seine Klienten gewesen seien, ob er oft aus dem Büro gegangen wäre, ohne mir zu sagen, wohin er ginge. Wie er seine Akten zu ordnen pflegte und wo sich diese befanden oder immer noch befinden. Womit er unterstellt hat, mein Chef hätte sie außerhalb des Büros aufbewahrt. Weiter ging es mit der Frage, ob Schorni seine Schriftsachen immer diktiert oder teilweise auch selber geschrieben hat. Ob er Telefonate hinter geschlossenen Türen angenommen und geführt hat? Und selbst auch E-Mails geschrieben und empfangen hat? Wen er zuletzt im Büro getroffen und ob er viele Besprechungen außerhalb des Büros gehabt hätte? Und Geschäftsreisen ins Ausland unternommen habe, beispielsweise nach Marbella in Spanien? Das Ganze hat sich über zwei Stunden hingezogen. Ich habe es kaum noch ausgehalten, aber dennoch versucht, ihm auf all seine Fragen zu antworten. Und dann hat mich dieser Mettler auf einmal gefragt, ob ich dich kenne. Ich sagte wahrheitsgetreu Ja, und dass du ein guter Freund von Dr. Schorni gewesen seist.»

«Das war ich in der Tat», bestätigt Jäger.

«Danach wollte dieser Mettler wissen, ob du ein Klient von Schorni warst. Ich bejahte auch dies. Darauf fragte er mich, wie gut ich dich kenne. Worauf ich ihm geantwortet habe, dass ich nicht die Absicht hätte, über mein Privatleben mit ihm zu sprechen. Doch mir war klar, dass er nur von mir hatte hören wollen, was er schon wusste.»

Jäger fasst nach Evas Hand, die nahe der seinen auf dem Tisch liegt. Er streichelt sie und meint mitfühlend, dass dieses Verhör eine wahre Tortur für sie gewesen sein muss. Eva zieht ihre Hand zurück. «Das ist noch nicht alles, Max. Denn Mettler hat mir deutlich zu verstehen gegeben, dass er sich durchaus in mein, in unser Privatleben einzumischen gedenkt. Er hat außerdem mit einem affigen Lächeln gemeint, dass doch nichts falsch daran wäre, einen so wichtigen Mann wie dich zum Freund zu haben. Er könnte dir in diesem Fall nur zu deiner guten Wahl gratulieren. Würde er wie du getrennt von seiner Frau leben, könnte er auch an mir Gefallen finden.»

Jäger kommentiert unbedacht: «Was mich angeht, hat er da gar nicht so unrecht.» Eva Roth, der immer noch die Empörung über das unverschämte Verhalten des Zürcher Polizeibeamten ins Gesicht geschrieben steht, ärgert sich über die lapidare Macho-Bemerkung ihres Geliebten. Sie senkt den Blick und isst lustlos ihren Fisch, ohne weiterzureden. Jäger bemerkt, dass er einen Fauxpas begangen hat, sagt aber nichts und wendet sich wie sie seinem Essen zu. Der geschilderten Situation mit einem gewissen Zynismus zu begegnen, stellt für sie eine Missachtung ihrer Person und für ihn als Einzelkämpfer eine Abwehrmaßnahme dar, doch das kann Eva nicht wissen, und auch wenn seine Freundin auf einer ganz anderen Ebene als er in das Geschehen verstrickt ist, leidet sie darunter. Darum entschuldigt er sich zunächst für seine «dumme Bemerkung» und versucht dann, ihr ihre Ängste zu nehmen, indem er sie wissen lässt, dass sie mit ihren kafkaesken Erfahrungen des Vortages nicht alleine ist.

«Ich war mit den vielen Operationen diese Woche so beschäftigt, dass ich noch gar nicht dazu gekommen bin, dir von meiner Einvernahme in der letzten Woche zu berichten, die übrigens von demselben Inspektor Mettler vorgenommen worden ist», beginnt Max mit seiner Geschichte. «Ich habe das nicht für weiter wichtig gehalten, was aber, wie ich jetzt weiß, nachdem du ebenfalls von ihm befragt worden bist, ein Fehler von mir war.» Er bemerkt, dass Eva ihn anstarrt, und meint deshalb: «Ich will, dass du einigermaßen darüber im Bilde bist, was bei mir passiert ist und was ich von den Ermittlungen in Sachen meines Freundes Schorni halte. Bislang dachte ich ja, nachdem die Kantonspolizei zwei Monate nach seinem Tod immer noch nicht bei mir vorstellig geworden war, dass es gar keine Ermittlungen geben würde. Dass diese aber erst jetzt richtig ins Rollen kommen, macht die Sache für mich ungemütlich, weil – das musst du aber absolut geheim halten – ich der Letzte war, der mit Toni gesprochen und ihn lebend gesehen hat, außer seinem Mörder, versteht sich. Ich hatte mich mit ihm in derselben Nacht, in der er umgebracht wurde, noch zum Abendessen getroffen. Es ging um meine Frau und unsere Scheidung. Toni hat mir dafür die Namen von zwei guten Scheidungsanwälten genannt. Doch kommen wir auf mein Verhör zurück: Für mich ist entscheidend, dass die Kripo nichts über das gemeinsame Nachtessen am Abend vor seinem Tode zu wissen scheint. Und das soll auch so bleiben, wenn ich nicht als möglicher Täter infrage kommen will. Was nun diesen Inspektor Mettler angeht, kann ich dir bloß bestätigen, dass die Befragung durch ihn auch für mich ungemütlich war. Seine Methode scheint darin zu bestehen, die Befragten völlig aus dem Konzept zu bringen. Drei Stunden hat er mich über alles Mögliche ausgefragt, wollte wissen, was ich so tue und getan habe, wie es mit Reisen und meinem Familienleben aussieht, und so weiter und so fort. Wobei er mir aber immer das Gefühl gegeben hat, mit meinen Antworten nicht zufrieden zu sein. Seine ganze Physiognomie wirkte auf mich, als ob ich ihm mit meinen Antworten Scheiße zum Fressen gegeben hätte, womit er gar nicht so unrecht hatte.»

Eva Roth lacht und wird wieder gesprächig: «Max, verstehst du denn nicht, du wirst offenbar verdächtigt, etwas mit dem Tod deines Freundes zu tun zu haben, selbst wenn die Polizei noch gar nichts von deinem Nachtessen mit Toni weiß. Und ich bin daran schuld, weil ich entgegen dem Rat meines Vaters zur Kriminalpolizei gegangen bin. Ich hoffte, die würde den oder die Mörder von Toni finden. Und jetzt drehen die den Spieß um und befragen dich als einen Verdächtigen. Es tut mir unendlich leid. Ich hoffe, du kannst mir verzeihen.»

«Alles halb so schlimm», beschwichtigt Max sie, «es wird sich bestimmt alles klären. Mach dir keine Sorgen. Das stehen wir schon durch.» Darauf verabschieden sie sich mit einem

Kuss voneinander und fahren dann, jeder mit seinem Auto, nach Hause.

Der nächste Tag war für Max Jäger mit zwei Operationen am Morgen, einer Sitzung mit den Spitalärzten über den Mittag hinweg und mehreren Konsultationen und Patientenbesuchen am Nachmittag sehr anstrengend. Als er spätabends endlich vor seiner Haustür steht und gerade dabei ist, den Schlüssel im Türschloss zu drehen, stehen drei Männer hinter ihm, die er im Dunkel der Nacht zuvor weder kommen gesehen noch gehört hatte. Er hört Borners verhaltene Stimme: «Wir sind gekommen, um uns mit Ihnen zu unterhalten», meint er in vertraulichem Tonfall, der sich für Jäger dennoch heimtückisch anhört. Er dreht sich um und sieht nun auch Habegger und Mazetta, die ihm mit ernsten Mienen die Hand reichen. Kaum drinnen, übernimmt Habegger die Gesprächsführung: «Herr Jäger, Sie scheinen den Ernst Ihrer Lage noch immer nicht erkannt zu haben. Herr Borner berichtete mir, Sie würden die durchaus berechtigte, bundesanwaltschaftlich angeordnete Sperrung Ihres Vermögens als Vertragsbruch unsererseits betrachten und deshalb jede weitere Mitarbeit verweigern. Wir sind gekommen, um diesen Irrtum wie auch einiges andere mehr ein für alle Mal aus dem Weg zu räumen!»

Max Jäger hört ihm ungeduldig zu, ohne irgendetwas darauf zu erwidern. «Nun, Herr Jäger», fährt Habegger fort und lässt dabei absichtlich Jägers Titel weg, «nicht die Suspendierung des Strafverfahrens war die Voraussetzung für Ihre Mitarbeit, sondern Ihre Freilassung aus der Untersuchungshaft. Sollten Sie dies vergessen oder missverstanden haben, sei dies hiermit endgültig klargestellt. Frei oder nicht frei, lautet folglich die Frage, Herr Professor. Haben Sie das verstanden? Wollen Sie frei sein, können Sie sich Ihren bevorstehenden Aufgaben daher nicht entziehen. Deshalb verbleibt unser Kollege Giorgio Mazetta, dem Sie in London einen üblen Streich gespielt haben, wie schon zuvor angeordnet, auch mit dem Ihnen bekannten Auftrag bei Ihnen im Haus. Falls Ihnen das nicht passt und/oder Sie erneut mit irgendwelchen Eskapaden aufwarten, die wir als Verweigerungsaktionen betrachten, steht Ihnen unweigerlich die Abführung ins nächste Untersuchungsgefängnis bevor. Und noch einen weiteren Irrtum gilt es zu beseitigen. Herr Borner ist und bleibt Ihr Vorgesetzter und Patient. Auch dies ist ein Teil unserer Abmachung, an der etwas zu ändern Ihnen nicht zusteht. Ich hoffe, Sie haben das nun endgültig verstanden.

Und nun darf ich Sie bitten, Herrn Mazetta mit den Räumlichkeiten seiner zukünftigen Wirkungsstätte bekannt zu machen und auf weitere Instruktionen zu warten.»

Neben Jäger steht der grimmige Mazetta, der nun in gut verständlichem Deutsch ankündigt, er gehe seinen Koffer holen. Sein Auto habe er in der Strasse parkiert.

Habeggers Botschaft wie auch Mazettas Ankündigung sind eindeutig und lassen Jäger keinen Spielraum für irgendwelche anderweitigen Deutungen. Deshalb meint er nun auch nur: «Ist das alles? Sind Sie jetzt fertig?»

Habegger, überrascht von Jägers Coolness, nickt und begibt sich mit Borner zur Tür. Auf dem Weg zur Straße begegnen sie Mazetta, dem sie nochmals einschärfen, sich sofort zu melden, sobald sich etwas Außerplanmäßiges ereignet.

Es war seither beinahe kein Tag vergangen, an dem Mazetta nicht die ihm von Jäger im Flughafen London-City zugefügten beruflichen Wunden leckte und er den hochnäsigen Zürcher verfluchte. Einzig mildernd für ihn war, dass er davon ausging, nicht mehr in das Haus des Professors zurückkehren zu müssen, um dort entwürdigende Arbeit zu leisten.

Als seine beiden Vorgesetzten ihm aber den Befehl gaben, als Chauffeur und Hausmann Jäger erneut rund um die

Uhr überwachen zu müssen, hätte er beinahe den Bettel hingeschmissen.

Schon seit einiger Zeit hatte er seinen Wechsel zur Bundeskriminalpolizei zu hinterfragen begonnen, und seit heute weiß er, dass er diesen Schritt bereut.

In Bern

Die Regierung der Schweiz besteht aus sieben Ministern und Ministerinnen und den ihnen jeweils unterstellten Verwaltungen, von denen drei, das Justiz-, das Außen- und das Verteidigungsministerium, ihre Delegationen zur Konferenz im Verwaltungsgebäude neben dem Parlament entsandt haben. Das Parlament ist ein im 19. Jahrhundert erbautes, mächtiges Gebäude, dessen Fassaden aus gewaltigen Sandsteinblöcken errichtet wurden, die Solidität verkörpern und dem Vorbeigehenden Ehrfurcht und Respekt einflößen sollen. Im Korridor an der hölzernen schweren Tür vor dem Sitzungssaal hängt ein Schild, das besagt, dass Unbefugte weder eintreten noch stören dürfen. Neben dem Schild steht außerdem ein sogenannter Bundesweibel in schmucker Uniform, der sicherzustellen hat, dass diese Anordnung auch Beachtung findet. Trotz der holzvertäfelten Wände und Diele wird das längliche Sitzungszimmer an diesem Sommertag von hellem Licht durchflutet, das durch die großen Fenster dringt. Die Aussicht auf die Berner Alpen ist majestätisch. Doch dafür haben die Teilnehmer keinen Sinn, denn die Sitzung hat bereits begonnen. Den Vorsitz hat der Staatssekretär des Außenministeriums, Dr. Sebastian Benz, unterstützt von der Botschafterin Claire Pfeiffer und drei weiteren Mitarbeitern, inne. Die Delegation des Verteidigungsministeriums wird von Staatssekretär Traugott Stamm, Oberst a. D. und mitunter organisatorisch zuständig für den NDB, angeführt. Neben ihm sitzt Dr. Hans Bühlmann. Das Justizministerium wird vom Departementssekretär, Dr. Kurt von Arx, zusammen mit der Chefjuristin Frau Dr. Nadine Sägesser und dem Abteilungsdirektor Roger Fleury vertreten, der administrativ und disziplinarisch für die Bundesanwaltschaft und die BKP zuständig ist.

Dr. Benz spricht zu den handverlesenen Beamten und Beamtinnen: «Meine Damen und Herren. Wie Sie wissen, ist diese Sitzung und deren Inhalt streng geheim. Ich bitte Sie daher, keine Notizen zu machen.

Derzeitiger Stand der Dinge ist, dass die Führung der palästinensischen Befreiungsbewegung und die Ehefrau des kranken Präsidenten die israelische Regierung nunmehr gebeten haben, diesem die Ausreise aus den besetzten Gebieten zu gestatten, damit er im Zürcher ALLMEND SPITAL von Prof. Max Jäger und seinem Team behandelt werden kann. Die Außenministerin steht diesem Ersuchen positiv gegenüber, und wir betrachten dies als einen Vertrauensbeweis für die Schweiz. Auf diese Anfrage hin hat Israel unserem Botschafter inoffiziell kundgetan, ‹diese wohlwollend in Erwägung zu ziehen›. Die Sicherheitsvorkehrungen bei einer Überführung und einem längeren Aufenthalt des Präsidenten und seiner vielen Begleiter in der Schweiz sind beträchtlich. Die politischen Folgen, sollte nicht alles nach Plan laufen – und dazu gehört auch die garantierte Rückkehr des Patienten nach erfolgter Behandlung –, dürfen ebenfalls nicht unterschätzt werden.»

Dr. Kurt von Arx vom Justizministerium schaut verdroßen und besorgt zu seinem Kollegen aus dem Außenministerium hinüber: «Herr Kollege, warum ausgerechnet die Schweiz? Ich möchte dabei die Frage der Neutralität unseres Landes nicht in den Vordergrund stellen. Aber der Präsident kommt ja nicht bloß wegen einer Zahnbehandlung zu uns und verschwindet danach wieder. Nein, dieser Mann ist schwer krank. Man sagt, dass er Metastasen im ganzen Körper hat, seine Blutgefäße zudem verstopft sind wie die Zufahrten zum Gotthard im Sommer, sein Blutdruck so hoch ist wie das Matterhorn und er darüber hinaus noch an Parkinson erkrankt ist. Warum also tun wir uns das an und nehmen diesen Mann bei uns auf? Wir sind doch keine Asylstätte und Pflegestation für Sterbende mit zweifelhafter Vergangenheit!»

Anstelle von Dr. Benz antwortet die Botschafterin Claire Pfeiffer: «Ihre Bemerkungen, Herr Dr. von Arx, sind der Sache nach sicher richtig, sodass wir uns ernsthaft mit ihnen auseinandersetzen müssen.

Was nun unsere Neutralität betrifft, muss zunächst einmal festgestellt werden, dass diese all das zulässt, was sie nicht explizit verbietet. Außerdem beziehen wir noch lange keine Stellung in einem Konflikt, wenn wir auf humanitärer Basis Hilfe leisten. Die Anfrage, Hilfe zu leisten, richtet sich außerdem gerade deshalb an die Schweiz, weil sie neutral ist. So hat der israelische Außenminister unserem Botschafter vor Ort gesagt, Israel könne sich durchaus eine Ausreise in die neutrale Schweiz, nicht aber in ein Land der Europäischen Union vorstellen. Diese hätte in den letzten Jahren immer wieder eine sehr zwiespältige Haltung gegenüber Israel an den Tag gelegt. Mein Ministerium ist daher der Auffassung, dass unser Land nicht lediglich tun soll, was Ansehen und Lob einbringt oder uns zum Vorteil gereicht. Es muss auch seiner humanitären Tradition treu bleiben.»

«Mein Minister», entgegnet Kurt von Arx darauf mit energischer Stimme, «wird sich dieser Argumentation kaum anschließen können, Frau Botschafterin. Die Schweiz ist wie gesagt keine Pflegestation oder gar Sterbestätte für ehemalige Terroristen. Und dieser Mann war und ist vielleicht auch heute noch ein Terrorist. Davon ganz abgesehen, müssten wir sowieso erst einmal sicherstellen, ob wir hier medizinisch de facto etwas für diesen Mann tun könnten, falls wir ihn aufnehmen. Das Justizministerium besteht folglich darauf, zuallererst eine neutrale medizinische Begutachtung des Patienten durch einen Onkologen und Gefäßspezialisten vornehmen zu lassen, bevor wir unserer Regierung einen Vorschlag unterbreiten. Und zweitens muss die israelische Regierung, was die

Rückkehr des Präsidenten betrifft, eine verbindliche Zusage abgeben. Wir müssen ferner auch überlegen, was geschehen soll, wenn sich die Israelis nicht an die gegebene Zusage halten, wie dies schon öfter geschehen ist.

Drittens stellt sich die Kostenfrage, und viertens, Oberst Stamm, wie beurteilen Sie überhaupt die Sicherheitsfrage?»

Oberst Stamm erhebt sich und antwortet darauf ohne irgendwelche einleitenden Floskeln: «Über den Daumen gepeilt werden wir mit einem Begleittross von circa hundert Personen rechnen müssen. Die Presse wird außerdem zunächst mit – sagen wir mal – 200 und später mit etwa 30 bis 50 Leuten ebenfalls vor Ort sein. Hinzu kommen die Schaulustigen.

Das ALLMEND SPITAL liegt auf einem großen Feld von rund zehn Hektar. Dessen Süd- und Ostseite wird von Quartierstraßen tangiert. Auf dem Feld selbst befinden sich drei große Sporthallen, eine für Tennis, eine für Squash, und die dritte ist eine Turnhalle. Ideale Verhältnisse also, um dort den Pressetross unterzubringen, Kantinen und Presseräume für die akkreditierten und alle weiteren offiziellen Personen einzurichten. Wir müssten das Spital großräumig abgrenzen. Das macht im Süden und Osten keine Probleme. Auf der West- und Nordflanke befinden sich allerdings noch weitere Spitäler, von denen einige durch unterirdische Gänge miteinander verbunden sind.

Es darf aber nur einen Zugang zum ALLMEND SPITAL geben, und zwar den vom Feld aus, von der Südseite her. Alle anderen Zugänge und die Untertunnelungen müssen wir mit Barrikaden verschließen und von Militär und Polizei rund um die Uhr bewachen lassen, wozu wir zu Beginn etwa 60 Mann und später die Hälfte davon benötigen werden. Deshalb frage ich, wie lange diese humanitäre Geste der Schweiz denn dauern soll, Frau Botschafterin?»

«Ich kann den Ausführungen von Oberst Stamm nur

beipflichten», meint anstelle von Frau Pfeiffer Dr. Sebastian Benz. «Hinzu kommt noch, dass ein ganzer Spitalflügel geräumt, vom Rest des Spitals abgetrennt und dem Patienten und seinen Begleitern zur Verfügung gestellt werden muss. Das lässt sich zwar ganz gut einrichten, nachdem das ALLMEND SPITAL erst vor knapp einem Jahr einen neuen Trakt eingeweiht hat. Aber die Kosten für den gesamten Einsatz werden beträchtlich sein. Sollte das Ganze, die Vorbereitungsphase mit eingeschlossen, also acht Wochen dauern, kommen wir auf 30 bis 40, vielleicht 50 Millionen.

Last but not least, hat diesbezüglich auch die Rechtsabteilung des Justizministeriums schon im Vorfeld einige juristische Abklärungen vornehmen müssen, weshalb ich nun auch Frau Dr. Nadine Sägesser bitte, uns diese kurz zu referieren.»

Die Chefjuristin nickt nur kurz und wendet sich dann sitzend von ihrem Platz aus an die Runde: «Ich bitte die hier Anwesenden, die rechtlichen Bedenken meines Ministeriums, die auch schon von Herrn Dr. von Arx erwähnt wurden, ausgesprochen ernst zu nehmen. Die freiwillige Aufnahme eines früheren notorischen Terroristen kann uns vor beträchtliche Probleme stellen. Immerhin hat dieser Mann – wenn auch nicht einwandfrei bewiesen – Ende der 60er-Jahre den Anschlag auf die EL-AL-Maschine im Flughafen Zürich mitorganisiert. Und seine Bewegung hat einige Jahre später Flugzeuge verschiedener Fluglinien nach Jordanien entführt, darunter auch eine Schweizer Maschine, die in die Luft gesprengt wurde. Vergessen wir außerdem nicht den entsetzlichen Anschlag seiner Organisation auf die israelische Delegation während der Olympischen Spiele 1972, bei dem zwölf Israelis ums Leben kamen. Dazu kommen noch unzählige weitere Terroranschläge in Israel wie auch in Tunesien und anderen Ländern.

Wer garantiert uns daher, dass eine ausländische Strafverfolgungsbehörde die Gelegenheit nicht wahrnehmen wird, um gegen unseren ‹Staatsgast› einen Haftbefehl zu erlassen und die Schweiz darum ersucht, den bei uns weilenden Patienten in Auslieferungshaft zu nehmen? Ich darf an den chilenischen Ex-Präsidenten und Diktator Augusto Pinochet erinnern, der als Senator nach London reiste, um sich dort wegen eines Rückenleidens pflegen zu lassen, und von der ehemaligen Premierministerin Margaret Thatcher als Freund Großbritanniens empfangen wurde. Aufgrund der Anklage auf Völkermord und Staatsterror, auch begangen gegen spanische Staatsangehörige, stellte der Madrider Untersuchungsrichter Baltazar Garzon ein Auslieferungsbegehren, weswegen Pinochet von der britischen Polizei verhaftet wurde. Pikanterweise hatte auch die Schweiz in London ein Auslieferungsbegehren gegen Pinochet gestellt wegen des Verschwindens des Schweizers Alexi Jaccard, der zuletzt in chilenischen Gefängnissen gesehen wurde.

Die nachrichtendienstlichen Informationen über den in der Schweiz aufzunehmenden Mann sind eindeutig. Er ist ein Terrorist und pflegt noch heute Kontakte mit terroristischen Organisationen. Diese Auffassung wird von allen mit uns befreundeten Nachrichtendiensten der westlichen Staaten geteilt, was ich pflichtgemäß meinen Vorgesetzten gemeldet habe. Die Peinlichkeit, dass die Schweiz mit einem oder mehreren Auslieferungsbegehren konfrontiert werden wird, kann keineswegs ausgeschlossen werden. Mein Ministerium ist daher aus grundsätzlichen Erwägungen gegen eine Einreise dieses Mannes und seiner Begleiter.»

Dr. von Arx nickt zustimmend, und Dr. Benz lässt sich nach einer Überlegungspause erneut vernehmen: «Für heute haben wir wohl genug gehört, und es ergeben sich nunmehr vier Schlussfolgerungen: Wir benötigen erstens einen zuverlässigen Kostenvoranschlag bezüglich des Organisations- und Sicherheitsplanes, den ich Oberst Stamm ersuche, erstellen zu lassen. Zweitens müssen wir die Kostenträger festlegen, auf die wir diese Kosten abwälzen. Es steht wohl außer Frage, dass die Eidgenossenschaft für diese Kosten aufkommen wird. Drittens wird eine medizinische Delegation ernannt, die den Patienten vorab medizinisch zu untersuchen hat. Diese hat dann einen detaillierten Bericht über die pathologischen Befunde des Patienten und die geeigneten Behandlungsmaßnahmen, die in der Schweiz durchgeführt werden sollen, sowie eine Prognose über die Heilungschancen zu erstellen, die infolge der empfohlenen Behandlung in der Schweiz zu erwarten sind. Viertens wird sich mein Ministerium in der Zwischenzeit erneut mit dem israelischen Außenministerium in Verbindung setzen, um hinsichtlich der Ausreise und Rückkehr des Patienten und all seiner Begleiter die gewünschten Zusicherungen zu erhalten.

Ich stelle weiterhin, insbesondere in Hinblick auf das Justizministerium, fest, dass wir heute noch keine Wegrichtung oder einen Antrag auf Beschlussfassung diskutiert oder gar formuliert haben. Die Optionen sind daher noch immer offen, die letztendliche Entscheidung liegt sowieso wie immer bei unserer Regierung.

Ich schlage vor, dass wir uns wieder treffen, sobald der Bericht der medizinischen Experten und der Kostenvoranschlag vorliegen, und dass wir Herrn Dr. Bühlmann mit der Koordination, der Einhaltung der Fristen und der Einberufung der nächsten Sitzung beauftragen, seine und Ihre Zustimmung vorausgesetzt. Sind alle damit einverstanden? Ja? Dann ist die Sitzung hiermit beendet.»

Kriminalpolizei Zürich am darauffolgenden Montag

Der Raum, in dem Doris de Quervin, Erich Mettler und Konrad Oertle zusammensitzen und die bisherigen Ermittlungsergebnisse in Sachen Schorni diskutieren, sieht wie eine Kommandozentrale aus. An den Wänden hängen Stadtpläne, Fotos und Notizblätter neben amtlichen Mitteilungen. Auf den vier Tischen stapeln sich Ordner, Dossiers und lose Blätter. Dazwischen stehen Computer, Telefon- und Faxgeräte, neben der Tür eine Kopiermaschine und ein geschlossener Waffenschrank.

«Die bisherigen Ermittlungen haben noch nichts Konkretes ergeben. Unsere Ausgangslage bleibt dennoch die, dass Schorni gewaltsam zu Tode gekommen ist», fasst die Kommissarin die derzeitige Sachlage zusammen. «Die nächste Frage ist daher die, warum Dr. Schorni so spät in der Nacht noch jemanden in seine Wohnung eingelassen hat. Und darauf gibt es nur eine Antwort: Weil er den oder die Täter kannte und sich nichts Böses von ihnen erwartet hat. Die Personen, die dafür infrage kommen und die wir bislang kennen, sind seine Sekretärin, Eva Roth, seine ehemalige Freundin, Simone Hächler, ein wichtiger Klient und Freund Schornis, Prof. Jäger, oder eben uns noch nicht bekannte Personen.

Beginnen wir also mit Simone Hächler, die mit ihrem neuen Freund zusammenlebt, sich mit Schorni aber noch um Geld streitet. In den uns von der BKP überlassenen Akten ist in diesem Zusammenhang von 300.000 CHF die Rede. Ein Betrag, für den man in diesen Kreisen wohl eher niemanden tötet. Ein anderes Motiv für einen Mord können wir derzeit nicht ausmachen, weshalb ich Frau Hächler vorläufig auch als mögliche Täterin hintanstellen würde.

Kommen wir zu Frau Roth und Herrn Jäger, die mittlerweile außerdem ein Liebespaar sind, wie wir von Wicky wissen. Ich höre Wicky immer noch sagen, dass er uns damit einen ‹wichtigen Hinweis› geben wolle. Eine Aussage, die vordergründig darauf abzielt, den Aussagen von Frau Roth keinen Glauben zu schenken. Doch Wicky wollte uns darüber hinaus noch etwas anderes mitteilen: Die BKP will, dass wir das Liebespaar in die Mangel nehmen und dabei auf irgendeine Spur stoßen. Nur welche das sein soll, ist mir bislang noch nicht klar.»

De Quervin wendet sich an Oertle: «Du hast doch die Akten ‹Jäger› durchgekämmt. Hast du dabei etwas gefunden?» Konrad Oertle blickt auf ein Blatt Papier, auf dem er sich die wichtigsten Untersuchungsergebnisse aus den Ordnern «Jäger» notiert hat.

«Aus meiner Sicht könnte allein eine Investition des Ehepaars Jäger im Betrage von einer Million Euro in Marbella interessieren. In den anwaltlichen Akten finden sich Verträge und Korrespondenz in spanischer Sprache sowie Baupläne. Ich habe die Sache noch nicht weiter verfolgt, da ich derzeit zwischen dieser Transaktion und dem Tode Schornis keinen Zusammenhang erkennen kann.»

Nachdenklich und mit leiser Stimme folgert Doris de Quervin: «Fazit ist, dass wir nichts gegen Jäger und/oder Roth in der Hand haben. Den einzigen Klienten, den wir außer Jäger noch kennen und der außerdem zu gewichtig ist, als dass Schorni ihn zur späten Nacht nicht empfangen hätte, ist daher die Bundesanwaltschaft beziehungsweise die Bundeskriminalpolizei. Wäre ein ihm gut bekannter Beamter oder eine Beamtin dieser Behörde spätnachts bei ihm aufgetaucht, hätte Schorni ihm sicher die Tür geöffnet. Danach hätten sie dann etwas zusammen getrunken und miteinander gesprochen. Meine Annahme ist deshalb die, dass der oder die Besucher Dr. Schorni in einem unbeobachteten Moment liquides Valium ins Glas geschüttet haben, das geschmacklich neutralisiert war. Was mich angeht, ist das die heißeste Spur. Ansonsten bleibt nur noch der unbekannte Täter. Da wir bislang aber keinen Hinweis auf einen solchen haben, können wir auch keiner Fährte nachgehen. Für mich bleibt es deshalb dabei, dass die Bundeskriminalpolizei und allenfalls Prof. Jäger am ehesten für die Tat infrage kommen. Eva Roth schließe ich aufgrund ihrer Rolle bei der Wiederaufnahme des Verfahrens aus. Wie ich bereits gesagt habe, glaube ich, dass die BKP aus irgendeinem Grund den Verdacht auf den Arzt und vielleicht auch auf seine Freundin lenken will. Also müssen wir als Nächstes den möglichen Beweggrund der BKP herausfinden. Erich, wir werden uns deshalb nochmals Prof. Jäger vornehmen. Außerdem gehst du mit Konrad jeder Spur nach, die ihr in Sachen BKP finden könnt. Findet raus, wer Dr. Schornis Ansprechpartner bei der BKP waren und mit wem er besonders eng zusammengearbeitet hat. Und noch etwas: Listet mir die Namen derer, die bei der Hausdurchsuchung von Schornis Kanzlei dabei waren, mit Namen, Rang und Lebenslauf auf und zieht jedem Einzelnen von ihnen ‹die Würmer aus der Nase›. Fragt jeden, wonach er genau gesucht und was er gefunden hat. Danach geht ihr zum Zürcher Anwaltsverband und fragt ihn, weshalb er der Durchsuchung von Dr. Schornis Kanzlei letztendlich zugestimmt hat. Lasst nichts unversucht. Und wenn jemand renitent ist, meldet es mir ohne Verzug.»

Am folgenden Freitag

Zvi Orad und Max Jäger haben im Esszimmer am gepflegt gedeckten Tisch Platz genommen. Die beiden mimen gute Laune. Max hat Zvi erklärt, dass die Turbulenzen in seiner Ehe es ihm erst jetzt erlaubt hätten, ihn zu sich nach Hause einzuladen, um die alte Freundschaft mit ihm wieder so richtig aufleben zu lassen. Der wahre Grund für seine Einladung besteht jedoch darin, Orad zur Rede zu stellen und von ihm zu erfahren, was er und seine Kollegen von der Melius-Stiftung wirklich im Schilde führen. Max hat sich sein Vorgehen gut überlegt.

Zuerst würden sie beide speisen und über alte Zeiten sprechen. Danach würde er sich dafür interessieren, wie und wann Zvi Mitglied und später Vorstand der Melius-Stiftung geworden ist. Ganz zufällig käme er dabei dann auch auf die offensichtliche Verknüpfung der Stiftung mit den Nachrichtendiensten zu sprechen. Auf diese Weise hofft er dorthin zu stoßen, wo der Hund begraben liegt. Irgendetwas wird er auf jeden Fall erfahren, zumal auch aus einer Lüge auf die Wahrheit geschlossen werden kann.

Giorgio Mazetta, der Zvi als Hausangestellter vorgestellt worden ist, stellt eine dampfende Platte mit Tagliatelle alla Bolognese auf den Tisch. «Giorgio ist der beste Pasta-Koch, den du auf der Welt finden kannst», wird sein Auftritt von Max kommentiert. «Du kannst mir glauben, ich kenne mich in der italienischen Küche aus, denn Suzanne und ich waren oft zusammen in Italien. Doch das sind ‹tempi passati›, so sagt man doch, nicht wahr, Giorgio?»

«Jawohl», bestätigt Mazetta freundlich distanziert, «und die beste Pasta essen Sie in meinem Heimatkanton Tessin. Meine Eltern haben in Losone ein Speiselokal, in dem meine Mutter zusammen mit meinem Bruder und seiner Frau kocht. Es ist auch über die Umgebung von Losone hinaus bekannt. Als Schüler habe ich oft in der Küche ausgeholfen und mir mit der Herstellung der Pasta mein Taschengeld verdient.»

«Sie machen die Teigwaren selber?», wundert sich Zvi. «Das ist wirklich erstaunlich!»

Zvi und Max beginnen zu essen. Dann blickt Zvi Max auf einmal ernst an und sagt: «Mein lieber Max, ich habe keine allzu gute Nachricht für dich. Ich werde für etwa zwei Monate das Spital verlassen müssen.» Damit hat Max nicht gerechnet. «Aus welchem Grund?», fragt er.

«Nun, ich konnte», antwortet Dr. Zvi Orad, «wie du weißt, meine Familie nicht davon überzeugen, mit mir zusammen in die Schweiz zu kommen. Jetzt hat meine Frau einige Probleme mit unserem jüngsten Sohn Sascha. Bei mir haben sich überraschenderweise Vorzeichen eines ‹Burn-out› eingestellt, was mir immerhin erklärt, warum ich mich in letzter Zeit nicht mehr voll konzentrieren konnte und fast jede Operation Panik bei mir auslöste. Ich brauche deshalb eine Pause von circa acht bis zehn Wochen. Danach wird alles wieder gut sein.»

Max Jäger erwidert teilnahmsvoll, wie sehr er es bedauere, dass Zvi die Arbeit auf fremdem Boden über den Kopf gewachsen sei, und bemerkt während des Sprechens auf einmal, dass ihm die Worte immer langsamer über die Lippen kommen. Die Schwerfälligkeit seiner Zunge dehnt sich allmählich auch auf seine Augen und sein Gehör aus. Eine große Müdigkeit übermannt ihn, und er spürt nur noch, dass er das Gleichgewicht verliert.

Giorgio Mazetta, der in groben Zügen über den Ablauf des Vorgehens instruiert worden war, steht bereits hinter Jäger, als er seitwärts vom Essstuhl kippt. Mazetta fasst ihn unter den Achselhöhlen und lässt ihn sanft zu Boden gleiten. Zvi Orad gibt Mazetta zu erkennen, dass er seinen Ärztekoffer aus dem

Auto holen geht, und kehrt mit diesem samt einer Nackenstütze, zwei etwa eineinhalb Meter langen Brechstangen, die eine rund, die andere eckig, und einer breiten Plastikrolle zurück. Er bedeutet Mazetta, den Oberkörper des Bewusstlosen in Sitzstellung zu bringen, legt Jäger die Nackenstütze an und kontrolliert, dass dessen Oberarmgelenke dadurch geschützt sind. Danach fordert er Mazetta auf, den Tisch samt Tischtuch abzuräumen. Nachdem dies geschehen ist, bittet er Mazetta, die Tischplatte und den Boden um den Tisch herum mit zuvor abgeschnittenen Plastikbahnen abzudecken. Als diese Vorbereitungen abgeschlossen sind, legen die beiden den leblosen Jäger mit dem Rücken auf den Tisch. Orad nimmt die runde Brechstange zur Hand und lässt sie – gekonnt, wie sich später herausstellen wird – auf Jägers Arme, seinen Körper und den Kopf niedergehen.

«Das dürfte für die Hämatome ausreichen», brummt er. «Jetzt tragen wir ihn nach oben und stoßen ihn seitlich, mit dem Kopf nach oben, die Treppe runter. Sie, Herr Mazetta, stehen etwa in halber Höhe auf der Treppe, um ihn aufzufangen, sollte sich sein Körper doch noch drehen. Es dürfen unter keinen Umständen ernsthafte Verletzungen entstehen.»

Pflichtgemäß hilft Mazetta, Jäger ins obere Stockwerk zu tragen, wo sie Orads zuvor minutiös gegebene Anweisungen, ohne unangenehme Zwischenfälle, in die Tat umsetzen. Der Sturz ist in keiner Weise spektakulär und für eine Filmaufnahme geeignet. Dennoch schlägt Jägers Körper hart auf den hölzernen Trittkanten und schließlich auf dem Steinboden des Erdgeschosses auf. Orad untersucht den geschundenen Körper und befindet, dass es keines zweiten Versuchs bedarf. Er weist Mazetta an, Jäger mit seiner Hilfe erneut auf den Tisch zu legen und ihm die Kleidung auszuziehen. Diesmal greift Orad zu der eckigen Brechstange und schlägt mit ihr so gezielt und kräftig auf Jägers Körper und Kopf ein, dass offene Wunden entstehen, aus denen Blut rinnt. Schwer atmend begutachtet er das Resultat seines Wirkens, nimmt dann seinen Ärztekoffer zur Hand und beginnt, Jägers Wunden professionell zu desinfizieren und danach zu verbinden. Es folgen einige Tests, mit denen er prüft, wie es um Max Jägers Reflexe und seinen Blutdruck steht. Orad ist zufrieden und murmelt in Richtung Mazetta: «Die Verletzungen sind, wie beabsichtigt, alle oberflächlich. Jetzt können wir ihm den Chip einsetzen.»

Giorgio Mazetta sagt nichts. Zvi Orad nimmt eine Spritze samt einer Ampulle aus dem Koffer, deren Inhalt er in Jägers Oberarm injiziert. Anschließend wartet er, bis die Spritze ihre Wirkung zeigt. Mazetta erinnert sich, wie Borner ihm beim Briefing motivierend sagte:

«Mit dem Chip werden wir stets wissen, wo sich Jäger befindet. Das erleichtert Ihre Aufgabe ungemein», worauf er dachte: «Alles, was mein Leben leichter macht, ist gut für mich. Dieser Chip ist die adäquate Antwort auf das pampige Benehmen dieses aufgeblasenen Kerls.» Orad ist dabei, eine der Fleischwunden am linken Oberarm zu testen, in die er, nachdem er sie durch einen Einschnitt vertieft hat, den eine Euromünze großen Chip einzusetzen gedenkt. «Er sendet über einen Satelliten Signale, die überall auf der ganzen Welt empfangen werden können», kommentiert er und näht die Wunde mit schnellen, kurzen Bewegungen zu, desinfiziert sie und deckt sie mit einem großen Pflaster ab. An Mazetta gerichtet, fragt er: «Wann kommt die Ambulanz?» Und Mazetta erwidert: «Ich glaube, sie wird jeden Moment da sein.»

«Aha, Sie haben sie ‹just-in-time› bestellt. Gut so, wir dürfen kein Aufsehen erregen. Sie müssen mir jetzt dabei helfen, dass das Ganze so schnell abläuft wie ein Radwechsel bei der Formel 1.»

Sie hören die Ambulanz anfahren und vor dem Hause anhalten. Die Straße ist menschenleer. Von Mazetta und Orad schon aus dem Haus getragen, wird Jäger eilends in die Ambulanz geschoben. Kaum ist sie wieder abgefahren, gibt Orad Mazetta seine letzten Anweisungen. «Bitte entsorgen Sie die Plastikbahnen, und beseitigen Sie auch sonst alle anderen Spuren im Haus. Ich werde Herrn Jäger ärztlich nicht weiter betreuen, sondern ihn nur hin und wieder besuchen kommen. Er wird für eine ganze Weile hospitalisiert sein. An Ihrer Stelle würde ich mir freinehmen. Sie haben es sich verdient. Wichtig ist nur noch, dass Sie zu einem späteren Zeitpunkt, aber noch vor Prof. Jäger, wieder in sein Haus zurückkehren, um das Empfangsgerät für den Chip von Borner zu erhalten.»

«Verstanden», sagt Mazetta sarkastisch in militärischem Ton, indem er den Befehlsempfänger markiert. Worauf Dr. Zvi Orad all seine Sachen zusammenpacken geht und, ohne sich zu verabschieden, in der Dunkelheit der Nacht verschwindet.

Im Bundeshaus, Bern

Dr. Hans Bühlmann telefoniert, nicht ohne zuvor seinen administrativen Vorgesetzten Oberst Stamm darüber in Kenntnis zu setzen, mit Dr. Kurt von Arx und teilt diesem mit, dass das Ärzteteam, das den kranken Staatsmann Ende nächster Woche vor Ort untersuchen soll, nunmehr zusammengestellt sei und auch ein Chefarzt aus dem ALLMEND SPITAL dieser Delegation angehören werde. Als von Arx darauf ganz selbstverständlich annimmt, dass es sich dabei wohl um Prof. Jäger handelt, tritt zunächst eine kleine Gesprächspause ein.

«Nein», erwidert Dr. Bühlmann nach einer Weile, «denn Jäger ist vor drei Tagen in seinem Haus verunglückt. Sein Chauffeur und Butler hat ihn bewusstlos und schwer verletzt am Fuß der Treppe liegend gefunden. Er befindet sich noch immer im Koma, ist aber außer Lebensgefahr.» Von Arx schweigt perplex und brummt dann: «Das fängt ja gut an. Aber gut, und was weiter?»

«Nun, für die Delegation sind vier eminente Ärzte ausreichend, drei Onkologen und ein Herz- und Gefäßspezialist. Was die parkinsonsche Krankheit des potenziellen Patienten angeht, können unsere Ärzte die Berichte der lokalen Ärzte einsehen.»

«Rücken Sie endlich mit den Namen der infrage kommenden Ärzte raus, Bühlmann, ich habe schließlich nicht unendlich Zeit», meint von Arx etwas unwirsch.

«Also», verkündet Bühlmann, «aus der Schweiz würde der zweite Mann des ALLMEND SPITALS, Dr. Hugo Wiederkehr, der Delegation angehören. Die anderen drei wären Prof. Hubert de Montfort aus Frankreich, aus Großbritannien Prof. Jonathan Smith und der Herz- und Gefäßspezialist Prof. Alfonso Clavet aus der Clinica ‹Las Rosas› in Madrid. Er ist der Chirurg, der seinerzeit in Spanien die erste Herztransplantation vorgenommen hat. Wenn Sie also wie mein Chef mit dieser Auswahl einverstanden sind, werde ich sie schriftlich festhalten und an Sie, meinen Chef und Dr. Benz im Außenministerium weiterleiten.»

«Tun Sie das», meint daraufhin von Arx, für den das Gespräch damit beendet ist.

Zürich

Doris de Quervin ist zusammen mit Erich Mettler kurz entschlossen und unangemeldet zu Max Jägers Privathaus gefahren, um ihn ein zweites Mal zu befragen. Als sie an der Haustür läuten, öffnet ihnen wenig später ein Unbekannter die Tür, der keinerlei Anstalten trifft, sie eintreten zu lassen, sondern etwas ungehalten nach ihrem Anliegen fragt. De Quervin überlässt es Mettler zu antworten, der wie ein überfreundlicher Mormonenmissionar darum bittet, den Hausherrn zu sprechen. Worauf ihm Mazetta mit der Distanziertheit eines Hausangestellten antwortet: «Der Herr Professor ist nicht da.» Mettler zeigt ihm darauf seinen Ausweis und wiederholt seine Frage noch einmal dringlicher. Mazetta beginnt, die prekäre Situation zu überschlagen. Die Anwesenheit der Kollegen kann nichts Gutes bedeuten, er weiß aber nicht, wie er – ohne sie misstrauisch zu machen – in Erfahrung bringen soll, warum sie Jäger noch einmal sprechen wollen. Allerdings ist er sich sicher, dass die unerwünschten Besucher nicht die geringste Ahnung davon haben, was Jäger zugestoßen ist, und er sich deshalb auch keine Sorgen wegen seiner eigenen Rolle an der Hospitalisierung Jägers machen muss. Also lässt Mazetta die Polizeibeamten noch immer unwillig in das Vestibül eintreten.

«Dürfen wir wissen, wer Sie sind?», fragt ihn nun Doris de Quervin.

«Ich bin der Chauffeur von Herrn Prof. Jäger. Er ist aber nicht da.»

Mettler erkundigt sich, wo sie ihn denn dann erreichen könnten, nachdem er auch nicht im Spital gewesen sei, wo sie zuerst nach ihm gefragt hätten.

«Ich werde Prof. Jäger umgehend davon unterrichten, dass Sie ihn sprechen wollen», antwortet Mazetta ausweichend.

«Allerdings kann es noch einige Tage dauern, bis er sich bei Ihnen melden wird. Wenn Sie mir vielleicht Ihre Visitenkarten dalassen würden?»

«Was heißt, es kann noch ‹einige Tage dauern›? Ist er vielleicht außer Landes?», beharrt de Quervin auf einer konkreten Antwort. Worauf Mazetta in spürbar freundlicherem Ton erwidert: «Nein, er liegt nach einem Unfall im ALLMEND SPITAL. Es tut mir leid, aber er kann zurzeit niemanden empfangen.»

Doris de Quervin kann ihr Erstaunen kaum verbergen, fragt aber nur: «Was ist geschehen?» Mundfaul erwidert Mazetta: «Selbstunfall, hier auf der Treppe.»

Die Kommissarin greift nach: «Ist es schlimm?» Nach kurzem Zögern volontiert Mazetta mit der Auskunft, dass sein Boss Hirnverletzungen erlitten habe und im künstlichen Koma liege.

Nachdenklich erkundigt sich de Quervin: «Wie war noch einmal Ihr Name?»

«Mazetta.»

»Haben Sie eine Visitenkarte?», insistiert sie und bittet ihn, als er verneint, seinen vollen Namen der Ordnung halber für ihre Unterlagen auf einen Zettel zu schreiben. Mazetta kommt ihrer Bitte nach, geht in die Küche und gibt ihr den Zettel mit seinem Namen wenig später mit der Würde eines in seiner Ehre gekränkten Dieners.

»Gut, dann werden wir also einen neuen Termin vereinbaren, sobald es Prof. Jäger wieder besser geht», meint de Quervin und reicht ihm im Gegenzug ihre und Mettlers Visitenkarte.

Die beiden verabschieden sich mit Kopfnicken von Mazetta, der ihnen reglos nachschaut und die Haustür erst schließt, nachdem die beiden Kriminalbeamten mit ihrem Wagen außer Sichtweite waren. Dann nimmt er sein Handy und wählt eine Nummer. «Eddy, ich hatte gerade Besuch von der Kripo Zürich, die wollte den Jäger sprechen … Nein, ich glaube nicht, dass sie wissen, wer ich bin. Aber man weiß ja nie.» Mazetta hört Borner zu und bestätigt dann: «Gut, wir treffen uns in einer Stunde, an der Tramstation ‹Schmiede Wiedikon›.» Danach schaltet er sein Handy aus und steckt es in seine rechte Hosentasche.

Eddy Borner und Giorgio Mazetta stehen auf dem Trottoir der stark befahrenen Straße. Borner wartet, bis das Tram Richtung Stadt losgefahren ist, und meint dann zu Mazetta, dass prinzipiell nichts dagegen einzuwenden sei, wenn er Jägers Haus bis zu dem Zeitpunkt, an dem sein «Chef» aus dem Spital zurückkehrt, verlassen würde. Spätestens dann müsse er aber erneut seine Aufgabe als Bewacher wieder einnehmen. Mazetta argumentiert, mit dem Chip sei das überflüssig geworden, die Signale, die dieser übermittelt, würden sie jederzeit wissen lassen, wo sich Jäger aufhielte. Er aber wolle unter gar keinen Umständen mehr zurück in Jägers Haus, denn er sei davon überzeugt, dass die beiden Kriminalbeamten ihn dort das nächste Mal ebenfalls einvernehmen würden. Borner solle auch nicht außer Acht lassen, welche Rolle er zuerst in Schornis Haus und nunmehr bei Jägers «Stilllegung» gespielt habe.

«Bei einer Arbeit wie der unseren», widerspricht ihm Borner energisch, «gehören solche Risiken eben mit dazu. Außerdem haben wir Jägers Ein-Mann-Deckung schon einmal aussetzen müssen, weil du dich in London von ihm so leichtfertig hast abhängen lassen. Das war eine echte Blamage und ein Gesichtsverlust für uns alle. Wir können deinen Dienst vor Ort nicht noch einmal einstellen. Ich bin aber wie gesagt durchaus damit einverstanden, dass du dir während Jägers Hospitalisierung eine Auszeit im Tessin nimmst. Ich werde dich dann benachrichtigen, wenn du zurückkehren musst.

Alles klar?»

Für Mazetta ist lediglich klar, dass Borners Argumentation ihn frustriert, auch wenn sie schlüssig ist. Er will noch etwas sagen, aber schon gibt ihm Borner die Hand, um sich zu verabschieden. «Also dann, Giorgio, Kopf hoch! Nichts wird so heiß gegessen, wie es gekocht wird, wie du als Sohn von Wirtsleuten ja sicher weißt.» Er nickt Mazetta noch einmal zu und geht dann auf die andere Straßenseite zur Tramhaltestelle. Schon kommt das Tram, und Borner steigt ein, während Mazetta noch immer reglos auf dem Trottoir steht und dem abfahrenden Tram hinterhersieht.

In einer Hotelsuite in Zürich

Die Nachricht darüber, dass der Hauptakteur der «Operation Sunrise» bis auf Weiteres hospitalisiert worden war, hatte bei Dr. Homer Kramer großen Unmut erregt. Und so war er mit dem Einverständnis von Bob Ponte und zusammen mit diesem sofort von Washington nach Zürich geflogen, um sich dort von Zvi Orad und Hans Bühlmann berichten zu lassen, wie es zum «Unfall» Jägers gekommen war. Doch Zvi Orad gibt sich in Kramers Hotelsuite zugeknöpft. Es verdrießt ihn sichtlich, Kramer über den Ablauf der Dinge informieren zu müssen.

«Jägers bisheriges Verhalten machte es einfach notwendig, ihn für eine Weile stillzulegen. Also habe ich ihm einen aus Israel gelieferten Chip eingesetzt und die gesamte dafür notwendige Operation als Unfall infolge eines Treppensturzes aussehen lassen. Im ALLMEND SPITAL wurde er dann auf Dr. Wiederkehrs ärztliche Anordnung in ein künstliches Koma versetzt. All dies wird aber keinen Einfluss auf die Vorbereitungen für ‹Sunrise› haben, die ohnehin über Dr. Wiederkehr und mich laufen.» Doch für Kramer sind die Dinge bei Weitem nicht so einfach.

«Und was geschieht, wenn Jäger aus dem Koma aufwacht?», fragt er und fährt fort, ohne auf eine Antwort zu warten: «Können Sie sicherstellen, dass er uns die Geschichte von seinem Unfall abnimmt? Außerdem kann ein längeres künstliches Koma auch eine Wesensveränderung nach sich ziehen. Haben Sie das bei Ihrer Aktion auch mit bedacht? Er könnte dadurch noch unberechenbarer werden.» Dr. Zvi Orad versucht, sich zu rechtfertigen: «Mein Eingriff bei Jäger war auch für mich keine einfache Sache. Aber er ist von mir so geplant und vorgenommen worden, dass die Verletzungen und auch die Wunde, in die der Chip eingesetzt wurde, für

Jäger völlig plausibel sein werden. Die angeordnete Behandlung Jägers ist die eines schweren Hirnödems, wie sie nach einer heftigen mechanischen Einwirkung auf den Schädel, also zum Beispiel nach einem Treppensturz, eintreten kann, und auch das künstliche Koma ist in solchen Fällen öfter notwendig und wird von Max Jäger deshalb nicht angezweifelt werden. Machen Sie sich also bitte keine Sorgen!» Bob Ponte fixiert den Schweizer Kollegen Bühlmann: «Mir gefällt diese Geschichte auch nach Dr. Orads Erklärungen noch immer nicht. Genauso wenig wie mir die Beseitigung eures Anwalts Schorni gefällt, die meiner Ansicht nach völlig überstürzt erfolgt ist. Schon allein die Idee, den externen Anwalt der Bundesverwaltung bezüglich möglicher Auslieferungsfragen zu ‹Target 13› zu konsultieren, den wir zur Hölle schicken wollen, übersteigt bei Weitem mein Fassungsvermögen. Denn der Teufel beantwortet bekanntlich keine Auslieferungsbegehren! Haben deine Leute, mein lieber Bühlmann, denn noch nie davon gehört, dass ein selbstständig tätiger Anwalt unabhängig ist und sie keinen Einfluss auf ihn ausüben können? Kontrolliert ihr eure Leute denn nicht? Und instruiert sie auch nicht entsprechend, welche Fragen sie in welchem Kontext stellen dürfen, wenn ihr schon unbedingt einen externen Anwalt konsultieren müsst? Und diesen Anwalt dann auch noch vollgestopft mit was weiß ich in der Badewanne in seinem Blut liegen zu lassen, bis man ihn dort auffindet, ist geradezu von einer sträflichen Leichtsinnigkeit, die nur dazu geführt hat, dass die Kriminalpolizei von Zürich jetzt, während ‹Operation Sunrise› anläuft, zum Tod eures Rechtsberaters zu ermitteln beginnt. Hans, du hast uns versichert, dies zu verhindern, was die Polizei nicht abhält, weiterzuermitteln. Noch unverzeihlicher ist aber, dass wir von euch nicht einmal umgehend über Schornis Tod informiert worden sind. In diese Kritik schließe ich den israelischen Geheimdienst gleich mit ein, der sich in Sachen Information und Kommunikation gleichermaßen fahrlässig verhält. Zurück zum jüngsten Vorfall. Wie konntet ihr, um Gottes willen, Jäger ins Koma befördern, ohne uns zuvor zu benachrichtigen? Zvis Begründung dafür ist zwar an und für sich einleuchtend, übersieht jedoch den wesentlichen Punkt, der überhaupt erst zu dieser Aktion geführt haben soll. Sie sanktioniert die Tatsache, dass die Schweizer Dienste unfähig sind, Jäger zuverlässig zu überwachen und zu kontrollieren. Ein besorgniserregender Umstand, zumal keiner von uns weiß, ob sich nach Jägers Gesundung daran etwas ändern wird. Wir sind uns in Washington daher nicht mehr sicher, ob wir ‹Sunrise› nicht besser abbrechen sollten, worüber noch zu sprechen sein wird!»

«Diese Operation ist nicht auf unserem Mist gewachsen», reagiert Hans Bühlmann darauf mit hochrotem Kopf. «Ihr habt den Plan, ‹Target 13› nicht in den besetzten Gebieten zu eliminieren, sondern in der Schweiz, gemeinsam mit den Israelis ausgeheckt. Und auch bei uns hängt das Projekt am seidenen Faden. Niemand wird traurig sein, wenn ‹Target 13› bei sich zu Hause stirbt. Außerdem mussten wir dringend reagieren, nachdem Schorni ahnte, welches Schicksal ‹Target 13› in der Schweiz drohte, und uns mitteilte, dass er die Pflicht habe, dies dem Verteidigungsminister zu melden.»

Bühlmann führt aus, dass sich der Minister, ein anständiger und integrer Mann, der ehemals als Wald-und-Wiesen-Anwalt im Berner Mittelland tätig war, allein für das Militär und das Recht interessiere. Schornis Meldung hätte er deshalb sofort an die Außenministerin weitergeleitet. Diese wiederum hätte «Operation Sunrise» mit Sicherheit nie zugelassen und zu verhindern gewusst. «Schornis Unterredung mit dem Verteidigungsminister sollte am 20. Mai stattfinden, weshalb Habegger beschloss, keine Zeit mehr zu verlieren und mit seinen Leuten zur Tat zu schreiten, um kein Risiko einzugehen. Erst recht, nachdem wir Schorni und Jäger zuvor noch in einem Restaurant bei einer intensiven Unterhaltung beobachtet hatten. Schorni musste eliminiert werden, sonst säßen wir heute nicht hier.»

Kramer und Orad beobachten, wie sich der Gesichtsausdruck von Bob Ponte weiter verfinstert: «Ich höre die Botschaft, Bühlmann, doch mir fehlt nicht nur der Zweck, sie heiligt auch nicht die von euch angewandten Mittel. Diese sind angetan, unser Projekt eher zu vereiteln als zu retten. Du hast außerdem berichtet, Schorni hätte in den Grundzügen Kenntnis von ‹Operation Sunrise› erhalten. Willst du uns damit schonend mitteilen, dass Schorni diesbezüglich von deinen Leuten auch über die Rolle informiert worden war, die Jäger dabei spielen sollte?» Bühlmann pariert in mürrischem Ton: «Ich habe keine Ahnung, ob Schorni etwas davon gewusst hat. Ich sagte lediglich, dass er aufgrund des ihm von uns übertragenen Auftrages zu der Erkenntnis kam, dass ein Ex-Terrorist in der Schweiz in eine tödliche Falle gehen wird. C'est tout.»

Bob Pontes Verdrossenheit wächst mit jedem Wort Bühlmanns zusehends. «Ihr glaubt, richtig gehandelt zu haben, indem ihr Schorni Knall auf Fall eliminiert habt. Und das untermauert ihr auch noch damit, dass ihr gesehen habt, wie Schorni und Jäger in einem Restaurant die Köpfe zusammengesteckt haben. Da komme ich doch nicht umhin, zu fragen, ob ihr wusstet, dass Schorni und Jäger dicke Freunde waren?» «Das war mir bislang nicht bekannt», hört man Bühlmann nach einer Verlegenheitspause schließlich antworten, worauf Bob Ponte endgültig der Kragen platzt.

»Ihr habt also einen externen Rechtskonsulenten beschäftigt, dessen berufliches und privates Umfeld ihr nicht überwacht und gekannt habt?»

«Sein engeres Umfeld kannten wir schon. Wir, in der

Schweiz, überwachen unsere externen Mitarbeiter aber nicht auf Schritt und Tritt.»

«Fangen wir also noch einmal ganz von vorne an. Ihr lasst uns erst einmal im Ungewissen darüber, dass ihr Schorni, den Freund von Jäger, wie ich annehme, in unseren Plan eingeweiht habt. Dann observiert ihr zweitens Jäger mit Schorni in einem Restaurant, was für euch einer bösen Überraschung gleichkommt, auf die hin Panik ausbricht. Ich nehme an, Schorni wurde daraufhin sofort telefonisch vor Ort von euch ‹zurückgepfiffen›. Als er dann später zu Hause eintrifft, wird er zunächst wie eine Zitrone von euch ausgequetscht, um herauszufinden, was er alles ausgeplaudert hat. Daraufhin beschließt ihr, ihn zu liquidieren, um allen Eventualitäten zuvorzukommen. Habe ich den Tathergang einigermaßen wahrheitsgetreu beschrieben?» Und als Bühlmann die rein rhetorisch gestellte Frage unbeantwortet lässt: «Da frage ich mich doch, warum die ganze Panik? Warum das alles? Und ich gebe euch auch sofort die Antwort. Weil es den Tatsachen entspricht, dass ihr Schorni nicht nur hinsichtlich eines möglichen Auslieferungsantrags konsultiert habt, sondern weil er darüber hinaus auch in ‹Operation Sunrise› eingeweiht worden war. Er war ein Geheimnisträger über den geplanten Komplott, und allein deshalb löste sein Treffen mit Jäger bei euch höchste Alarmstufe aus. Hättet ihr euren verdammten Job sorgfältig genug gemacht und gewusst, dass Schorni ein enger Freund Jägers war, so wäre er in dieser Sache als euer Rechtskonsulent disqualifiziert gewesen. So sehe ich es zumindest, was den eklatanten Interessenkonflikt betrifft, in dem er sich befand.» Ponte ist außer sich, seine Stimme überschlägt sich. «Ihr konsultiertet euren Rechtskonsulenten und quatscht über illegale Aktionen, die seinen besten Freund kompromittieren und größter Gefahr aussetzen. Und diese ungeheuerliche Stümperei wollt ihr mit der Tötung Schornis aus der Welt schaffen, was euch bisher nicht gelungen ist. Kaum zu glauben, wie unprofessionell ihr vorgegangen seid!»

«Sorry, Bob, aber ihr Amerikaner kommt in die Schweiz und wollt etwas von uns», geht Bühlmann nun in die Offensive, «was für uns bedeutet, dass hier ein Heimspiel vorliegt, in dem unsere Spielregeln gelten. Ob und wann ich etwas kommuniziere, obliegt damit meiner Entscheidung. Lass deine Vorwürfe, unser Vorgehen betreffend – Panik hin oder her –, daher beiseite. Wesentlich ist allein die Tatsache, dass Schorni die Sache am 20. Mai über den Verteidigungsminister hinweg an die große Glocke gehängt hätte. Alles andere ist billige Polemik. Darüber hinaus stehe ich voll hinter dem Vorgehen meiner Leute wie übrigens auch hinter meiner Aussage, dass wir die Ermittlungen der Kripo in Sachen Schorni ins Leere laufen lassen werden. Die Kollegen tappen im Dunkeln, und das wird auch in Zukunft so bleiben.»

Bob Ponte lächelt nur müde ob Bühlmanns Worte und trinkt seinen Whisky in einem Zug aus.

Dr. Homer Kramer versucht darauf, die Wogen zwischen den Parteien wieder etwas zu glätten: «Meine Herren, ich denke, dass diese Aussprache notwendig und nützlich war. Erste Priorität aus der Sicht der MF hat jedoch die anstehende medizinische Untersuchung von ‹Target 13› und dass das dafür ausgewählte Ärzteteam am Sonntag gleich nach der Landung seine Arbeit aufnehmen kann. Das Team wird spätestens am darauffolgenden Mittwoch wieder zurückfliegen und mir am nächsten Tag die Untersuchungsergebnisse zumailen. Am Samstag treffen wir uns dann im Sitz der MF in London und redigieren gemeinsam den Bericht, der am Sonntag an unsere Auftraggeber in die Schweiz übermittelt wird. Haben Sie dazu noch etwas anzumerken?»

Bühlmann nickt darauf mit dem Kopf in Richtung von Bob Ponte und Zvi Orad und meint: «Ich habe vorher schon gesagt, dass es auch in der Schweiz einen Schalter gibt, der auf Rot umgelegt werden könnte, wenn vorab nicht eine klare Zusage Israels hinsichtlich der Ausreise und Rückkehr von ‹Target 13› und seiner circa 100 Begleiter ergeht. Auch die Kosten von ‹Operation Sunrise›, die derzeit vom Verteidigungsministerium errechnet werden, müssen vorab bei der Staatskasse der Schweiz eingehen. Mein früherer Vorschlag, den dafür fälligen Betrag der Entwicklungshilfe zu überweisen, ist hinfällig. Diese zwei Punkte müssen also in unserem Sinne geklärt sein, bevor ‹Operation Sunrise› in der Schweiz offiziell anläuft.»

«So soll es sein», meint Dr. Kramer, «diesen letzten Teil des Weges werden wir mit vereinten Kräften wohl auch noch schaffen. In etwa vierzehn Tagen erhalten wir den medizinischen Befund zu ‹Target 13›. Zvi, darf ich Sie darum bitten, dafür zu sorgen, dass Ihre Regierung bis dahin alle von der Schweizer Regierung geforderten Formalitäten und Zusagen erledigt und zugestellt hat. Wenn ich die Reaktion seitens der amerikanischen Seite richtig interpretiere, wird diese erst dann grünes Licht geben, wenn die Vorbereitungsarbeiten so weit abgeschlossen sind, dass nach menschlichem Ermessen nichts mehr schiefgehen kann. Ist das richtig, Bob?»

«Nicht ganz», sagt Bob Ponte, «sondern nur eine Seite der Medaille. Sowohl meiner als auch der israelischen Regierung wird hier ja die Ehre zuteil, die Staatskasse der Schweiz im Voraus zu füllen, bevor gehandelt wird. Ich kann angesichts dieser etwas seltsamen Haltung der Schweiz im Krieg gegen den Terrorismus nur staunen. Aber ich bin nur ein kleiner CIA-Mann, der weder die Staatskasse seines Landes vertritt noch darüber Auskunft erteilen kann, was die amerikanische Staatsräson in diesem Fall für notwendig erachtet. Zumal bei unserem letzten Meeting in London auch die Rede von aufzuhebenden Handelszöllen ein Thema war, das», er wendet sich an Hans Bühlmann, «wohl noch nicht vom Tisch ist?»

Bühlmann nickt zustimmend und fügt noch hinzu, dass ihm die benötigten Zusagen der amerikanischen und israelischen Regierungen wie auch die Antwort bezüglich der Aufhebung zollrechtlicher Schranken spätestens in zwei Wochen vorliegen müssen. «Nur mit diesen Zugeständnissen werden wir in der Lage sein, unsere gesamte Regierung davon zu überzeugen, ‹Target 13› mit all dem Rummel und den damit verbundenen Risiken in unserem Land aufzunehmen.»

Einige Tage später in Losone, Kanton Tessin

Mazetta fährt im historischen Teil von Losone in eine kleine Straße, die sich verengt und sich zwischen den alten Steinhäusern durchzwängt, bis er das Auto vor einem frei stehenden Haus, das mit «Grotto Da Laura» beschriftet ist, anhält. Giorgio Mazetta ist seit einigen Tagen auf Besuch bei seinen Eltern und seinem älteren Bruder. Losone ist ein in früheren Zeiten verschlafener Fleck, der am Fuße von zwei vom Eis der Gletscher gefurchten Tälern mit tiefen Schluchten und reißendem Wasser, dem Maggiatal und dem Centovalli, liegt.

Hinter dem Haus befindet sich eine überdachte Locanda mit hängenden Reben. Darunter stehen Steintische und Steinbänke. Mazetta stellt seinen beigen Ford auf den Parkplatz und steigt aus. Er holt eine Fischleine und einen kleinen Rucksack aus dem Auto, hebt sachte einen Kanister mit einigen gefangenen Fischen aus dem Gepäckraum und tritt in das Gebäude. Darin befindet sich die kleine Gaststätte mit etwa zehn Tischen und einem größeren Ausschank. An der gegenüberliegenden Wand steht ein Schrank. Darin sind Pokale, Klubfähnchen und Fotos von Fußballmannschaften zur Schau gestellt. Bei näherem Hinsehen kann man auf den Fotos einen jugendlichen Giorgio Mazetta in kurzen schwarzen Hosen und rotem Leibchen erkennen, der meistens stolz in der ersten Reihe kniet. Bilder von Fußballmannschaften oder Schulklassen haben in ihrer Banalität etwas Rührendes an sich. Die in ordentlicher Aufstellung in Blitzesschnelle verewigten Gruppen projizieren die Hoffnung eines jeden Einzelnen auf ein gnädiges Schicksal, das der unbekannte Betrachter des Bildes nach vielen Jahren vergeblich zu ergründen sucht.

Das Wiedersehen mit seiner Familie hat Mazetta jedoch nicht die erhoffte Entspannung gebracht. Seine missliche berufliche Situation in Zürich holt ihn gedanklich immer wieder ein. Als er die Gaststätte betritt, wird er von den wenigen Stammgästen freudig und freundschaftlich auf Italienisch begrüßt. Auch von seiner Familie, dem Bruder, dessen Frau und der Mutter wird er überaus herzlich in Empfang genommen. Alle scherzen und lachen, während sie ihn begrüßen. Dann holt er sich ein Bier und setzt sich mit trübem Blick an einen der Tische, während sich seine Schwägerin daranmacht, ihm einen Teller mit dampfenden Tagliatelle alla Bolognese zu servieren.

Am Montag der folgenden Woche im Tessin

Mazetta fährt in Lugano auf den Parkplatz des «Ministerio Pubblico della Confederazione», stellt seinen Wagen ab und drückt, an der verschlossenen Eisentür des Ministeriums angekommen, auf den Klingelknopf. Er meldet sich über die Sprechanlage mit den Worten: «Sono Giorgio Mazetta», an und verlangt danach, Eddy Borner zu sehen. Der erscheint nach einer Weile und schleust Mazetta durch die Sicherheitsvorkehrungen hinter der gesicherten Eingangstür in die Halle. Dort angelangt, ziehen sich beide in den ersten leeren Raum im Parterre zurück. Stehend übergibt Eddy Borner seinem Untergebenen zwei Ausweise: «Wir müssen bei deinem alten Namen bleiben, Giorgio. Du bist überall als Mazetta bekannt.» Giorgio Mazetta nickt. Er schaut sich den ersten Ausweis, einen rückdatierten, neuen Personalausweis genau an. Danach den zweiten, einen gültigen, alten Schweizer Pass, auf dem in der Spalte «Professione» noch sein früherer Beruf «Gastronomo» steht. Der Pass ist noch zwei Jahre lang gültig.

Während Giorgio die Pässe noch immer examiniert, bemerkt Borner: «Die sollten fürs Erste reichen. Wir haben auch im Passbüro in Bellinzona alles richtiggestellt, falls es Rückfragen gibt.»

Nach einer Weile sagt Mazetta kraftlos: «Ich stecke tief in der Scheiße, nicht wahr, Eddy?» «Du kennst die einzige, gültige Regel: Wenn man tief in der Scheiße steckt, gibt es nur eins, nämlich den Mund halten!» Borner klopft Mazetta aufmunternd auf die Schulter und führt ihn dann zum Ausgang zurück. «Übrigens, Giorgio, am Sonntag ist dein Urlaub zu Ende. Jäger wird am nächsten Tag aus dem Spital entlassen. Vergiss also nicht, bei Habegger das Empfangsgerät für den Chip abzuholen, bevor du deinen Dienst antrittst.»

In der Melius Foundation, London

Die Professoren de Montfort, Clavet, Smith sowie Dr. Wiederkehr und Dr. Kramer sitzen an einem antiken Konferenztisch aus viktorianischer Zeit und brüten über ihren Dokumenten. Im Vorzimmer schreibt derweil eine ältere Sekretärin auf ihrem Computer, während sich eine jüngere darum kümmert, den Arbeitslunch zusammenzustellen, den der nahe gelegene Chinese bereits angeliefert hat, nachdem jeder der Sitzungsteilnehmer zuvor seine Wünsche auf einem vorgedruckten Bestellzettel angekreuzt hat. Jedes nach Israel und von dort in die besetzten Gebiete weitergereiste Mitglied des Ärzteteams hat seine Untersuchungsergebnisse wie besprochen an Homer Kramer gemailt, der sie danach zu einem einheitlichen Bericht im Sinne der MF, zusammengefasst hat. Der solchermaßen abgefasste Bericht ist dem Team nach seinem Eintreffen in London nunmehr wieder zum Studium und zur letzten Kontrolle vorgelegt worden. Die vor ihnen liegenden Seiten des Entwurfes sind bereits mit neuen handgeschriebenen Randnotizen und Einschüben versehen. Prof. de Montfort berichtet, dass bei dem Patienten ein Nierentumor neu diagnostiziert worden sei. Und bei den Rückenschmerzen, über die der Patient geklagt habe, könne es sich folglich um Metastasen dieses Tumors in den Knochen handeln. Dies könnte aber erst in Zürich zuverlässig diagnostiziert werden. Ebenso müsste im ALLMEND SPITAL die Operabilität des Nierentumors festgelegt werden. Dr. Homer Kramer unterbricht ihn mit den Worten, dass der Bericht eindeutig, aber unaufdringlich ergeben müsse, dass «Target 13» in Zürich nicht nur die beste Behandlung erhalten, sondern auch dass diese den Gesundheitszustand des Patienten mit Gewissheit stabilisieren, wenn nicht sogar verbessern würde. Dafür stehe Prof. Jäger und das internationale Renommee, das sich dieser hinsichtlich der Erforschung, Diagnose und Behandlung von bösartigen Tumoren erworben habe.

Worauf Dr. Wiederkehr stolz auf die Vorzüge der im ALLMEND SPITAL von Prof. Jäger und seinem Team angewandten neuen Behandlungsmethoden und Medikamente – allen voran Avastin – zu sprechen kommt, die das Leben der behandelten Personen im Vergleich zu dem des statistischen Durchschnitts deutlich verlängern.

Nach Wiederkehrs Kurzreferat führt Dr. Kramer die Teilnehmer Zeile um Zeile durch seinen Bericht. Immer wieder werden Einwände oder Ergänzungen laut, von denen die meisten unwidersprochen bleiben. Monoton trägt derjenige, der eine Textänderung beantragt, diese dem Vorsitzenden fast flüsternd vor.

Der wiederum nimmt die Änderung auf einem Beiblatt auf, und wenn auf diese Weise eine Seite des Berichtsentwurfs abgearbeitet ist, läutet Dr. Kramer sanft mit einer Klingel. Danach betritt die Sekretärin den Sitzungsraum, nimmt die korrigierte Seite mit all den Beiblättern in Empfang und verschwindet wieder so schnell, wie sie gekommen ist. So nimmt der Bericht allmählich seine endgültige Form an.

Zwischendrin erscheinen die beiden Sekretärinnen mit aufeinandergetürmten Kartonschachteln, in denen das bestellte Essen schmort. Auf jeder Schachtel liegt der Bestellzettel, um Verwechslungen zu vermeiden. Danach herrscht eine Zeit lang Stille, alle widmen sich voll und ganz ihrem Essen, bis sie sich wieder an die Arbeit machen. Man hört Begriffe wie «Aortenstenose», «Aortendissektion» und «Myokardinfarkt». Endlich sind sie mit der Redaktion des medizinischen Gutachtens fertig. Als es darangeht, wer der Anwesenden das Dokument unterschreiben soll, schlägt Dr. Kramer vor, dass Prof. Smith als Obmann des medizinischen Konsiliums als Erster seine Unterschrift unter den Bericht setzen wird und nach ihm selbstverständlich auch die Professoren de Montfort und Clavet sowie Dr. Hugo Wiederkehr. Inzwischen ist es Abend geworden. Das Sitzungszimmer ist hell beleuchtet. Der Bericht wird in zehn Exemplaren in den Raum gebracht und mit der letzten Seite oben auf den Konferenztisch gelegt.

Als Erster tritt Prof. Smith vor, unterschreibt die zehn Unterschriftsseiten und kehrt eilig zu seinem Platz zurück, wie jemand, der nicht gesehen werden möchte. Als Nächster folgt ihm Prof. Hubert de Montfort. Seine stets korrekt nach hinten gekämmten blondgrauen Haare haben ihren angestammten Platz verloren und er damit seine hochmütige Arroganz. Er tastet alle Taschen in seiner Bekleidung ab, geht zurück zu seinem Platz, holt seinen dort zurückgelassenen Montblanc-Kugelschreiber, zögert, liest nochmals die ganze Unterschriftenseite – als ob er der Sache nicht recht traut – und setzt dann seine schnörkelhafte Unterschrift auf jede der aufgelegten Seiten. Dann ist der spanische Kollege, Prof. Alfonso Clavet, an der Reihe, der Älteste in der Runde. Er war bereits unter dem spanischen Diktator Franco eine in seinem Lande bekannte Koryphäe auf dem Gebiete der Herzchirurgie. Die Reise in die besetzten Gebiete bereitete ihm Unbehagen. Er mag im Prinzip Araber nicht und «Target 13» ganz und gar nicht. Ihn hätte er am liebsten als unheilbar krank diagnostiziert (was der Tatsache entspricht), der als «basura», das heißt als Abfall, dort und jetzt, entsorgt werden muss. Doch dies ist nicht das Thema. Der Zeitpunkt des Todes infolge seiner vielen Krankheiten konnte zeitlich nicht vorausgesagt werden, musste er vor Ort feststellen. Behandlungsmethoden nach dem neusten Stand der Wissenschaft in guten Spitälern hätten den Gesundheitszustand des Patienten wenigstens für eine gewisse Zeit stabil gehalten. In dieser Zeit wäre «Target 13» ungehindert in der Lage, das Geschehen im Mittleren Osten und mithin die Weltpolitik mitzubestimmen. Dass der Untersuchungsbericht nur Mittel ist, «Target 13» nach Zürich zu locken, um ihn dort aus der Welt zu schaffen, erfüllt deshalb Prof. Clavet mit großer Genugtuung. Er setzt stehend seine Unterschrift auf die vor ihm liegenden Seiten und kehrt forsch zu seinem Platz zurück.

Die Reihe ist an Dr. Hugo Wiederkehr. Sein Imponiergehabe entstammt gewissermaßen aus seinem Geltungsbedürfnis im Wissen darum, dass er auserkoren ist, seine anerkannt hervorragenden medizinischen Fähigkeiten in den Dienst einer universell wichtigen Mission zu stellen, welche sicherlich in die Geschichte eingehen wird. In Anbetracht des von ihm selbst festgestellten erbärmlichen Gesundheitszustandes von «Target 13» darf mit Fug behauptet werden, dass die Hand Gottes die Vorarbeit bereits geleistet hat. Die MAT wird Gottes Vorarbeit mit seiner Hilfe zu Ende führen. Seine Aufgabe folgt dem hippokratischen Eid, dem schwer kranken «Target 13» seine Leiden abzunehmen. Mit dem Gedanken, dass er «Target 13» und ebenso der Menschheit hilft, geht Dr. Wiederkehr an den Tisch und unterschreibt zehn Mal. Er hört Dr. Homer Kramer sagen: «Ich danke Ihnen, meine Herren, für Ihre effiziente und konstruktive Mitarbeit. Dr. Smith wird nun neun der zehn Berichte mitnehmen und sie den Destinatären unverzüglich zustellen. Drei Kopien gehen nach Israel, das zwei davon an die Führung der Befreiungsbewegung weiterleiten wird. Die vierte Kopie ist für die amerikanische Regierung bestimmt, und drei weitere gehen an das Schweizer Außen-, Verteidigungs- und Justizministerium, zudem wird Prof. Jäger noch eine Kopie erhalten, sobald ‹Target 13› in die Schweiz einreist, um sich im ALLMEND SPITAL von ihm behandeln zu lassen. Es wäre mir außerdem eine Ehre, Sie heute Abend im Grill Room des Hotel Claridges zum Abendessen einladen zu dürfen. Meine Sekretärinnen werden Ihnen dort je eine Fotokopie unserer heutigen Arbeit übergeben.» Mit diesen Worten endet die Sitzung in London und eine stark befrachtete Woche für die Teilnehmer.

Am Sonntag im ALLMEND SPITAL

Max Jäger sitzt mit einem müden Lächeln aufrecht im Bett. Seine rechte Gesichtshälfte ist noch immer violett und geschwollen, und an seinem Arm sind ein großes Pflaster und einige Hämatome sichtbar. Zvi Orad hat seine Hand auf den wunden Arm des Patienten gelegt, der sich an seinen Unfall zu erinnern versucht. «Ich kann mich noch an starke Schmerzen erinnern. Aber die kamen eher in Abständen und nicht in rascher Abfolge wie bei einem Treppensturz. Komisch, wie man sich etwas einbilden kann, was so gar nicht der Realität entspricht. Aber vielleicht habe ich das alles ja auch nur im Komaschlaf geträumt. Man hat in diesem Zustand viele grässliche Albträume, aus denen man erwachen will, aber nicht kann. Kannst du dir das vorstellen?» Zvi Orad ist erstarrt, rät Jäger aber väterlich, sich nicht aufzuregen und über Dinge nachzugrübeln, die sich nun einmal nicht mehr ändern lassen. «Schau, Max, so etwas kann uns allen passieren. Du hast dich beim Essen unwohl gefühlt und bist deshalb nach oben gegangen, um ein Mittel gegen die Übelkeit einzunehmen. Ich habe keine Ahnung, was danach passiert ist. Ich weiß nur, dass ich kurz darauf einen unglaublichen Lärm hörte und dich dann bewusstlos unten an der Treppe liegen fand. Dein Sturz muss heftig gewesen sein, denn du hast dir am Kopf und vor allem am linken Arm schwere Blessuren zugezogen. Es war ein schwerer Unfall, aber Hauptsache, du lebst und wirst bald wieder gesund.» Max Jäger hört sich Orads Ausführungen an und beschließt, die Sache nicht weiter zu vertiefen. Doch Zvi ist noch nicht am Ende angelangt. «In der Ambulanz hat sich dein Zustand dann in besorgniserregender Weise verschlechtert, sodass wir eine intrakranielle Blutung und ein Hirnödem befürchtet haben. Eine Blutung ließ sich aber glücklicherweise im CT nicht nachweisen, die Hirnschwellung war dagegen deutlich erkennbar, weshalb wir dich ins künstliche Koma versetzt und beatmen haben lassen.»

«Das hört sich gar nicht gut an. Und wann, denkst du, werde ich wieder einsatzfähig sein?»

»Wir, das heißt Hugo Wiederkehr und ich, denken, dass du morgen das Spital verlassen kannst. Ich rate dir aber, es mit der Arbeit äußerst langsam angehen zu lassen. Dann wirst du in zwei, drei Wochen wieder ganz der Alte sein.»

Prof. Jäger schaut aus dem Fenster, hinter dem er die große Wiese und den Fußweg sieht, auf dem er auf das Auto zugegangen ist, in dem Eva Roth auf ihn wartete. Wenn er jetzt doch nur bei ihr sein könnte, sinniert er. Draußen regnet es. Ein Mann mit Hut und in einem beigebraunen Regenmantel geht mit dem Rücken zum Spital den Weg hinunter, neben ihm ein Hund. Der Hund ist nicht an der Leine. Trotzdem weicht er nicht von der Seite des Meisters. Unvermittelt fragt Jäger: «Wolltest du das Spital nicht für einige Zeit verlassen und nach Israel zurückkehren? Wie geht es dir und deinem Sohn?» Verblüfft betrachtet Zvi Orad sein Gegenüber: «Danke, dass du fragst», antwortet er, «was mich betrifft, gibt es keine Änderung. Und Esther fühlt sich zwar noch immer überfordert, meint aber, ich könne ihr dort unten nicht wirklich helfen und solle lieber an mich denken und mich auskurieren.»

«Also bist du nur meinetwegen noch hier, Zvi?», erkundigt sich Max Jäger. «Ja und nein», antwortet Zvi. «So groß ist meine Nächstenliebe nun auch wieder nicht. Ich wollte zwar noch deine ‹Wiederauferstehung› miterleben, aber morgen fliege ich. Ich hätte es dir schon noch gesagt.» Zvi Orad begibt sich langsam zur Tür und hat dabei das Gefühl, dass sich die Blicke seines alten Freundes geradezu in seinen Rücken bohren. Ihn überkommt ein ungutes Gefühl. «Also dann, bis morgen», sagt er und dreht sich noch einmal nach Max um, um seinen Gesichtsausdruck zu erforschen. Doch Max sieht Orad nur lächelnd an und meint: «Ich danke dir für alles, was du für mich getan hast.» Worauf Zvi: «Schon gut!», sagt und die Tür hinter sich schließt.

Am nächsten Tag

Giorgio Mazetta hat sein Auto auf dem Privatparkplatz neben dem Spitaleingang parkiert und wartet dort auf dem Fahrersitz auf Jäger, der entlassen wird. Auf der Einfahrt, nahe dem Portal, steht ein Taxi mit geöffneter Hecktür. Zvi Orad und eine Taxifahrerin laden Taschen und Mappen in den Kofferraum. Dann umarmen sich Jäger und Orad ein letztes Mal, und Orad steigt in das Taxi. Nachdem dieses fort ist, geht Jäger auf Mazettas Wagen zu und fragt ihn, ob er denn schon sein ganzes Gepäck eingeladen habe. Und als Mazetta bejaht, meint er: «Dann warten Sie hier bitte auf mich. Ich bin in einer Viertelstunde zurück.» Jäger geht etwas wackelig, aber dennoch zügig zurück ins Spital, wo er sich ins Vorzimmer seines Büros begibt und seine Sekretärin darum bittet, ihm die gesamte während seiner Abwesenheit eingegangene Post in sein Büro zu bringen. Kaum dass Frau Sommer zwei große Stapel mit Briefen und Fachzeitschriften vor ihm auf den Schreibtisch gelegt hat, schickt Jäger sie mit einem Zeichen seiner Hand auch schon wieder aus dem Zimmer und wählt dann eine interne Nummer. «Hier Jäger, ich wünsche Ihnen einen guten Morgen, Herr Kollege Werder.» Einen kurzen Moment lässt er den Oberarzt sprechen, dann bittet er ihn darum, ihm das vollständige Dossier seiner Krankengeschichte zu überstellen. Er gehe davon aus, meint er, dass dieses nicht für jedermann einsichtig im Computer gespeichert sei und er selbst es sich auch nicht ausdrucken könne, was ihm Dr. Werder bestätigt. Der Kollege Wiederkehr habe in der Tat nicht gewollt, dass jede Krankenschwester und jeder Physiotherapeut die Unterlagen einsehen könnte und habe das Dossier daher verschlüsselt. Aber er, Werder, habe Zugang dazu, weil er den Kollegen Wiederkehr während dessen Aufenthaltes in Israel vertreten musste.

«Wo war der Kollege Wiederkehr? In Israel?», fragt Jäger erstaunt.

«Richtig, aber reden Sie doch am besten mit ihm selbst. Er ist ja seit heute wieder zurück, und ich kann Ihnen eh nicht mehr sagen, als dass er im Auftrag unseres Außenministeriums dorthin gereist ist.»

«Dann drucken Sie mir eine Kopie des Dossiers aus. Ich warte», meint Jäger darauf nur und beendet das Telefonat. Er schüttelt ungläubig den Kopf. Die Aufregung angesichts dieser Neuigkeit lässt seinen Puls rasen. Unkonzentriert geht er die vor ihm liegende Post durch, bis er auf einen handschriftlich adressierten Briefumschlag stößt. Er betrachtet die gleichmäßige und schwungvolle Handschrift mit den gut lesbaren, schnörkellosen, runden Buchstaben, die seinen Namen bilden und die Initialen «ER» auf der Rückseite des Briefes. Er schaut noch immer auf den ungeöffneten Brief hinab, als es klopft und Dr. Werder, ohne eine Antwort abzuwarten, mit den Worten: «Gut zu wissen, dass Sie wieder unter uns sind. Hier ist Ihr Dossier, Herr Professor», ins Zimmer tritt. Der schaut nur kurz auf und bedankt sich, worauf Dr. Werder auch schon wieder auf dem Absatz kehrtmacht. Max Jäger steckt den Brief mit den Initialen «ER» in die Brusttasche seines Jacketts, räumt die restliche Post samt seiner Krankenakte in einen Aktenkoffer aus seinem Büroschrank und verlässt sein Büro. So schnell er kann, geht er zum Hauptportal und von dort auf den Parkplatz, wo Giorgio Mazetta gelangweilt in seinem Wagen sitzt und auf ihn wartet. Prof. Jäger steigt ein, legt den Aktenkoffer auf den Hintersitz und gibt Mazetta die Anweisung, ihn sofort nach Hause zu fahren.

Im ALLMEND SPITAL am Ende der Woche

Jäger hat Dr. Wiederkehr zu einer Unterredung in sein Büro gebeten. Ungeduldig und missmutig lässt er Wiederkehrs hohle Worte des Mitgefühls über sich ergehen, die er schließlich mit der Aufforderung beendet, den Grund für Wiederkehrs Reise nach Israel erfahren zu wollen. Mit versteinerter Miene hört er danach seinem Stellvertreter zu, der ihm weitschweifig die Umstände seiner Reise nach Israel, dann in die besetzten Gebiete und schließlich nach London schildert. Er habe, so meint er, die Einladung der Schweizer Regierung wohl nicht ausschlagen können. Doch seine Erklärungen interessieren Jäger überhaupt nicht, er will von Wiederkehr allein wissen, wem dieser Besuch galt und weshalb. Worauf Wiederkehrs Redeschwall versiegt. Jäger beobachtet, wie sein Kollege auf dem Sessel herumrutscht, als ob er sich in ihm verstecken möchte. Er wartet schweigend, bis Wiederkehr mit gequälter Miene endlich herausbringt, dass er angewiesen worden sei, die Sache streng vertraulich zu behandeln. «Von wem?», verlangt Jäger zu wissen. Wiederkehr lügt: «Von unserer Regierung. Sie ist die Auftraggeberin. Mit unserem Spital hat das auch weiter nichts zu tun. Der Auftrag war konkret an meine Person gebunden», entstellt er die Wahrheit weiter. Doch Jäger lässt sich nicht beirren. «Ich nehme an, das Konsilium vor Ort ist in einen Rapport eingegangen, an dem du mitgewirkt hast?» Wiederkehr kann nicht umhin, diese Frage zu bejahen. «Ich möchte ihn einsehen», folgt Jägers Aufforderung auf dem Fuß. Wiederkehr versucht sich zunächst herauszureden, dass der unterschriebene Bericht entweder noch in London oder bereits an die Bundesverwaltung unterwegs sei, ihm aber sicherlich in Bälde vom Außenministerium offiziell zugestellt werden würde. Doch die Art und Weise, in der sich sein Stellvertreter herauszureden versucht, lässt in Jäger nur die Überzeugung wachsen, dass Wiederkehr bereits eine Kopie des Berichts in seinen Akten hält. Nachdem er jedoch noch die Hoffnung hegt, dass Wiederkehr freiwillig kollaboriert, erkundigt er sich zunächst, ob er nicht zufällig eine Kopie des Rapports besitze, die er einsehen könnte. Wiederkehr hat plötzlich das Reden verlernt und starrt seinen Chef an, als hätte er es mit Beelzebub persönlich zu tun. Jäger spürt, wie der Ärger in ihm aufsteigt, beschließt aber, seinen sichtlich erschütterten Stellvertreter nicht noch mehr unter Druck zu setzen und meint: «Nicht dass ich es eilig habe, diesen Rapport zu sehen. Ich bin ja noch immer krankgeschrieben und offiziell im Urlaub. Wann also glaubst du, dass ich die Ehre habe, das erlauchte Werk meiner eminenten Kollegen einzusehen?» Wiederkehr ist in seiner Aufregung der Sarkasmus in Jägers Worten entgangen, weshalb er sich wieder in Erklärungen verliert. Er redet nun von einem «offiziellen Auftrag» und einem «Staatsgeheimnis» mit «strafrechtlichen Folgen», das müsse Max doch verstehen. Jäger lässt Wiederkehr reden, meint dann aber lapidar: «Hugo, bitte, ich möchte bald nach Hause gehen. Ich fühle mich noch schwach. Beantworte mir nur die eine Frage: Wann erhalte ich den Bericht?» Wiederkehr betrachtet Jäger daraufhin etwas genauer und bemerkt die tiefen Schatten unter seinen Augen und seine Erschöpfung. Immerhin ist er mein Chef, dämmert es ihm. Ihn völlig im Dunkeln zu lassen, wo es doch letztendlich um seine Person geht, wird sich eines Tages vielleicht rächen. Und so beugt sich Wiederkehr etwas vor und lässt Jäger wohlwollend wissen: «Soweit ich von Dr. Zvi Orad weiß, werden die verschiedenen Instanzen in Israel und in der Schweiz übermorgen ein Protokoll unterschreiben, das die Einzelheiten der Überführung wie auch der Rückkehr des Patienten und seiner Begleiter regelt. Kurz danach wird dir der Rapport offiziell übergeben werden.» Prof. Jäger lässt sich seine Überraschung, Orads Namen in diesem Zusammenhang zu hören, nicht anmerken. Er lässt die Gelegenheit aber nicht aus, den Kollegen auf den Lapsus, der ihm soeben unterlaufen ist, aufmerksam zu machen, indem er ihn fragt: «Und wie geht es meinem Freund Zvi?» Wie beabsichtigt erschrickt nun Dr. Wiederkehr. Verzweifelt sucht er nach den richtigen Worten, um seinen Fehler wieder gutzumachen, und spricht von einem zufälligen Telefonkontakt mit seinem israelischen Kollegen, bei dem ihm dieser auch die besagte Information gegeben habe. Jäger verfolgt interessiert, wie sich sein sonst so erfolgreicher Kollege immer tiefer in die Unwegsamkeiten von Erklärungen verirrt, die zusammengefasst keinen Sinn ergeben. Nach einem Moment, in dem keiner von beiden spricht, fragt Jäger schließlich: «Fand dieser Anruf vor oder nach Zvis montäglicher Abreise statt?» Und als er darauf, wie erwartet, keine Antwort erhält: «Ich freue mich, dass ihr einen so guten Kontakt zueinander habt. Wenn du also das nächste Mal mit ihm sprichst, grüß ihn bitte von mir und frage ihn auch, mit welcher Ambulanz ich von ihm ins Spital eingeliefert wurde. Ich habe diesbezüglich schon bei der Administration nachgefragt, da weiß aber niemand Bescheid. Ich wäre dir daher sehr dankbar, wenn du mir Zvis Antwort morgen mitteilen könntest. Gleichzeitig erwarte ich von dir, dass du mir ebenfalls morgen eine Kopie eures Berichtes nach Hause bringst. Ich möchte euren Rapport schon studieren, bevor er mir offiziell ausgehändigt wird. Selbstverständlich bleibt das unter uns. Du hast nichts zu befürchten. Ich erwarte dich also morgen, 8 Uhr, bei mir. Und keine Widerrede, es geht um deine Karriere, Hugo!»

In Bern

Bob Ponte lässt die Auseinandersetzung mit Hans Bühlmann im Zürcher Hotel nicht los. Er hegt große Zweifel, was die Zuverlässigkeit der in der Schweiz tätigen Akteure, beginnend mit der zuständigen Abteilung des Nachrichtendienstes bis hin zu Prof. Jäger, angeht. Um sich ein genaueres Bild und die Gewissheit zu verschaffen, dass sein Schweizer Gegenpart, Dr. Hans Bühlmann, das Projekt unter Kontrolle kriegt, hat er ihn zu einem Spaziergang am Ufer der Aare eingeladen.

Die Aare umfließt in Form einer Schlinge die hoch gelegene Berner Altstadt mit ihren eleganten Brücken, die in die einzelnen Quartiere führen. Das smaragdgrüne Wasser fließt mit starker Strömung in Richtung Norden, dem fernen Rhein zu. Die vielen Laubbäume, die das Aareufer zäunen, bieten dem Betrachter im Herbst ein wundervolles Farbenspiel. Aber Ponte und Bühlmann nehmen die romantische Flusslandschaft und die mittelalterliche Stadtkulisse nicht im Geringsten zur Kenntnis, sondern stapfen völlig ins Gespräch vertieft und mit auf den Boden gerichtetem Blick nebeneinanderher.

Bob Ponte marschiert mit dem energischen Schritt, den er sich in seiner Jugend bei den amerikanischen «Marines» angeeignet hat, neben dem eher gebeugt gehenden Bühlmann einher und redet unentwegt. Bühlmann, der ihm seinen unerhörten Angriff in der Hotelsuite Mitte September keineswegs verziehen hat, hört ihm zu, wobei ihm der heute nicht minder spöttische Tonfall seines Gesprächspartners keineswegs entgeht. «Ich habe dich gebeten, etwas frische Luft mit mir schnappen zu gehen, damit wir umso besser mit klarem Kopf gemeinsam eine Standortbestimmung durchführen können. Doch zu Beginn will ich wissen, ob du dich derzeit vielleicht überfordert fühlst oder einfach nur deine eigenen Wege gehst, ohne zu wissen, wohin diese führen? Dies zu ergründen, ist das Thema von heute», kündigt er an.

Hans Bühlmann hatte sich in seinem langen Berufsleben schon vieles anhören müssen. Doch diesmal will er sich von Bob Ponte, den er bis zum Start von «Operation Sunrise» als einen eher verhalten agierenden Verbindungsoffizier der CIA kennengelernt hat, nicht in die Ecke drängen lassen und erwidert: «Für mich sind deine Vorwürfe unberechtigt, Bob. Sicherlich sind Probleme aufgetaucht, die es zu lösen gilt. Aber ein Projekt dieser Größenordnung läuft nie störungsfrei ab. Und vielleicht übersteigen die Anforderungen dieses Projektes tatsächlich die Kapazitäten meiner Spezialeinheit. Aber wir sind von null an gestartet und haben bislang viel erreicht.»

Bob Ponte, der es nicht nur versteht, messerscharf und gelegentlich auch verletzend zu argumentieren, sondern seinem Gesprächspartner auch unvermittelt und ohne Übergang suggerieren kann, dass er sein Freund ist und das geführte Gespräch nur zu seinem Wohl dient, nimmt nun eine solche Kehrtwende vor und fragt Bühlmann danach, ob seine Vorgesetzten ihn bei der Abwicklung des Projektes denn ausreichend unterstützen würden?

Dr. Hans Bühlmann antwortet zögerlich: «Die Wahrheit ist, dass der Verteidigungsminister wegen der damit verbundenen Sicherheitsmaßnahmen, für die er verantwortlich zeichnet, gegen die Überführung von ‹Target 13› ist. Er wird sich einem Mehrheitsbeschluss der Regierung, kommt dieser zustande, allerdings anschließen. Das heißt aber nicht, dass er mich und meine Spezialeinheit unterstützt, denn er kennt die Hintergründe für die Überführung nicht. Er weiß nichts über ‹Operation Sunrise›.»

«Du hast zuletzt aber doch erwähnt, dass du Rückendeckung von oben hast, ‹Operation Sunrise› würde dort inoffiziell gebilligt?»

«Damit war der Justizminister gemeint, den ich noch aus meiner Studienzeit her kenne. Wir haben privaten Kontakt. Nachdem du den Plan für ‹Operation Sunrise› an mich herangetragen hattest, habe ich privat dem Justizminister davon berichtet und ihn gefragt, was ich tun soll? Er meinte, das Ganze sei sehr heikel, aber eine gute Sache, wenn es mir gelänge, die Angelegenheit spurlos über die Bühne zu bringen. Sein Staatssekretär, Dr. Kurt von Arx, der nicht eingeweiht ist, stellt sich heute aber bei der Umsetzung quer. Kurzum: Weder mein derzeitiger Vorgesetzter, der Verteidigungsminister, noch von Arx haben Kenntnis von ‹Operation Sunrise›. Die beiden sind aus demselben Holz geschnitzt. Sie lieben weder Komplikationen noch Risiken, und das Projekt, an dem wir arbeiten, passt so ganz und gar nicht in ihre Landschaft.»

Und nach einer Weile fügt er noch hinzu: «Verstehst du jetzt meine Lage? Ich habe den Verteidigungsminister und Kurt von Arx übergangen. Stattdessen habe ich den Justizminister über ‹Operation Sunrise› informiert, dazu noch privat.»

«Ja, ich denke schon, dass ich dich verstanden habe. Auf welchem Wissensstand befindet sich denn der Minister deines Vertrauens?»

«Er weiß nicht allzu viel. Minister lieben keine langen Geschichten. Der Justizminister sähe ‹den alten Terroristen›, wie er ihn nennt, in der Schweiz am liebsten in Auslieferungshaft, damit wir ihn sofort wieder aus dem Land schaffen könnten. Von daher kam auch die Anfrage an Dr. Schorni. Für den Minister ist ‹Target 13› ‹ein Schurke›, den er lieber im Gefängnis als in einem unserer besten Spitäler sähe. Er meinte auch, dass er hier ja nicht unbedingt die beste Behandlung erhalten müsse, und dass er, sollte etwas schiefgehen, ganz sicher nicht an seiner Beerdigung teilnehmen würde.»

Ponte wirft Bühlmann einen verständnisvollen Blick zu und sagt mit warmer Stimme: «Lieber Bühlmann, ich habe eine gute und eine schlechte Nachricht für dich. Die gute lautet: Amerika wird zahlen. Wir werden allerdings nicht wie gewünscht direkt an die Schweiz zahlen. Alles wird wie bei einem normalen Deal über Israel abgewickelt. Deine und die israelische Regierung werden sich hinsichtlich der Überführung und Behandlung von ‹Target 13› und des Kostenaufwands für diese Aktion einigen. Sollte diese Vereinbarung dann nicht alle Kosten der Schweiz im Zusammenhang mit dieser humanitären Aktion decken, wird Washington über Israel hinweg diese schadlos halten. Befriedigt?»

«Ja, das geht in Ordnung, danke. Und wie lautet die schlechte Nachricht?»

«Ein Junktim in Sachen Handelsfragen wird es nicht geben. Das müsst ihr euch aus dem Kopf schlagen. Unsere Regierung arbeitet nicht auf diese Weise. In der kleinen Schweiz mag es gehen, dass ihr Geschäfte aus verschiedenen Bereichen miteinander verquickt. Bei uns aber nicht.»

«Ich nehme eure Antwort zur Kenntnis und leite sie weiter. Aber wann kann denn nun in der Schweiz dic operative Phase beginnen? Stimmt es denn, dass mit dem Start nicht vor November gerechnet werden kann, wie ich gehört habe?»

«Ja, das stimmt so in etwa, immer vorausgesetzt, unsere Regierungen, die Befreiungsbewegung und nicht zuletzt die Familie von ‹Target 13› erteilen ihre Zustimmung dafür, die medizinischen Dienste Prof. Jägers und seines Teams in Anspruch zu nehmen.» Und ohne Ankündigung vollzieht Bob Ponte die nächste Wende, indem er kaltschnäuzig hinzufügt: «Anstatt dass ‹Target 13› auf der Intensivstation des ALLMEND SPITALS lag, war es Prof. Jäger, der dort behandelt werden musste. Und zwar in Folge davon, dass ihr ihn weder voll einbinden noch kontrollieren konntet. Die Situation ist geradezu grotesk. Deine Dienste müssen sich radikal verbessern.»

Die beiden gehen eine Weile, ohne zu reden, am Fluss entlang. Auf der anderen Seite der Aare sind in einem Gehege des städtischen Tierparks Steinböcke zu sehen.

Da nimmt Ponte den Faden wieder in freundschaftlicher Tonart auf. «Wir kennen uns nun schon seit vielen Jahren. Wie lange arbeitest du jetzt schon mit der CIA zusammen? Zehn, zwölf Jahre?»

«Nächsten Frühling werden es 20 Jahre sein.»

«Du hast deinem Lande immer treu gedient. Tatsache ist aber auch, dass wer so lange wie du mit der CIA zusammenarbeitet, letztlich auch teilweise für die CIA arbeitet.» Hans Bühlmann schaut ihn mit offensichtlichem Unbehagen an. Es ist unter Nachrichtenleuten geradezu verpönt, einem seiner Kollegen doppelte Loyalität zu unterstellen oder gar von ihm zu verlangen. Bob Ponte ist sich dessen auch voll bewusst, fährt aber trotzdem fort: «Wenngleich du Chef einer Spezialeinheit des Schweizerischen Nachrichtendienstes bist, werden bei einem gemeinsamen Projekt wie ‹Operation Sunrise› die Fehler deiner Dienststellen auch automatisch zu Fehlern der CIA. Und bei der CIA bin nun einmal ich für die operative Seite von ‹Operation Sunrise› zuständig.»

«Behandle mich hier bitte nicht wie einen deiner Untergebenen!»

«Doch, ganz genau, du bringst es auf den Punkt. Was ‹Operation Sunrise› angeht, bist du von nun an operativ mir unterstellt. Nachdem du deinem eigentlichen Vorgesetzten nicht rapportieren kannst, weil der nichts davon weiß, und der Justizminister im luftleeren Raum schwebt, musst du ja jemandem gegenüber verantwortlich sein. Und dieser Jemand bin von jetzt an ich! Außerdem bauen deine Einheiten laufend Mist. Deine Story zum Tod von Dr. Schorni stinkt zum Himmel. Ihr habt dabei jeden erdenklichen Fehler gemacht, den man machen kann, und noch ein paar andere dazu. Folglich habe ich mich für die nächsten Wochen im Hotel ‹Waldhaus Dolder› in Zürich einquartiert. Zvi Orad und ich werden das Projekt gleichberechtigt leiten, allerdings außerhalb des Spitals. Du wirst über ein Mobiltelefon, das ich dir nachher geben werde und das nicht abgehört werden kann, täglich – und falls notwendig, stündlich – Kontakt mit mir halten. Mindestens einmal pro Woche werden wir uns in Bern, Zürich oder anderswo treffen. Ich hoffe, dies ist eine gute Nachricht für dich!» «Eine gute Nachricht nennst du das?», fragt Bühlmann, der sich von Ponte ein weiteres Mal schwer in seiner Berufsehre gekränkt sieht. «Ist dir eigentlich bewusst, dass du auf Schweizer Boden stehst und dich anmasst, einem hohen Schweizer Beamten Befehle zu erteilen? Deine Nachricht ist keine Nachricht. Ich bin bloß Zeuge, wie mir ein Amerikaner in der Schweiz von seinen kühnsten Träumen erzählt. Träume werden aber bekanntlich nie Wirklichkeit. Doch meinetwegen kannst du gerne weiterträumen, Bob.»

«Bühlmann, wenn hier einer träumt, bist du es. Du redest vom Schweizer Boden und merkst dabei gar nicht, dass sich unter deinen Füßen gar kein Boden mehr befindet und du dich im freien Fall befindest. Du hast deinen früheren und deinen jetzigen Vorgesetzten übergangen. Sollte davon irgendetwas an die Öffentlichkeit dringen, bist du dran. Der Justizminister wird sagen, dass er nie von dir informiert worden ist, weil er für solche Aktionen ja auch gar nicht zuständig ist. Er wird dich fallen, nein, nicht fallen, sondern öffentlich abschlachten lassen, falls nur etwas ruchbar wird, das ihm schaden könnte. Vom Verteidigungsminister gar nicht erst zu reden. Du stehst mit deiner Abteilung allein. Du benötigst meine und Zvis Hilfe, und zwar sofort und dringend. Wer bist du eigentlich, dass du die Hilfe, die du zum Überleben benötigst, verweigern willst? Vielleicht klingt ‹Rapportieren› ja aber auch etwas zu hart, Hans. Sagen wir lieber, du kommst zu uns, weil du Hilfe brauchst und wir dir diese Hilfe geben können. Na, klingt das besser?»

«Und wenn ich diese Hilfe tatsächlich nicht beanspruchen will, was dann?»

«Dann lautet die Devise ‹Friss oder stirb›. Du hast noch immer die Wahl. Aber ich wette schon heute, dass du ohne unsere Hilfe in ein großes Loch fallen wirst, in dem du auf Nimmerwiedersehen verschwindest. Hab ich mich verständlich genug ausgedrückt?»

«Durchaus», antwortet ihm Hans Bühlmann. Zu mehr ist er nicht mehr fähig. Mit gesenktem Kopf und aschfahl im Gesicht geht er neben Bob Ponte, der sich bei ihm eingehängt hat, weiter den Fluss entlang. Bühlmann lässt es geschehen. Von hinten sehen die beiden Männer wie ein Paar aus, das in harmonischer Übereinstimmung auf einem Spaziergang den zur Neige gehenden milden Herbsttag genießt.

Zürich, einen Tag später

Prof. Jäger tritt in einem eleganten, kamelfarbenen Kaschmirmantel vor sein Haus. In seinem Gesicht sind nach wie vor die Spuren seines Unfalls zu sehen, der, wie er ahnt, keiner war. Jäger teilt Mazetta, der vor der Garage seinen Wagen wäscht, mit, dass er einen halbstündigen Spaziergang machen wolle und zu Mittag wieder zurück sei, er wolle aber nicht viel essen, höchstens einen Salade Nicoise oder etwas Ähnliches. Er geht die Straße an seinem Haus entlang und an den vielen Einzelhäusern vorbei, die mit wenigen Ausnahmen zu bieder sind, um als Villa bezeichnet zu werden. Die Gärten sind wegen des heranrückenden Winters so gut wie blumenlos. Sein eigenes Haus wie auch die Garage fällt bei näherer Betrachtung dadurch auf, dass es von der Straße her so gut wie nicht einsehbar ist, weshalb vorübergehende Passanten nicht erkennen können, dass es größer als die Nachbarhäuser ist und in einem ansehnlich großen Garten steht. Jäger hat das Haus von seinen Eltern geerbt, die bei einem Autounfall ums Leben kamen. Seine zwei Brüder und seine Schwester musste er finanziell abfinden, was ihm damals noch schwerfiel. Das elterliche Haus hat sich seit seiner Jugendzeit, mit Ausnahme des Baumbestandes, der seitdem mächtig gewachsen ist, nur wenig verändert.

Giorgio Mazetta hat nicht bemerkt, dass ein schwarzer Personenwagen, kurz nachdem sich Prof. Jäger auf den Weg gemacht hat, vorgefahren ist und zwei Männer aus ihm ausgestiegen sind, die nun unvermittelt hinter ihm stehen. Sie sprechen ihn mit seinem Namen an, und als er sich umdreht, merkt er, dass ihn das Unvermeidliche eingeholt hat. Denn er erkennt in dem einen von ihnen den Kriminalbeamten Mettler wieder, der zusammen mit der Kommissarin schon einmal da war. Mettler stellt ihm auch umgehend den zweiten Mann, seinen Kollegen Konrad Oertle, vor.

Giorgio Mazetta nickt höflich und fragt dann bewusst ganz leise und ruhig: «Sie wollen sicher den Herrn Professor sprechen? Der ist nur leider zurzeit nicht da.» Erich Mettler antwortet: «Nein, wir sind Ihretwegen gekommen. Können wir vielleicht kurz ins Haus treten? Es wird nicht lange dauern.» Beide Beamte erkennen an Mazettas ganzer Körperhaltung, wie widerwillig er dieser Bitte nachkommt. Trotzdem nickt er ein zweites Mal, geht ihnen wortlos voran bis zur Küchentür und lässt die beiden Polizisten eintreten. «Womit kann ich Ihnen dienen?», fragt er dann. Erich Mettler spricht erneut: «Herr Mazetta, wir ermitteln in Sachen Dr. Anton Schorni. Dieser Mann ist aus noch nicht geklärten Umständen in seiner Wohnung tot aufgefunden worden. Dr. Schorni war ein Freund von Prof. Jäger, und Sie sind ein Angestellter im Haus von Prof. Jäger. Seit wann übrigens?»

«Seit dem 1. Juni dieses Jahres», lügt Mazetta. Mettler fragt weiter: «Haben Sie den Namen ‹Schorni› jemals gehört?» «Wann ist dieser Herr Schorni, den ich übrigens nicht kannte, denn verstorben?», ist seine Gegenfrage. Es ist das erste Mal, dass sich Oertle nun zu Wort meldet: «Der Tod trat in der Nacht vom 11. auf den 12. Mai ein, also knapp drei Wochen bevor Sie Ihre Stelle angetreten haben. Wie sind Sie übrigens zu dieser Stelle gekommen? Durch ein Inserat?» Mazetta verflucht den Morgen, an dem ihn Habegger in aller Herrgottsfrüh geweckt und ihm auf dem Weg zu Jägers Haus offenbart hat, dass er Jäger ab sofort inner- und außerhalb des Hauses zu überwachen habe. Jetzt beginnt ihm die ganze Schorni-Geschichte über den Kopf zu wachsen. «Nein, über einen Bekannten», erwidert Mazetta schroff. «Erinnern Sie sich noch daran, wie viel Zeit ab dessen Empfehlung bis zu Ihrem Stellenantritt vergangen ist?», forscht Oertle weiter. Mazetta weicht aus: «Nein, Prof. Jägers Ehefrau war bereits nicht mehr im Haus. Ich war frei, und alles ging recht schnell.» Nun hakt Mettler nach: «Ja, aber so ungefähr werden Sie doch wohl noch wissen, wie viele Tage zuvor Sie sich bei ihm vorgestellt haben?» Mazetta fühlt, wie ihm das Blut in den Kopf schießt, und hofft nur, dass die beiden Polizisten nicht merken, dass er sich zunehmend von ihnen eingekreist fühlt. Er überlegt, weiß aber nicht, welche Antwort er am besten geben soll. «So etwa 14 Tage vorher», meint er daher.

«Sind Sie sicher?», hört er den Kriminalbeamten darauf fragen. Mazetta antwortet nun wie ein trotziger Schüler, der von seinem Lehrer beim Mogeln ertappt worden ist: «Was hat das denn alles mit dem Toten zu tun? Aber es war etwa um den 15. Mai herum, ich kann gern noch in meinem Kalender nachschauen, wenn das für Sie so wichtig ist.» «Gut, schauen Sie nach. Wir werden darauf zurückkommen», befindet Mettler, «wir würden außerdem aber auch noch Ihren Ausweis sehen wollen.» Mazetta ist erleichtert, darauf ist er vorbereitet. Er greift zum Portemonnaie, zieht die Identitätskarte daraus hervor, die er von Borner erhalten hat, und übergibt sie Mettler. «Sie stammen also aus Losone, Herr Mazetta», meint Mettler nun in beinah freundschaftlichem Ton. «Sind Sie vielleicht mit Laura Mazetta vom ‹Grotto Da Laura› verwandt?» Mazetta nickt: «Das ist meine Mutter.» «Was für ein Zufall! Meine Frau und ich lieben es, ins ‹Grotto› Ihrer Mutter zu gehen. Wir sind jetzt allerdings einige Jahre nicht mehr im Tessin gewesen. Geht es Ihrer Mutter gut?» «Danke, ja», antwortet Mazetta. «Dann grüßen Sie sie bitte herzlich, wenn Sie sie das nächste Mal sprechen. Sie wird sich sicherlich an uns erinnern – Käthi und Erich Mettler aus Zürich.»

Jäger sieht bei seiner Rückkehr sofort den schwarzen Personenwagen vor seinem Hause stehen. Er hat seinen Spaziergang lustlos abgebrochen. Seit er die ärztlichen Berichte seiner Krankenakte, die er von Dr. Werder erhalten und noch in der

Nacht gelesen hat, ist er verunsichert. Denn diese sind derart ausführlich und sorgfältig geschrieben, als hätte jemand über seine Behandlung Tagebuch geführt. Der ihm von Zvi Orad beschriebene Vorgang, er sei, weil er sich nicht wohlfühlte, nach oben gegangen, um sich dort ein Mittel gegen die Übelkeit zu holen, geht ihm nicht mehr aus dem Kopf. Ausschließen kann er es nicht. Doch warum kann er sich so überhaupt nicht mehr daran erinnern, wo er doch sonst noch ganz genau weiß, was passiert ist, bevor ihm schlecht wurde?

Als er das Präsidium der Melius-Stiftung Schweiz übernommen hatte, war er kurz entschlossen dem Rat Dr. Kramers gefolgt und hatte Zvi Orad zu seiner Unterstützung angestellt. Dessen spontane Zusage hätte ihn allerdings warnen müssen. Denn kein Spitalarzt seines Alters ließ sich normalerweise ohne jede Bedenkzeit und Rücksprache mit seiner Familie so einfach von zu Hause verpflanzen. Und auch als ihn Orad kurz vor seiner Entlassung aus dem Spital im Krankenzimmer besucht hatte, hatte sich sein Verdacht, dass Zvi Orad ins andere Lager gehörte und mit gezinkten Karten spielt, noch einmal verdichtet.

Nun hört er in der Küche Stimmen und schleicht sich in seinem eigenen Garten wie ein Dieb zum Küchenfenster. Er erkennt Erich Mettler, der ihn in Sachen Schorni schon zwei Mal befragt hat, sofort wieder. Der Mann neben Mettler und Mazetta ist ihm dagegen nicht bekannt. Der meint gerade: «Das muss ja ein richtiger Schock für Sie gewesen sein, als Ihr Chef so unglücklich verunfallt ist. Sind Sie derjenige gewesen, der ihn gefunden hat?» Mazetta, der inzwischen ein bisschen mehr Vertrauen in seine Gesprächspartner gefasst hat, nachdem sich einer von ihnen als guter Bekannter seiner Mutter herausgestellt hat, zögert und berichtet dann: «Das war tatsächlich eine schlimme Sache! Aber zum Glück war gerade Dr. Orad da, der Erste Hilfe leisten konnte, während ich die Ambulanz rief, deren Nummer ich von Dr. Orad erhalten habe.» «Wer ist denn dieser Dr. Orad?», unterbricht ihn Mettler. «Ein Arzt aus dem ALLMEND SPITAL. Er kommt aus Israel. Ich glaube, Jäger und er sind seit vielen Jahren miteinander befreundet.» Mazetta, der glaubt, wieder Herr der Lage zu sein, weil sich das Gespräch nicht mehr um Schorni dreht, erzählt nun ungeachtet der Warnung Borners, den Mund zu halten, weiter: «Die Ambulanz war dann auch innerhalb von zehn Minuten da. Wir wussten natürlich nicht, dass es Prof. Jäger so schlecht ging. Dr. Orad begleitete ihn deshalb auch nicht in der Ambulanz. Wie dem auch sei, ich erfuhr dann am nächsten Morgen, als ich mich telefonisch im Spital bei Dr. Orad nach Prof. Jägers Befinden erkundigte, dass es ihm beinahe an den Kragen gegangen wäre.»

Jäger hört, wie Mettler Mazetta darauf nahtlos übergehend mit der Frage konfrontiert, wo er denn gearbeitet habe, bevor er seine Stelle bei Prof. Jäger angetreten habe. Und er hört, wie Mazetta ihm daraufhin weismacht, er habe zu Hause, im «Grotto», eine Weile bei seinem Bruder «ausgeholfen». Auf einmal überkommt Jäger eine große Lust auf einen Spaziergang. Und so dreht er sich um und verlässt den Garten genauso lautlos, wie er zuvor gekommen ist.

Eine Woche später

Giorgio Mazetta schaut auf den GPS-Empfänger, der über einen Satelliten Signale vom Sender im Oberarm des Professors erhält. Er kann es immer noch nicht fassen, dass seine Vorgesetzten einen derart krassen Eingriff bei Jäger vorgenommen haben, ohne sich darüber im Klaren zu sein, dass dieser Chip für die Überwachung Jägers völlig unzureichend ist. Mit Befremden sinniert er darüber, wie es möglich ist, ihm ein derart unzulängliches Gerät auszuhändigen, das die Bewegungen des Professors bloß linear verfolgen kann und weder Aufschluss darüber gibt, wen Max Jäger trifft, noch aufzeichnet, mit wem er worüber spricht. Deshalb kann Mazetta an diesem Nachmittag nur vorschriftsgemäß festhalten, dass sich Prof. Jäger am späten Morgen eine knappe Stunde im ALLMEND SPITAL aufgehalten hat, nachdem er zuvor in seinem Quartier in ein Gebäude in der Morgentalstraße 87 gegangen ist, in dem sich im Erdgeschoss ein Coiffeurgeschäft befindet. Nach dem ALLMEND SPITAL führte Jägers Weg dann ins Seefeldquartier, wo er sein Auto in einem großen, viereckigen Gebäude parkierte, das sich auf dem Stadtplan als Parkhaus erweist. Von dort begab er sich zu Fuß in die Seefeldstraße und ins Haus mit der Nummer 16, in dem sich, wie Mazetta mittlerweile festgestellt hat, ein Hotel mit Restaurant und Konferenzräumen befindet. Doch das verfluchte Gerät sagt ihm leider nicht, was die Polizeibehörden wirklich interessieren würde – ob Jäger dort ein längeres Mittagessen zu sich nimmt, in einem Konferenzsaal eine wichtige Sitzung abhält oder sich in einem der Hotelzimmer mit seiner jungen Freundin trifft.

Wäre Mazetta aufgetragen worden, Jäger rund um die Uhr zu beschatten, so hätte er pflichtgemäß rapportieren müssen, dass sich dieser tatsächlich mit seiner Geliebten in der Seefeldstraße getroffen hat und das Liebespaar sich in einem Hotelzimmer mit einer Leidenschaft geliebt hat, als ob es das letzte Mal wäre. Nachdem beide beinahe gleichzeitig ihren Höhepunkt erreicht hatten, liegt Eva mit geschlossenen Augen dicht neben Jäger, wach und dennoch entrückt. Sein Atem hat sich inzwischen beruhigt. Er versucht, jede Sekunde festzuhalten, betrachtet sie liebevoll, streichelt über ihre sanfte Haut, sieht die kleinen Wasserperlen am Haaransatz ihrer Stirn, bewundert ihr Lächeln, ihre harmonischen Gesichtszüge, den langen Hals, ihre festen Brüste. Alles an ihr gefällt ihm, alles, was sie betrifft, interessiert ihn. Ihr bisheriges Leben und ihre Familie; was sie denkt, was sie fühlt. Sie von Grund auf zu kennen und zu respektieren, bildet für ihn den Sockel, auf dem ihre Liebe weiterwachsen soll.

Evas Großmutter mütterlicherseits stammt aus Costa Rica, wie Eva ihrem Geliebten verriet. Ihr Großvater, ein Schweizer Abenteurer, hatte ursprünglich von Panama aus mit dem Motorrad Zentralamerika bereisen wollen, seinen Plan aber aufgegeben, nachdem er in Costa Rica an der Pazifikküste angekommen war. Er war von den Menschen und der Landschaft dieses Landes so beeindruckt, dass er bleiben wollte, als er auf der Terrasse des Hotels San José zudem noch eine junge Frau mit einem Engelsgesicht beobachtete, die weinend in einem Dokumentenpaket blätterte. Der Großvater fragte, ob er sich neben sie setzen dürfe, was sie wortlos mit einem Nicken des Kopfes bejahte. Auf diese Weise erfuhr er, dass die gerade einmal 23-jährige Frau ihren Mann, einen Schweizer aus St. Gallen, kurz zuvor begraben hatte. Die Dokumente waren alles, was ihr von ihm geblieben war. Evas Großvater hatte daraufhin festgestellt, dass sich unter ihnen die Schiffspapiere eines zweimastigen Segelbootes, einer Ketsch, befanden, die in der Lagune von Puntarenal ankerte. Noch am selben Tag überzeugte er die verzweifelte Frau, mit ihm dorthin zu fahren, um das

Boot zu besichtigen. Seit diesem Tag waren sie bis zum Tod von Evas Großvater unzertrennlich gewesen.

Eva, die kurz eingeschlafen war, beginnt, sich zu bewegen. Sie berührt Max' rechtes Knie und streichelt seinen Oberschenkel, ihr Unterarm legt sich auf seinen Penis. Er und sein Glied wissen, dass es nicht zufällig ist. Sie bringt ihren Körper in eine Stellung, die es ihr erlaubt, Max' Oberkörper und seine Arme mit zarten Griffen zu liebkosen. Auf einmal hält sie inne. Mit den Fingern tastet sie die Wunde an seinem linken Oberarm ab, die Max' Meinung nach am schlechtesten verheilt und zudem unschön vernarbt ist. Er wird ungeduldig: «Was machst du denn da?» «Ich bin mir nicht sicher», antwortet sie, «aber du hast hier eine Verhärtung, die sich komisch anfühlt.» Er setzt sich auf den Bettrand und tastet die verdächtige Stelle langsam und gründlich ab. Nach einer Weile meint er: «Das muss nichts bedeuten. Es kann eine Folge des Unfalls sein. Ich werde aber in jedem Fall noch einmal die Spitalberichte auf irgendeinen diesbezüglichen Hinweis konsultieren, dann sehen wir weiter.» Er lässt sich wieder aufs Bett fallen und denkt in Evas Armen darüber nach, welche zerstörerischen Kräfte seit diesem Frühling sein Leben bestimmen. Vor seinem geistigen Auge tauchen der Reihe nach Borner, Habegger, Mazetta, Kramer, Orad und Wiederkehr, sein mysteriöser Unfall und der Suizid Schornis, der keiner war, auf. In der gleichen Zeit tritt aber auch Eva in sein Leben, die ihm neue Kraft und unverhoffte Lebensfreude zurückgibt. Seltsam, denkt er sich in dem mittlerweile halbdunklen Raum. «Gibt es so etwas wie das Schicksal und unterschiedliche Kräfte im Leben eines Menschen, die gegeneinander antreten, sich bekämpfen und ausschalten? Oder sich ergänzen und zu einem großen Ganzen verbinden? Und wenn ja, was ist dann mein Schicksal?»

Giorgio Mazetta sitzt immer noch vor dem GPS-Empfangsgerät und verspürt nicht die geringste Lust, sich mit Eddy Borner, den er insgeheim verflucht, in Verbindung zu setzen. Er erinnert sich an den Tag, an dem er sich auf ein Inserat der Bundeskriminalpolizei der Zweigstelle Lugano gemeldet hat. Damals war er noch Kantonspolizist im Tessin gewesen und empfand eine unglaubliche Freude darüber, Bundespolizist zu werden. Eine Freude, die ihm nunmehr bitter aufstößt. Er weiß nun, dass seine Entscheidung zu wechseln keine gute war. Ganz im Gegenteil lasten die Umstände seiner jetzigen Arbeit wie ein Albtraum auf ihm. Er geht zum Eisschrank und holt sich ein Bier, auch wenn er weiß, dass er im Dienst keinen Alkohol zu sich nehmen darf. Aber das spielt in Anbetracht seiner Lage nun auch keine Rolle mehr.

Kriminalpolizei Zürich

Die Sitzgelegenheiten im Verhörraum der Kriminalpolizei erinnern an die harten Bänke in alten Schulen, auf denen Kindern die körperliche Pein des Stillsitzens beigebracht wird, damit sie, wenn sie erwachsen sind und Geld verdienen, in ebenso alten oder noch älteren Konzertsälen und Opernhäusern auf schlecht gepolsterten, harten und engen Sesseln sitzen und teuer gekleidet und gesellschaftlich angesehen, wieder still verharren und freudig akzeptieren, dafür auch noch einen hohen Obolus zu entrichten. Der Gedanke geht Jäger unwillkürlich durch den Kopf, während er auf Doris de Quervin und Erich Mettler wartet, die mit einer Stunde Verspätung nun endlich den Verhörraum betreten. Jäger betrachtet die Kommissarin etwas eingehender und kommt zu dem Ergebnis, dass sie mit ihren grünen Augen, ihrem blonden Haar und den aparten Gesichtszügen eine ausnehmend gut aussehende Frau ist.

Erich Mettler reißt ihn aus diesen Betrachtungen heraus, indem er ihn fragt, ob es ihm etwas ausmache, wenn ihr Gespräch auf Tonband aufgenommen werde. «Vielleicht können Sie Ihr Einverständnis eher erteilen, wenn ich Ihnen sage, dass Sie nicht als Verdächtiger in Sachen Schorni hier sind, sondern als Auskunftsperson einvernommen werden.» Jäger überlegt nur kurz. Die Kommissarin weiß, dass er Informationen zurückgehalten hat, sonst würde sie ihn nicht erneut befragen wollen. Kann er ihr also, abgesehen von der Frage, ob er ihr überhaupt vertrauen kann, all das, was er weiß, erzählen? Andererseits hat er sich nichts vorzuwerfen, und so stimmt er nach einem längerem Schweigen schließlich zu, dass seine Aussage auf Band festgehalten wird. De Quervin dankt ihm dafür, stellt dann das Band an und beginnt, ins Mikrofon zu sprechen: «Einvernahme von Prof. Dr. med. Max

Jäger als Auskunftsperson in den Ermittlungen des Straffalles Dr. Anton Schorni Akte 654/04 AS. Die Personalien der Auskunftsperson haben wir im Protokoll der vorgenannten Akte, Band 3, auf Seite 143 festgehalten. Ich mache Prof. Jäger hiermit nochmals ausdrücklich auf sein Recht aufmerksam, die Aussage zu verweigern, falls er der Meinung ist, diese könne ihn oder nahe Verwandte von ihm belasten. Möchten Sie von diesem Recht jetzt Gebrauch machen, Herr Prof. Jäger?» Und als Jäger laut und deutlich verneint, fährt de Quervin fort: «Herr Professor, was wissen Sie im Zusammenhang mit Dr. Schornis Tod, das Sie uns bisher vorenthalten haben?»

Nach einer längeren Überlegungspause gibt Jäger darauf preis, dass er seinen Freund Schorni am Abend seines Todes noch im Restaurant «Degenried» am Dolderberg getroffen hat, um einen anwaltlichen Rat in Bezug auf die anstehende Scheidung von seiner Frau von ihm zu erhalten, den er dringend benötigte. Dr. Schorni sei fast nie ins ALLMEND SPITAL gekommen, um Geschäftliches mit ihm zu besprechen. Deshalb auch das gemeinsame Abendessen, das es ihnen verlaubt habe, das Nützliche mit dem Angenehmen zu verbinden. Auf die Frage, in welcher Stimmung und Verfassung Jäger Dr. Schorni an jenem Abend vorgefunden habe, gab er unmissverständlich zu verstehen, dass sein Freund während der gesamten Zeit ihres Zusammenseins in bester Form und ausgezeichneter Stimmung gewesen sei. Dass er sich danach umgebracht haben soll, hält er für ausgeschlossen. Sein Freund sei ein Lebemann erster Güte gewesen. Und trotz des ernsthaften Gesprächs an diesem Abend hätten sie gelacht und sich in bester Laune befunden.

Frau de Quervin erkundigt sich, warum er diese für sie durchaus glaubwürdige Aussage nicht schon früher gemacht habe. Darauf habe er keine schlüssige Antwort, antwortet Jäger erleichtert, außer dass er als stadtbekannter Mediziner nicht in ein polizeiliches Verfahren verwickelt werden wollte, und seiner vielleicht naiven Annahme, dass sich sowieso alles von selbst erledigen werde, nachdem er mit dem Tod seines Freundes nichts zu tun gehabt hätte.

«Nun, Herr Professor», fragt Mettler darauf übergangslos, «als wir Sie in Ihrem Hause einvernehmen wollten, haben wir dort Ihren Chauffeur, einen Herrn Giorgio Mazetta, getroffen. Er hat uns erzählt, dass er derjenige war, der sofort nach Ihrem Unfall die Ambulanz herbeigerufen hat. Was können Sie uns über Ihren Angestellten erzählen?» Die Wendung des Gesprächs kommt für Prof. Jäger völlig unerwartet, sodass er nur stockend antwortet: «Nicht viel, außer dass er aus Losone stammt, wo seine Mutter und sein Bruder ein Grotto führen. Er ist nicht nur mein Chauffeur, sondern auch ein ausgezeichneter Koch und besorgt mir den Haushalt, seitdem meine Frau ausgezogen ist.» «Das wissen wir bereits», wirft Erich Mettler trocken ein, «aber wissen Sie, welche Rolle er bei Ihrem Unfall gespielt hat?»

Jäger überlegt kurz, ob es an der Zeit ist, den Ermittlern von seinem Verdacht zu erzählen und ihnen die Spur in Richtung der nachrichtendienstlichen Behörden aufzuweisen, beschließt dann aber abzuwarten. Denn was Mazetta angeht, befürchtet er, die Beamten könnten Untersuchungsergebnisse, die er nicht kennt, gegen ihn verwenden. Doch Gleiches gilt nicht, was seinen falschen Freund Orad betrifft, und so gibt er mit Bedacht zu Protokoll: «Wie Sie wissen, war ich ab meinem Sturz mehrere Tage lang im Koma. Wenn Sie daher eine Antwort auf Ihre zuvor gestellte Frage erhalten wollen, sollten Sie dazu Dr. Zvi Orad befragen, der zum Zeitpunkt meines Unfalls bei mir zu Hause war und mir Erste Hilfe geleistet hat. Orad selbst hat mir auch erzählt, dass er mich auf der Fahrt ins ALLMEND SPITAL begleitet und ärztlich versorgt hat. Dr. Orad ist mittlerweile aber nach Israel zurückgekehrt.»

Doris de Quervin scheint dieser Information keine Bedeutung beizumessen, denn sie kommt stattdessen wieder auf Mazetta zu sprechen: «Was wissen Sie noch über diesen Herrn Mazetta?»

Jäger dreht aus Verlegenheit den Spieß um und erkundigt sich heuchlerisch: «Warum kommen Sie denn immer wieder auf Herrn Mazetta zu sprechen? Liegt denn irgendetwas gegen ihn vor?» Und nachdem die beiden Beamten vor dem laufenden Aufnahmegerät stumm bleiben, räumt Jäger schließlich ein: «Ehrlich gesagt, traue ich ihm selbst nicht so ganz über den Weg, weshalb ich mich auch von ihm trennen werde.» Sein letzter Satz überrascht ihn weit mehr als seine beiden Zuhörer, denn Frau de Quervin kommentiert ihn nur mit den Worten, dass er ihrer Meinung nach gut daran täte, diesen Schritt zu unternehmen.

Danach stellt Erich Mettler das Tonbandgerät ab, und die Kommissarin erhebt sich zum Zeichen dafür, dass die Einvernahme beendet ist. «Vielen Dank, Herr Professor, Sie haben uns sehr geholfen. Was Sie betrifft, werden wir Sie im Zusammenhang mit dem Tod Ihres Freundes wohl nicht mehr behelligen müssen. Sollte Ihnen jedoch noch etwas dazu einfallen, was Sie vergessen haben, uns mitzuteilen, oder hinzufügen möchten, wissen Sie ja, wo Sie uns finden. Ich wünsche Ihnen noch ein schönes Wochenende.»

Teil IV

Bern, eine Woche später

Am Freitag, bevor er seine Arbeit in der Klinik wiederaufnehmen wollte, hatte bei Jäger zu Hause das Telefon geklingelt. Als er den Hörer abnahm, hatte er eine in französischem Akzent Schriftdeutsch sprechende weibliche Stimme gehört, die sich ihm als Sekretärin der Frau Außenministerin vorstellte und ihm erklärte, sie habe seine Privatnummer von seiner Sekretärin Frau Sommer erhalten. Im Namen der Außenministerin wolle sie ihn nunmehr für den nächsten Mittwoch, 13 Uhr, ins Hotel «Bellevue» in Bern zum Essen einladen. Sie hoffe, die Kurzfristigkeit der Einladung bereite ihm keine Unannehmlichkeiten, aber die Frau Bundesrätin begebe sich danach auf Auslandsreise. Die Sache, um die es gehe, sei aber so wichtig und dringlich, dass sie sich nicht aufschieben lasse. Jäger hatte sich nicht anmerken lassen, dass er durch den Bericht seines Kollegen Wiederkehr bereits in Grundzügen über die Mission Bescheid wusste, die ihm anvertraut werden sollte. Stattdessen erkundigte er sich in gespielter Neugier danach, wie er zu dieser Ehre komme. Die Sekretärin, die auf diese Frage vorbereitet war, teilte ihm darauf unverbindlich mit, dass er in seiner Funktion als Chefarzt des ALLMEND SPITALS in einer vertraulichen wie auch geheimen Angelegenheit benötigt werde. Mehr könne sie ihm nicht sagen.

Jäger hatte sich danach bei ihr bedankt und ihr versichert, dass er der Einladung gerne Folge leisten werde.

Nun saß er am frühen Morgen des besagten Mittwochs in einem Erster-Klasse-Abteil der Bahn, für die er ein Ticket von Zürich nach Bern und zurück gelöst hatte, und hing seinen Gedanken nach. Seit dem letzten Samstag weiß er, dass ihm in seinen linken Oberarm von seinem Stellvertreter oder von Orad ein Fremdkörper einoperiert worden ist. Das hat der Befund von Dr. Werder eindeutig ergeben, von dem sich

Jäger im ALLMEND SPITAL, und bewusst in Abwesenheit von Dr. Wiederkehr, untersuchen lassen hat. Den Einbau eines elektronischen Ortungschips in den menschlichen Körper, über den er bislang nur in Fachzeitschriften gelesen hat, kann er nun an sich selbst studieren. Ein Umstand, der ihn in den letzten Nächten kaum zur Ruhe hat kommen lassen.

Seit seiner Rückkehr aus dem Spital hat Giorgio Mazetta seine Dienste und Pflichten außerdem immer unwilliger und in zunehmend mürrischerer Weise versehen. In einer seiner schlaflosen Nächte hat Jäger daher beschlossen, Mazetta, dieses «tote Stück Holz», nicht nur wie einen x-beliebigen Angestellten einfach zu entlassen, sondern ihn bei der ersten Gelegenheit an seinen «Absender» zurückzuschicken.

In Bern angekommen, geht er zu Fuß unter den mittelalterlichen Lauben bis zum Berner Uhrturm, unter dem sich Touristen angesammelt haben, um dort Schlag 13 Uhr die im Kreis tanzenden farbigen Figuren eines der ältesten Uhrenwerke der Welt besichtigen und mit gezückter Kamera festhalten zu können. Von dort aus sind es nur noch ein paar 100 Meter bis zum Hotel «Bellevue», dessen geräumige Eingangshalle mit ihrer antiken Möblierung aus der Belle Époque, gleichermaßen gediegen wie prachtvoll sich präsentiert. Vor der Rezeption steht eine elegante Dame mittleren Alters, die gleich nach Jägers Eintritt auf ihn zugeht und sich ihm als Protokollchefin des Außenministeriums vorstellt. Sie bittet ihn ohne Umschweife darum, ihr zu folgen, sobald er seinen Mantel an der Garderobe abgegeben hat, und führt ihn danach zu einer hohen, doppelseitigen Tür, an der ein «Réservé»-Schild angebracht ist. Ohne eine Sekunde zu zögern, öffnet die Protokollchefin den rechten Türflügel und lässt Jäger in einen Raum eintreten, in dem er sich völlig unvermittelt mehreren Personen gegenüber befindet, die bereits um einen großen, ovalen Tisch herum Platz genommen haben und auf ihn zu warten scheinen. Er sieht die Außenministerin lachend und mit ausgestreckter Hand auf sich zukommen, um ihn willkommen zu heißen. Die Herzlichkeit der Begrüßung entspannt und beeindruckt ihn ebenso wie ein Blick in die versammelte Runde. Er erkennt in zwei der hier anwesenden Männer den Justizminister sowie den Verteidigungsminister, und versucht, sich des Weiteren die Namen der anderen Anwesenden, die ihm nun genannt werden, zu merken. Aus dem Außenministerium sind neben der Außenministerin selbst noch die Botschafterin Claire Pfeiffer und ihr Chef, Staatssekretär Dr. Sebastian Benz, zugegen. Der Justizminister ist in Begleitung seines Staatssekretärs Dr. Kurt von Arx gekommen, und der Verteidigungsminister hat seinen Staatssekretär Oberst Traugott Stamm und einen gewissen Dr. Hans Bühlmann vom «Staatsschutz» mitgebracht. Darüber hinaus sind noch die Protokollchefin, die Polizeidirektorin des Kantons Zürich und der Polizeivorstand der Stadt Zürich zugegen.

Für Jäger ist ein Platz zwischen dem Justizminister und dem Verteidigungsminister reserviert. Die Außenministerin nimmt ihm gegenüber ihren Platz ein und hebt dann zu einer kurzen Ansprache an, in der sie auf die humanitäre Tradition von Henry Dunant, dem Gründer des Roten Kreuz Genf, hinweist. Die kleine Schweiz habe es stets vermocht, im humanitären wie auch in vielen anderen Bereichen Spitzenleistungen zu erbringen. Die Träger dieser Leistungen seien zahlreich, und sie müsse – um nur einen zu nennen – nur auf den Ruf von Prof. Jäger verweisen, der weit über die Schweizer Grenzen hinausgehe und ihrem Land zur Ehre gereiche. Von diesem Punkt ausgehend, kommt die Außenministerin dann auf die Schweizer Neutralität zu sprechen, die sich als aktive Solidarität gegenüber anderen Ländern und ihren humanitären Anliegen zu erweisen habe.

Jäger folgt ihrer Rede, ohne sich anmerken zu lassen, dass

er ihr nicht nur nichts abgewinnen kann, sondern sie ihn zudem auch noch ärgert. Denn schließlich hat ihn bislang noch niemand um seine Meinung gebeten, geschweige denn um seine Einwilligung, die von ihm geforderte medizinisch heikle Aufgabe zu übernehmen.

Während er diese Überlegungen anstellt, hat die Außenministerin der Protokollchefin ein Zeichen gegeben, ihr eine Akte zu reichen. Mit dieser Akte in der Hand erklärt die Außenministerin die vom Zürcher Arzt erwartete Mission und wendet sich schlussendlich direkt an Jäger:

«Wie Sie sicher bereits erfahren haben, Herr Professor, wurde Ihr zukünftiger Patient von einer Expertengruppe vor Ort untersucht. Danach musste, bevor dem Patienten überhaupt in Aussicht gestellt werden konnte, in die Schweiz ein- und wieder ausreisen zu dürfen, die Zustimmung des Staates Israel eingeholt werden. Diese Zustimmung liegt nun vor. Auch unsere Regierung hat es sich mit der Entscheidungsfindung, den Patienten bei uns für eine Behandlung aufzunehmen, nicht leicht gemacht. Heikle Fragen, die Sicherheit und Kostendeckung betreffend, mussten ausgehandelt werden. Doch nun sind alle Bedenken und Probleme geklärt und ausgeräumt.»

Jäger versucht, den weiteren diesbezüglichen Ausführungen der Ministerin zu folgen, ist mit seinen Gedanken aber schon bald wieder ganz woanders: in Lugano und Marbella sowie im ALLMEND SPITAL, nachdem er aus dem Koma erwacht war.

Ihn beschleicht die ungute Vorahnung, dass er das Ende der ganzen Geschichte noch lange nicht kennt, das letzte Gefecht aber unmittelbar bevorsteht. Seine Gedanken wandern weg ins dunkle Gefilde. Der Justizminister nimmt die Gestalt des Pinguins des Films «Batman» an, klein und aufgeblasen mit krächzender Stimme, forsch, als gehöre ihm das Sitzungsgebäude. Plötzlich erscheint ihm die bisher zierliche Frau Ministerin auf der gegenüberliegenden Tischseite als ein Monster mit breitem Lächeln, einem überdimensional großen, roten Maul und gefletschten braunen Zähnen. Sein Schädel droht beinahe zu platzen, da hört er das weibliche Ungeheuer mit säuselnder Stimme plötzlich sagen: «Danke, Herr Professor, dass Sie bereit sind, im Namen unserer Nation diesen bewundernswerten Einsatz zu leisten.» Die Schrecken einflößenden Bilder entschwinden augenblicklich. Die Ministerin und der Minister sind wieder die Vertrauen einflößenden Magistraten. Die Gesichter aller Anwesenden sind auf ihn gerichtet. Und schon hört sich Jäger sagen: «Ich danke Ihnen, Frau Ministerin, für diese Worte. Einem kranken Mann zu helfen, gehört zu meinen Aufgaben. Da sind darüber hinausgehende Fragen auch nicht angebracht. Ich werde daher, zusammen mit meinem Team, mein Bestes tun.» Als er die Anwesenden daraufhin Beifall klatschen hört, ist er selber überrascht, wie schnell er seine Panik zu meistern wusste.

Während des sich anschließenden Essens wird über die Organisation des Unternehmens gesprochen. Wie sich herausstellt, ist dies auch der Grund für die Hinzuziehung der anderen hohen Beamten und Regierungsmitglieder zu diesem Treffen. Die Aufgaben werden verteilt. «Federführend» wird die Botschafterin Pfeiffer für alle diplomatischen Fragen zuständig sein, Dr. Hans Bühlmann für die Sicherheit des Patienten, seiner Familie und Begleiter. Oberst Stamm wird es dagegen zusammen mit den kantonalen und städtischen Behörden obliegen, die für ein solches Unterfangen notwendigen logistischen Strukturen bereitzustellen. Jäger hört sich alles genau an und fordert dann mit freundlicher, aber energischer Stimme, ihm all die nunmehr gefassten Beschlüsse, mit Namen, Zuständigkeiten, Rang, Kontaktadressen und vor allem mit einem exakten Aktions- und Zeitplan versehen, schriftlich vorzulegen. «Wann können wir den Patienten außerdem in Empfang nehmen? Liegt Ihnen bereits ein Datum vor?»

Die Botschafterin Pfeiffer meint, dass es hinsichtlich des geplanten Termins der Spitaleinlieferung des Patienten mehrere Imponderabilien gebe, dass die Ankunft des Patienten in Zürich aber dennoch für die Woche vom 15. bis 22. November geplant sei. Allerdings wäre man noch immer mit den israelischen Behörden und der Umgebung des Patienten dabei, den Flug in die Schweiz zu organisieren. Die Schweizer Regierung würde voraussichtlich das Flugzeug stellen, da eine israelische oder jordanische Maschine nicht infrage käme. Jäger ergreift erneut das Wort: «Und wer ist für die finanzielle Abdeckung der Aktion zuständig?» Der Justizminister nimmt die Frage zum Anlass, aufzustehen und sich zu verabschieden: «Meine liebe Kollegin, die Außenministerin wird sich zusammen mit Herrn Oberst Stamm darum kümmern. Und nun bitte ich Sie, mich zu entschuldigen, ich habe heute noch einen langen Tag vor mir.» Und an Jäger gewandt, meint er noch: «Falls Sie Hilfe benötigen, bitte rufen Sie mich an. Ich werde meine Sekretärin dahin gehend benachrichtigen, dass Sie sofort zu mir durchgestellt werden. In erster Linie wird jedoch Dr. Bühlmann Ihr Ansprechpartner sein. Ein ausgezeichneter Mann, auf den zu jeder Zeit Verlass ist.»

Jäger tritt vom Hotel «Bellevue» auf die Straße, marschiert ruhigen Schrittes ein zweites Mal zum Glockenturm und von dort in die Kramgasse. Er sieht Menschen am Eingang zu einem Kino Schlange anstehen und beschließt spontan, es ihnen gleichzutun. Er hat sich seit Monaten keinen Film mehr angesehen. Nach der turbulenten amerikanischen Filmkomödie verlässt er entspannt den Kinosaal, schlendert trockenen Fußes durch die Lauben an den üppigen Auslagen der sich lückenlos aneinanderreihenden Geschäfte vorbei und kauft sich ein Hemd und einen Pyjama. Dann ersteht er in einer Parfümerie noch Rasierschaum und eine After-Shave-Lotion und betritt als Nächstes ein Lederwarengeschäft. Dort kauft er kurz entschlossen einen kleinen, eleganten, aber dennoch unauffälligen Koffer, von dem er annimmt, dass er seiner Freundin gefallen wird. Mit diesem Koffer, in den er sofort seine anderen Einkäufe packt, in der Hand, steht er knapp drei Stunden später erneut an der Rezeption des Hotel «Bellevue» und fragt nach einer Suite für die kommende Nacht. Der in einen schwarzen Anzug gekleidete Hotelangestellte konsultiert den Computer, sagt, dass noch eine Suite für 986 Franken mit Frühstück frei sei, und erkundigt sich höflich, ob dies dem Herrn genehm sei, was dieser bejaht. Er füllt das ihm vorgelegte Anmeldeformular aus, bittet darum, dass ihm der Koffer in die Suite gebracht wird, verlässt erneut das Hotel und begibt sich auf direktem Weg zum Bahnhof und auf das Gleis, auf dem der Zug mit seiner Geliebten ankommen wird.

Mit klopfendem Herzen sieht er Eva wenig später aus dem Zug steigen und ihm in einem weinroten Mantel mit hohem Kragen entgegenkommen. Sie lacht, als sie vor ihm steht, küsst ihn flüchtig auf beide Wangen und zieht ihn dann in Richtung Ausgang. Sie reden über Belangloses; sie fragt ihn, ob der Tag bisher zufriedenstellend für ihn verlaufen sei, was er lakonisch bejaht. Er genießt die Gegenwart seiner Freundin, doch seine Gedanken wandern – infolge Evas Frage – wieder zu dem heute stattgefundenen Treffen und dem dabei gewonnenen Eindruck zurück, dass die Schweizer Regierung wie auch die anderen anwesenden Beamten ihm nunmehr aus der Hand zu fressen bereit sind. Ihn überkommt nun die Gewissheit, unter dem Schutz der Regierung wie unter einer Glasglocke unangreifbar zu sein – zumindest für den Zeitraum, in dem sich der wichtige Patient in seiner Obhut befindet.

Und während der körperlichen Vereinigung des Paares – wie auch vorher und danach – strahlt der Chip im Oberarm Jägers alle 30 Sekunden sein Signal in den Himmel und über den dort die Erde umkreisenden Satelliten zurück zu einem Empfangsgerät in Zürich, vor dem ein trübseliger Giorgio Mazetta sitzt und darüber nachdenkt, wie er es nur schafft, sich von seinem derzeitigen Auftrag zu befreien. Erst gestern hat er sich in einem Restaurant mit Eddy Borner getroffen, um ihm mitzuteilen, dass er versetzt werden möchte, und dass außerdem das ihm übergebene Empfangsgerät für die Überwachung Jägers völlig untauglich sei. Da er darüber hinaus für eine erneute Personenobservation in keinem Fall mehr zur Verfügung stünde, ersuche er hiermit um eine neue Aufgabe. Zu seiner Überraschung hörte ihm Eddy Borner in Ruhe zu und meinte dann nach einem längeren Schweigen, dass er Alois Habegger über Mazettas Wunsch informieren werde. Außerdem halte er Mazettas Einwände gegen die derzeitige Form der Überwachung durchaus für stichhaltig. Um dann noch hinzuzufügen: «Die Sache mit Prof. Jäger tritt ohnehin in eine neue Phase ein.» Mazetta denkt dabei nur an den Ausdruck «Ein Ding drehen», den er zum ersten Mal auf dem Weg zu Schornis Villa von seinem ihm vorgesetzten Kollegen Philipp Wicky gehört hat. Was ihn betrifft, hat er die Nase gestrichen voll davon, mit von der Partie zu sein, wenn erneut ein solches «Ding gedreht» werden sollte.

Bei Jäger zu hause

Der NDB hat aufgrund des erstellten Charakterprofils Jägers und seines bisherigen Verhaltens erwartet, dass dieser rascher kooperieren würde und es nicht, wie es der Fall ist, auf ein Kräftespiel ankommen lässt. Doch dem NDB sind nun im Hinblick auf eventuelle Sanktionen die Hände gebunden, denn er weiß sehr wohl, dass Jägers Rolle für die «Operation Sunrise» eine so entscheidende ist, dass es töricht wäre, Maßnahmen gegen ihn zu ergreifen und damit das Projekt zu gefährden. Nichtsdestotrotz muss unter allen Umständen verhindert werden, dass Jäger für den NDB völlig unkontrollierbar wird. Das einzige Mittel, das sich noch anbietet, ihn während der Dauer seiner Mission gefügig zu machen, ist daher: Druck mittels unauslöschlicher Druckerschwärze auf ihn auszuüben, die bekanntlich ohne jede Form von Gewaltanwendung Leben vernichten kann.

Und so bringt Mazetta auch an diesem Sonntag, wie es ihm Jäger aufgetragen hat, mehrere Sonntagszeitungen zum Frühstück, die er gefächert auf den Esszimmertisch legt, damit sich Jäger die Beiträge, die ihn interessieren, nach Lust und Laune herauspicken kann. Heute greift Jäger rein zufällig nach der «Sonntagzeitung», in der ihn zunächst die Sportseiten mit den Berichten über die Straßenfahrrad-Weltmeisterschaften in Salzburg interessieren. An diesem Tag steht das Rennen der Profifahrer auf dem Programm. Schweizer befinden sich nicht in der ersten Gruppe der Fahrer, nicht einmal in der zweiten. Früher gab es weit bessere Zeiten, in denen die beiden Schweizer «K's», so wurden die zwei Profifahrer Kübler und Kobelt genannt, alle Preise gewannen, die es im Radsport zu gewinnen gab: die Tour de France, die Giro d'Italia, die Tour de Suisse, die Weltmeisterschaften und viele Tagesrennen. Die ganze Nation schaute damals zu diesen Helden auf, und auch seine Begeisterung für diesen Sport stammte aus dieser Zeit.

Nachdem er alle Informationen über das gestrige und das bevorstehende Rennen gelesen hat, nimmt sich Jäger die Artikel über die politischen Geschehnisse aus aller Welt vor und blättert danach zu den Seiten mit den Nachrichten aus der Schweiz. Er überfliegt den Wirtschaftsteil mit den Prognosen zur Weltwirtschaft und die Börsennachrichten, welche, sowohl was die Zukunft als auch was die Gegenwart angeht, völlig obsolet sind. Und hält dann abrupt inne, als sein Blick auf der Seite «Gemischte Nachrichten» auf den Artikel mit der Schlagzeile:

Ermittlungen der Bundesanwaltschaft gegen bekannten Schweizer Arzt

fällt. Unwillkürlich stockt ihm das Blut in den Adern. Er kann nicht fassen, was er da liest. Benommen steht er auf und geht in sein Büro, dann in die Küche und kehrt danach wieder in der Hoffnung an den Frühstückstisch zurück, dass die Schlagzeile bloß eine Schimäre gewesen ist, die sich mittlerweile verflüchtigt hat. Doch dem ist nicht so. Die Nachricht sticht ihm nach wie vor unbeweglich böse in die Augen und fordert ihn auf, sich zu setzen und sie zu lesen.

Der Artikel schildert prägnant und präzise, was Jäger seinerseits während der Verhöre in Lugano und Bellinzona über die angeblichen Vorgänge in Marbella von den Ermittlern vorgehalten bekommen hat. Von seinem Freund Ismail Jalid-al Kassim ist ein Foto abgedruckt, auf dem er mit seiner Familie auf einer weißen Bank vor dem prunkvollen «Palacio Jalid» mit seinen vielen Säulen und etwa einem Dutzend strammstehenden Bediensteten sitzt. Jäger liest, dass dem unbenannten Zürcher Arzt, also ihm, vorgeworfen wird, eine Villa in Marbella mit der Hilfe dieses Drogen- und Waffenhändlers und gleichzeitig Immobilienpromotors luxuriöser Überbauung gekauft zu haben. Die Bundesanwaltschaft ermittle daher gegen den Arzt aufgrund des Tatbestandes der schweren Geldwäscherei und der Zugehörigkeit zum organisierten Verbrechen. Jäger fühlt, wie sein Herz wild in seiner Brust zu schlagen beginnt, und sieht vor seinem geistigen Auge erneut das Loch, das ihn bereits im Kerker von Bellinzona in panische Angst versetzt hat, weil er befürchtet hat, in ihm auf Nimmerwiedersehen zu verschwinden. Er hält sich krampfhaft an der Tischplatte fest und überlegt, ob nun tatsächlich das dicke Ende, sein berufliches und persönliches Aus, gekommen ist? Denn er weiß, dass jede Lügengeschichte einen wahren Kern braucht, um glaubhaft zu sein. Nur so wird sie zu einer Lüge, die zu kolportieren sich lohnt. Ein Lügengewebe auf wahrem Hintergrund ist die mediale Waffe, die am besten trifft.

Jäger realisiert, dass es nur eines falschen Schrittes von ihm bedarf, und sein Absturz ist unausweichlich. Hinzu kommt, dass es nach diesem Artikel nur noch eine Frage der Zeit ist, bis die Presse seinen Namen ausfindig gemacht hat und ihn publizieren wird. Das Ganze hat Methode und stellt ganz eindeutig die unmissverständliche Botschaft an ihn dar, dass ihm nichts anderes übrig bleibt, als sich zu beugen und den Forderungen des NDB zu unterwerfen. Und so beschließt er zu tun, was auch immer man von ihm will, vorausgesetzt, es kostet ihn weder Kopf noch Kragen.

Im ALLMEND SPITAL

Nur Unentwegte wie Prof. Jäger waren bei diesem kalten und unfreundlichen Herbstwetter freiwillig und mit Mantel, Schirm und Hut ausgestattet, zu Fuß unterwegs. Im ALLMEND SPITAL angelangt, schreitet Jäger durch die Halle, nimmt die üblichen Begrüßungen der ihm Begegnenden entgegen, alle anstehenden Konsultationen und die Patientenbesuche an diesem Tag hat er kurzfristig streichen lassen. Anlass dafür war die dringlich einberufene Sitzung der Melius-Stiftung, die ihm letzten Montag, als er die Arbeit wieder aufgenommen hatte, per Anruf von Dr. Homer Kramer freundschaftlich mitgeteilt worden war. Nach dem Zeitungsartikel vom letzten Sonntag überraschte ihn das jedoch nicht mehr. Er hat mittlerweile die Gewissheit gewonnen, dass all dies: die Zusammensetzung des Ärzteteams, das nach Ramallah gereist war, die angekündigten Teilnehmer der eilends für heute einberufenen Sitzung sowie der Artikel in der Sonntagszeitung, Methode hatte. Alles passte zusammen. Die einzige noch offenstehende Frage war nur die, ob heute die Stunde seiner Hinrichtung gekommen war.

Im Sitzungszimmer, in dem er stehend auf die Kollegen wartet, trifft als Erster Dr. Hugo Wiederkehr ein, der ihn mit einem schrägen Lächeln und mit Handschlag begrüßt und ein paar banale Worte über das scheußliche Wetter verliert, die Jäger keiner Antwort für würdig erachtet. Glücklicherweise klopft es Sekunden später auch schon an die Tür, und Dr. Homer Kramer betritt, gefolgt von den Professoren Hubert de Montfort, Jonathan Smith und Alfonso Clavet, den Sitzungsraum. Auffallend ist, dass Orad fehlt. Anhand der vom Regen kaum berührten Oberkleidung der vier Kollegen des MF lässt sich leicht schlussfolgern, dass sie sich wohl vorher schon getroffen haben und gemeinsam angefahren sind. Dr. Homer Kramer umarmt Jäger mit den Worten, wie glücklich er sei, ihn wieder genesen vorzufinden, und wie leid es ihm getan habe, von seinem Unfall zu hören. In seinem Überschwang verplappert er sich dahin gehend, dass er ja ursprünglich ebenfalls mit nach Israel hätte reisen sollen. Was Jäger nur mit den Worten kommentiert: «Ich sehe, Sie sind über das Vorgehen meiner Regierung bestens informiert.» Kramers Reaktion darauf abzuwarten, erscheint ihm unnötig, und so dreht er sich zu Clavet um, der auf ihn zugeht und ihm die Hand schüttelt. Danach ist die Reihe an de Montfort und Smith – ein Begrüßungsritual, das Jäger starr über sich ergehen lässt und das ihn in seiner Vorahnung bestärkt, dass die Stunde der Enthüllungen kurz bevorsteht.

Dr. Homer Kramer entpuppt sich nun als der abgebrühte, dickfellige Typ, der er ist, und ergreift ohne jede Scham ob seines entlarvenden Ausrutschers das Wort. Er entschuldigt sich dafür, sich zu der heutigen Sitzung selbst eingeladen zu haben, und übernimmt dann, indem er die soeben gemachte Entschuldigung ad absurdum führt, wie üblich die Rolle des Sitzungsleiters. Er bittet die Anwesenden, Platz zu nehmen, und verkündet, die Sitzung sei einerseits einberufen worden, um Prof. Jäger hinsichtlich des Konsiliumsberichts Rede und Antwort zu stehen. Andererseits sei es nunmehr aber auch an der Zeit, Jäger über weiterführende Aspekte der MF aufzuklären.

Übergangslos beschreibt Kramer danach die Tätigkeit des Medicine-Against-Terrorism-Netzwerks der Melius Foundation, der MAT, die er in den Kontext einer unabdingbar notwendigen Abwehr gegen den Terrorismus stellt. Er vergleicht die MAT-Tätigkeit mit dem heldenhaften Widerstand gegen die Nazis und Kommunisten und führt aus, dass sich der Wirkungskreis des damaligen Widerstands meist viel zu spät entfaltet habe, wenn die Verbrecherstaaten ihr Unheil schon größtenteils hätten anrichten können. Die Ärzte der MF, die sich nunmehr dem MAT-Netzwerk angeschlossen hätten oder dessen Tätigkeiten unterstützten, wollten sich diesem Vorwurf nicht aussetzen. Aus diesem Grund setzten sie auch alles daran, rechtzeitig etwas gegen den internationalen Terrorismus zu unternehmen. Die Ausführungen Kramers münden darauf in eine philosophisch-historische Betrachtungsweise und Rechtfertigung der offengelegten MAT-Aktivitäten. Im Mittelalter und auch heute seien Gebetshäuser und Krankenhäuser Zufluchtsstätten, in denen Menschen Schutz und ärztliche Hilfe finden, führt er aus und fährt fort, dass Terroristen jedoch weder Gotteshäuser und Spitäler noch Kranke, Gebrechliche, Frauen oder Kinder schützen würden. Weshalb sie selbst es daher auch nicht verdienten, die Dienste von Krankenhäusern in Anspruch zu nehmen. Dasselbe Spital, in dem ein Terrorist heute liebevoll und nach dem höchsten Stand der Medizin behandelt werde, würde er schon am nächsten Tag ohne Skrupel mit all seinen Patienten und dem gesamten Pflegepersonal vernichten, wenn es seinen unheilvollen Zielen dienen würde. Prof. Jäger erkundigt sich daraufhin – zum besseren Verständnis – nach dem letzten Fall, mit dem sich die MAT, ihrer Intention entsprechend, befasst habe. Worauf ihm Prof. Smith emotional völlig unbeteiligt über die erfolgreiche, spitalinterne Eliminierung von «Target 16», einem geldgierigen und skrupellosen Financier, der weltweit flüchtige Terroristen und Nazikriegsverbrecher mit Geld versorgte, berichtet, als wäre diese nichts weiter gewesen als eine gelungene Blinddarm-Operation. Eben eine jener Nummern, wie sie in Leichenhäusern auf Etiketten am Zeh eines Leichnams befestigt werden. Anschließend fragt Dr. Kramer seinen Kollegen Jäger, ob er noch weitere Informationen und Erklärungen zu erhalten wünsche. Und als dieser schweigt, nimmt er nach einer kurzen Pause den Faden wieder auf und beginnt, Jäger seine Rolle hinsichtlich «Operation Sunrise» und «Target

13» detailliert zu erklären.

Nachdem Jäger in das Geheimnis, das nur einem Nukleus auserlesener Personen bekannt ist, zu denen er nun auch gehören soll, eingeweiht worden ist, fühlt er zunächst Erleichterung, dass ihm endlich der Schlüssel zu allem präsentiert worden ist, was ihm in den letzten Monaten verheimlicht worden war und ihn so sehr belastet hat. Danach hat er sich jedoch eine Überlegungszeit bei seinen Kollegen ausgebeten. Er will den Rest des heutigen Tages verstreichen lassen, bevor er sich zu der ihm zugedachten Rolle äußern wird. Doch der Sitzungsleiter erinnerte ihn daran, dass die hier Anwesenden extra nach Zürich gereist seien, um ihm an diesem Tag ihren medizinischen Bericht zu «Target 13» zu erläutern. Es ginge daher nicht an, die viel beschäftigten Kollegen unverrichteter Dinge wieder nach Hause zurückfahren zu lassen. Eine Begründung, die Jäger nicht unmittelbar von der Notwendigkeit, die Sitzung fortzusetzen, überzeugt. Er gibt sich jedoch kompromissbereit und erklärt, dass er dann nur über Mittag hin pausieren wolle, um 15 Uhr aber wieder zurück wäre. Er lässt die verdutzten Kollegen stehen, verlässt den Raum und telefoniert mit Eva, die er kurz entschlossen zum Mittagessen ins Restaurant «Bindella» bestellt.

Als er dort eintrifft, erwartet ihn Eva bereits. Während des gemeinsamen Mittagessens kreisen seine Gedanken beständig um die Antwort, die er seinen Kollegen geben wird, um die Situation bestmöglich zu meistern. Eva bemerkt seine Geistesabwesenheit, denn als sie ihn darüber informiert, wie ihr letztes Anstellungsgespräch mit einer der größten Anwaltskanzleien Zürichs verlaufen ist, und dass sie davon ausgeht, demnächst für einen der Seniorpartner arbeiten zu dürfen, antwortet Jäger nur mit einem lapidaren «Finde ich gut». Sie überlässt ihn daher seinen Gedankengängen und verzehrt wie er wortlos den vor ihr schmorenden Ossobuco mit Safranrisotto. Erst als er Anstalten macht, aufzustehen, fragt sie ihn: «Hast du Probleme?» Worauf er nur kurz erwidert: «Nein, nur eine wichtige Sitzung heute Nachmittag, auf die ich mich noch vorbereiten muss. Tut mir leid, wenn ich heute kein guter Gesellschafter war. Aber ich rufe dich gleich nach der Sitzung an. Vielleicht können wir uns ja danach noch sehen und über alles reden, was du mir zu berichten hast.» Sie nickt und gibt ihm zum Abschied einen zarten Kuss auf den Mund.

Auf dem Weg zurück ins ALLMEND SPITAL sortieren sich die Informationen, die er am Morgen erhalten hat, wie von selbst in seinem Kopf, und er lächelt leise vor sich hin. Wahrlich eine eigenartige Definition von Wohltat, die man da von mir im Namen der Menschheit und der Menschlichkeit verlangt, denkt er. Sozusagen der Mörder des Mörders zu sein. Nur dass der eine nach Sicht der MAT gut ist und der andere böse. Nichtsdestotrotz stellt sich ihm die Alternative, sich dem Anliegen der MAT zu verweigern, nicht. Dazu ist er bereits zu sehr in die ganze Angelegenheit verstrickt, wie ihm letzten Sonntag mit dem Zeitungsartikel noch einmal überdeutlich gemacht worden ist. Außerdem erwarten die Mitglieder des MAT gar nicht von ihm, dass er ihre Wertvorstellungen und Zielsetzungen teilt oder gar akzeptiert. Genauso wenig wie sie wollen, dass er dem verschworenen Kreis der MAT beitritt oder angehört. Sie wollen ihn nur als gefügig gemachten, willenlosen Helfer, der in ihre Hexenküche kommt, ausführt, was ihm aufgetragen wird, und danach schleunigst wieder verschwindet. Daraus ergeben sich zwei Schlussfolgerungen für ihn. Wie hoch beläuft sich die finanzielle Entschädigung für seine Arbeit und das Spital sowie seine Inhaftierung im Tessin, wenn er tut, was sie wollen. Und wie bekommt er es geregelt, dass danach endgültig Schluss mit den Erpressungen und Drohungen der Bundesanwaltschaft und des NDB ist.

Die Lösungen dafür befinden sich in der «Hexenküche». Hat er diese erst einmal betreten und ihre Tür hinter sich geschlossen, wird er seinen Auftraggebern dank seines weitläufigen medizinischen Wissens und Könnens stets um mehrere Schritte voraus sein. Und zwar uneinholbar.

Kurz nach 15 Uhr schlendert er gemütlich vor dem ALLMEND SPITAL auf und ab, um die Herren etwas auf die Folter zu spannen. Als er auf diese Weise zehn Minuten Verspätung herausgeschunden hat, betritt er ruhigen Schrittes wieder das Konferenzzimmer, wo er seine fünf Kollegen an der Fensterfront stehen sieht. Seine Rechnung scheint aufgegangen zu sein, lassen die Körpersprache und die kaum hörbar gemurmelte Begrüßung doch den Schluss zu, dass das Warten seine Kollegen doch etwas nervös gemacht hat. Jäger geht mit einer nichtssagenden Bemerkung zu seinem Platz und setzt sich. Die anderen Sitzungsteilnehmer tun es ihm gleich.

Jäger lässt sie aber gar nicht erst zu Wort kommen, sondern erklärt in einwandfreiem Englisch: «Meine Herren, ich habe den Beschluss gefasst, dass ich dabei bin. Ich mache es!» Die Erleichterung, die sich bei den Anwesenden darauf einstellt, ist im Raum mit Händen zu greifen. Doch Jäger ist noch nicht fertig. «Die Bedingung dafür ist jedoch», fährt er fort, «dass ‹Operation Sunrise› im ALLMEND SPITAL stattfindet, in dem ich als Chefarzt die oberste Verantwortung für die geplante Aktion trage und verkörpere. Eine Verantwortung, die ich mit niemand anderem teile. Auch wenn Sie den Teufel in Person als Patienten in mein Spital einliefern würden, bliebe ich dabei, dass niemand in meinem Spital außer mir die oberste Verantwortung wahrzunehmen befugt ist. Die Verantwortung, die meine Kollegen tragen, wird von mir ausdrücklich delegiert. Unnötig, zu sagen, dass ich den Kollegen Wiederkehr sehr schätze und es daher auf keinen Fall als Geringschätzung seiner professionellen Fähigkeiten oder seiner Person verstanden werden darf, wenn ihm bei der Abwicklung von ‹Operation Sunrise› keine andere Rolle – auch nicht eine von der MF konzipierte – zugeteilt werden wird als diejenige, die ich ihm zuweisen werde. Er wird folglich wie immer unter mir arbeiten und nur das tun, was ich ihm sage.» Dr. Wiederkehr kämpft sichtbar darum, seine Haltung zu bewahren. Auch die anderen Teilnehmer starren Jäger sprachlos wie Schüler nach einer vom Lehrer überraschenderweise erhaltenen Standpauke an. Der wiederum ist sich der Wirkung seiner Worte bewusst und weiß, dass er gerade den wichtigsten Pflock eingeschlagen hat, ohne dass sich Widerstand regt. «Nun gilt es, nur ja keine Fehler zu machen», mahnt er sich selbst. «Darüber hinaus werde ich alles tun, damit der Ruf des ALLMEND SPITALS keinen Schaden nimmt. Das heißt, der mögliche Mortalitätsfall darf weder dem Spital noch den behandelnden Ärzten als Kunstfehler angerechnet und vorgehalten werden. Dazu benötige ich freie Hand und auch die Hilfe der hier anwesenden Kollegen, die mich auf mein Ersuchen hin sicher gern unterstützen werden. Ich schätze guten Rat, wenn ich ihn brauche. Auf das immense medizinische Wissen der hier versammelten Herren zu verzichten, wäre äußerst töricht von mir. Daraus aber wiederum ableiten zu wollen, meine Herren, dass Sie die Oberaufsicht über das Projekt innehaben, wäre wiederum, ich hoffe, ich habe dies deutlich genug zum Ausdruck gebracht, höchst töricht von Ihnen. Die letzte Verantwortung liegt, wie gesagt, stets bei mir. Ich darf Ihre Zustimmung zu diesem Punkt wohl ebenfalls als gegeben betrachten.»

Ohne Zeit für eine Antwort zu lassen, spricht Jäger weiter: «Ich stimme außerdem mit Ihrem medizinischen Bericht betreffend ‹Target 13› weitgehend überein, habe allerdings hinzuzufügen, dass ich mich morgen mit meinen Auftraggebern in Bern – er wählt dabei ganz bewußt Bern und nicht Zürich oder London – in Verbindung setzen werde, damit nochmals zwei Ärzte in die besetzten Gebiete entsendet werden. Da ich Dr. Wiederkehr im ALLMEND SPITAL benötige, habe ich dabei einmal an Dr. Panchaud gedacht, der aufgrund des Rotierungssystems der MF für ein Jahr in Tel Aviv tätig ist. Den zweiten Arzt werde ich noch benennen, sähe es aber gerne, wenn Sie mir Vorschläge dafür unterbreiten. Ziel dieser Entsendung wird es sein, zwei Wochen vor dem Transport in die Schweiz den Zustand des Patienten zu stabilisieren, damit sehr rasch nach seiner Einlieferung eine minimalinvasive Bypassoperation an ihm vorgenommen werden kann. Wenn alles ohne Komplikationen vonstattengeht, wäre für diesen Eingriff die letzte Woche im November geplant, und ich wäre dankbar, wenn Kollege Clavet diese Operation durchführen würde. Bei dieser Art von Eingriff reduziert sich die Zeit, in der das Herz nicht durchblutet wird, auf ein bis zwei Minuten, und der Patient erholt sich erstaunlich schnell, was wir die Weltöffentlichkeit nach dem Eingriff auch sofort wissen lassen werden.»

Jäger hält kurz inne und wirft Clavet einen aufmunternden Blick zu, damit dieser seine Zustimmung kundtun kann, was dieser auch tatsächlich, ohne zu zögern, tut. Die Entschlossenheit, mit der Prof. Jäger die Sache angeht, scheint die Teilnehmer in eine Art Schockstarre versetzt zu haben, aus der sie sich nur langsam wieder lösen. Doch nun verschafft Jonathan Smith seinem Ärger mit einer spitzen wie ebenso unnötigen Bemerkung Luft: «Herr Kollege, Sie sind nicht nur ein exzellenter Arzt. An Ihnen scheint geradezu ein PR-Mann verloren gegangen zu sein.» Jäger benutzt seine Bemerkung jedoch nur dazu, ein bisschen Kollegialität zur Schau zu stellen.

«Das sehen Sie völlig richtig, Kollege Smith. Der Exit von ‹Target 13› muss zu einer Erfolgsstory für mein Spital werden, sonst würde ich nicht mitmachen. Wir werden den Patienten nach der Operation sehr schnell kurze Spaziergänge auf der Wiese hinter dem Spital machen lassen. Dutzende von Fotografen werden Bilder des extrovertierten Präsidenten in alle Welt senden, der wie immer – mit lachendem Gesicht – das Victory-Zeichen machen wird. Auf unseren Pressekonferenzen werden wir zudem mitteilen, dass wir gegen seine Tumore neue Behandlungsmethoden einsetzen, von denen wir uns eine stärkere Wirkung erwarten, als dies beim klassischen Interferon der Fall ist. Ich will in der Tat, dass mein Spital im besten Licht dasteht, bevor wir eine Woche oder zehn Tage nach der Operation unter all die guten Nachrichten, die wir zu vermelden haben, die Information mischen, dass wir beim Patienten infolge seines Nierenleidens den Anfang einer Hyperkaliämie festgestellt hätten. Der Grund für diesen Kaliumüberschuss sei uns bekannt, und es würden weitere Behandlungen eingeleitet, um den Kaliumhaushalt unter Kontrolle zu bringen. Nun kennen wir alle die möglichen Folgen einer solchen Hyperkaliämie, die zu schweren Herzrhythmusstörungen und letztendlich zum Tod führt. Ich werde daher Sorge dafür tragen, dass die Kaliumkonzentration beim Patienten zunimmt, ohne dass bei der anschließenden Autopsie irgendeine Fremdeinwirkung feststellbar sein wird. Der Tod von ‹Target 13› wird – wie offiziell mitgeteilt werden wird – infolge Nierenversagens und trotz intensivster Bemühungen des ALLMEND SPITALS eingetreten sein. Ich will, dass der Spuk am 20. Dezember vorüber ist. Danach sind Weihnachtsfeiern angesagt, und über die Feiertage hinweg operieren wir mit einer reduzierten Belegschaft. Am 20. Dezember ist daher das Spital wieder freizugeben. Mein Auftrag muss mit diesem Tag beendet sein.»

Am nächsten Tag

Als Giorgio Mazetta Jäger beim Frühstück nicht nur heißen Kaffee, Brot mit Butter und Konfitüre sowie ein Fünf-Minuten-Ei, sondern darüber hinaus auch die Nachricht kalt serviert, er werde heute seine Sachen packen und im Laufe des Tages das jägersche Haus verlassen, kommt dies für Jäger zwar überraschend, doch seinem eigenen Wunsch durchaus entgegen.

Jäger fragt daher nicht weiter nach. Erst als er sich ausgehfertig gemacht hat und Mazetta aus der Küche tritt, als er sich im Vestibül den Mantel anzieht, erkundigt er sich, um welche Zeit Mazetta denn heute auszuziehen gedenke? Mazetta antwortet mit der Gegenfrage, wann er mit der Rückkehr des Herrn Professors rechnen könne? Es wäre ihm nämlich lieber, das Haus in seiner Gegenwart zu verlassen und ihm persönlich die Schlüssel übergeben zu können. Außerdem könne er während Jägers Abwesenheit dann noch bequem in die Zürcher Zweigstelle des NDB fahren, um seinen neuen Arbeitsplatz zu besichtigen und sein Auto aus der Garage zu holen. Er gedenke, etwa gegen 17 Uhr wieder zurück zu sein. Jäger merkt darauf lediglich an, dass er sich bemühen werde, kurz vor 18 Uhr wieder zu Hause zu sein. Dann nimmt er, mit den Worten: «Also dann, bis heute Abend», seine Autoschüssel vom Regal und geht.

Bei seiner Rückkehr sieht Jäger vor seiner Garage bereits Mazettas beigefarbenen Ford Fiesta stehen. Der Gepäckraum steht offen. In ihm befinden sich zwei Koffer neben einem Stapel Kleidung. Jäger parkt seinen Wagen und geht geraden Weges in die Küche, in der Licht brennt. Giorgio Mazetta sitzt am Küchentisch, die Hausschlüssel vor sich auf der Tischplatte. Einem inneren Impuls folgend, setzt sich ihm Jäger gegenüber an den Küchentisch und schaut ihm direkt in die Augen. «Und wer hat mir das Betäubungsmittel verabreicht?», fragt er Mazetta unvermittelt mit leiser Stimme. Mazetta hat Mühe, seinem Blick standzuhalten, weicht ihm aber nicht aus und antwortet nach einer Weile schließlich: «Sie sollten Ihre Freunde besser auswählen, Herr Professor. Ich bin nur ein kleiner Polizist, der Befehle befolgt. Ich kenne mich mit Betäubungsmitteln nicht aus und weiß auch nicht, ob Ihnen ein solches verabreicht worden ist. Ich habe nur realisiert, dass Sie etwas geschwankt haben, als Sie vom Tisch aufgestanden sind, um nach oben zu gehen. Ich selbst bin danach in die Küche gegangen und habe kurz danach ein Poltern gehört, eilte zurück und sah Sie blutend auf dem Boden vor der Treppe liegen. Dr. Orad und ich haben Sie dann auf die Couch gelegt, wo Ihr Freund Sie notdürftig versorgt hat, schließlich hatte er ja keinen Ärztekoffer bei sich. Er holte sich das Verbandszeug in Ihrem Badzimmer, soweit es vorhanden war.» Jäger weiß spätestens seit dem letzten Satz Mazettas, dass dieser fabuliert, und fragt nun, wie viel Zeit verstrichen sei, bis die Ambulanz gekommen sei. Mit dieser Frage erwischt er Mazetta auf dem falschen Fuß, denn nun befindet er sich dank seines schlechten Gedächtnisses im Niemandsland. Vergeblich versucht er sich an die Version zu erinnern, die er diesbezüglich der Kantonspolizei erzählt hat.

«Das hat etwas mehr als eine Viertelstunde gedauert», versucht er es mit der ihm am plausibelsten erscheinenden Zeitspanne. «Dr. Orad versorgte Sie, und ich rief währenddessen die Ambulanz an.»

«Und welche Ambulanz haben Sie gerufen?», fragt Jäger, um Mazetta weiter aus dem Konzept zu bringen. Er erwartet eine weitere Lüge, hört Mazetta aber überraschenderweise sagen: «Das weiß ich nicht, die Telefonnummer der Ambulanz hat mir Dr. Orad gegeben, als Sie auf der Couch lagen. Er übergab mir einen Zettel, auf dem die Nummer notiert war. Ich gab ihm die Notiz zurück und habe mir die Nummer nicht weiter gemerkt. Außerdem bin ich nicht nach draußen gegangen, als man Sie auf der Bahre in die Ambulanz trug, weshalb ich sie auch nicht gesehen habe.» Mazetta ist sich bewusst, dass er bereits zu viel gesagt hat, und versucht, seinen Fehler wiedergutzumachen, indem er nachschiebt: «Dr. Orad sagte, als Arzt hätte er immer eine Notfallnummer bei sich.»

Doch Jäger hat bereits genug erfahren. Tatsachen und Lügen, die die Wahrheit und Orads Rolle bei seinem «Unfall» allerdings deutlich erkennen lassen. Noch mehr aus Mazetta herauszuholen, wird ihm eh nicht gelingen. «Und welche Aufgabe werden Sie nun als nächstes übernehmen?», wechselt er daher das Thema. «Keine Ahnung», meint Mazetta, «aber wenn ich es wüsste, dürfte ich es Ihnen sowieso nicht sagen. Berufsgeheimnis!»

«Aber was meine Person betrifft, ist Ihr Auftrag doch endgültig beendet, oder?»

«Das ist richtig», bestätigt Mazetta, «aber soweit ich informiert bin, ist Ihre Akte deshalb noch lange nicht geschlossen. Sie waren mir eigentlich nie sonderlich sympathisch. Trotzdem gebe ich Ihnen zum Abschied noch einen Hinweis. Unterschätzen Sie meine beiden Vorgesetzten nicht. Sie sind hartnäckig und lassen einen Fisch, den sie einmal im Netz haben, nicht wieder entkommen. Sie schaden deshalb nur sich selbst, wenn Sie weiterhin renitent sind und ihre Anweisungen nicht befolgen. Meine Präsenz in Ihrem Hause war nicht mehr als eine sanfte Maßnahme. Es gibt aber auch harte und drastische Sanktionen, die bei Ihnen bislang noch nicht angewendet worden sind.» Jäger, der das anders sieht, unterbricht ihn: «Und haben Sie eine Ahnung, wie lange meine Person noch von Wichtigkeit ist?»

Mazetta wirft Jäger darauf einen fast mitleidigen Blick zu. «Meiner Meinung nach ist ein Ende noch lange nicht in

Sicht. Was auch immer Sie versuchen, Sie sind und bleiben in deren Hand.»

Er reicht Jäger die Hausschlüssel und danach, zum Abschied, sogar die Hand. Eine Geste, die Jäger erwidert. Dann geht er zu seinem Ford Fiesta, lässt den Motor an und verschwindet aus Jägers Leben.

Im ALLMEND SPITAL

Es ist nun bereits das fünfte Mal, dass Dr. Bühlmann mit dem Zug von Bern nach Zürich reist, seitdem er von seiner Regierung damit betraut wurde, den Aufenthalt von «Target 13» in der Schweiz zu organisieren und zu überwachen. Alle zwei Tage – die Wochenenden mit eingeschlossen – kommt er kurz vor 8 Uhr im Hauptbahnhof Zürich an und trifft 20 Minuten später in einer der drei Hallen ein, die sich direkt hinter dem ALLMEND SPITAL auf der weiten Wiese befinden. Die Hallen sind gleich einen Tag nach der ministeriellen Sitzung von der Polizeidirektion Zürich auf Geheiß von Oberst Stamm, offiziell wegen Reinigungsarbeiten, bis auf Weiteres geschlossen worden. Die Squashhalle ist zum administrativen Zentrum der Projektleitung und die zehn Spielfelder sind in Büros umfunktioniert worden. In das Gebäude mit dem gewölbten Dach sind mittlerweile das gesamte technische Equipment und das notwendige Mobiliar bis hin zu den Kaffeemaschinen und Kühlschränken gebracht worden.

An diesem Mittwochmorgen ist neben Prof. Jäger auch sein Stellvertreter Dr. Wiederkehr zugegen, als Dr. Bühlmann zunächst die Geheimhaltungsmaßnahmen erläutert. Das schweizerische Außenministerium und die Vertreter der Befreiungsbewegung haben nunmehr mit Zustimmung der israelischen Regierung vereinbart, der Weltöffentlichkeit synchron in einem Communiqué mitzuteilen, dass der Präsident der Befreiungsbewegung am Sonntag, den 22. November, in die Schweiz eingeflogen werde. Gleichzeitig würden in Bern und in Zürich den Journalisten und weiteren Interessenten auch sogenannte Informationsdesks zur Verfügung stehen. Ebenso ein «Reisebüro», das ihnen Übernachtungsmöglichkeiten in Zürich und Umgebung vermitteln werde. Die Anzahl der akkreditierten Presseleute, die in der Pressehalle

Eingang finden, sei auf 150 limitiert, und es sei weiterhin geplant, die Medienhalle und die Aufenthaltshalle mit Catering erst am 22. November ab 12 Uhr zu öffnen. Die Barrikaden, die notwendig seien, um das ALLMEND SPITAL, die Hallen und das übrige Areal zu sichern, würden bereits in der Nacht vor der Ankunft des Präsidenten angefahren und von 100 Pioniersoldaten – quasi in einer Nacht-und-Nebel-Aktion – aufgestellt werden.

Prof. Jäger hört den Ausführungen zu, hält sich mit irgendwelchen Anmerkungen, die die operativen Maßnahmen zur Abwicklung des Unternehmens betreffen, aber wie immer zurück. Für ihn ist nur wichtig, darüber zu wachen, dass die normalen Betriebsabläufe des Krankenhauses von ihnen unbeeinträchtigt bleiben. Und so hat er bereits auf einer der ersten Sitzungen mit Dr. Bühlmann und Oberst Stamm die Parameter bekannt gegeben, die für ihn noch tolerierbar sind. Die Grenzen der Beeinträchtigung des Spitalbetriebs sind von ihm eng gesteckt worden und für ihn nicht mehr verhandelbar. Deshalb hat er auch Dr. Wiederkehr gebeten, sich in Befolgung seiner strikten Anweisungen weiterhin um alles Organisatorische zu kümmern, das den Spitalbetrieb betrifft.

Jäger will den Kopf dagegen für das Wesentliche frei halten. Er empfindet es als Gunst des Schicksals, dass er und mit ihm das ALLMEND SPITAL in den Fokus der Weltöffentlichkeit gelangen werden. Diese einmalige Chance gilt es zu nutzen. Was für den erwarteten Staatsgast gut ist, wird infolge der zu erwartenden Presse und dem Renommee, das diese ihm und dem Krankenhaus verschaffen wird, auch für andere illustre Persönlichkeiten gut sein. Doch gerade deshalb muss garantiert sein, dass sein Spital auch all die Infrastruktur und Einrichtungen aufweist, die ein Patient zu seinem Schutze verlangt. Deren Schaffung sind also Mittel zum Zweck und dienen längerfristigen Unternehmenszielen – auch wenn Jäger nach außen hin nichts mit ihnen zu tun haben will.

Dr. Wiederkehr, dem auf diese Weise die nüchterne und eher undankbare Aufgabe der logistischen und bauplanerischen Überwachung zugefallen ist, berichtet am Ende der Besprechung über die gemachten Fortschritte beim Umbau des Traktes F. «Obgleich alle Räume in Trakt F ‹multifunktionell› konzipiert worden sind, haben wir überall die Zwischenwände zwischen je zwei Räumen im Erdgeschoss herausgenommen und neue Elektroleitungen verlegt, um in den dadurch neu entstandenen, großzügigen Zimmern den Patienten und seine Familie einquartieren zu können. Ein Notausgang zur Wiese und zum erweiterten Parkplatz ist für die Familie und Mitarbeiter des Patienten reserviert. Er steht auch für seine gemeldeten Besucher zur Verfügung. Aus Sicherheitsgründen, aber auch um jede Störung des Spitalbetriebes zu vermeiden, fahren die Aufzüge erst ab der ersten Etage. Das gesamte Erdgeschoss von Trakt F ist dadurch und dank einer neu angebrachten Sicherheitstür vom Rest des Krankenhauses getrennt. Diese sowie der zum Spezialausgang umfunktionierte Notausgang sind gepanzert und lassen sich nur über einen Badge mit einem individuell zugeordneten geheimen Code öffnen. Dadurch wird jeder elektronisch erfasst, der im Erdgeschoss ein und aus geht.» Zum Schluss führt er aus, dass ein Sicherheitsbeamter des Schweizer Bundesnachrichtendienstes außerdem in einer Woche als gewöhnlicher Patient ein Zimmer außerhalb des Sicherheitstrakts beziehen wird. Ihm obliegt es, mit elektronischen Überwachungsgeräten alle Räume des Traktes F sowie den Zugang zu überwachen. Das Patientenzimmer F 7 wird lediglich von Prof. Jäger, meiner Wenigkeit und den namentlich gelisteten Krankenpflegern und -pflegerinnen betreten, die wir handverlesen ausgewählt haben.»

Während Jäger und Dr. Wiederkehr nach der Sitzung

wieder über den Feldweg zum Spital zurückkehren, um dort noch einen Blick auf die Vorbereitungen für den Einbau der Sicherheitstüren zu werfen, telefoniert Dr. Bühlmann noch kurz mit der Botschafterin Pfeiffer und teilt ihr mit, dass der von ihr vorgegebene Zeitplan eingehalten werden wird. Danach informiert er seinen amerikanischen Kollegen und «Vorgesetzten» sowie den Verteidigungsminister darüber, dass alles «nach Plan» verlaufe, und verlässt das Spital.

Er nimmt das Tram zum «Römerhof», wo er aussteigt und gegenüber in die Passage eines großen Gebäudes geht, die zur Dolderbahn führt. Er sieht Personen in die Bahn einsteigen, beeilt sich und tritt als einer der letzten Passagiere in einen Wagen. Beim «Waldhaus Dolder» steigt er aus, geht zum Nebengebäude des Hotels und klingelt an der Eingangstüre mit der Nummer 33. Sekunden später hört er Zvi Orad fragen, wer da sei. Worauf Bühlmann auf Englisch antwortet: «Ich bin es, Hans.» Darauf öffnet sich die Tür, und Bühlmann verschwindet im Hausgang.

Palästina in den besetzten Gebieten

Botschafterin Claire Pfeiffer hat die israelische Militärkontrolle auf dem Weg in die besetzten Gebiete bereits hinter sich gelassen. Sie wird vom Ersten Sekretär des Schweizer Botschafters in Israel und von zwei israelischen Sicherheitsbeamten begleitet. Der Wagen, in dem sie sitzt und der ihr von der israelischen Regierung zur Verfügung gestellt worden ist, wird zudem noch von zwei mit Sicherheitsbeamten besetzten Fahrzeugen eskortiert. In hohem Tempo fahren sie nun an den ersten Häusern der Stadt vorbei, in der der Präsident der Befreiungsbewegung in einem zerschossenen Gebäude gepflegt wird und seines Amtes waltet. Trotz des späten Herbstes hat sich eine drückende Hitze über die Stadt gelegt. Eine Staubwolke, aufgewirbelt vom vorausfahrenden Begleitauto, erschwert die Sicht. Infolge der angespannten politischen Lage funktioniert die Verwaltung in den besetzten Gebieten nur noch unzureichend. Kinder wühlen in Bergen von Müll, um in ihnen noch irgendetwas Verwertbares zu finden. Die Botschafterin war am vergangenen Freitag mit einem Linienflug in Tel Aviv eingetroffen, um die geplante Reise des Präsidenten in die Schweiz von dort aus abschließend vorzubereiten. Ferner war ihr vonseiten ihrer Regierung aufgetragen worden, beim Patienten vorzusprechen, um das Plazet für seine Überführung in die Schweiz aus seinem eigenen Mund zu hören und ihn danach auf seinem Flug am 22.11. zu begleiten. Worauf sie sich ausbedungen hatte, dass ihr Besuch ohne israelische Begleitung vonstattengehen müsse und aufseiten des Patienten lediglich sein Pressesprecher und die Familie zugegen sein dürfen. Dennoch ist ihre Ankunft gut vorbereitet worden, wie sie bei ihrem Eintreffen vor dem Amtsgebäude des Präsidenten und seiner provisorischen Regierung sofort feststellt. Vor dem Eingang sind Barrikaden mit Dutzenden von Sandsäcken aufgebaut worden. Dahinter beobachten Scharfschützen und an die 100 lokale Polizeibeamte den Platz, auf dem der Wagen der Schweizer Delegation zwischen den Begleitautos parkiert ist. Nur der Chauffeur des Dienstwagens steigt aus und öffnet Frau Pfeiffer die Tür. Fast zeitgleich kommen zwei Polizeibeamte, deren hoher Rang durch einige Sterne auf ihren Epauletten erkennbar ist, Frau Pfeiffer und dem Ersten Sekretär entgegen, um sie zu begrüßen und zum Präsidenten zu geleiten.

Bereits nach einer halben Stunde kehren die beiden mit ihren Begleitern wieder zum Auto zurück, neben ihnen ein in Zivil gekleideter Mann, der sich von ihnen verabschiedet, indem er mit auserlesener Höflichkeit die Fingerspitzen der Botschafterin leicht berührt und dabei seinen Kopf neigt, was diese als ehrerbietende Geste auffasst.

Im Auto greift die Botschafterin sofort nach ihrem Handy und nimmt nach einer kurzen Wartezeit das Gespräch in schweizerdeutschem Dialekt auf, den sie sozusagen als Geheimsprache nutzt, um ihren Kollegen, den Schweizer Botschafter in Israel, darüber zu informieren, dass sie den Präsidenten in recht guter Stimmung angetroffen habe. Er freue sich auf die Schweiz. Er kenne Zürich nicht und erkundigte sich danach, ob es dort kalt sei und ob bereits Schnee liege. Er hätte ihr außerdem erzählt, von den zwei nach Zürich entsandten Medizinern erfahren zu haben, dass er in einem sehr schönen, modernen Krankenhaus Pflege finden werde und alles bestens vorbereitet sei. Aus ihrer Sicht komme der Patient freiwillig nach Zürich, auch wenn er in der Folge des Gesprächs noch Vorbehalte seiner Frau vorgetragen hätte, die im Spital für sich und ihre Tochter eine noch elegantere und geräumigere Suite erwartet habe. Ihr Kollege in Tel Aviv fragt, wie sie darauf reagiert hätte. Frau Pfeiffer verkündet, dass sie die israelische Regierung bitten werde, ihr zu gestatten, die Frau des Präsidenten zu einem Nachtessen einladen und treffen zu dürfen. Um deren Wünschen entgegenzukommen, denke sie außerdem daran, in Zürich eine der vielen nahe am Krankenhaus liegenden Villen für sie anzumieten. Sie werde sich in jedem Fall etwas Passendes einfallen lassen, sagt sie und fügt an, dass sie in einer Stunde in der Botschaft eintreffen werde.

Am Montag darauf in Zürich

Wie jeden Montagmorgen befindet sich Doris de Quervin zusammen mit Erich Mettler und Konrad Oertle im Konferenzraum, um die Ermittlungen im Mordfall Schorni einmal mehr zu beschleunigen. Die drei Beamten sitzen bereits seit einer Weile über ihren Akten und besprechen die Lage.

«Und unser Berner Kollege Heinz Roth ist sich sicher, dass er uns die Worte seiner Tochter eins zu eins wiedergegeben hat?», fragt de Quervin. «Ich denke schon», bestätigt Oertle. «Aber wenn du willst, frage ich ihn noch einmal. Seine Tochter selbst können wir nicht kontaktieren. Das war seine Bedingung dafür, dass er uns überhaupt erzählt hat, was sie ihm berichtet hat. Und nachdem ich diese akzeptiert habe, sollten wir uns auch daran halten.»

«Damit habe ich kein Problem, aber bitte wiederhole erst noch einmal so genau, wie es nur geht, was du von Heinz Roth erfahren hast.» «Nun», meint Oertle, «er hat mir zunächst einmal erzählt, dass es zwischen seiner Tochter und Jäger als abgemacht galt, dass Eva während der laufenden Scheidung Jägers Haus nicht betritt. Am letzten Donnerstag sei sie trotzdem gegen Abend zu ihm gefahren, weil sich Jäger am Vortag derart eigenartig und zerstreut ihr gegenüber verhalten hatte. Sie habe sich Sorgen um ihn gemacht, zumal er auch sein Versprechen, sie noch am gleichen Abend anzurufen, nicht eingehalten hatte, was völlig untypisch für Jäger sein muss. Vor seiner Garage hat sie allerdings nicht seinen Wagen, sondern einen beigen Ford Fiesta mit Tessiner Kennzeichen stehen sehen. Worauf sie ihren SMART etwas weiter weg vom jägerschen Hause geparkt hat, um zunächst zu Fuß am Hause vorbeizugehen und eventuell festzustellen, was hier vor sich geht. Als sie bei der Garageneinfahrt angelangt war, sah sie einen Mann die Hecktür des Autos öffnen und Kleider, die er über dem Arm trug, in den Gepäckraum legen. Nachdem es schon etwas nach 5 Uhr und bereits dämmerig war, dachte sie zuerst an einen Einbruch. Dann hat sie in dem Mann aber ‹todsicher›, wie sie ihrem Vater gegenüber beteuert hat, einen der Beamten wiedererkannt, der bei der Durchsuchung von Schornis Anwaltskanzlei mit dabei war, ihr damals aber nicht mit Namen vorgestellt worden war. Es sei genau derjenige gewesen, der von Habegger dabei gebremst wurde, vor ihr die anwaltlichen Akten zu durchwühlen. Eva muss Jäger allerdings nichts von ihrer Entdeckung erzählt und ihn auch nicht darauf angesprochen haben, weil Heinz Roth ihr davon abgeraten hat. Stattdessen wollte er von seiner Tochter eine Beschreibung des Mannes haben. Und nach der ist er ein südländischer Typ mit dunklen Haaren, mittelgroß, kräftig gebaut, mit recht harmonischen, aber dennoch unsympathischen Gesichtszügen und dünnen Lippen. Roths Tochter meint, sie würde ihn unter Tausenden heraus wiedererkennen.»

Für Doris de Quervin bedeutet diese Nachricht den Durchbruch, auf den sie so lange gewartet hat. Dennoch löst sie gemischte Gefühle in ihr aus. «Mazetta ist demnach also entweder ein Nachrichtendienstler oder gehört der BKP an und hat uns einen gefälschten Ausweis gezeigt. Jemand hat ihm eine zweite Identität gegeben. Doch wozu? Wie passt das alles nur zusammen?»

Erich Mettler sucht ein Dokument in den vor ihm liegenden Akten und meint nach einer kurzen Weile: «Da haben wir es ja. Konrad, kannst du dich noch daran erinnern, wie wir Mazetta am 13. Oktober in Jägers Haus danach fragten, wann er seine neue Stelle denn angetreten habe? Laut Akte war seine Antwort: Am 1. Juni. Schorni starb in der Nacht vom 11. auf den 12. Mai. Ich weiß noch, wie verlegen Mazetta dabei war und wie ich schon damals den Eindruck hatte, dass er mit der Wahrheit auf Kriegsfuß steht. In der zweiten Maihälfte nimmt der Tessiner also an den bundespolizeilichen Ermittlungen in Sachen Schorni teil und wird kurz danach im Haus Jäger dessen Hausmann und Chauffeur. Jemand hat ihn dort ‹hinverpflanzt›, und dieser Jemand kann nur sein Arbeitgeber, die BKP, sein.»

Doris de Quervin hat inzwischen die Akte mit dem Transkript der auf Tonband aufgenommenen Einvernahme von Prof. Jäger aufgeschlagen, in der er ihnen von einem seiner Patienten erzählt hat, der ihm Mazetta empfohlen habe. «Jäger hat von Beginn an gewusst und akzeptiert, einen Bundespolizeibeamten als Butler und Chauffeur im Hause aufgenommen zu haben. Er hat uns diesbezüglich faustdick angelogen. Ich gehe sogar noch einen Schritt weiter. Der nette Herr Professor hat uns die ganze Zeit über zum Narren gehalten.»

Es ist Konrad Oertle, der nun, ohne direkt auf die Feststellung seiner Chefin einzugehen, ein weiteres Mosaiksteinchen zum Fall hinzufügt. «Ich denke, es ist auch von entscheidender Bedeutung, dass keiner der eingetragenen öffentlichen wie privaten Ambulanzdienste in Zürich und Umgebung, bei denen ich mich erkundigt habe, laut ihren Listen Jäger in der Nacht vom 10. September ins ALLMEND SPITAL gefahren hat. Was nur den einen Schluss zulässt, dass der Einsatz auf Anordnung, falls bereits eingetragen, nachträglich wieder gelöscht wurde. Eine andere Möglichkeit wäre noch, dass die Anfahrt der Ambulanz von langer Hand organisiert und damit sowieso getürkt war. Jedenfalls fehlen auch im ALLMEND SPITAL alle Unterlagen zu diesem Transport.»

Die Kommissarin wirkt zum ersten Mal aufgeregt. Sie steht auf, geht zur Tür, dreht sich um und sagt: «Weil es diesen Unfall auch nie gegeben hat, sondern ein Anschlag auf Prof. Jäger verübt worden ist. Jäger und Mazetta haben beide gelogen, was die Präsenz Mazettas im Hause Jäger angeht. Wir müssen daher auch davon ausgehen, dass Mazettas Geschichte, was den ‹Unfall› betrifft, nicht stimmt. Wenn wir dann von allen Lügen abstrahieren, rückt automatisch dieser israelische Arzt, Dr. Zvi Orad, etwas mehr in den Mittelpunkt, der an diesem Abend bei Jäger zu Gast war. Zumindest können wir nicht ausschließen, dass er derjenige ist, der den Anschlag auf Jäger verübt und die Ambulanz vorbestellt hat, während Mazetta, der zur BKP gehört, seinen Aussagen zufolge ebenfalls anwesend war und zumindest Beihilfe geleistet hat. Wenn ich zwei und zwei zusammenzähle, gelange ich zum Schluss, dass wir es in Orads Person auch mit einem Geheimdienstmann zu tun haben. Mazetta und Orad agierten meiner Meinung nach gemeinsam in geheimer Mission.» Doris de Quervin legt eine kurze Pause ein und fährt dann fort:

«Aber Achtung, es gibt auch noch eine weiter greifende Möglichkeit: Schorni könnte ermordet worden sein, weil er mit den diversen Bundesbehörden, wie wir wissen, eng zusammenarbeitete und im Begriff war, Landesinteressen entweder zu verraten oder gegen sie zu handeln. Und was Jäger betrifft, wage ich die weitere Vermutung, dass dieser entweder mit Schorni, mit dem NDB, der BKP oder mit beiden unter einer Decke steckt.» Mettler unterbricht: «Doris, willst du damit etwa sagen, Jäger hätte etwas mit dem Mord an Schorni zu tun? Das halte ich nun wirklich für ziemlich abwegig. Ich fand seine diesbezüglichen Aussagen durchaus überzeugend.» «Was fandest du daran denn so überzeugend? Was mich angeht, hat er uns schamlos belogen. Ich meinerseits bevorzuge es, verschiedene Optionen offenzuhalten.» Mettler setzt nach: «Einverstanden, aber was führt dich dazu anzunehmen, dass die BKP oder der NDB den Anschlag auf Jäger verübt hat oder daran beteiligt ist?» «Das habe ich doch schon einmal ausgeführt. Etwas muss falsch gelaufen sein, anders als geplant und erwartet. Jäger weiß zu viel und ist deshalb eine wandelnde Zeitbombe für den NDB, und wie es scheint, auch für den Mossad. Zumindest habe ich keine bessere Erklärung für Orads Rolle beim Anschlag auf Jäger. Nachrichtendienste haben prinzipiell zwei Möglichkeiten, um einen gefährlichen Gegner zum Schweigen zu bringen: Die Person wird eliminiert, oder sie schüchtern sie ein, indem sie ihr einen Denkzettel verabreichen. Da sie ihn nicht aus der Welt geschafft haben, trifft Letzteres zu. Auf jeden Fall kennt Jäger den Grund dafür, warum er im Krankenhaus gelandet ist, dessen bin ich mir nun sicher. Was auch erklärt oder zumindest plausibel macht, weshalb uns Jäger nicht die Wahrheit gesagt hat. Er ist ein Geheimnisträger, vielleicht sogar auch, was Schornis Tod betrifft. Und da feststeht, dass Orad Jäger ins Krankenhaus befördert hat, weist unser Fall nunmehr in Richtung Mittleren Osten. Um gegen einen ausländischen Agenten vorzugehen, der sich in der Schweiz unliebsam bemerkbar gemacht hat, ist jedoch die Bundesanwaltschaft zuständig und nicht wir. Der Anschlag auf Jäger bleibt derzeit ohne strafrechtliche Folgen, weil er – auch vom Opfer – als Unfall verkappt wird. Obgleich die Bundesbehörden ebenfalls involviert sind, hindert uns nichts, in Sachen Schorni weiter zu ermitteln. Ich lasse zunächst mal Jäger aussen vor. Wir kennen seine Geschichte, inklusive seiner Lügen. Mein Augenmerk fällt auf Mazetta. Er ist die Schwachstelle. Wir müssen die Ermittlungen auf ihn fokussieren. Ich bin zuversichtlich, dass wir so den Fall knacken. Ihr werdet euch also Mazetta noch einmal vornehmen. Lasst ihn ein weiteres Mal präzise ausführen, wie er zu der Anstellung bei Jäger gekommen ist und was sich an jenem 10. Septemberabend bei diesem zu Hause abgespielt hat. Konfrontiert ihn dann so lange mit den Widersprüchen seiner früheren Aussagen, bis er ins Trudeln kommt. Wenn er danach immer noch nicht mit der Wahrheit herausrückt, werde ich mir Prof. Jäger zusammen mit dir, Erich, noch einmal vornehmen, und zwar schonungslos. Außerdem setze ich mich noch heute mit Habegger in Verbindung. Wir werden alle drei als Auskunftspersonen befragen, aber macht ihnen deutlich, dass sie unter Verdacht stehen, eine Straftat begangen zu haben. Führt die Einvernahmen hart und druckvoll, aber fair. Zeit spielt dabei keine Rolle, verhört sie stundenlang, aber lasst sie niemals wissen, was und wie viel wir gegen sie in der Hand haben.

Was diesen israelischen Arzt angeht, der sich wieder in Israel befindet, gehe ich davon aus, dass er in die Schweiz zurückkehren wird. Erich, du nimmst dich seiner an, vorerst diskret und ohne offizielle Demarchen, also ohne Ausschreibung über Interpol. Benachrichtige jedoch alle zuständigen kantonalen Polizeibehörden, dass sie ihn, sollte er die Sehnsucht verspüren, der Schweiz einen weiteren Besuch abzustatten, bei seiner Einreise wegen einer Einvernahme einbehalten sollen.»

Ein Tag später

Alois Habegger hat sich am Vorabend schlichtweg geweigert, Mazetta von der Kriminalpolizei Zürich einvernehmen zu lassen, und dafür nachrichtendienstliche Gründe geltend gemacht. Doch Doris de Quervin lässt nicht locker und fordert, als er sich an diesem düsteren Morgen erneut weigert, mit der Drohung, ansonsten mit einem richterlichen Befehl wiederzukommen, ein sofortiges, dringliches Gespräch mit ihm in seinem Büro ein. Schließlich sei Diskretion in diesem Fall das oberste Gebot und eine Vorladung vor den Untersuchungsrichter daher eher der falsche Weg, fügt sie noch hinzu. Worauf Habegger mürrisch einwilligt. Als die Kommissarin wenig später im NDB eintrifft, lässt Habegger keine Minute auf sich warten. Er bittet die Kommissarin umgehend in sein Büro, das mit Medaillen, Trophäen und Diplomen übersät ist – Reminiszenzen an seine Karriere als Mittelstreckenläufer. De Quervin trägt ihm nochmals ihren Wunsch vor, Giorgio Mazetta einzuvernehmen, nachdem dieser nachweislich als Polizist oder NDB-Mann und nicht als Hausmann bei Jäger tätig gewesen sei. Sie ermittle, wie er wisse, nach wie vor in der Sache Schorni. Habegger zeigt sich davon völlig unbeeindruckt: «Glauben Sie nicht, Frau Kollegin, dass Sie den Bogen damit etwas überspannen? Ich für meinen Teil kann keinen Zusammenhang zwischen Mazettas vermeintlicher Tätigkeit im Hause Jäger und den Ermittlungen zum Tod Dr. Schornis feststellen. Diesen müssen Sie mir erst einmal genauer erläutern.» Doris de Quervin befindet sich damit in der Zwickmühle, schuldet sie ihrem Gegenpart damit nun doch nähere Einzelheiten über den Stand der Ermittlungen, die sie noch nicht besitzt. Sie gibt Habegger daher lediglich zu bedenken, dass die Ermittlungen in Sachen Schorni nicht abgeschlossen seien, sie deshalb keinen der bislang Befragten als Täter ausschließen könne, zu denen auch Giorgio Mazetta gehöre, den sie zum Fall Schorni noch nicht befragt habe, der sie aber nachweislich immer wieder faustdick belogen hätte, als sie ihn zu seiner Rolle im jägerschen Haus befragt habe. «Und Sie wissen ja, wer lügt, hat in der Regel etwas zu verbergen.»

«Sie gehen also davon aus, dass im Fall Schorni ernste Verdachtsmomente gegen Mazetta bestehen?», lautet Habeggers taktische Entgegnung. Worauf ihm Doris mit einem ebenso taktischen «Ja!» antwortet, obwohl sie nicht den geringsten Anhaltspunkt dafür hat. Sie ist selbst ein bisschen über ihren Wagemut erstaunt und wartet nun auf Habeggers Reaktion. Der mahlt kurz auf seinen Kieferknochen, lässt sich sonst aber nichts anmerken.

Dann sagt er ruhig, als ob er seiner Äußerung keine Bedeutung beimesse: «Wenn Sie derart schwerwiegende Vorwürfe vorzubringen haben, rate ich Ihnen dazu, besser die Staatsanwaltschaft einzuschalten.» «Das ist vielleicht tatsächlich das Beste, wenn Sie sich noch weiter vor Ihren Mann stellen. Denn hätte er eine reine Weste, gäbe es auch keinen Grund für Ihre Verweigerung», provoziert de Quervin Habegger weiter. «Der Einvernahme stünde nun einmal die nachrichtendienstliche Geheimhaltungspflicht entgegen», wiederholt der darauf nur, was de Quervin zu der Entgegnung veranlasst: «Damit meinen Sie wohl den toten Dr. Schorni und den schwer verletzten, wieder genesenen Dr. Jäger. Wenn das Ihre amtlichen Geheimnisse sind, die Sie verdunkeln wollen, dann interessieren die mich brennend.» Habegger schweigt und mahlt wieder mit seinen Kieferknochen. «Ihre Weigerung, in einem Mordfall und einem Fall schwerer Körperverletzung mit uns zusammenzuarbeiten, zwingt mich dazu, umgehend bei der Zürcher Staatsanwaltschaft den Antrag auf Einleitung einer Strafuntersuchung gegen Herrn Mazetta und Sie einzuleiten.»

«Tun Sie das», quittiert er ihre Ankündigung und fügt dann lächelnd hinzu: «Sie scheinen dabei nur vergessen zu haben, dass es gerade in einem Falle wie dem vorliegenden das Recht gibt, die Aussage zu verweigern.» Habeggers Reaktion zeigt der Kommissarin nur, dass sie in ein Wespennest gestochen hat. Auch wenn sie im Moment nicht mehr weiterkommt, weiß sie, dass ihre Androhung etwas bewirkt hat, was genau, wird die Zukunft noch zeigen. Sie steht auf. Auch Habegger erhebt sich darauf und verabschiedet sich mit Handschlag von ihr, bleibt dabei aber ostentativ stehen und bedeutet ihr damit, dass er sie nicht zum Ausgang zu begleiten gedenkt.

Doris de Quervin fährt eilig in ihr Büro zurück, wo sie noch im Stehen eine ihr bekannte Nummer wählt. Nach kurzem Warten meldet sich am anderen Ende die familiäre Stimme von Dr. Stefan Meierhans, dem leitenden Staatsanwalt von Zürich. Er hatte bereits an der Nummer erkannt, dass Doris ihn anruft, und fragt nun: «Hallo Doris, was kann ich für dich tun?»

«Ich muss dich sprechen. Es geht um den Fall Schorni.»

«Jetzt, am Telefon? Ich bin momentan etwas unter Zeitdruck. Aber was hast du denn Neues herausgefunden?»

«Wir müssen eine Strafuntersuchung gegen zwei Nachrichtendienstler eröffnen. Der Verdacht, dass sie beim Mord an Schorni ihre Finger mit im Spiel hatten, erhärtet sich immer mehr. Alles weist darauf hin, dass sie Täter sind, die nun als Fahnder der BKP ihre Tat zu vertuschen versuchen.»

Meierhans entgleitet ein «Ach, du dicke Post», dann stellt er die Frage, was für Verdachtsmomente sie denn zu dieser Behauptung führten?

Doris entgeht nicht, dass er den Begriff Behauptung verwandt hat, und erklärt ihm deshalb kurz und bündig, dass ihre Abteilung bei den Ermittlungen im Fall Dr. Schorni auf Ungereimtheiten gestoßen sei. Prof. Max Jäger, der Chefarzt des ALLMEND SPITALS und Schornis bester Freund, sei nach dessen Tode in Person des BKP-Beamten Giorgio Mazetta, der für den NDB arbeitet, sofort unter Polizeischutz gestellt worden. Diese Maßnahme sei von seinem obersten Vorgesetzten, Alois Habegger, angeordnet worden. Mazetta habe offiziell als Chauffeur und Koch im Hause Jäger gearbeitet und dort unter falscher Identität gelebt. Dann sei während Mazettas Anwesenheit in seinem eigenen Haus auf Jäger ein Anschlag verübt worden, der als Unfall ausgegeben wurde. Dabei wäre Jäger schwer verletzt worden. Sie verschweigt Meierhans bewusst, dass sie den Namen des israelischen Täters kennt, denn sie will um jeden Preis verhindern, dass darauf die Bundesanwaltschaft eingeschaltet wird. Meierhans unterbricht sie: «Davon habe ich bislang noch gar nichts gehört. Aber selbst wenn, was hat das denn mit dem Fall Schorni zu tun?» De Quervin ist sich darüber im Klaren, dass Meierhans den Finger auf den Schwachpunkt ihrer Konstruktion gelegt hat, welche wie eine Brücke unter dem Gewicht ihrer folgenden Begründung stand hält – oder in sich zusammenbricht. «Mazetta und Habegger waren gemeinsam mit einem Dritten namens Wicky nicht nur bei der Durchsuchung von Schornis Kanzlei mit von der Partie, Wicky war auch bei der Spurensuche am Tatort dabei. In der Nacht nach der Tat muss die Bundespolizei erneut ins Haus eingedrungen sein. Tags darauf stellten meine Leute fest, dass Spuren weggewischt worden waren. Einige Zeit später zog Mazetta in Jägers Haus ein. Er war beim sogenannten Unfall zugegen. Und da es kein Unfall, sondern eine vorsätzliche Körperverletzung war, ist Mazetta in diesen Straffall involviert. Kurzum: Jäger und Schorni waren Freunde und sind beide innerhalb kurzer Zeit tätlich angegriffen worden, der eine kam zu Tode, der andere wurde schwer verletzt, hat aber überlebt. Das alles ist mehr als nur ein Zufall, Stefan.»

Stefan Meierhans gibt sich nun völlig bedeckt. Was Doris da andeutet, sieht ganz nach einer breit angelegten Strafuntersuchung gegen Mitglieder der Bundeskriminalpolizei beziehungsweise des Schweizerischen Nachrichtendienstes aus. «Doris, um welche Straftatbestände handelt es sich hier deiner Meinung nach konkret?», will er wissen. Die Antwort kommt wie aus der Kanone geschossen: «Um Mord, versuchte Tötung oder zumindest schwere Körperverletzung sowie Nötigung und Amtsanmaßung, Amtsmissbrauch, Hausfriedensbruch und weiß Gott noch was. Ich will vorläufig nichts ausschließen.»

«Ich schon; schließlich will ich keine Shopping-Expedition in Sachen Strafgesetzbuch machen. An deiner Stelle würde ich Mazetta und seinen Vorgesetzten zunächst nur im Zusammenhang mit Jäger wegen Nötigung, Amtsanmaßung und Amtsmissbrauch verfolgen. Ich sähe an deiner Stelle von Hausfriedensbruch ab. Wenn du diesen bescheideneren, aber präziseren Weg zu gehen bereit bist, könntest du mich möglicherweise überzeugen. Vom Rest des Kuchens will ich vorläufig aber nichts mehr hören. Falls du richtigliegst und mit deinen Ermittlungen Erfolg hast, ergibt sich alles Weitere dann sowieso von selbst und wir können das Verfahren ausweiten. Wenn du also damit einverstanden bist, kannst du mir die Akte zustellen, aber bitte begründe deinen Antrag ganz präzise.» Doris de Quervin, die selbst über ihre eigene forsche Vorgehensweise verlegen ist, meint darauf: «Ich glaube, du hast recht, Stefan. Wir machen es so wie von dir vorgeschlagen. Ich werde dir noch heute Abend die Akte und meinen Antrag schicken. Ab wann kann ich denn damit rechnen, dass die Ermittlungen gegen Mazetta und Habegger beginnen?»

«Nun, ich bin diesen Donnerstag und Freitag jeweils bis Mittag auf einer Tagung der kantonalzürcherischen Staatsanwälte, werde am Donnerstagmorgen aber noch kurz ins Büro gehen und deine Akte mitnehmen. Dazu schreiben kann ich dir aber erst Freitagnachmittag. Diese Leute rennen ja nicht davon.» Doris de Quervin, die im Grunde froh darüber ist, dass Meierhans sie nach ihrem unerfreulichen Besuch beim NDB wieder auf den Boden der Tatsachen zurückgeholt hat, bedankt sich bei ihm und macht sich dann an die Abfassung ihres Antrags.

Zürich, in der Zweigstelle des NDB

Giorgio Mazetta, der seit dem 5. November ein Büro in der Zweigstelle Zürich bezogen hat, hat von seinem Zimmer, direkt gegenüber dem Aufzug, den letzten Besuch der Kommissarin mitverfolgt und ist seitdem äußerst beunruhigt. Ihm war befohlen worden, einen Schlussbericht in Sachen Prof. Max Jäger zu verfassen. Danach werde man ihm eine neue Aufgabe zuordnen, so war ihm versichert worden. Seitdem sortiert er unkonzentriert seine handgeschriebenen Notizen in chronologischer Reihenfolge, späht aber immer wieder nach draußen, um Habegger auf dem Gang abzupassen, sobald dieser sein Zimmer verlässt. Als der Moment gekommen ist, fängt er Habegger im Korridor ab und bittet darum, ihn sprechen zu können. Der nickt und sagt dann: «Kommen Sie in einer halben Stunde in mein Büro. Ich wollte Sie ohnehin sehen.»

Doch als Mazetta seinem Vorgesetzten dann gegenübersitzt, weiß er nicht, wie und womit er beginnen soll, während Habegger ihm seinerseits vom gestrigen Besuch der Kommissarin erzählt, die nicht davon abzubringen sei, «ihre Nase auch weiterhin in unsere Angelegenheiten zu stecken». Unerfahren, wie Mazetta ist, mimt er darauf den Unerschrockenen: «Wie Sie wissen, hatte ich ebenfalls die Ehre, Frau de Quervin Rede und Antwort zu stehen.» Habegger, der über die distanzlose Bemerkung Mazettas ihm gegenüber verärgert ist, weist ihn darauf sofort zurecht: «Diese Ehre vergessen Sie besser gleich wieder, denn sie will Sie erneut einvernehmen, was ich vorläufig verhindert habe. Die Kriminalpolizei scheint Sie als ihren Joker auserkoren zu haben.» Mazetta fragt etwas verwirrt: «Sie meinen, ich habe ein Problem?» «Ob Sie ein Problem haben oder nicht, hängt ganz davon ab, was Sie Frau de Quervin bislang erzählt haben. Sie allein wissen, ob Frau de Quervin Sie mit irgendetwas belasten kann. Von uns hat sie jedenfalls nichts erfahren. Doch wenn Sie mich fragen, weiß sie zumindest genug, um bei uns aufzutauchen, wenn auch immer noch zu wenig, um gegen Sie Klage zu erheben, obwohl sie genau damit gedroht hat. Sie sprach von Nötigung und Amtsanmaßung sowie Amtsmissbrauch, was Ihre Präsenz und Tätigkeit in Jägers Haus betrifft. Mehr wollte oder konnte sie mir nicht sagen.» «Und was raten Sie mir als mein Chef?», erkundigt sich Mazetta. «Ich glaube, das hat Ihnen Borner bereits gesagt. Es ist Ihre Pflicht zu schweigen.»

Mazetta macht eine Pause, dann lässt er die Bombe platzen: «Und was bekomme ich dafür, dass ich schweige?»

Habegger schnellt vom Sessel in die Höhe, als ob er von einer Tarantel gestochen worden wäre. «Was sagen Sie da, Mazetta? Habe ich richtig gehört?»

Mazetta, selbst überrascht von seiner Unverfrorenheit und Kaltschnäuzigkeit, meint darauf nur: «Sie haben richtig gehört.» Habegger ist außer sich und schreit: «Mann, Sie sind wohl von Sinnen!», versucht sich dann aber so schnell wie möglich wieder zu fassen: «Sie brauchen Hilfe, Sie sind nervlich am Ende, Giorgio. Ich will Sie daher für zwei oder auch drei Monate freistellen, damit Sie sich erholen können. Aber Geld fließt keines. Es ist Ihre Dienstpflicht zu schweigen!» «Und worüber genau soll ich schweigen, Herr Habegger? Klären Sie mich diesbezüglich doch bitte auf.» Nun ist es mit Habeggers Fassung vorbei. Er ballt seine rechte Hand zur Faust, hält sie Mazetta vors Gesicht und faucht ihn an: «Über alles müssen Sie schweigen, Mann, über alles!» Worauf Mazetta in aller Ruhe und mit monotoner Stimme erklärt: «Dann habe ich Sie richtig verstanden. Der Preis für mein absolutes Schweigen beläuft sich in diesem Fall auf eine Million Franken, die Sie als Abfindung auf mein Konto bei der Beamtenvorsorgekasse einzahlen. Daraufhin werde ich meinen Dienst quittieren, und niemand wird jemals wieder etwas von mir hören, auch die nette Dame von der Zürcher Kantonspolizei nicht.»

Habegger nimmt seine Stimme zurück und sagt beinahe flehentlich: «Mazetta, was ist nur in Sie gefahren, Mann? Warum tun Sie das?»

Mazetta hält eine Weile inne und meint dann: «Ich werde Ihnen sagen, warum ich das tue. Schauen Sie, Alois», es ist das erste Mal, dass er seinen Vorgesetzten mit Vornamen anspricht, und dieser lässt es geschehen, «ich bin der Sohn eines hochanständigen, weitherum angesehenen Wirtspaares im Kanton Tessin. Ich war ein guter Schüler und ein noch besserer Fußballspieler, dem man eine vielversprechende Zukunft vorausgesagt hat. Ich hatte viele Freunde und liebte die Menschen. Und weil ich meine Mitmenschen liebte und etwas für die Gemeinschaft tun wollte, meldete ich mich zur Kantonspolizei Tessin. Dort hatte ich mich innerhalb kürzester Zeit gut eingelebt und verrichtete meine Aufgaben zur Zufriedenheit meiner Vorgesetzten. Deshalb meldete ich mich nach einer Weile auch in meinem Heimatkanton zur Bundeskriminalpolizei. Ich dachte, ich würde dann dabei mithelfen können, das organisierte Verbrechen, Drogenhandel und die Geldwäscherei zu bekämpfen.» Er hält inne und schaut Habegger an, der mit hochrotem Kopf und völlig verstört in seinem Sessel sitzt und ihn anstarrt. «Und was geschieht daraufhin mit mir? Ich werde zur BKP Zürich versetzt und Ihrer Abteilung zugeteilt. Zuerst war alles in Ordnung. Ich musste von meinem kleinen Auto aus lediglich einen bekannten Zürcher Arzt beschatten, gegen den man wegen Geldwäscherei und Zugehörigkeit zum organisierten Verbrechen fahndete. Ein guter Job für einen Anfänger, obwohl mir schon damals hätte auffallen müssen, dass ich diesen Job in Wahrheit für den NDB und nicht für die BKP ausführte. Und dann senden Sie mich in die Wohnung eines Anwalts, wo ich den bewusstlosen Mann, den Sie zuvor besucht und ganz offensichtlich betäubt haben, zusammen mit Wicky in die Badewanne tragen und mit ansehen muss, wie Wicky ihm dort die Pulsschlagadern aufschneidet. Danach muss ich Wicky mitten in der Nacht zum Tatort begleiten, wo wir in Ihrem Auftrag Spuren zu beseitigen haben. Doch damit nicht genug, zwei Tage später begleite ich Sie und Wicky zur Hausdurchsuchung und Versiegelung der Anwaltskanzlei des Opfers, wo wir auf Widerstand der Sekretärin stoßen. Daraufhin schicken Sie mich auch noch in die Höhle des Löwen und befehlen mir, beim besten Freund des Opfers Hausdame und Chauffeur zu spielen, um ihn auf diese Weise besser überwachen und kontrollieren zu können. Und was finde ich beim Überwachen heraus: Die Sekretärin Schornis, die mich gesehen hat, ist die Freundin und Geliebte meines Hausherrn. Zu jenem Zeitpunkt, als wir von dieser Verbindung erfuhren, hätten Sie mich bei Jäger entfernen müssen, und zwar subito. Sie setzten mich weiter in völlig unverständlicher Weise dem Risiko aus, von Frau Roth jederzeit erkannt zu werden. Als ob es Ihr Ziel wäre, mich komplett verheizen zu wollen, mich zu exponieren, damit all Ihre Schandtaten an mir hängen bleiben. Letztendlich setzen Sie dem Ganzen die Krone auf, diesem israelischen Arzt, der Jäger beim Essen ein Betäubungsmittel verabreichte und ihm in meiner Gegenwart einen Ortungschip einbaute, bei all seinen kriminellen Taten zu helfen. Ich spreche jetzt in Ihrer eigenen Sprache mit Ihnen, Herr Habegger: ‹Mann, wachen Sie auf!› Sie haben aus mir einen Verbrecher gemacht, einen Verbrecher der übelsten Sorte, den zu bekämpfen und vor den Richter zu führen ich als meine Lebensaufgabe ansah. Ich kann meinen Eltern und keinem Freund mehr in die Augen schauen, am wenigsten mir selber. Ich liebe die Menschen nicht mehr; ich meide sie nur noch. Ich fühle Abscheu vor mir und meinem Job. Sie haben mein Leben zerstört. Eine Million für das, was

Sie mir angetan haben, stellt daher ein Entgegenkommen meinerseits dar.» Mazettas Diskurs wirkt ernüchternd auf Habegger, hat aber keine Einsicht zur Folge. Sein einziger Kommentar ist: «Es gibt eben nun einmal Aufgaben, die Opfer von uns verlangen, die aber dennoch notwendig sind. Was Ihre Person betrifft, habe ich mich jedoch geirrt. Sie sind diesen Aufgaben nicht gewachsen, weshalb Sie ab sofort beurlaubt sind. Sie werden von mir hören.» Er steht auf, zum Zeichen dafür, dass das Gespräch damit für ihn beendet ist, und Mazetta tut es ihm gleich. An der Tür dreht er sich aber noch einmal um und sagt: «Habegger, Sie sind der Wolf im Schafspelz. Sie spielen den biederen Beamten. Dabei sind Sie ein Verbrecher. Ich sehe nicht ein, warum ich Sie schonen sollte. Ohne Geld werde ich nicht schweigen.»

Noch in derselben Nacht fährt Mazetta durch den Gotthardtunnel in den Tessin und quartiert sich im elterlichen Hause ein.

Am nächsten Morgen lässt er sich mit Habegger verbinden und teilt ihm mit, dass er im «Grotto Da Laura» in Losone zu erreichen sei, falls er ihm Neuigkeiten bezüglich des Schweigegeldes zu übermitteln habe. Doch Habegger erwidert nur: «Herr Mazetta, wir haben ausgeredet. Ich habe Ihnen nichts mehr zu sagen», und legt danach auf.

Zwei Tage später

Als Dr. Stefan Meierhans am Freitagnachmittag verspätet von seiner Tagung zurückkehrt, klingen ihm noch immer die alarmierenden Worte von Doris de Quervin im Ohr. Und so nimmt er sofort den Antrag der Kommissarin zur Hand und macht sich an die Arbeit. Nach wie vor erachtet er (dem die Anwesenheit Dr. Orads verheimlicht wurde) es als unbewiesen, dass Mazetta den tätlichen Angriff auf Jäger verübt oder Beihilfe dazu geleistet haben soll. Was seine Beteiligung an der Ermordung Schornis betrifft, liegen überhaupt keine Hinweise vor, was de Quervin allerdings auch nicht behauptet hat.

Im Fall Jäger gehen seine Zweifel sogar noch weiter. Die BKP ist Teil der Bundesanwaltschaft, und der NDB untersteht dem Verteidigungsministerium. Alle beide sind für politische Verbrechen wie Hochverrat, Verschwörungen im weitesten Sinne wie auch für die Terrorismusbekämpfung zuständig und die Bundesanwaltschaft darüber hinaus noch für die Bekämpfung des schweren sowie organisierten Verbrechens. Wahrlich ein weites Feld, das viel Raum für verdeckte Aktionen zulässt, die durchaus von höchster Stelle bewilligt sein könnten. Die schriftliche Begründung, die Doris ihm, wie abgesprochen, in Sachen Jäger geschickt hat, liest sich gut. Man erkennt die Handschrift einer Juristin, die ernsthaft und mit Sachkenntnis argumentiert, sodass Stefan Meierhans nunmehr zu dem Schluss gelangt, dass Mazettas Verhalten nur die Spitze des Eisberges aufzeigt und daher tatsächlich strafrechtlich relevant sein könnte. Ob seine Tätigkeit im Hause Jägers jedoch behördlich angeordnet worden und deshalb rechtens ist, lässt sich allerdings in keiner Weise ableiten, weil Mazettas Vorgesetzte sich standhaft weigern, darüber Auskunft zu erteilen. Meierhans spekuliert darauf, dass die Verfügung, die er sich anschickt zu schreiben, es wenigstens ermöglichen wird, die Fakten ein für alle Mal zu klären. Zwei Stunden später ruft er Doris de Quervin an, um sie zu fragen, ob sie eine von ihm unterschriebene Kopie der Verfügung bei ihm abholen wolle, bevor er diese in der ihm vorgeschriebenen Form übermitteln wird.

Nur wenig später kehrt die Kommissarin mit der Kopie der Verfügung in der Hand in ihr Dienstgebäude zurück und eilt schnellen Schrittes ins Untergeschoss zu ihrem Dienstwagen, vor dem Mettler bereits auf sie wartet. Sie hat ihn bereits von unterwegs aus angerufen und ihn darüber unterrichtet, dass sie gleich nach ihrem Eintreffen noch mit ihm zu Prof. Jäger nach Hause geht. Dort angelangt, sehen sie im Untergeschoss noch Licht brennen und läuten an der Tür. Jäger öffnet ihnen in einem offen stehenden, weißen Hemd und schaut seine unerwarteten Besucher erstaunt an.

Auf Doris de Quervins Frage hin, ob sie Giorgio Mazetta sprechen könnten, lässt er die beiden Beamten eintreten und teilt ihnen mit, dass Mazetta nicht mehr für ihn arbeite. «Seit wann?», will Mettler wissen und fragt dann, nachdem ihm Jäger knapp mitgeteilt hat: «Seit letzter Woche», «Wissen Sie, wohin er gegangen ist?» Doch Jäger, der den Kriminalbeamten nicht mitzuteilen gedenkt, dass Mazetta als Beamter der BKP beim NDB tätig ist, bleibt der bisherigen Linie treu und gibt an, dass er annehme, Mazetta wäre wohl wieder zu sich nach Hause zurückgekehrt. De Quervin, die dies für durchaus möglich hält, bittet ihn daraufhin, unter irgendeinem Vorwand im elterlichen Grotto in Losone anzurufen, um zu fragen, ob sie Mazetta sprechen könne. Max Jäger zögert. Dann fragt er: «Warum sollte ich das tun?» Worauf ihn de Quervin ganz unschuldig anschaut und meint: «Weil er in Ihrem Haus nicht nur Chauffeur und Hausmann war, sondern darüber hinaus noch eine ganz andere Rolle eingenommen hat.»

«Und die wäre?», repliziert Jäger trotzig. Worauf die Kommissarin ihre Trumpfkarte auf den Tisch legt: «Es ist Ihnen doch sicherlich nicht entgangen, Herr Professor, dass Mazetta ein Polizeibeamter ist und als solcher auch in Ihrem Haus tätig war, die Haushaltsarbeiten dagegen nur vorgeschoben waren.» Doch es gelingt ihr nicht, Jägers Kaltblütigkeit mit dieser Bemerkung zu erschüttern. Der denkt sich nur, dass die Beamten dies letztendlich ja einmal herausfinden mussten, und fragt dann, wozu Mazetta dies hätte tun sollen.

«Genau das sollten Sie uns ja erklären, und vergessen Sie bei Ihren Erklärungen dann auch bitte Mazettas Rolle nicht, was Ihren ‹Unfall› betrifft.» Jäger schwenkt sofort um und meint nun ohne jeden Übergang: «Na, dann wollen wir mal.» Und als Mettler fragt, was er damit meine, antwortet er: «Sie wollten doch, dass ich mich bei den Eltern von Mazetta danach erkundige, ob er zu ihnen nach Losone zurückgekehrt sei. Warten Sie, ich hole nur schnell mein Handy, in dem ich die Nummer abgespeichert habe, als er mir einmal das elterliche Grotto empfohlen hatte. Sie können sich währenddessen ja einen glaubhaften Grund ausdenken, den ich als Anlass für meinen Anruf angeben kann.»

Kaum ist Jäger wieder zurück, erklärt ihm die Kommissarin, dass er am Telefon vorgeben soll, Mazetta wegen eines steuerrechtlichen Vorgangs sprechen zu müssen. «Denn auch wenn Mazetta nicht direkt von Ihnen, sondern vom BKP bezahlt wurde, wohnte er doch gratis bei Ihnen und wurde auch von Ihnen verköstigt. Er hat also sogenannte geldwerte Leistungen von Ihnen erhalten, die steuerbar und auch auf die staatliche Vorsorge anrechenbar sind. Sie teilen Mazetta daher mit, dass Sie sich mit ihm treffen müssten, um Ihrem Steuerberater die dementsprechend richtigen Informationen für die Erstellung der Lohnrechnungen inklusive der Abschlussrechnung liefern zu können. Machen Sie noch vor Jahresende einen Termin mit ihm aus. Ich rate Ihnen übrigens tatsächlich, so wegen Ihrer Steuer zu verfahren, Herr Professor.» Jäger lässt sich diese juristische Finesse deshalb nochmals erklären, damit er nur ja keinen Fehler macht, wenn er mit Mazetta spricht. Dann wählt er die Nummer. Eine Frauenstimme meldet sich auf Italienisch, und Jäger bittet in einem ganz passablen Italienisch darum, Giorgio Mazetta sprechen zu können. Die Frau sagt, dass er gerade ausgegangen sei, worauf Jäger fragt, wann er denn voraussichtlich zurück sein werde. Spät am Abend, lautet die Antwort. Jäger erkundigt sich daraufhin, ob er ihn denn am Montag erreichen könne, dieses Wochenende wolle er ihn nicht mehr stören. Die Frau bejaht dies, meint aber, sie könne nicht sagen, ob er sich den gesamten Tag über im Grotto aufhalten werde, da er meist an die Maggia zum Fischen gehe. Jäger nennt der Frau noch seinen Namen und die Telefonnummern unter der er montags zu erreichen ist, falls er selbst zuvor vergeblich sein Glück versucht hat. Dann entschuldigt er sich nochmals für die Störung und verabschiedet sich höflich mit den Worten von ihr, Mazetta doch herzlich von ihm zu grüßen.

«Und was werden Sie jetzt als Nächstes tun?», fragt er, nachdem er den Hörer aufgelegt hat. «Ihn vorladen oder selbst in den Tessin fahren, um ihn dort zu befragen», antwortet die Kommissarin wahrheitsgetreu. Doris de Quervin fühlt sich abgespannt und beginnt, sich nach dem freien Wochenende zu sehnen. Sie weiß, dass sie den Professor nochmals hätte in die Mangel nehmen müssen. «Er wird kaum so naiv sein anzunehmen, ich werde die Frage, weshalb er einen BKP-Mann im Hause tolerierte, nicht noch einmal, und falls notwendig, immer wieder stellen.» «Aber nicht heute», denkt sie, «auch Montag ist ein Tag», und verlässt mit Mettler, sich freundlich verabschiedend, das Haus.

Am gleichen Abend in der Brasserie im Hauptbahnhof Zürich

Dr. Hans Bühlmann hat nach der Sitzung im ALLMEND SPITAL und seinem Abstecher ins Hotel «Waldhaus Dolder» noch eine weitere Etappe eingelegt, bevor er nach Bern zurückfährt. Alois Habegger war recht aufgebracht gewesen, als er seinen dringlichen Wunsch, sich unmittelbar nach seiner Sitzung mit ihm zu treffen, einfach mit einem «Nein» abgeschmettert hatte. Aber er konnte die gleichzeitig anberaumte geheime Sitzung mit Bob Ponte und Zvi Orad beim besten Willen nicht mehr verschieben. Denn deren wichtigstes Thema war die vorgesehene Einlieferung von Eddy Borner als Patient ins ALLMEND SPITAL und die letzten Vorbereitungen dafür, dass «Target 13» auch wirklich in die Falle geht. Alois Habegger musste also warten, wenn auch nur bis zum Abend, für den man sich in der Brasserie im Hauptbahnhof Zürich verabredet hatte, damit Bühlmann spätestens mit dem 21-Uhr-Zug wieder heimwärts fahren konnte.

Alois Habegger ist sich nicht sicher, ob er seinem Vorgesetzten das Gespräch mit Mazetta in allen Details wiedergeben soll, befürchtete er doch, ihm könnte deshalb Führungsschwäche vorgeworfen werden. Denn einen widerborstigen Mann «im Stall» zu haben, warf in der Regel auch immer ein schlechtes Licht auf den Stallhalter. Zumal sich Habegger selbst nicht erklären kann, wie es dazu gekommen ist, dass ihm Mazetta völlig aus dem Ruder gelaufen ist. Unverzeihlich ist für ihn auch die Beschimpfung, die er als pflichtbewusster Beamter vonseiten eines ihm Unterstellten über sich ergehen lassen musste. Noch immer steigt beim bloßen Gedanken, von diesem als Verbrecher tituliert worden zu sein, Wut in ihm auf. Eine Ungeheuerlichkeit, die er weder zu akzeptieren bereit ist noch gegenüber Dritten, insbesondere seinem Vorgesetzten, jemals die Absicht hat zu erwähnen.

In der Brasserie angelangt, sieht er Dr. Bühlmann in einer Nische an einem Vierertisch sitzen, eine Karaffe Rotwein und ein halb volles Glas vor sich. Er setzt sich zu ihm, wirft seinen Mantel über die Lehne eines leeren Stuhls. Bühlmann fragt ihn, ob ihm ebenfalls ein Glas Beaujolais recht sei, und schaut sich dann, als Habegger nickt, nach einem Kellner um, den er auch gleich darum bittet, ihnen die Speisekarte zu bringen.

Kaum haben die beiden Männer ihre Bestellung aufgegeben, will Bühlmann auch schon den Grund für diese Besprechung von Habegger wissen. Der beginnt seinen Bericht damit, dass die Kriminalpolizei des Kantons Zürich von der Sache Schorni nicht wegzukriegen sei und die Ermittlungen dazu auf einer bedrohlichen Stufe angekommen wären. Bühlmann lässt sich ausführlich über die Unterredung Habeggers mit de Quervin berichten und unterbricht immer wieder, sobald er Unklarheiten ausmacht, die er noch genauer erläutert haben will. Als er die ganze Geschichte vernommen hat, meint er, dass er beim besten Willen die Gefahr, aufgedeckt zu werden, nicht erkennen könne. Die Kommissarin tappe bestenfalls im Halbdunkeln, erkenne darin vielleicht einzelne Schemen, aber keineswegs das große Ganze. Sie wolle nur provozieren, um auf diese Weise einen Stein aus der Mauer lösen zu können. Weitaus schlimmer wäre es dagegen, wenn Prof. Jäger eine Strafanzeige wegen Amtsanmaßung und -missbrauch machen würde, was aber wohl kaum eintreten dürfte. Schließlich habe er sich nie ernsthaft gegen die Präsenz von Mazetta in seinem Hause gewehrt und werde sicher auch in Zukunft kein gerichtliches Nachspiel vom Zaune reißen. «Vergessen Sie das Ganze also», beendet er seine Ausführungen, und Habegger nimmt das Resumée seines Vorgesetzten mit gemischten Gefühlen zur Kenntnis.

Zumal er sich die wirklich schlechte Nachricht für das

Ende aufgespart hat. Und so offenbart er Bühlmann, dass Mazetta den NDB um eine Million Franken Schweigegeld zu erpressen versucht. «Das kann jetzt doch nicht dein Ernst sein, Alois», ist Bühlmanns unmittelbare Reaktion darauf, dem sofort wieder sein Gespräch mit Bob Ponte an der Aare in Bern in den Sinn kommt, in dem dieser von ihm gefordert hat, die Leistungen seiner Abteilung umgehend zu verbessern und stärker zu kontrollieren. Er fragt daher, wie viel Mazetta über «Operation Sunrise» und alle anderen verdeckten Aktionen, die bisher durchgeführt wurden, weiß. Habegger denkt eine Weile nach, nicht etwa, weil er die Antwort darauf nicht kennt, sondern weil er sich überlegt, wie er sie am besten formuliert. Nach einer Kunstpause, die Bühlmann nichts Gutes ahnen lässt, meint er dann sibyllinisch, dass Mazetta schon einiges wissen könnte. «War Mazetta bei Gesprächen mit Schorni dabei?», will nun Bühlmann wissen. Habegger nickt: «Ein- oder zweimal ganz sicher, denn ich wollte, dass der junge Mann unseren externen Rechtsberater kennenlernt und gleichzeitig mitbekommt, was man von ihm wissen will und wie man mit ihm umgeht.» Bühlmann setzt nach: «War das, als du Schorni bezüglich ‹Operation Sunrise› konsultiert hast?» «Ja und nein», antwortet Habegger. «Alois, ich muss darauf bestehen, dass du mir eine klare Antwort erteilst, verstanden?» Doch Habegger bleibt bei seiner verklausulierten Art zu antworten: «Er war am Anfang einer Sitzung dabei, danach nicht mehr.» Bühlmann ist nun sichtlich verärgert. «Ich bin es leid, dir die Würmer aus der Nase ziehen zu müssen. War Mazetta also dabei, als du mit Schorni über ‹Sunrise› und das bestehende Auslieferungsrecht geredet hast? Ja oder nein?»

Doch Habegger blockiert und erwidert, sich nicht mehr genau daran erinnern zu können. «Erinnerst du dich dann wenigstens daran – ich hatte dich schon immer danach fragen wollen –, ob du Schorni gegenüber jemals erwähnt hast, dass sein Freund Jäger zwangsweise in die Operation mit eingebunden werden soll?» Aber Habegger, der damit gerechnet hat, dass er eines Tages mit dieser Frage konfrontiert werden würde, zieht sich auch jetzt darauf zurück, sich nicht mehr genau erinnern zu können. Für Bühlmann weist dies eindeutig darauf hin, dass Habegger im Gespräch mit Schorni viel zu weit gegangen ist. Ihr Gespräch, das zum Verhör geworden ist, befindet sich in einer Sackgasse. Deshalb fährt Bühlmann nun in ruhigem Tonfall fort: «Alois, du hast nunmehr ein Problem. Denn nur du allein bist in der Lage, die Dimensionen deines bisherigen Vorgehens abzuschätzen. Wenn Mazetta auspackt, wird es Fragen über Fragen geben. Und wenn die Katze erst einmal aus dem Sack ist und die Presse davon erfährt, ist der Skandal perfekt. Das muss unbedingt vermieden werden.» «Und wie, wenn ich fragen darf?», entgegnet Habegger. «Das ist, ehrlich gesagt, dein Problem, und um ganz deutlich zu sein, sogar dein existenzielles Problem. Du musst diesen Mann wieder unter Kontrolle bringen. Falls dir das nicht gelingt, wird dein Kopf unter der Guillotine landen, aber das weißt du ja sicher. Ich will dir gern helfen. Und vielleicht müssen wir Mazetta ja auch tatsächlich Geld anbieten. Du kannst mir aber jederzeit noch andere Vorschläge unterbreiten. Wichtig ist nur, diesen Mazetta wieder zur Räson zu bringen. Nächste Woche muss diese Panne behoben sein. Und das Allerwichtigste: Über diese Sache gilt es, absolutes Stillschweigen zu bewahren. Sie muss ausschließlich unter uns zwei bleiben.»

Die beiden Gesprächspartner nehmen darauf schweigend ihr Essen ein und verlassen dann getrennt voneinander die Brasserie.

Sonntag in Zürich und Bern

Bühlmann lässt die Geschichte nicht los, die ihm Alois Habegger im Hauptbahnhof Zürich vorgetragen hat und die völliges Neuland für ihn ist. Zu Beginn seiner Karriere, als der Inlands- und Auslandsnachrichtendienst noch nicht streng voneinander getrennt waren, hatte seine Aufgabe darin bestanden, Nachrichten zu sammeln, auszuwerten, zusammenzufassen und weiterzuleiten. Zwei Gruppierungen hatten dabei im Fokus seiner Tätigkeit gestanden. Die Kommunisten oder Linksextremisten auf der einen, die Neo- und Altnazis auf der anderen Seite. Über Schweizer Intellektuelle und als nonkonform geltende Bürger wurden Akten in der Annahme angelegt, dass dieser Personenkreis Potenzial für staatsgefährdende Agitationen in sich trage. In Wahrheit gab es die Kommunistengefahr im Inneren jedoch gar nicht. Wussten die Schweizer Bürger doch sehr gut, dass nach jedem Umsturz in kürzester Zeit wieder die gleichen Strukturen wie zuvor entstehen würden. Deshalb dachte in der Schweiz auch niemand ernsthaft daran, einen solchen Umsturz vorzubereiten, geschweige denn auszuführen. Dies wusste im Grunde auch der Nachrichtendienst, der deshalb mehr oder weniger auch eine ruhige Kugel schob. Im Außendienst oblag es Bühlmann dagegen, den Informationsaustausch über diese Gruppierungen und deren Exponenten zu pflegen, denen man notfalls die Einreise in die Schweiz verweigerte. Zwischen den Nachrichtendiensten des sogenannten Westens gab es daher zwar einen regen Informationsaustausch, aber – rückblickend gesehen – nur sehr wenige gemeinsame Aktionen. Die Schweiz war als neutrales Land sowieso nur ganz peripher in das grenzüberschreitende, nachrichtendienstliche Geschäft involviert. Und so erinnert sich Bühlmann mit einem leichten Frustrationsgefühl daran, wie er sich zu Beginn seiner Tätigkeit mit kleineren, linken Randgruppen die Zeit vertrieb. Gruppen, die sich selber weit wichtiger nahmen, als sie es aufgrund ihrer geringen politischen Bedeutung tatsächlich waren. Viele dieser von den Schweizer Behörden überwachten und der «classe politique» ernst genommenen Möchtegern-Agitatoren aus der linken Szene verzogen sich später in die Wirtschaft und wurden angesehene Anwälte, Werbefachleute oder Architekten. Die Vorstellung, im Klassenkampf zu siegen, verstanden sie seitdem als die Verpflichtung, möglichst oft in der Business-Klasse zu fliegen und eine Menge Geld zu verdienen, während Bühlmann und seine Männer sich nach wie vor mit einem durchschnittlichen Beamtengehalt zu begnügen hatten. Dann kam die Zeit der RAF und der Brigate Rosse, der deutschen und italienischen Terrorvereinigung revolutionärer linker Extremisten, die die Schweiz als Durchgangsland und zeitweilig auch als Aufenthaltsort benutzten. Was die rechte Szene betraf, beschäftigte sich seine Abteilung dagegen mit grenzüberschreitenden Mitgliedern der deutschen NPD, dem mörderischen Anschlag einer rechtsextremen Gruppe auf einen Zug in Bologna, Keimzellen von Altnazi-Gruppen in der Schweiz sowie der Verfolgung von Nazikriegsverbrechern wie dem Auschwitz-Arzt Dr. Mengele, dessen Familie in der Nähe des Flughafens Zürich eine Wohnung gemietet hatte, ohne deshalb ihren Wohnsitz im nahen Baden-Württemberg aufzugeben, wo sie eine Fabrik für Landwirtschaftsmaschinen betrieb.

Erst der Anschlag vom 11. September 2001 auf die Twin Towers in New York brachte für Bühlmann und sein Team eine epochale Änderung in der Aufgabenstellung des Dienstes mit sich. Der brutale und mörderische Terrorakt ohne Rücksicht auf Menschenleben erforderte von ihm und seinen Leuten eine radikale Neuausrichtung. Die bislang für ihn bestimmende Richtlinienschnur rechtsstaatlichen Handelns ließ sich kaum mehr mit den international angewandten Maßnahmen gegen den Terrorismus in Einklang bringen. Immer stärker gerieten er und sein Team ins Schlepptau der amerikanischen und israelischen Geheimdienste, deren Sogwirkung sich auch die anderen europäischen Nachrichtendienste nicht entziehen konnten. Und so trug Bühlmann nunmehr seit zwei Jahren auch noch die Verantwortung für die von Alois Habegger geleitete Spezialeinheit des NDB, der im Kampfe gegen den Terrorismus die sogenannte operative «Feldarbeit» oblag, für die er nur allzu oft die Anwendung rücksichtsloser Ermittlungstechniken unter Missachtung geltender Gesetze anzuordnen und zu überwachen hatte, falls dies die Situation erforderte. Was oft der Fall war, seitdem die Terrorbekämpfung zum notwendig gewordenen Krieg «erhoben» und das Töten als Kriegshandlung auch auf Administrationsebene erlaubt worden war. Er selbst musste sich eingestehen, dass er zu schwach war, um diesen Praktiken Einhalt zu gebieten, weshalb er sich auch seinem Job mental nicht mehr gewachsen fühlte. Er hatte sich zwar immer wieder mit dem Mantra getröstet, dass bis jetzt ja alles gut gegangen war. Doch was «Operation Sunrise» betraf, hatte er da so seine Zweifel. Und weil er diese Zweifel hatte, wagte er sich nicht, seinem überkorrekten, direkten Vorgesetzten das Projekt vorzulegen, geschweige denn, ihm über den Ablauf zu rapportieren. Er hielt an dessen Stelle seinen ehemaligen Kommilitonen und jetzigen Justizminister auf dem Laufenden. Aber wie schon Bob Ponte richtigerweise festgestellt hat, lässt sich dieser zwar über alles, was sich so im Dunkeln abspielt, berichten, vergisst es aber auch in Windeseile wieder, sobald es ihm dienlich ist. Vielleicht hängt das, was er als eigene Unzulänglichkeit betrachtet, ja nicht zuletzt genau von diesem Umstand ab, dass er keine wirkliche Rückendeckung von oben hat, sondern nichts anderes ist als ein Seiltänzer auf einem Seil, das keinen Anfang und kein Ende hat? All dies geht ihm durch den Kopf, während er krampfhaft überlegt, wie er die Angelegenheit Mazetta mittels eines Kompromisses aus der Welt schaffen könnte. Auf einem Notizpapier skizziert er einen möglichen Deal, der vorsieht, Mazetta noch bis Ende des folgenden Jahres, also für einen Zeitraum von 14 Monaten, gesundheitshalber zu beurlauben, was diesem eine Summe von mehr als 100.000 CHF einbrächte. Vom Geld, das der Staat von der israelischen beziehungsweise amerikanischen Verwaltung für die Sicherheitsmaßnahmen rund um das ALLMEND SPITAL einkassieren würde, ließe sich außerdem völlig geräuschlos ein weiterer Betrag von gut 400.000 CHF abzweigen. In den Augen von Dr. Bühlmann eine stattliche Abfindung, die Mazetta dazu bringen könnte, von der Wahrmachung seiner Drohung abzusehen.

Um die Mittagszeit herum ruft er Alois Habegger an und kündigt ihm an, dass er eine Möglichkeit gefunden habe, wie die Sache Mazetta gütlich geregelt werden könne, und dass er darüber in zwei Tagen am gleichen Treffpunkt wie letztes Mal mit ihm zu sprechen wünsche. Bis dahin solle Habegger den jungen Mann ruhig schmoren lassen. Die Wartezeit und die Ungewissheit, ob er mit seiner Forderung durchkäme, würde ihn mürbemachen und ihn umstimmen, ihrem Vorschlag zuzustimmen. Und bis dahin würde er weiter schweigen. Habegger bestätigt den Termin, ohne weitere Fragen zu stellen. Bühlmann hat sogar den Eindruck, als ob Habegger mit vollem Mund spräche. «Störe ich beim Essen?», erkundigt er sich daher, was Habegger bejaht, aber meint, dass ihm das nichts ausmache. Worauf Bühlmann den Anruf trotzdem mit den Worten beendet: «Also dann bis in zwei Tagen um 6 Uhr in der Brasserie. Die Sache muss, wie gesagt, nächste Woche vom Tisch sein.»

Im ALLMEND SPITAL

Eine Woche vor Ankunft des Patienten waren die Räumlichkeiten wie auch die Sicherheitsvorkehrungen in Trakt F des ALLMEND SPITALS fertiggestellt und auf ihre Funktionstüchtigkeit getestet worden. Nun war alles für die Ankunft des illustren Patienten und seiner Begleiter am 22. November bereit. Nur in Zimmer F 7, gegenüber den Liften, musste in der kommenden Woche noch Eddy Borner einquartiert werden. Nach außen hin für das Spitalpersonal ein ganz normaler Patient, würde Borner von seinem Zimmer aus die erbsengroßen Kameras überwachen, die der NDB ins Noppenglas der Sicherheitstür wie im Korridor, am Notausgang und in den Räumen, welche für die Gäste des Patienten bestimmt waren, eingebaut hatte. Diese «Spione» senden ihre Aufnahmen außer auf Eddy Borners Laptop, außerdem noch in die NDB-Zweigstelle Zürich und ins «Waldhaus Dolder», und bei Bedarf könnten sogar noch einige weitere Stellen zugeschaltet werden.

Jäger hatte in harten Verhandlungen mit Claire Pfeiffer durchgesetzt, dass der abgeschlossene Teil des Traktes F lediglich aus sechs Räumen bestehen sollte, mit zwei auf der einen und vier auf der anderen Seite des Korridors. Und als Sicherheitsleute und Mediziner des Patienten nachträglich mindestens noch vier weitere Räume im ALLMEND SPITAL verlangten, hatte Jäger der Botschafterin, die ihm diese Forderung übermittelt hatte, deutlich zu verstehen gegeben, dass dies mit ihm nicht zu machen sei. Für die ärztliche Betreuung sei bereits gesorgt, sonst würde der Patient ja nicht kommen, und Sicherheitsleute seien ebenfalls in ausreichender Zahl aufgeboten. Die sechs Räume seien mehr als genug, wenn nicht, müsse «dieser Herr» eben woanders hingehen. Und dabei blieb es.

Ein paar Tage vor der Ankunft des Präsidenten trifft Eddy Borner wie geplant im Spital ein. Seinen Rollkoffer in der einen, den Laptop in der anderen Hand, meldet er sich an der Rezeption und wartet dann gleich den vielen anderen Patienten um ihn herum darauf, dass er von einer der zwei Damen hinter dem Schalter aufgerufen wird, um seine Personalien anzugeben und das Aufnahmeritual hinter sich zu bringen. Danach wartet er kleinmütig erneut auf der Bank vor dem Schalter, bis ihn die zuständige Abteilungsschwester abholt. Eine dunkelhäutige, auffällig hübsche Krankenschwester mit dem eigentümlichen Namen Zain Hilfiker-Mutabdike nähert sich ihm und fragt ihn in breitem Zürcher Dialekt, ob er Herr Borner sei. Er bejaht ihre Frage und lässt sich danach von ihr zur Stätte seines zukünftigen Wirkens führen. Die Schwester öffnet die Tür zum Patientenzimmer 7, in dem er die Zeit bis zum «Exit» von «Target 13» verbringen wird. Sie zeigt ihm den Garderobenschrank sowie die Toilette und Dusche. Danach erklärt sie ihm noch die Bettautomatik und die Fernsehbedienung und fragt, ob er vielleicht einen Kaffee, Tee oder ein Mineralwasser wünsche. Bevor sie geht, kündigt sie an, dass Dr. Wiederkehr noch vor dem Mittagessen nach ihm sehen werde, und schließt die Tür hinter sich. Eddy Borner fühlt unmittelbar, wie sich das erdrückende Spitalambiente auf ihn legt. Er setzt sich auf den Bettrand. Was tue ich hier nur?, fragt er sich. Verbringe ich hier einen Monat in diesem Spitalzimmer, mit fingierten Untersuchungen, unnötigen Ärztevisiten, mit Placebotabletten und -spritzen und versuche, mit täglichen Gängen in das Spitalrestaurant und Zeitungen so gut wie möglich die Zeit totzuschlagen? Schließlich kann ich hier ja nicht 24 Stunden lang den Zerberus spielen, überlegt er sich.

Bereits bei der Anmeldung war ihm schwer zumute gewesen. Wer seine nächsten Angehörigen seien und wer im Falle, dass es irgendwelche Komplikationen gebe, benachrichtigt werden soll, hatte man von ihm wissen wollen. Zwei Fragen, die ihm einmal mehr vor Augen geführt hatten, dass es in seinem Leben nichts anderes mehr gab als seine Arbeit. Seine Bieler Ehe mit einer aufsäßigen, flippigen Grafikerin war nach kurzer Zeit in die Brüche gegangen, nachdem sie sich in einen Jazzmusiker verliebt hatte. Danach hatte er sich geschworen, nie wieder zu heiraten, ein Gelübde, das er bis zum heutigen Tage eingehalten hatte. Mit seinem älteren Bruder war er seit Jahren wegen einer Lappalie zerstritten; genauer gesagt wegen einer belanglosen Bemerkung, die ihm seine Schwägerin nie verziehen hatte, weshalb sie unter Zuhilfenahme wechselnder Begründungen und Drohungen die Familie auch dazu gebracht hatte, jeden Kontakt mit ihm zu meiden. Ein Zustand, der nun schon über zehn Jahre andauerte, in denen er seinen Bruder, seine Nichten und Neffen nicht mehr gesehen hat. Seine Mutter war seit Jahren tot. Seinen Vater hatte sein Bruder in ein Altersheim in der Nähe von Biel eingeliefert, als ihm dessen parkinsonsche Krankheit zu viel geworden war. Nach zwei Hirnschlägen war der Vater dort zum Pflegefall geworden, der seine Besucher nicht mehr erkennt.

Und so hatte Borner auf die Frage hin, welche Angehörigen man im Falle eines Falles benachrichtigen solle, realisiert, dass es niemanden mehr gab, den er hätte nennen können. Dass er außer der BKP beziehungsweise dem NDB überhaupt niemandem mehr angehörte. Trotzdem nannte er der Dame am Schalter als seinen nächsten Angehörigen seinen Bruder, ohne zu wissen, ob dessen alte Adresse noch stimmte. «Doch egal, wen kümmert es schon, ob ich tot bin», murmelt er vor sich hin, als er seine Kleidungsstücke in den Garderobenschrank hängt.

Borner hat eine unruhige Nacht im Spital verbracht. Noch am Tag seiner Ankunft war er von einem Untersuchungsraum zum anderen geschickt worden, hatte sich unter der Aufsicht von Dr. Wiederkehr einer Ultraschall-Untersuchung unterzogen und noch ein paar weitere Untersuchungen über sich ergehen lassen, deren Sinn und Zweck er nicht zu erkennen vermochte. Nun sitzt er nach einem dürftigen Spitalfrühstück in einem Sessel am Fenster seines Zimmers und überfliegt die Artikel einiger Tageszeitungen, die zu lesen er in den letzten Monaten kaum noch Zeit gefunden hat.

Er dreht sich um, als sich die Tür öffnet und Dr. Wiederkehr mit einem Bündel Papiere unter dem Arm in sein Zimmer tritt. Nach den üblichen Begrüßungsfloskeln setzt sich Wiederkehr zu Borner an den kleinen Esstisch und sagt: «Ich muss mit Ihnen über Ihren Status als Patient sprechen, Herr Borner.» «Hat sich denn etwas geändert, und ist Prof. Jäger nicht mehr der für mich zuständige Arzt?», will Borner darauf wissen. Wiederkehr erklärt ihm, dass alles beim Alten ist, wegen der immensen Beanspruchung Prof. Jägers während der Behandlung des ausländischen Gastes aber zwei Vertrauensärzte für ihn zuständig wären. «Ich bin wegen einiger anderer Punkte, die ich Ihnen nun nennen werde, zu Ihnen gekommen», fährt Dr. Wiederkehr fort. «Beantworten Sie Fragen von Assistenzärzten, Schwestern und Aushilfen bezüglich Ihres Befindens stets nur mit stereotypen, nichtssagenden Floskeln wie ‹Es geht mir ganz gut› oder ‹Es geht mir so lala›. Wir haben Ihre Akte außerdem so angelegt, dass niemand außer Prof. Jäger und mir irgendetwas anordnen kann. Prof. Jäger wird meistens gegen Abend, etwa um 17 Uhr bei Ihnen vorbeischauen. Oder aber am Morgen, wenn er seine Patientenvisite macht. Wenn er keinen Dienst hat, komme ich an seiner Stelle. Haben Sie dazu Fragen?» Eddy Borner schüttelt verneinend den Kopf.

«Gut, dann kommen wir zu Ihrer Behandlung. Da wir nicht den Eindruck erwecken dürfen, dass Sie hier bloß ‹Hotelgast› sind, werden Sie wie alle anderen metastasierenden

Patienten mit einem wuchernden Krebs einer Interferontherapie unterzogen. Gleichzeitig werden Prof. Jäger und ich Ihnen jeden Abend Mittel verabreichen, die die Nebenwirkungen dieses Mittels herabsetzen werden, sollten solche überhaupt auftreten. Prof. Jäger sagte mir, dass Sie diese Behandlung im Rahmen Ihres Auftrages akzeptieren würden. Das hätten Sie ihm Mitte des Jahres mitgeteilt.» «Das soll ich gesagt haben? Aber gut, wenn Prof. Jäger das sagt, wird es so gewesen sein, nur war ich mir damals dann sicherlich nicht im Klaren darüber, was auf mich zukommt.» Dr. Wiederkehr beschwichtigt: «Das hört sich alles schlimmer an, als es sein wird. Aber Ihre verdeckte Rolle als Patient erfordert nun einmal ein Höchstmaß an Glaubwürdigkeit. Und dazu bedarf es eben einer authentischen Anfangstherapie.» Borner wird bewusst, dass jede Abwehr, sich einer realen Krebsbehandlung zu unterziehen, unnütz und vergeblich ist, zumal er den Auftrag, den ihm seine Vorgesetzten gegeben haben, erfolgreich erfüllen muss, eine Ablehnung der Krebsbehandlung daher einer Befehlsverweigerung gleichkäme. Also nickt er mit einem gezwungenen Lächeln und meint: «Also gut, machen wir es so, wie Sie sagen. Haben Sie darüber hinaus noch andere gute Nachrichten für mich, Herr Doktor?» Die darauffolgende Antwort Wiederkehrs überrascht ihn dann aber doch. «Nein, keine guten Nachrichten. Ich muss mit Ihnen auch noch über Ihre Diabetes sprechen. Kollege Jäger hat sich Ihre Blutzuckerwerte aufgrund der gestrigen Untersuchung noch einmal angeschaut. Sie sind recht alarmierend. Wie viele Insulininjektionen verabreichen Sie sich denn derzeit täglich?» Borner seufzt: «Drei, meistens kurz vor den Mahlzeiten.» «Mit einem Insulinpen?» Borner holt darauf seinen Pen aus dem Bad und gibt ihn Dr. Wiederkehr. Der wirft einen Blick auf die Dosis und sagt: «Sie sollten Ihre Zeit im Spital dazu nutzen, Ihren Blutzucker zu senken. Wir würden

Ihnen dabei helfen, im Gegenzug dafür, dass Sie die Interferontabletten schlucken. Falls Sie die Behandlung befolgen und auf sie ansprechen, werden wir Ihre Werte innerhalb von drei Wochen, zumindest was den Langzeitzucker angeht, bestimmt auf 9 vielleicht sogar auf 8 herunterbringen können. Die Behandlung sieht vor, dass wir Sie erstens auf eine strikte Diät setzen und Ihnen zweitens dreimal täglich Injektionen mit einer höheren Dosis in den Arm verabreichen. Nachdem diese Injektionstechnik einen langsameren Wirkungseintritt bewirkt, werden wir Ihnen, um dennoch einen kurzfristig schnellen Wirkungseintritt zu erreichen, zusätzlich noch eine Behandlung durch Inhalierung verschreiben. Zu Beginn der Behandlung werden wir Sie natürlich täglich und danach in regelmäßigen Abständen auf Ihre Insulinresistenz wie auch Ihre Insulinverträglichkeit hin überprüfen.» «Solange meine Aufgaben hier dadurch nicht beeinträchtigt werden, soll es mir recht sein. Sie kennen ja meinen Auftrag, Dr. Wiederkehr. Er verlangt Präsenz und hohe Konzentration von mir.» «Da machen Sie sich mal keine Sorgen», beruhigt ihn Wiederkehr. «Wenn Sie weniger Blutzucker haben, wird Ihre Konzentration zu- und nicht abnehmen. Ich empfehle Ihnen daher wärmstens, den Rat von Prof. Jäger zu befolgen. Er wird Sie ohnehin heute Abend aufsuchen, um Ihnen vorab ein paar Mittel zu verabreichen, die zu einer größeren Verträglichkeit der Interferon-Behandlung führen. Ihre Zustimmung immer vorausgesetzt.»

Als Jäger Borners Krankenzimmer betritt, sieht er ihn am Tisch vor seinem Laptop sitzen. Er schließt die Tür hinter sich, geht zu Borner und begrüßt ihn mit den Worten, ob er sich denn schon gut eingelebt habe. Zu seiner Überraschung erhebt sich Borner nicht von seinem Stuhl, sondern meint süffisant: «Hier findet wohl quasi ein Replay mit umgekehrten Rollen statt.» Jäger, dem in der Schnelle nichts Besseres einfällt, erwidert darauf: «Wenn Sie es so sehen wollen.» Er schiebt den freien Stuhl an den Tisch heran, an dem Borner, ohne ihn weiter zu beachten, wieder in seinen Laptop tippt, und beobachtet ihn eine Weile. Von der geheimnisvollen Aura des scheinbar allmächtigen Beamten, der ihm im Frühjahr im Verlies in Bellinzona gegenüberstand und ihm dort einen Deal anbot, ist nichts mehr übrig geblieben. Borner ist durch das Spitalambiente zu einem ganz normalen Patienten in Polohemd, Trainingshose und ausgelatschten Pantoffeln geworden, der den Blicken all jener ausgesetzt ist, die unaufgefordert in seine Intimsphäre eindringen dürfen. Doch je länger er ihn betrachtet, desto deutlicher wird ihm bewusst, dass von diesem Biedermann unverändert noch immer eine Bedrohung ausgeht. Hatte Mazetta ihm nicht in Bezug auf Borner und Habegger gesagt, dass er sich wenden und wehren könne, wie er wolle, und dennoch immer in deren Hand bleiben würde? Und so stellt sich diesmal auch das unterschwellig empfundene Machtgefühl, das Jäger als Herr über Leben und Tod jedes Mal empfindet, wenn er ein Patientenzimmer betritt, nicht ein. «Dachten Sie damals an eine Situation wie heute?», fragt Jäger daher, an seine Gedanken anknüpfend, in die Stille hinein. Borner schaut erstaunt auf. «Sie meinen, weil wir jetzt in der gleichen Sache tätig sind?» Jäger nickt. Borner reagiert vorerst nicht, fällt vom Tonfall wie von der Wortwahl dann aber wieder ganz in seine Polizistenrolle zurück. «Schauen Sie, Herr Professor, wir arbeiten zwar an ein und derselben Sache, aber auf zwei ganz unterschiedlichen Ebenen. Ich bin hier, weil ich einen Auftrag zu erfüllen habe, und der beinhaltet auch, Sie an meiner Leine ‹bei Fuß› gehen zu lassen.» Jäger packt bei diesen Worten kalte Wut. «Borner», sagt er mit schneidender Stimme, «Leine hin oder her. Aber hier bin ich der Boss. Sollten Sie deshalb auch nur einen falschen Schritt tun, setze ich Sie persönlich vor die Tür.» Borner steht auf und erwidert gelassen: «Sie können in Ihrem Spital gern das Gefühl pflegen, unantastbar zu sein. Aber vergessen Sie nie, dass Sie gegenüber der MAT eine Verpflichtung eingegangen sind und sich bereit erklärt haben, den Ihnen übertragenen Auftrag so auszuführen, wie dies von Ihnen erwartet wird. Mit der Übernahme dieses Auftrages arbeiten Sie jedoch in einem Team, dem auch ich angehöre. Sie gehören damit also in ‹unsere Welt›. Und in der Welt des NDB herrschen nicht nur Solidarität und Loyalität, in dieser Welt bin auch immer noch ich Ihr Chef. Niemand kann bei uns zu Schaden kommen. Ganz im Gegenteil, wer sich uns freiwillig oder zwangsweise angeschlossen hat, für den wird gesorgt werden. Und zwar für immer. Sollten Sie jedoch mit gezinkten Karten spielen oder uns später in den Rücken fallen, sind Sie ein für alle Mal erledigt. Das ist der Deal. Und deshalb werden wir Sie auch immer an der Leine halten. Habe ich mich deutlich genug ausgedrückt?»

Jäger dreht sich wortlos um, bleibt aber an der Tür noch einmal stehen und wünscht Borner anstandshalber eine gute Nacht. Er lenkt seine Schritte in Richtung Aufzug und fährt mit ihm ins Untergeschoss, wo er die Tür zu der um diese Zeit verwaisten Spitalapotheke aufschließt.

Er nähert sich einem der vielen verschlossenen Schränke, öffnet mit seinem Spezialschlüssel den Schrank mit den etikettierten Buchstaben «G–K» und durchstöbert ihn. Nach einer Weile hat er den Karton gefunden, den er gesucht hat, öffnet ihn und zählt die in ihm enthaltenen Ampullen. Danach nimmt er den Karton an sich und schließt den Schrank wieder ab. Als Nächstes sucht er auf einem der Schreibtische ein Heft im A5-Format, in dem alle Entnahmen aus der Apotheke eingetragen werden. Er blättert darin und sucht nach einem Tag, an dem aus Unachtsamkeit eine Zeile ausgelassen worden ist, was zwar gegen das Spitalreglement verstößt, aber dennoch immer wieder geschieht, wie er sehr wohl weiß.

Unter dem 3. November findet er noch eine freie Zeile, in der er nun vermerkt, dass er einen Karton mit 48 Insulinampullen à 0,5 ml entnommen hat. Als Grund für den Bezug gibt er an, «Forschung», und als Verwendungsort «Forschungslaboratorium G3». Es ist dasselbe Laboratorium, in das er sich gleich darauf mit dem Karton unter dem Arm begibt. Keine zwei Stunden später taucht er dann vor der Sicherheitstür des Traktes F auf, ohne dass ihm auf dem Weg dorthin jemand begegnet. Er öffnet sie mit seinem Badge und betritt den Sicherheitstrakt. Zwei Minuten später öffnet sich die Sicherheitstür wieder. Jäger tritt heraus und schließt sie von außen. Gelassen geht er den Gang zu seinem Büro hinunter, steigt kurze Zeit später in sein Auto und fährt nach Hause.

In Losone

Gleich am ersten Morgen nach Mazettas Ankunft in Losone war die ganze Landschaft in das schimmernde Licht einer milden Herbstsonne getaucht. Die Geräusche und Stimmen, die aus der Küche in sein Zimmer drangen, erinnerten Giorgio an seine Jugend, als seine Eltern ihn sonntags immer hatten ausschlafen lassen. An diesen Tagen verließ der junge Mazetta die Gaststätte – von seiner Mutter zuvor mit viel proteinhaltiger Pasta gestärkt – immer erst am späten Nachmittag, um für seinen Klub viele Tore zu schießen. Seine Familie blieb dagegen wie an jedem Sonntag im Grotto, um die Gäste zu bewirten, die von überall herkamen, um die allerorts bekannte Küche der «patrona Laura» zu genießen. Was diese allerdings niemals freiwillig von ihr vorgesetzt bekamen, waren Spaghetti. Denn die gehörten Lauras Meinung nach nur in Hausküchen zur Verköstigung hungriger Mäuler.

Pochte dennoch einer der Gäste darauf, diese lieblos in Fabriken hergestellten Pasta-Würmer zu erhalten, beugte sich Laura zwar dem Willen ihres Gastes und ließ sie, zur Kantinenköchin degradiert, auf der elektrischen Kochplatte so lange im Wasser garen, bis sie «al dente» waren. Aber nie ließ sie sich dazu herab, diese auch noch zu servieren. Das musste ihre Schwiegertochter oder früher ihre beiden Jungs tun, die ohnehin nichts vom Kochen verstanden.

Nur hausgemachte Pasta war es für Laura wert, von ihr gekocht und serviert zu werden. Nudeln aller Art, dicke, dünne, gelbe, grüne, schwarze, an einer Fleischsoße, einer weißen Weinsoße, mit Trüffeln oder Steinpilzen, mit Hühnerbrust, à la Bolognese, al burro, al pesto oder ganz fein geschnitten mit frischem Basilikum verfeinert. Es ging ihr auch nicht in den Kopf, warum Menschen den weiten Weg zu ihrem Grotto unternahmen, um etwas anderes essen zu wollen als beispielsweise ihre wunderbaren Ravioli mit immer wieder anderen Füllungen oder ihre Kartoffelgnocchi, die weit und breit als die besten im ganzen Tessin galten. Aus der norditalienischen Küche akzeptierte sie nur noch Lasagne und Cannelloni, die zwei Lieblingsspeisen des heranwachsenden Giorgio, der besonders ihre nach einem Geheimrezept gemachten Cannelloni über alles liebte. Beim Kochen ließ sie sich von Giorgio allerdings nie über die Schulter schauen. Und wenn er ihr dabei doch einmal zu nahe kam, sagte sie: «Giorgio, das Rezept wirst du erst dann erfahren, wenn du das Grotto übernimmst.» Antwortete er dann mit einem: «Und wenn ich das nicht tue?», bekam er prompt zu hören: «Sei still und iss!»

An diesem Sonntag hatte sein Bruder nun versprochen, ihm Cannelloni nach Mutters Rezept zu servieren. Doch so gut sie auch waren, kamen sie dennoch nicht an die seiner Mutter heran. Die saß am Tisch und schmunzelte, als sie «ihren Giorgio» die von seinem Bruder und dessen Frau, die mittlerweile eine sehr gute Köchin geworden war, zubereitete Mahlzeit respektvoll, aber eben nicht in der genüsslichen Art von früher verzehren sah.

Die Helligkeit der Tage im Tessin hat Mazetta wieder etwas friedlicher gestimmt und seine Schweigegeldforderung nach dem Zusammenstoß mit Habegger in den Hintergrund treten lassen, ebenso wie die Aussicht, der Kriminalpolizei des Kantons Zürich wohl eines Tages unvermeidlich Rede und Antwort stehen zu müssen.

Auf seiner Fahrt hierher war ihm unwillkürlich wieder in den Sinn gekommen, dass Habegger ihn als «Joker» der Zürcher Kriminalbeamten bezeichnet hatte, diese ihn beim NDB folglich als das schwächste Glied in der Kette einstuften, was ihn zusehends zu ärgern begann und bis zu seiner Ankunft in Losone nicht mehr losließ.

«Warum ich?», hatte er sich immer wieder gefragt und sich

dann vorgenommen, genau diese Einstufung seiner Person als leicht zugängliche Informationsquelle oder brutaler gesagt, als Denunziant, Lügen zu strafen, sollte es tatsächlich zu einer Einvernahme kommen. Seine zunächst vorhandene Panik, er könnte als Sündenbock ins Fadenkreuz der Justiz geraten, war hier im Tessin auf einmal nicht mehr präsent. Er fühlte sich wie befreit und realisierte zudem, dass er bei einer Befragung kaum etwas zu befürchten hatte, da er nicht mehr zu sagen brauchte, als dass er seine Rolle im Haus des Professors seinem Auftrag entsprechend wahrgenommen habe und als Novize beim NDB auch nicht mehr sagen könne.

In diesem Sinne beschloss Mazetta schließlich auch, die Sache mit dem Schweigegeld fallen zu lassen und dies seinem Chef in Zürich mitzuteilen. Doch als er Habegger ein zweites Mal von Losone aus anrief, dieser ihn aber sofort wieder mit der Bemerkung zum Schweigen brachte, dass es zwischen ihnen nichts mehr zu bereden gebe, verzichtete er darauf, Habegger den eigentlichen Grund seines Anrufs mitzuteilen. Stattdessen ließ er ihn wissen, dass er nach wie vor auf seiner Forderung bestehe und jederzeit zu einem Gespräch bereit sei, wenn auch nicht mehr allzu lang. Die spürbare Wut, mit der Habegger dieser erneuten Provokation begegnet war, hatte Mazetta den Tag versüßt, auch wenn seine unsinnige Forderung bereits Schnee von gestern war.

Mazetta verbrachte seine Zeit in Losone weitgehend mit Nichtstun und mit Fischen an der Maggia. Frühmorgens nach dem Aufstehen machte er sich jeweils einen Espresso und verspeiste dazu ein aufgewärmtes Brötchen vom Vortage mit Butter und Konfitüre. Danach machte er sich einige Sandwiches, griff sich eine große Flasche Mineralwasser und verstaute alles in einem kleinen Rucksack. Die Fischruten, das Metallkästchen mit den Würmern und alles Weitere, was er zum Fischen benötigte, befanden sich bereits in seinem Auto neben dem Grotto. Dergestalt gerüstet, fuhr er dann nach Ponte Brolla, um von hier aus die Maggia hinabzusteigen. Dies war sein tägliches Ritual.

Kein noch so unfreundliches Wetter konnte Giorgio davon abhalten, einige Stunden an der Maggia seinem Hobby nachzugehen, dem Fluss, welcher dem Tal seinen Namen gibt. Ponte Brolla ist wegen seiner vielen exzellenten Gaststätten weitherum bekannt. In westlicher Richtung fährt ein schmucker, roter Zug durch das Centovalli, das Tal der 100 Täler, nach Domodossola an den italienischen Fuß des Simplonpasses. Das Maggiatal windet sich hinter der Brücke, die dem Ort seinen Namen gab, zwischen hohen Felsen in tiefen Schluchten, gegen Norden. Die breiten, glatt geschliffenen Granitfelsen auf dem steilen Weg von Ponte Brolla hinunter in die Schlucht weisen runde oder auch quadratische Formen auf, welche in Urzeiten die Gletscher, als sie sich durch die Täler bis in die Ebene drängten, diesen in wundersamer Weise verliehen hatten. Er ließ sich beim Frühstück Zeit in der Hoffnung, der Regen und der Wind würden nachlassen. Sein Bruder brachte ihm die Tageszeitung, die kein besseres Wetter für diesen und die nächsten Tage versprach. Wenige Stunden dauernd starken Regens reichen aus, um aus dem zahmen Gewässer einen wilden Fluss mit reißendem Wasser zu machen, denkt sich Mazetta, und er beschließt, keine Zeit mehr zu verlieren. Er holt seinen Regenschutz aus dem Schrank, füllt wie immer seinen Rucksack, allerdings indem er die Portionen verkleinert. Er hegt die Absicht, den in den von den Felsen abgeschirmten, stillen Gewässern Zuflucht suchenden Forellen einen Besuch abzustatten, bevor ihm der Zugang durch Hochwasser versperrt sein würde.

Seinen beigen Ford Fiesta parkiert er auf dem leeren Parkplatz seitlich vor dem Grotto America, das über die Wintermonate Betriebsferien anzeigt. Er greift sich eine der Ruten, den Sack mit den Utensilien und den Würmern und beschließt spontan, angesichts des schlechten Wetters den Rucksack auf der Hinterbank zurückzulassen, um den Imbiss für seine Rückkehr in zwei oder drei Stunden aufzusparen. Seitlich des Parkplatzes führt ein enger, matschiger Weg ins Tal hinunter. Mit der rechten Hand hält er sich dabei an den rutschigen glatten Felsen fest, die zu beiden Seiten in die Höhe ragen. Anfänglich ist der Weg leicht abfallend. Er macht eine große Schleife und führt dann unter einen Felsvorsprung. Einige Steine sind durch den in Kaskaden herabfallenden Regen bereits auf den Abstiegsweg gerollt. Vom Felsvorsprung führt der Weg zu einem Treppengeländer, an dem sich Mazetta festhält, indem er nun Schritt für Schritt die steilen Treppen hinabsteigt, die in den Fels geschlagen worden sind. Danach geht es flach über einen Felsrücken und erneut über Treppen zwischen über 50 Meter hohen Felswänden weiter zum Flussbecken hinab. Mazetta geht etwa 100 Meter weiter flussaufwärts, steigt über einen vor ihm liegenden Felsbrocken, der eine topfebene Oberfläche aufweist – im Sommer ein beliebter Platz für Sonnenbadende –, und klettert eine durch den Regen glitschig gewordene Felsrinne hinunter. Dann ist er endlich am Ziel. Er steht vor einem großen Wasserbecken, fast schon einem kleinen, länglichen See, dessen glasklare, smaragdfarbene Oberfläche lediglich durch die herabprasselnden dicken Regentropfen bewegt wird. Dieser von der Umwelt abgeschirmte Flecken ist seit seiner Jugend Mazettas Zufluchtsort, sein Versteck und Eldorado zugleich.

Zürich, am selben Tag

Die am Montag stattfindende wöchentliche Sitzung der Kriminalpolizei Zürich hatte Doris de Quervin telefonisch abgesagt und Erich Mettler und Konrad Oertle um 7 Uhr in ihr Büro bestellt. Sie empfängt die beiden stehend neben ihrem Schreibtisch und macht nicht die geringsten Anstalten, ihren Kollegen einen Stuhl anbieten zu wollen. Sie hält zwei A4-Blätter in der rechten Hand, die sie schon heute früh um 6 Uhr ausgedruckt hat. Auf ihrem Schreibtisch liegt die Fotokopie der Verfügung, die sie letzten Freitag noch bei Dr. Stefan Meierhans abgeholt hat. Ohne Umschweife verkündet sie ihren beiden Kollegen, dass diese sich heute «schnurstracks» auf den Weg in den Tessin zu machen hätten, um dort Giorgio Mazetta die Fragen zu stellen, die sie ihnen auf diesen zwei Blättern – sie wedelt dabei mit ihrer rechten Hand – notiert habe. Die Kopie der Verfügung des Untersuchungsrichters gebe sie ihnen ebenfalls mit. Es gälte jetzt, keine Zeit mehr zu verlieren. «Kommt mit handfesten Aussagen zurück, die uns endlich weiterbringen. Und fahrt vorsichtig. Das Wetter im Tessin soll scheußlich sein.» Mettler nickt und feixt dann noch zum Abschied: «Wenn wir zügig fahren, müssten wir etwa vor 12 Uhr in Losone eintreffen, also genau richtig, um in den Genuss der legendären Kochkunst von Mazettas Mutter zu kommen.» Doch die Kommissarin kann dieser flippigen Bemerkung nichts abgewinnen und lässt sie unkommentiert. Mettler merkt, dass seine Chefin heute nicht zum Spaßen aufgelegt ist, und verlässt den Raum mit den Worten: «Doris, wir sind dann mal weg. Wir melden uns raschestmöglich wieder!»

Konrad Oertle steuert wie immer den schwarzen Dienstwagen, während Mettler neben ihm eifrig die zwei dicht beschriebenen Blätter studiert, die ihnen von ihrer Chefin ausgehändigt worden sind. Als sie in der Nähe von Zug die

Autobahn erreichen, hält Oertle das Schweigen seines Kollegen nicht länger aus und fragt: «Nun sag schon, was unsere Doris so alles von diesem Mazetta wissen will?» «Tja, also unsere Chefin ist wirklich ein gescheites Ding. Sie beeindruckt mich immer wieder.» «Ja gut, das wissen wir ja beide. Aber was steht nun auf den beiden Blättern, Erich?», insistiert Oertle. Mettler nimmt die beiden Blätter zur Hand und meint: «Sie stellt keine konkreten Fragen. Die zu formulieren, überlässt sie uns. Sie listet nur fünf Schwerpunktbereiche auf, die Gegenstand unserer Befragung sein sollen. Der erste befasst sich mit der Person Mazetta, von seiner Geburt bis heute. Hier will sie, dass wir sehr akribisch und bis ins kleinste Detail hinein Fragen stellen, und zwar zu Schule, Freunde, Hobbys, Beweggründe für seine Bewerbung bei der kantonalen Polizei mit Werdegang und Aufgaben, das Gleiche noch mal, was die Bewerbung und Aufnahme bei der BKP angeht, Privatleben, Familie, also ‹tutto quanto›. Danach folgt der Bereich mit Mazettas Tätigkeit bei der BKP. Sie moniert, dass er hierzu wohl nicht viel sagen werden kann und auch nicht will. Er arbeitet dort erst seit Kurzem. Der dritte Bereich betrifft dann den Komplex ‹Prof. Jäger›. Da sollen wir endlich den konkreten Zeitpunkt herausfinden, zu dem er bei Jäger zu arbeiten begonnen hat. Wer ihn dazu abgeordnet hat und was ihm genau zu tun befohlen war. Doris will eine exakte Beschreibung seiner Aufgaben und Tätigkeiten rund um die Uhr. Danach sollen wir ihn über den genauen Hergang des Unfalls ausquetschen, und zwar davor, während und danach. Jede Einzelheit soll er uns berichten. Wir müssen wissen, wann dieser israelische Arzt eingetroffen ist, ob er zu Fuß kam, mit seinem Auto oder mit dem Taxi und wann und wie er das Haus wieder verlassen hat. Ferner, was die beiden miteinander geredet haben, wie dieser Dr. Orad reagiert hat, als sein Gastgeber seinen «Unfall» hatte, welche Form von Erster

Hilfe er geleistet hat. Doris will weiterhin wissen, ob Mazetta beobachtet hat, dass Orad eine Substanz in Jägers Getränk oder Nahrung gegeben hat, und wann bei Jäger die Bewusstseinsstörung vor seinem ‹Unfall› aufgetreten ist. Dann gehen wir zur Frage über, wer wann die Ambulanz gerufen und welches Unternehmen den Professor darauf abtransportiert hat. Da wird Mazetta ins Schleudern kommen, weil wir ihn mit seinen früheren unterschiedlich ausgefallenen Aussagen konfrontieren werden. Du kennst die Musik. Und als Letztes will sie wissen, ob Mazetta ein Briefing über den bevorstehenden sogenannten Unfall erhalten hat oder sonst wie im Voraus darüber informiert worden war, und wenn ja, von wem?» «Ach du dicke Post!», äußert sich Oertle. «Und was ist der vierte Bereich?» «Doris geht von der Annahme aus», fährt Mettler fort, «dass Mazetta mittlerweile wie auf heißen Kohlen sitzen muss. Die Fragen, die wir ihm zu Bereich vier stellen, sollen daher möglichst einen kleinen Schock bei ihm auslösen. So sollen wir ihn unter anderem fragen, was er nach Schornis Tod erstens in dessen Haus und zweitens danach auch noch bei der Durchsuchung von dessen Kanzlei zu suchen hatte. Wir sollen ihm mit diesen Fragen das Gefühl vermitteln, dass wir weit mehr wissen, als wir zur Sprache bringen. Beim fünften Schwerpunkt geht es um die Synthese. Mazetta war in der Mordsache Schorni eingesetzt und beginnt dann nach dessen Tod, sofort bei Jäger, Schornis bestem Freund, zu arbeiten. Was eindeutig darauf hinweist, dass es sich um mehr als einen Zufall handeln muss, was die beiden Einsätze Mazettas betrifft. Wir werden ihn daher wissen lassen, dass wir wissen, dass diese seine beiden Tätigkeiten in Wahrheit eine Einheit bilden und zu ein und demselben Fall gehören. Und wenn er das leugnet, werden wir ihn so lange weiter befragen, bis er ‹ausgeblutet› ist, oder nehmen ihn aufgrund der Verfügung von Dr. Meierhans nach Zürich mit zum Verhör. Dort wird ihn Doris dann noch einmal in die Mangel nehmen und ihn danach vor den Staatsanwalt führen.»

Inzwischen sind die beiden kurz vor dem Gotthardtunnel. An einer Autobahnraststätte bei Altdorf halten sie kurz an, kaufen sich am Buffet zwei Baguette-Sandwiches mit Thon und Salat, die sie noch vor der Tunneleinfahrt verzehren, und fahren dann weiter. Beim Austritt aus dem Tunnel erwartet sie eine schwarze Wetterfront. Peitschender Regen, gemischt mit nassem Schnee, behindert die Sicht und lässt Oertle vom Gas gehen. Es ist deshalb schon beinahe Mittag, als sie hinter Locarno die Schnellstraße in Richtung Losone verlassen. Mettler stellt den GPS ein, gibt zuerst «Losone» und dann «Grotto da Laura» ein, worauf sie eine angenehme weibliche Stimme direkt vor die Gaststätte der Mazettas leitet. Nachdem der Regen noch immer nicht nachgelassen hat, nehmen Mettler und Oertle ihre Regenmäntel und Hüte vom hinteren Sitz, ziehen sie hastig über und eilen dann eilig ins Grotto, in dem bereits einige Arbeiter ihr Mittagessen zu sich nehmen. Sie setzen sich an einen freien Tisch, an den nur wenig später eine jüngere Frau herantritt, die auf Italienisch fragt, was sie zu konsumieren wünschen. Erich Mettler beantwortet die ihm gestellte Frage nicht, sondern bittet in schriftdeutscher Sprache darum, Giorgio Mazetta sprechen zu können. Die Frau erwidert, dass er nicht da sei. «Wo können wir ihn denn finden?», erkundigt sich Mettler. Die Frau erwidert, dass er in den nächsten Stunden zurückerwartet werde. Er sei wie jeden Tag an die Maggia gefahren, um dort zu fischen. «Und wo fischt er normalerweise?», forscht Oertle nun weiter nach. Die Frau wird misstrauisch. «Darf ich wissen, weshalb Sie meinen Schwager so dringend sprechen wollen?», fragt sie. «Wir sind Kollegen aus Zürich, haben aber nicht sehr viel Zeit. Sollte er heute also erst in einigen Stunden zurückkehren, können wir nicht so lange auf ihn warten. Deshalb würden wir ihm gern entgegengehen.» Das Wort «Kollegen» hat die Frau beschwichtigt. Sie nickt nun und sagt: «Üblicherweise fischt er an der Maggia hinter Ponte Brolla. Fahren Sie dorthin. Er fährt einen beigen Ford Fiesta. So viele Autos werden Sie bei diesem Wetter dort nicht finden. Und wenn Sie das Auto nicht sehen, kommen Sie zurück. Er wird dann sicherlich bald hier eintreffen.»

Mettler und Oertle verlassen das Lokal und steigen ins Auto, ohne sich der Mäntel und Hüte wieder zu entledigen. Nach etwas mehr als fünf Minuten überqueren sie die Schienen der Centovalli-Bahn und biegen in den Flecken Ponte Brolla ein. Die meisten Lokale sind geschlossen. Nur das Restaurant «Mamma Mia» scheint geöffnet zu haben. Davor sind einige Wagen parkiert, allerdings kein beiger Ford Fiesta. Als sie das Hotel «Centovalli» und die beiden Restaurants «Castagnetto» und «Da Ivo» hinter sich gelassen haben, sehen sie auf dem Parkplatz vor dem Grotto «America» einen einsamen, beigen Ford Fiesta stehen. Mettler bittet Oertle, ein Stück zurückzufahren und ihren Zürcher Wagen unauffällig vor dem Restaurant «Mamma Mia» zu parkieren. Zu Fuß gehen die beiden Polizisten zurück zum Parkplatz des Grotto «America» und schauen in das Innere des dort stehenden Fiestas, sehen darin aber nur einen Rucksack auf der Rückbank liegen. Als sie sich vom Auto wegdrehen, schauen sie direkt in die Schlucht des Maggiatales hinein, in der einige massige Felsblöcke den weiteren Verlauf des Gewässers verdecken. Sie beschließen, den vor ihnen liegenden Weg zu begehen, in der Hoffnung, Mazetta beim Fischen erspähen zu können. Erst jetzt realisieren sie, dass sie mit Stadtschuhen erdenklich schlecht ausgerüstet sind. Trotzdem setzen sie sich aber in Bewegung. Mettler geht voran, Oertle folgt ihm mit einigen Metern Abstand. Schritt für Schritt setzen sie die Füße in den leicht abfallenden, matschigen Untergrund. Mühsam überwinden sie die erste Wegstrecke, die eine große Schleife nach rechts macht. An verschiedenen Orten hat das Regenwasser Furchen in den Weg eingegraben, in denen sich Wasserrinnen gebildet haben. Schließlich gelangen sie an eine Treppe, deren Trittstufen direkt in den Fels geschlagen worden sind und über die das Wasser in kleinen Kaskaden hinabströmt. Nebelschwaden verdecken ihnen die Sicht. Das Unterfangen, Mazetta hier irgendwo entdecken zu können, scheint aussichtslos. Ihre mittlerweile völlig durchnässten Schuhe machen jedes weitere Vorrücken unmöglich. Mettler hat sich bereits vom Abgrund abgedreht, um den Rückweg anzutreten, als ihm Oertle mit gedämpfter Stimme zuruft: «Erich, schau, da unten auf dem Felsvorsprung stehen zwei Männer.» Ruckartig dreht sich Mettler um und erkennt nun durch den sich lichtenden Nebel hindurch zwei männliche Gestalten, die ihnen den Rücken zukehren. Nur die steilen, für die Zürcher Polizisten nicht begehbaren Treppen trennen die beiden Paare voneinander. Die zwei Männer unter ihnen stehen reglos und entschwinden dann erneut hinter einer Nebelwand. Mettler und Oertle warten, bis sie sich wieder etwas auflöst. Als der Nebel sich urplötzlich lichtet, tönt es flüsternd aus Mettler: «Aber das ist doch der Habegger. Ich bin mir ganz sicher, da unten steht der Habegger.» Oertle schaut schockiert in die Tiefe. «Und der andere ist der Wicky, der beim Augenschein von Schornis Wohnung mit dabei war», sagt er beinahe atemlos. «Hast du deine Digitalkamera bei dir?», fragt Mettler seinen Kollegen, der darauf aus seiner Manteltasche eine Kamera herauszieht, die kaum größer als eine Zigarettenschachtel ist. Mettler geht in die Hocke und schaut nach unten. Er kann in dieser Position nur noch die Oberkörper der zwei Männer sehen und rät Oertle deshalb, ebenfalls in Deckung zu gehen. Doch unter ihnen tut sich rein gar nichts. Mit brennenden Oberschenkeln versuchen sie, das Gleichgewicht zu halten.

Mettler steht daher nach einiger Zeit kurz auf, um seine Beinmuskulatur etwas zu lockern. Oertle tut es ihm gleich. Als sie wieder in der Hocke sind und gespannt nach unten schauen, sehen sie auf einmal, wie die beiden Bundesbeamten jeweils einen schweren, runden Steinbrocken vom Boden aufheben. Sowohl Mettler als auch Oertle war infolge des Nebels bisher entgangen, dass Habegger und Wicky zuvor einige größere Felsstücke vor sich auf dem Felsvorsprung aufgetürmt hatten. Mettler flüstert: «Mach so viele Fotos, wie du nur kannst, Konrad. Da geht etwas nicht mit rechten Dingen zu. Die scheinen es, wie es aussieht, auf Mazetta abgesehen zu haben.» Oertle schießt darauf ein Foto nach dem anderen und fängt so auch genau den Moment ein, in dem Habegger und Wicky jeweils einen schweren Stein in Brusthöhe heben und ihn dann mit Schwung über den Felsvorsprung nach unten werfen. Mettler und Oertle hören einen dumpfen Aufschlag und wie die Steine danach in die Tiefe poltern. Sie sehen außerdem, wie Habegger und Wicky noch näher an die Kante des Felsvorsprungs treten und in den Abgrund hinunterschauen. Danach treten sie einige Schritte zurück und stemmen wie zwei Gewichtheber aus der Hocke heraus wieder je einen Felsbrocken bis zu ihrer Brust, um ihn danach erneut über die Felskante nach unten zu werfen. Diese Prozedur setzen sie so lange fort, bis alle vor ihnen liegenden Steinbrocken in die Tiefe verschwunden sind.

Mettler und Oertle beobachten das Treiben, und die Kamera nimmt alles auf, sogar wie Habegger und Wicky mit ihren Schuhen noch auf dem Felsvorsprung verbliebene kleinere, abgesplitterte Steinstückchen über den Abgrund schieben und mit der Hand als Putztuch und mithilfe des triefenden Regenwassers die Oberfläche des Felsvorsprunges sauber wischen. Als sich Habegger und Wicky zuletzt umdrehen und nunmehr auch ihre Gesichter zu sehen sind, schießt Oertle die letzten Bilder und meldet: «Volltreffer!» Danach verlässt er zusammen mit Mettler fluchtartig den Ort des Geschehens. Sie rennen den Weg zurück, ohne die Nässe zu spüren, die zwischenzeitlich ihre Regenmäntel und Anzüge durchdrungen und sich auf ihre Haut gelegt hat. Endlich oben angelangt, spurten sie zu ihrem Auto – Oertle bereits mit dem Autoschlüssel in der Hand, um den Motor des Dienstwagens sofort anlassen zu können. Kein Mensch ist in Sicht, als er den Wagen wendet und losfährt.

Beide sind völlig außer Atem und noch immer geschockt von dem, was sie soeben gesehen haben. Dennoch halten sie erst hinter Locarno vor dem Restaurant «Aeroporto» auf dem Flugplatz in der Magadino-Ebene an. Sie steigen aus dem Auto, werfen ihre Mäntel und Hüte in den Kofferraum und gehen in das Lokal und dort direkt auf die Männertoilette, wo sie sich Hände und Gesicht waschen und ihre Haare kämmen. Danach setzen sie sich im Gastraum, noch immer bis auf die Haut durchnässt, an einen Tisch und fragen die Bedienung, ob sie etwas essen könnten. Diese bringt ihnen eine Speisekarte, und sie bestellen Spaghetti à la Bolognese und für jeden ein Bier, das sie, kaum serviert, bis auf den letzten Tropfen austrinken. Danach zieht Mettler sein Handy aus der Tasche und wählt eine einprogrammierte Nummer. Doris de Quervin meldet sich sofort, und Mettler kommt direkt zur Sache: «Stell dir vor, wem wir hier unten begegnet sind?» «Das wirst du mir ja sicher gleich sagen.» «Dem Habegger und dem Wicky. Und zwar, als wir Mazetta an der Maggia suchen wollten, wo er beim Fischen war. Und da haben wir die beiden beim Abstieg auf einem Felsvorsprung unterhalb von uns stehen sehen. Sie hielten die unter ihnen liegende Treppe unter Beobachtung, haben dann nach und nach mehrere mindestens zehn Kilo schwere Steinbrocken hochgehoben und gezielt über den Felsvorsprung in die Tiefe fallen lassen. Und zwar, da sind wir uns ziemlich sicher, auf den armen Mazetta. Oertle hat die ganze Aktion mit der Kamera aufgenommen.» Doris de Quervin unterbricht: «Willst du damit etwa sagen, sie haben Mazetta fertiggemacht?» Mettler erwidert: «Es sah ganz danach aus. Nur wissen wir natürlich nicht, ob es ihnen gelungen ist. Jedenfalls haben wir alles aufgenommen und uns danach aus dem Staub gemacht. Und zwar ohne, dass sie das mitbekommen haben. Was sollen wir jetzt als Nächstes tun?» Die Antwort der Kommissarin lässt keine Sekunde auf sich warten: «Kommt subito nach Zürich zurück. Ich habe hier noch eine weitere saftige Neuigkeit für euch. Meine Herren, heute scheint unser Tag zu sein. Die Befragung des Personals im Restaurant ‹Degenried› hat nämlich ergeben, dass am Abend von Schornis Tod eine Bedienung beide Männer sofort anhand der ihr gezeigten Fotos wiedererkannt und zu Protokoll gegeben hat, dass Schorni einen Anruf erhielt. Dass er mit dem Handy darauf ins Freie ging und dann nach einer kurzen Weile ganz aufgeregt wieder zurückgekommen ist, sich eilends von Jäger verabschiedet hat und aus dem Lokal geeilt ist. Wir werden daher im nächsten Schritt die sofortige Herausgabe aller von der Bundesanwaltschaft beschlagnahmten Handys von Schorni beantragen. Ich bin schon dabei, den Antrag zu formulieren. Wenn ihr zurück seid, wird das Gesuch bereits beim Staatsanwalt sein.»

Zürich am selben Abend

Der einsetzende Berufsverkehr hält Mettler und Oertle hinter dem Städtchen Zug und auch in Zürich länger auf als gedacht, sodass sie erst nach 18 Uhr im Amtsgebäude eintreffen, wo Doris de Quervin in ihrem Büro auf sie wartet. Sie begrüßt die beiden und meint dann: «Ich habe vor wenigen Minuten die Nachricht erhalten, dass die Kantonspolizei des Tessins heute Nachmittag Giorgio Mazetta bei der Treppe, die vom Maggiatal hinauf nach Ponte Brolla führt, unter mehreren großen Steinbrocken begraben, tot aufgefunden hat. Als Todesursache nimmt die Tessiner Kantonspolizei Steinschlag infolge des schlechten Wetters an.» Mettler und Oertle setzen sich. Die Nachricht kommt für sie nicht überraschend, dennoch macht sie die Nachricht über den Tod des jungen Polizisten betroffen. Benommen fragt Mettler: «Und wer hat ihn gefunden?» «Die Tessiner Kollegen haben mir berichtet, dass sie von Mazettas Bruder und seiner Schwägerin benachrichtigt wurden. Der Schwägerin war es sonderbar vorgekommen, dass zwei Männer im Grotto nach Mazetta gefragt hätten, die sich als seine Kollegen ausgegeben und ihm trotz strömenden Regens ins Maggiatal gefolgt seien, anstatt im Grotto auf ihn zu warten. Sie schrieb sich daher eure Autonummer auf, und als Mazetta dann um 15 Uhr immer noch nicht zurückgekehrt war, haben sie, beunruhigt, dass ihm etwas zugestoßen sein könnte, die Polizei benachrichtigt. Die sind dann sofort nach Ponte Brolla gefahren und haben ihn dann auch gefunden. Sie haben sich natürlich auch bei mir danach erkundigt, in welcher Angelegenheit die Zürcher Kollegen Mazetta denn so dringend zu sprechen gewünscht haben.» «Und was hast du ihnen darauf geantwortet?», fragt Oertle. «Dass Mazettas Aussage uns in einer Mordsache hätte hilfreich sein können, was ja auch stimmt. Ich denke, sie haben diese Erklärung zunächst auch geschluckt.» Doris de Quervin will nun eilig wissen: «Wo ist denn nun deine Kamera, Konrad? Ich will mir die Bilder ansehen.» Oertle holt das Minigerät aus seiner Tasche und schließt es mit einem Übertragungskabel über PC an einen Bildschirm an, der an der Seitenwand des Büros angebracht und 2,50 m breit und 1,20 m hoch ist. Das erste Bild, auf dem zwei Männer in größerer Entfernung auf einem Felsvorsprung stehen, erscheint. De Quervin zoomt die Männer näher heran. Die Steinbrocken vor ihnen sind jetzt gut erkennbar. Die drei schauen sich ein Bild nach dem anderen genau an. Unten, am rechten Bildrand jedes Fotos, stehen jeweils Datum und Zeitpunkt der Aufnahmen. Auf mehreren ist genau zu sehen, wie sich Habegger und Wicky zu den vor ihnen liegenden Steinen hinunterbeugen, sie aufheben und nach unten werfen. Auf dem letzten Foto stehen die beiden Täter mit dem Gesicht zur Kamera. Ihr Gesichtsausdruck, portraithaft durch die Kamera, zeigt die beiden Männer von vorn, mit deutlich angespanntem und dumpfem Blick. Doris de Quervin geht zum Telefon und wählt die Nummer von Dr. Stefan Meierhans. Als der sich mit Namen meldet, sagt de Quervin ohne jeden Gruß nur: «Stefan, ich habe Arbeit für dich. Ich benötige umgehend zwei Haftbefehle für die Bundesbeamten Habegger und Wicky wegen Mordes.» Sie hört ihrem Gesprächspartner einen Moment zu, dann sagt sie ungeduldig: «Nein, du hast schon richtig gehört, und ich kenne auch deine Auffassung über das weitere Vorgehen. Gestern war gestern, heute ist heute und definitiv Mord. Ich schlage vor, du kommst sofort zu uns rüber. Die Beweislage ist eindeutig.» Ihren Kollegen verkündet sie: «Ich befürchte, wir werden eine lange Nacht vor uns haben. Ich erwarte eure Berichte samt den Fotos in zwei Stunden.»

Am nächsten Tag

Alois Habegger wird auf dem Weg zur Arbeit von einem Polizeiauto angehalten. Folgsam steigt er aus dem Wagen und wird von zwei Polizisten in Zivil und einem Beamten in Uniform gebeten, mit ihnen zu kommen und ihnen den Wagenschlüssel auszuhändigen. Habegger, kreidebleich im Gesicht, macht die Polizisten darauf aufmerksam, dass er im Zündschloss steckt.

Etwa zur gleichen Zeit wird auch Philipp Wicky an der Tramhaltestelle von zwei Männern angesprochen, die ihn dazu auffordern, ihnen unauffällig zu folgen.

Nur wenig später eröffnet den beiden Polizeibeamten ein trotz der durchgearbeiteten Nacht völlig frisch aussehender Dr. Stefan Meierhans, dass sie vorläufig festgenommen wären und ihm und Frau de Quervin nach Erledigung der Aufnahmeformalitäten zum Verhör vorgeführt werden. Habegger und Wicky schweigen.

Doris de Quervin hat derweil herausgefunden, wer der Vorgesetzte von Alois Habegger ist, und lässt sich nun zu Dr. Hans Bühlmann ins Verteidigungsministerium nach Bern durchstellen. Nach einer Weile meldet sich eine helle Männerstimme mit: «Ja, Bühlmann am Apparat.» Doris de Quervin nennt ihm darauf ihren Namen und Dienstgrad und erklärt ihm dann ohne Umschweife, dass seine beiden Mitarbeiter, Alois Habegger und Philipp Wicky, heute Morgen wegen Mordverdachts festgenommen und dem leitenden Staatsanwalt der Stadt Zürich zum Verhör vorgeführt worden sind. Sie hört, wie sich Bühlmann am Ende der anderen Leitung räuspert. Kaum vernehmbar fragt er: «Was ist denn passiert?» Frau de Quervin antwortet: «Wie Sie wissen, darf ich Ihnen während laufender Ermittlungen keine näheren Auskünfte erteilen. Aber vielleicht werfen Sie ja einmal einen

Blick auf die Titelseite des heutigen ‹Corriere del Ticino› und erkennen gewisse Zusammenhänge.»

Nach dem kurzen Gespräch bleibt Bühlmann reglos. Die soeben erhaltene Nachricht lastet tonnenschwer auf ihm. Er ahnt, was auf ihn zukommt. Erst nach einigen Minuten ist er dazu in der Lage, ins Internet zu gehen und dort die Seite des «Corriere del Ticino» anzuwählen, die sich auch rasch vor ihm aufbaut. Er klickt auf den Button mit der heutigen Ausgabe und liest die Schlagzeile auf der ersten Seite: «Unwetter fordert ein Todesopfer. Kriminalbeamter beim Fischen im Maggiatal durch Felssturz erschlagen.» Daneben sieht er ein Bild von Mazetta. Er will nicht glauben, was er vermutet, und hält sich noch eine Weile an dem Strohhalm fest, es könne sich tatsächlich um einen Unfall gehandelt haben. Aber natürlich weiß er es besser, nachdem Alois Habegger den gesamten gestrigen Tag über nicht erreichbar war und auch niemand wusste, wo er sich aufhielt. Sein Handy war nicht in Betrieb gewesen. Und Philipp Wicky war ebenfalls unauffindbar gewesen.

Mazettas Bild in der Zeitung füllt sich vor seinen Augen mit Leben. Er sieht den jungen Mann wieder vor sich, als er ihm bei seinem Amtsantritt vorgestellt wurde. Seine italienische Muttersprache hatte eine gewisse Barriere dargestellt, um sich eingehender mit ihm zu unterhalten. Dies wie auch die ihm im Dienst auferlegten Pflichten mochten ein Grund dafür gewesen sein, dass der stets in sich gekehrte Mitarbeiter das Bild eines etwas spröden und nicht sehr umgänglichen Mitarbeiters abgegeben hatte. Niemals hatte jedoch irgendetwas darauf hingewiesen, dass er sich jemals gegen seine Vorgesetzten auflehnen und dem Dienst in derart massiver Weise in den Rücken fallen könnte. Mazetta hatte sich zu einem Problemfall ungeahnter Größenordnung entwickelt. Doch dieser Umstand hätte niemandem das Recht dazu geben dürfen, ihn zu eliminieren. Aber genau das war geschehen. Habegger und Wicky hatten das Problem im wahrsten Sinne des Wortes aus dem Weg geräumt. Ein Problem, das – und davon ist Bühlmann überzeugt – auch auf friedfertige Weise zu lösen gewesen wäre.

Dennoch nimmt er nun den Hörer zur Hand und ruft Doris de Quervin auf der Direktlinie an. Er teilt ihr mit, dass er die Tessiner Zeitung mittlerweile aufgerufen und die Titelseite gelesen habe. In der Meldung werde aber doch von einem Unfall aufgrund schlechter Wetterverhältnisse gesprochen. Es falle ihm deshalb schwer, nachzuvollziehen, warum seine Leute in diesem Zusammenhang verhaftet worden seien. Doris de Quervin bleibt einen Moment stumm, sodass Bühlmann schon nachfragen will, ob sie noch am Apparat sei. Doch da trifft ihn ihre Antwort auch schon wie ein Hammerschlag: «Sie wurden in flagranti, ich meine, auf frischer Tat ertappt, Herr Doktor. Aber das muss vorläufig zwischen uns bleiben.»

Bühlmann vermag sich nicht mehr an das Ende des Gesprächs zu erinnern. Ihm gehen einzig und allein und immer wieder die Worte der Kommissarin durch den Kopf, dass zwei seiner Leute beim Ausführen eines Mordes erwischt worden sind. Damit hat man ihm soeben den Teufel und den Beelzebub vor Augen geführt, ihm, dem gehorsamen Beamten, der so gut wie immer, von «Operation Sunrise» abgesehen, streng nach Vorschrift gehandelt hat und deshalb sicher war, dass ihm der Himmel gnädig, seine Vorgesetzten gutgesinnt und die Schweizer Öffentlichkeit dankbar sein würden. Und nun befindet er sich vor dem Eingang zur Hölle der Verfemten und Gescheiterten. Von seinem Bildschirm springt ihm die Titelseite der Tessiner Zeitung gnadenlos entgegen. Wie von unsichtbaren Mächten gesteuert, wählt er die Nummer des Verteidigungsministers. Er weiß, dass dieser im Haus ist, nachdem er Bühlmann am frühen Morgen die Notiz hinterlassen hat, dass er ihn kurz vor Mittag zu sprechen wünscht.

Wenig später betritt er das Vorzimmer seines Vorgesetzten und klopft an die Tür seines Büros. Er hört das gewohnte «Herein» und tritt ein. «Was ist denn mit Ihnen los, Bühlmann», hört er die Stimme seines Chefs. «Sie sehen ja völlig verstört aus. Ist etwas passiert?» Bühlmann stockt der Atem, als er hervorstößt: «Habegger und Wicky vom NDB in Zürich sind heute Morgen von der Kantonspolizei Zürich festgenommen worden.» Ihm versagt die Stimme. Er ist den Tränen nahe. Der Verteidigungsminister erhebt sich von seinem Stuhl. «Und wissen Sie auch, weshalb? Es hat etwas mit Mazetta, einem jungen Mitarbeiter des NDB, zu tun, der gestern tot im Tessin aufgefunden worden ist. Die lokalen Zeitungen sprechen von einem Unfall. Die Kriminalkommissarin des Kantons Zürich spricht von Mord.» «Und wie lautet der Name der Kriminalkommissarin, die Ihre Männer verhaftet hat?», erkundigt sich der Minister und meint dann zu Bühlmann, nachdem ihm dieser den Namen genannt hat: «Kommen Sie in einer Stunde wieder. Ich muss mir das Ganze erst einmal durch den Kopf gehen lassen. Ich melde mich dann bei Ihnen.»

Noch am selben Morgen sitzt Bühlmann dem Verteidigungs-, Justiz-, Innen- und Finanzminister sowie der Außenministerin, dem Staatssekretär Dr. Kurt von Arx und einem Protokollführer gegenüber. Über zwei Stunden hinweg erzählt er ihnen alles, was er von den verdeckten Aktionen des NDB und der «Operation Sunrise» weiß. Er gibt die Namen aller Drahtzieher und Teilnehmer preis, berichtet über die geheimen Sitzungen in Zürich und London und kommt danach auch auf die Rolle Schornis und Jägers und alle damit zusammenhängenden Begebenheiten zu sprechen. Von Marbella über Bellinzona und von Mazetta bis Habegger und

Wicky. Der Justizminister erkundigt sich daraufhin über den Stand der Vorbereitungen im ALLMEND SPITAL, und Dr. Bühlmann informiert, dass diese bis auf die Absperrung des Spitalareals abgeschlossen sind. Es folgen noch einige weitere Fragen. Danach wird er ohne Dank und Gruß entlassen. Um Weiteres zu erfahren, möge er in seinem Büro auf einen Anruf warten, wird ihm lediglich mitgeteilt.

Die Ministerrunde ist sich sehr rasch darin einig, dass alles zu unternehmen ist, damit die Regierung und die ganze Nation durch diesen Skandal nicht der Lächerlichkeit preisgegeben wird. Der daraus entstehende Prestigeverlust wäre für geraume Zeit nicht wieder wettzumachen. Die Außenministerin stellt bedrückt und angewidert zugleich fest, dass die Reise des Präsidenten der Befreiungsbewegung sofort abgesagt werden muss. Sie werde die Botschafterin von Pfeiffer damit beauftragen, die involvierten Parteien in Israel und den besetzten Gebieten so schnell wie möglich darüber zu informieren. Der Justizminister schlägt eine einstündige Pause vor, in der er zusammen mit dem Verteidigungsminister und Herrn von Arx umgehend einen Aktionsplan entwerfen will, mit dem die unliebsame Angelegenheit geräuschlos und für immer bereinigt wird.

Der Aktionsplan, den der Justiz- und der Verteidigungsminister nach einer Stunde ihren Kollegen vorlegen, sieht vor, dass nichts von all dem, was sie von Bühlmann erfahren haben, je ans Licht der Öffentlichkeit gelangen darf. «Demzufolge schließen wir uns dem Urteil der Tessiner Kantonalpolizei an, dass der Kriminalbeamte Giorgio Mazetta infolge eines Unwetters durch Steinschlag zu Tode gekommen ist. Sie, Herr Dr. von Arx», fährt der Justizminister fort, «werden deshalb noch heute ein Treffen mit dem Bundesanwalt abhalten, bei dem Sie ihm unseren Beschluss mitteilen. Er wird diesen Beschluss gegen Abend dann auch noch in schriftlich bestätigter Form von uns erhalten, dass alle nachfolgend genannten Akten, einschließlich persönlicher Notizen, von ihm eingezogen werden müssen. Und dass ferner die Anordnung ergeht, dass keine Kopien zurückbehalten werden dürfen. Das betrifft:

- Die Einladung und Organisation, die Sitzungs- und Arztberichte betreffend der Reise und Behandlung des Präsidenten der Befreiungsbewegung in Zürich;
- Die Strafsache Dr. Schorni;
- Die Akten Mazetta;
- Alle Strafakten und Dokumente beim Bund und bei den Behörden des Kantons Tessin und des Kantons Zürich betreffend Prof. Max Jäger;
- Alle Tagesrapporte von Bühlmann, Habegger, Wicky, Borner und Mazetta in den bereits genannten Angelegenheiten;
- Alle Datenträger, Computer, Handys usw. der in den zuvor genannten Angelegenheiten involvierten gerichtlichen und administrativen Instanzen sind vollständig zu löschen bzw. zu säubern;
- Alle Dokumente sind nach Eingang fortlaufend ungelesen zu schreddern.

Darüber hinaus sind folgende Maßnahmen zu ergreifen:

- Mein Staatssekretär, Herr Dr. von Arx, wird damit beauftragt, die heute zur Sprache gekommenen Vorfälle zu untersuchen und darüber Bericht zu erstatten, ob die Berichterstattung von heute vollständig war oder noch weitere Vorfälle dieser Art vorliegen;
- Die Justizdirektion des Kantons Zürich ist aufzufordern, die Staatsanwaltschaft und die Kriminalpolizei anzuweisen, die Ermittlungen in Sachen Schorni und Mazetta in Berücksichtigung höherer Staatsinteressen mit sofortiger Wirkung und unter Herausgabe aller Akten an die Bundesanwaltschaft einzustellen;
- Der NDB, die Bundesanwaltschaft und die BKP haben

alle eingeleiteten Verfahren und Demarchen gegen Prof. Jäger mit sofortiger Wirkung und unter Herausgabe der Akten an Dr. von Arx einzustellen;

• Die inhaftierten Habegger und Wicky sind ins Zuchthaus des Kantons Genf zu verlegen und ihren Familien ein Redeverbot aufzuerlegen. Herr Dr. Bühlmann ist mit der hiermit angeordneten Verlegung beauftragt. Er allein ist ermächtigt, mit den inhaftierten Leuten zu kommunizieren, ebenfalls obliegt ihm die Kommunikation innerhalb des NDB. Über das Schicksal Dr. Bühlmanns, Habeggers und Wickys werden wir später noch genauer befinden, wenn der schriftliche Bericht von Dr. von Arx vorliegt.

Der Justizminister schließt seinen Vortrag mit den Worten: «Ich bitte Sie, Herr Dr. von Arx, außerdem darum, mir den Vollzug dieser Beschlüsse raschestmöglich persönlich zu melden. Ich werde dann meinerseits die Kollegen prompt wiederum in Kenntnis setzen.»

Im Korridor des Bundeshauses holt die Außenministerin ihren Kollegen des Verteidigungsministeriums ein. Sie hält ihn am Arm fest und ereifert sich: «Um Gottes willen, Benny, wie konntest du nur einer solchen Sache zustimmen oder sie dulden. Was ist in dich gefahren? Ich verstehe dich wirklich nicht mehr!» Der lächelt und beschwichtigt: «Nur halb so schlimm. Bei den Nachrichtendiensten herrschen seit dem 9/11 raue Sitten. Ich wünschte auch, unser NDB könnte gegen diese Unsitten standhalten.» «Du hast also gewusst und nichts dagegen unternommen?», repliziert die zierliche Frau. «Beim Regieren musst du die Fähigkeit haben, alles richtig einzuschätzen», erläutert der Minister. «Bühlmann hat mir das Projekt, das sie intern ‹Operation Sunrise› betitelten, nie vorgetragen. Er vertraute sich seinem Studienfreund, dem Justizminister, an, den er vermutlich für robuster als mich hielt, mit solchen Dingen umzugehen. Bühlmann war aber echt naiv zu glauben, dass dieses geheime Unterfangen zwischen Christian und mir, ich meine, zwischen uns beiden Parteifreunden, nicht zur Sprache kommen würde, zumal wir befürchten mussten, dass ein Skandal gegebenenfalls auch unsere gemeinsame Partei in den Kern des Hurrikans rücken könnte. Zum Zeitpunkt, als ich vom Kollegen erfuhr, was sich hinter meinem Rücken abspielt, war es zu spät, das Ganze zu stoppen. Ich hatte keine Wahl, als meine Leute ihre eigenen Erfahrungen machen zu lassen. Meine Analyse der Situation war die folgende: Sollten meine Leute tatsächlich in der Lage sein, die Aktion erfolgreich abzuwickeln, hätte niemand je etwas darüber erfahren. Ich ließ es daher geschehen und wartete den Zeitpunkt ab, bis sie also die Sache erfolgreich abschließen, was die am wenigsten wahrscheinliche Hypothese war, oder dass sie scheitern. Sie wollten unbedingt beweisen, dass sie ihren israelischen und amerikanischen Vorbildern ebenbürtig sind. Sie mussten allenfalls ihr ‹Marignano› erleben, die verlorene Schlacht von 1515 vor den Toren Mailands, welche den Schlusspunkt für die Eidgenossen setzte, jemals wieder einen Eroberungsfeldzug zu führen. Sie mussten realisieren, dass sie viel zu wenig gerissen und geübt sind, in der heutigen Zeit in den Schlangengruben der Nachrichtendienste bestehen zu können. Meine Leute werden von nun an brav zu Hause bleiben. Mehr musste ich nicht wissen.» Die Außenministerin schüttelt den Kopf: «Dein entsetzlicher Zynismus lässt sich kaum mehr überbieten, Benny. Hast du dabei an die zwei Toten gedacht und an deine beiden Leute im Gefängnis?» «Das ist der Preis, den wir für diese Lektion zahlen mussten», entgegnet der Verteidigungsminister und verabschiedet sich freundlich. Als sich die Außenministerin ihren Kollegen vornahm, ahnte sie nicht, dass es noch einen dritten Toten gab. Eddy Borner war am Donnerstagmorgen im ALLMEND SPITAL in seinem Zimmer ohne Leben vorgefunden worden. Der Leichnam war zwei Stunden später in das gerichtsmedizinische Institut des Kantons Zürich auf Veranlassung von Prof. Jäger zwecks Autopsie überführt worden.

Bühlmann, der in seinem Büro darauf gewartet hatte, dass ihm Staatssekretär von Arx über kurz oder lang seine Suspendierung mitteilen würde, wurde von diesem stattdessen lediglich über die Beschlüsse des Regierungsgremiums wie auch über seine eigenen diesbezüglichen Aufträge informiert. Nur wenig später bediente er das ihm von Bob Ponte überlassene Handy der CIA und teilte ihm in flüsterndem Telegrammstil mit: «‹Operation Sunrise› gestorben, die Reise von ‹Target 13› in die Schweiz abgesagt, Habegger und Wicky verhaftet.»

Am nächsten Tag

Dr. Kurt von Arx ließ sich in seinem Dienstwagen nach Zürich fahren. Über seine Sekretärin hat er Prof. Jäger und Dr. Hugo Wiederkehr mitteilen lassen, ihn Punkt 10 Uhr im ALLMEND SPITAL zu empfangen. Als er eintrifft, warten seine Gesprächspartner bereits im Chefbüro auf ihn. Er teilt ihnen ohne viel Federlesens mit, dass der Besuch des erwarteten Patienten abgesagt wurde. Einen Grund dafür nennt er ihnen nicht, sondern fügt nur noch hinzu, dass alle Vorbereitungsarbeiten daher mit sofortiger Wirkung eingestellt und der alte Zustand wiederhergestellt werden würde. Die Schweizer Regierung habe ihn außerdem gebeten, den Doktoren und ihren Mitarbeitern für ihre aufopfernde Arbeit Dank auszusprechen. Mit diesen Worten verabschiedet er sich, steigt nach nicht einmal fünf Minuten wieder in seinen Dienstwagen und fährt nach Bern zurück.

Am nächsten Morgen im Zürcher Flughafen

Bereits um 7 Uhr morgens ist Zvi Orad am Flughafen in Zürich eingetroffen, um dort in die erste EL-AL-Maschine zu steigen, die nach Tel Aviv geht. Auch Bob Ponte hat an diesem Morgen früh im Hotel «Waldhaus Dolder» ausgecheckt, um sich zusammen mit Orad ein Taxi zum Flughafen zu teilen, obgleich seine Maschine nach Washington erst um 11 Uhr abfliegt. Beide geben ihr Gepäck auf – Ponte bei der American Airlines, Orad bei der EL AL –, erhalten ihre Bordkarte und treffen sich danach wieder, um gemeinsam durch die Pass- und Polizeikontrolle zu gehen. Sie wollen in der VIP-Lounge noch einen Kaffee zusammen trinken. Bob Ponte passiert als Erster das Häuschen, in dem eine Beamtin der kantonalen Polizei seinen Pass und seine Bordkarte kontrolliert. Danach schlendert er langsam zur Treppe, die zu den VIP-Räumen führt. Als er sich nach einer Weile umdreht, um zu schauen, wo Orad denn so lange bleibt, stellt er fest, dass dieser immer noch am Polizeihäuschen vor der Polizeibeamtin steht und wartet. Ponte sieht ferner, wie eine Frau und ein Mann auf Orad zugehen. Er sieht die Frau sprechen und Orad antworten, währenddessen der Mann sich Orads Ausweispapiere und Bordkarte von der Polizeibeamtin übergeben lässt. Danach sprechen beide Polizeibeamte auf Orad ein, der, soweit dies für Ponte erkennbar ist, kaum noch etwas zu sagen scheint. Nach einer Weile begeben sich die Frau und der Mann zusammen mit Orad zu einer Tür im hinteren Teil der Abflughalle. Der Mann öffnet die Tür, lässt die Frau und Orad eintreten und schließt sie dann hinter sich. Ponte weiß nun, dass er nicht mehr auf Orad zu warten braucht, und beschließt daher, alleine in die VIP-Lounge zu gehen, um dort so lange die Zeit totzuschlagen, bis sein Flug aufgerufen wird.

Epilog

In Paris

Das Flugzeug der Air France rollt langsam vor das Gebäude, in dem die französische Regierung ihre Ehrengäste empfängt. Ein roter Teppich ist ausgelegt. Als das Flugzeug zum Stehen kommt, nimmt eine kleine Ehrengarde, gestellt von der französischen Gendarmerie, Haltung an. Am Eingang des Gebäudes kommt Bewegung in die kleine Gruppe der Wartenden. Sie marschieren ruhigen Schrittes in Richtung Treppe, während sich das Bodenpersonal an der Flugzeugtür zu schaffen macht. Kaum ist sie offen, tritt auch schon ein hagerer, bärtiger Mann mit Zipfelmütze und einem dicken, um sich geschlagenen Mantel auf die Gangway. Von zwei Helfern gestützt, geht er unsicheren Schrittes die Treppe hinunter. Als er die TV-Leute mit laufenden Kameras sieht, zeigt er ein breites Lachen, hebt die rechte Hand und macht mit zwei Fingern das Victory-Zeichen. Am Fuß der Treppe angelangt, löst er sich von seinen beiden Begleitern und schreitet ein paar Schritte vor seinem Tross auf dem roten Teppich Richtung Hangar entlang. Wenige Schritte hinter ihm erkennt man seine blonde Frau mit der Tochter. Er strahlt und winkt lachend dem Empfangskomitee und den wenigen Beobachtern zu, hebt immer wieder die Hand und macht das Victory-Zeichen.

Vor dem Hangar angekommen, begrüßt er das Empfangskomitee, das aus dem französischen Außenminister und weiteren Chargen seines Ministeriums, aus Repräsentanten der Befreiungsbewegung in Paris sowie einigen arabischen Honoratioren besteht. Nach dem Begrüßungszeremoniell wird der Gast zu einer Ambulanz geführt, die ihn in das Hôpital Sainte Marie-Therèse fährt, wo er einige Zeit später von Prof.

Hubert de Montfort in Empfang genommen wird.

Zwei Wochen später teilt Prof. Hubert de Montfort vor dem Portal des Hôpital Sainte Marie-Therèse einer dicht gedrängten Schar von Journalisten mit, dass der Präsident der Befreiungsbewegung infolge von Komplikationen, die unerwartet nach der erfolgreich verlaufenen Aneurysma-Operation eingetreten sind, am frühen Morgen verstorben ist. Leider habe sich einige Tage nach dem Eingriff infolge eines Nierenleidens des Präsidenten ein zunehmender Kaliumüberschuss entwickelt. Trotz aller Anstrengungen wäre es nicht gelungen, die Kaliumwerte wieder unter Kontrolle zu bringen, was zu schweren Herzrhythmusstörungen und letztlich zum Tode des Präsidenten geführt habe.

Die akkreditierten Presseleute stellen Fragen und schreiben die darauf folgenden Antworten mit. Nur einer von ihnen hat keinen Notizblock und kein Schreibzeug bei sich. Seine Akkreditierung weist ihn als Dr. Homer Kramer, Abteilungsdirektor des US-Ministeriums für «Home Affairs», aus.

In der Schweiz

Habegger und Wicky blieben strafrechtlich unbehelligt und wurden Anfang Dezember wieder aus der Haft im Genfer Gefängnis entlassen. Einen Monat zuvor war Eddy Borner in Biel beerdigt worden. Niemand war zu seiner Beisetzung gekommen, um ihm die letzte Ehre zu erweisen. Familie hatte er keine mehr. Seine beiden Vorgesetzten saßen zu diesem Zeitpunkt noch im Gefängnis, und seine Kollegen wollten sich nicht zeigen. Als Todesursache war vom forensischen Institut in Zürich «Herzstillstand infolge einer akuten Hypoglykämie», eine Unterzuckerung bei Diabetes, festgestellt worden.

Doris de Quervin konnte es sich nicht verkneifen, Prof. Jäger im Krankenhaus einen Besuch abzustatten, obwohl sie wusste, dass sie dies in amtlicher Funktion nicht mehr durfte. Also bat sie telefonisch mit der Begründung, Jäger persönlich eine erfreuliche Mitteilung überbringen zu wollen, um einen Termin. Im Besuchszimmer des Professors eröffnete sie diesem, dass das Verfahren in Sachen Dr. Schorni eingestellt worden wäre. Von jetzt an müsse man damit leben, dass Dr. Schorni Selbstmord begangen habe. Jäger erkundigte sich darauf, ob Mazetta wirklich durch einen Steinschlag ums Leben gekommen sei, was ihm de Quervin bestätigte. «Selbstmord, Steinschlag, schon sehr ungewöhnlich!», kommentierte Jäger. Worauf de Quervin nur meinte: «Wo wir doch schon einmal bei ungewöhnlichen Todesfällen sind, woran ist denn Ihr Patient, der NDBMann Eddy Borner, verstorben?» «An einem hypoglykämischen Schock infolge einer Überdosis Insulin, die er sich, nachdem ihm bereits eine Krankenschwester eine Dosis gespritzt hatte, am selben Abend noch eine weitere verabreicht hat. Wie es dazu gekommen ist, wissen wir noch nicht, die Überprüfung ist noch immer im Gange. In jedem Fall darf so etwas nie mehr passieren.» «Wird es auch nicht», merkt die Polizistin sarkastisch an. «Fehler passieren nun einmal immer wieder und können jedem unterlaufen, auch mir.» Was Frau de Quervin zu der Bemerkung veranlasst: «Merkwürdig ist doch nur, was ich im Polizeirapport gelesen habe, dass niemand bemerkt hat, dass er infolge der akuten Unterzuckerung in eine tiefe Bewusstlosigkeit fiel, aus der er nicht mehr erwacht ist.» Doch Jäger hat auch darauf eine passende Antwort: «Der Grund dafür war, dass er ein Spezialzimmer belegt hat, das von der Nachtschwester nicht kontrolliert wurde.» Die Worte «kaum schlüssig» entspringen ihr fast wie ein «freudscher Versprecher», worauf sie lächelt und beim Professor ein verstecktes Schmunzeln zu entdecken ahnt. Die Kommissarin nickt darauf und verabschiedet sich mit den Worten: «Ich bin mir sicher, dass Sie mich als Polizistin von nun an genauso meiden werden, wie ich mir wünsche, Sie als Onkologen nie mehr zu treffen.»

Dr. Zvi Orad konnte unbehelligt das nächste Flugzeug nach Israel besteigen, nachdem er den Polizeibeamten seine Version zum Unfall von Prof. Jäger zu Protokoll gegeben hatte. In der Zwischenzeit hatte die Bundesanwaltschaft interveniert und die bevorstehende Ausreise des Arztes euphemistisch als «unbedenklich» bezeichnet. Sowohl Dr. Zvi Orad wie auch Dr. Homer Kramer kamen nie wieder in die Schweiz zurück.

Die Melius Foundation wurde im nachfolgenden Jahr neu organisiert und der Direktor sowie der Vorstand ausgewechselt. Die MAT schien sich nach der Eliminierung von «Target 13» in Luft aufgelöst zu haben. Die Nachrichtendienste registrierten in den folgenden Jahren, dass sich kein einziger Exponent eines Schurkenstaates oder einer Terrororganisation mehr in westliche Staaten begab, um sich ärztlich behandeln zu lassen. Lediglich ein Diktator eines fernöstlichen

Staates bat einen französischen Herzspezialisten, in sein Land zu reisen, um ihn in seiner Hauptstadt zu behandeln. Der Diktator war zwei Wochen nach der Abreise des Arztes tot. Für einen Zusammenhang mit der Tätigkeit der MAT fehlen jegliche Anhaltspunkte.

Erst mehrere Monate später erließ das Justizministerium ein Einreiseverbot gegen die US-Bürger Dr. Homer Kramer und Bob Ponte, den Franzosen Prof. Hubert de Montfort, den Engländer Prof. Jonathan Smith, den Spanier Prof. Alfonso Clavet und gegen Dr. Zvi Orad aus Israel. Als Prof. de Montfort im Sommer am Flughafen in Genf davon erfuhr, drohte er, seine Anwälte einzuschalten, was er dann auch tat. Nach Eintreffen des zweiten Anwaltsbriefes wurde die Einreisesperre für alle Ärzte, außer für Dr. Kramer und Dr. Orad, wieder aufgehoben.

Habegger versuchte, seine Tat damit zu rechtfertigen, Mazetta sei als fremder Agent aufgedeckt worden, der sich in die Reihen des NDB eingeschlichen hatte. Ohne Federlesen musste er eliminiert werden, bevor er nach der Ermordung Schornis, der schweren Körperverletzung Jägers und der Gelderpressung gegenüber dem Amt, die er alle zu verantworten hatte, noch weiteren Schaden anrichtet. Die wagemutigen Thesen Habeggers, was diesen jungen, unerfahrenen Tessiner Polizisten angeht, gingen ins Leere. Sie waren einfach nicht glaubhaft. Die Behörden unterbanden aber einen Prozess gegen Habegger und Wicky. Medial wäre das habeggersche Lügengewebe auf realem, nachprüfbarem Hintergrund für die Eidgenossenschaft auf das Schädlichste ausgeschlachtet worden. Man wäre in Teufels Küche geraten. Und die Hölle ignoriert «Strafverfolgungen von Amtes wegen», wie es im Gesetze steht. Dort gelten keine Gesetze mehr, und die Menschen werden verheizt. Alois Habegger wurde zum sogenannt «itineranten» Sicherheitschef der Schweizer diplomatischen Vertretungen in Afghanistan, dem Sudan und Sierra Leone ernannt. Nur die Außenministerin, der Minister für Justiz und Verteidigung und der Staatssekretär von Arx wussten, dass Habegger sich hatte verpflichten müssen, die nächsten zehn Jahre mit halbem Lohn auf diesen oder weiteren Posten in Kriegsgebieten zu verbleiben. Und nach Ablauf seiner «Exilierung» würde er frühzeitig pensioniert werden.

Kurz darauf meldeten die Zürcher Zeitungen, dass Frau Dr. jur. Doris de Quervin, Kriminalkommissarin der Kantonspolizei Zürich, die Nachfolge ihres bisherigen Chefs Hubertus Minger, Leiter der Kriminalpolizei und stellvertretender Kommandant der Kantonspolizei Zürich, übernimmt, der mit 60 Jahren in den Ruhestand treten wird. In diesem Zusammenhang wird der bisherige leitende Kriminalinspektor der Kantonspolizei Zürich, Erich Mettler, zum Nachfolger von Frau de Quervin ernannt.

Und wenn sie nicht gestorben sind …

Prof. Max Jäger hat inzwischen das elterliche Haus verkauft und ist mit Eva Roth in eine komfortable Mietwohnung in Thalwil, in der Nähe von Zürich, gezogen, um sich ohne Zeitdruck auf die Suche nach einer kleineren Villa mit Seeblick machen zu können. Die Scheidung von seiner Frau Suzanne lief rasch über die Bühne, denn Suzanne wollte ihre neue Beziehung noch publik machen, bevor sie ihre Kandidatur für das eidgenössische Parlament bekannt gab. Der Ortungschip blieb als selbst verliehene Auszeichnung und im Andenken an eine bewegte Zeit in Jägers Arm. Seine Präsidentschaft in der neu organisierten Melius-Stiftung Schweiz stand nie zur Disposition.

Philipp Wicky konnte seinen Rauswurf aus dem Bundesdienst nicht verkraften. Über die Zeit verkam er zum Alkoholiker, frequentierte tagsüber Lokale, in denen er mit Gleichgesinnten Karten spielte und sich dann im Anschluss bis 4 Uhr morgens in irgendwelchen Bars betrank. Der Alkohol löste ihm die Zunge, doch für die meisten war sein Geschwätz in diesem Zustand völlig uninteressant. Nur einer hörte ihm aufmerksam zu, und zwar der Autor dieses Buches. Als er eines Tages auf dem Heimweg an einer Bar mit offener Türe vorbeikam, betrat er das Lokal, bestellte ein Bier und setzte sich an die Theke. Aus einer schummrigen Ecke näherte sich ein halbwegs nüchterner Mann der Theke und fragte ihn, ob der Barhocker neben ihm noch frei sei. Sein Name sei Wicky. Philipp Wicky. Er sei bei der Polizei gewesen, war das Nächste, was er von sich gab. Dann neigte er seinen Kopf über sein halb leeres Glas. «Ein Lumpenpack ist das! Und was für ein Lumpenpack!» Das war der Auftakt zu einem Redefluss, dem sich der Autor über drei Nächte hinweg nicht mehr entziehen konnte und wollte. Zu Unterbrechungen kam es nur, wenn sich Wicky sein Glas von der Bardame auffüllen und selbstredend von seinem Zuhörer bezahlen ließ. Wicky sprach mit zunehmend schwererer Zunge und rauerer Stimme und bemerkte oder reklamierte zumindest nicht, dass sein nächtlicher Zuhörer sich Notizen machte. In der dritten und letzten Nacht legte er – um sein Gleichgewicht bemüht – seinem bisher einzigen Zuhörer dann den Arm um die Schultern und flüsterte ihm lallend ins Ohr: «Die Geschichte des Mittleren Ostens und der Schweiz wäre heute nicht anders, wenn sie gestern nicht so gewesen wäre, wie sie war … oder wie sie hätte sein können oder eben nicht war.» Und nachdem er eine Pause eingelegt hat, setzt er mit erhobenem Finger nach: «Aber was soll's? Einem Betrunkenen glaubt ja eh niemand. Die Wahrheit liegt eben doch nicht im Wein, sondern allein in der Wirklichkeit.» Dann nimmt er Abschied, indem er mit verlegenem Gesichtsausdruck die rechte Hand hebt und salutiert. Inzwischen dämmert der Morgen, und Wicky schwankt mit langsamen, vorsichtigen Schritten in den neuen Tag der schweizerischen Wirklichkeit hinein. Über sich ein matter wolkenloser Himmel, der sich friedlich über das noch schlafende Land ausbreitet.

NACHWORT

Zunächst unbemerkt, dann immer deutlicher schlichen sich Schatten meiner Vergangenheit in die Handlung ein. Realistisch stülpte sich über die fiktive Geschichte eine pervertierte Verschwörung der Neuzeit. Ich ließ es geschehen. Ungenauigkeiten, insbesondere bei der Bezeichnung von Ämtern, Berufstiteln und Hierarchien, nahm ich dabei in Kauf.

Zurückblickend auf jene Zeit, gedenke ich Marie-Madelaine Fourcade, Hubert Halin, Jacques Delarue und Dr. Georges Brunschvig sowie Simon Wiesenthal und «Jael». Mutig und exemplarisch hat ihr Leben im Dienst für eine gerechte Welt gestanden. Es war mein Privileg, sie während eines Zeitabschnitts in ihrem noblen Kampf begleiten und unterstützen zu dürfen, und dafür bin ich ihnen zeitlebens dankbar.

Seit Aufgehen der «Ideenkeime» des Romans (um mit Patricia Highsmith zu sprechen) bis zur Beendigung des Manuskripts stand mit mein Freund, Prof. Dr. med. Emilio Bossi, als Berater und Korrektor bereitwillig zur Seite. Er, wie mein weiterer Freund aus der Schulzeit, der Wissenschaftler Prof. Dr. phil. nat. Walter Riesen, ermutigte mich, wann immer die Motivation abhandenzukommen schien. Sie vermittelten mir das medizinische und biologische Wissen, mit dem ich mich als Autor im Roman schmücke. Ihnen gebührt mein voller Dank.

Mein Dank geht an die freundschaftlich mit uns verbundene Anwaltskollegin Christina, die weiß, wie man mit vermeintlichen Autoren umzugehen hat, ebenso wie meine guten Freunde Hermann, Marie-Louise und Peter auf Ibiza, welche als Kulturschaffende ihre mitunter kritische Sicht einbrachten, an Nathalie und Monika, die beim Erstellen des Manuskripts eine große Hilfe waren, und an Dr. Heike Fischer, welche geübt und kundig dem Text den letzten Schliff gab.

Dieser Roman gehört letztlich meiner lieben Frau Gisela, die so wenig wie ich die Menge Geduld vorausahnen konnte, die ich während des Schreibens ihr abverlangt habe.

Personenverzeichnis (Hauptpersonen)

In Marbella

David Archer
Ehemaliger Waffenhändler

Ismail Jalid-al Kassim
Drogen- und Waffenhändler

Raghdaa
Ismails Ehefrau

In Zürich

Prof. Dr. med. Max Jäger
Chefarzt des ALLMEND SPITALS

Suzanne Jäger-Marthaler
Seine Ehefrau

Irma Sommer
Seine Sekretärin

Dr. Hugo Wiederkehr, PD
Oberarzt im ALLMEND SPITAL, stellv. Chefarzt

Dr. jur. Anton Schorni
Jägers Freund und Rechtsanwalt

Eva Roth
Dr. Schornis Sekretärin

Hubertus Minger
Stellv. Kommandant der Kantonspolizei des Kantons Zürich, Chef der Kriminalpolizei

Doris de Quervin
Kommissarin der Kriminalpolizei des Kantons Zürich

Erich Mettler
Leitender Inspektor der Kripo des Kantons Zürich

Konrad Oertle
Inspektor der Kripo des Kantons Zürich

Dr. Stefan Meierhans
Leitender Staatsanwalt, Zürich

Alois Habegger
Kommissär der BKP, dem Nachrichtendienst des Bundes (NDB) zugeordnet
Philipp Wicky
Inspektor der BKP beim NDB
Giorgio Mazetta
Beamter des BKA, für den NDB tätig

In Bern

Dr. Hans Bühlmann
Direktor im Verteidungsministerium, Abteilungsleiter des NDB, verantwortlich für Abwehr des Terrorismus und Spezialeinsätze
Dr. Kurt von Arx
Staatssekretär im Justizministerium
Oberst Traugott Stamm
Staatssekretär im Verteidigungsministerium
Dr. Sebastian Benz
Staatssekretär im Außenministerium
Claire Pfeiffer
Botschafterin
Heinz Roth
Eva Roths Vater. Kriminalinspektor der Kantonspolizei Bern

In Washington D. C.

Bob Ponte
Abteilungsleiter CIA

In London

Dr. Homer Kramer
Direktor der «Melius Foundation»
Prof. Jonathan Smith
Chefarzt des Memorial Hospitals

In Tel Aviv

Dr. Zvi Orad

Stellvertretender Chefarzt im Haschomer Spital

In Paris

Prof. Hubert de Montfort

Chefarzt des Hôpital Sainte Marie-Therèse

In Madrid

Prof. Alfonso Clavet

Chefarzt der Clinica «Las Rosas»

BKP

Bundeskriminalpolizei der Schweiz

NDB

Schweizer Nachrichtendienst des Bundes – fürs Ausland zuständig

CIA

Central Intelligence Agency, USA

MF

Melius Foundation mit Sitz in London

MAT

»Medicine Against Terrorism«, eine Vereinigung der MF

MI6

Auslandsnachrichtendienst Großbritanniens

MOSSAD

Auslandsnachrichtendienst Israels

CNI

Centro Nacional de Inteligencia, Spanien